KB093390

사랑의 책

현대문학

The Book of
Love

사랑의 책

프랜시스 스콧 피츠제럴드 외 지음

하창수 외 옮김

차례

달빛

Claire de lune

기 드 모파상

최정수 옮김

쥘리 루베르 부인은 언니 앙리에트 레토레 부인을 기다리고 있었다. 그녀는 스위스 여행에서 돌아오는 길이었다.

레토레 부부는 약 5주 전 여행을 떠났었고, 앙리에트는 남편 혼자 칼바도스에 있는 그들의 영지로 돌아가게 했다. 거기서 사업상 중요한 일이 그를 기다리고 있었던 것이다. 그리고 자신은 집에 돌아가는 길에 파리의 여동생 집에 들러 며칠 있기로 했다.

어둠이 내렸다. 루베르 부인은 석양에 물든 부르주아 가정의 자그마한 응접실에서 책을 읽고 있었다. 그러나 주의가 산만해서인지 무슨 소리가 들릴 때마다 눈을 들어 주위를 살폈다.

마침내 초인종이 울렸고, 언니가 모습을 드러냈다. 그녀는 성대한 여장旅裝으로 몸을 감싸고 있었다. 두 자매는 즉시, 서로의 얼굴을 알아보기도 전에 격한 포옹을 나누었다. 잠시 입맞춤을 하려고 포옹을 풀었다가 즉시 다시 껴안곤 했다.

앙리에트가 베일이 드리운 모자를 벗는 동안, 두 사람은 앞다투어 이야기를 시작했다. 서로의 건강과 가족들에 대해 묻고, 그 밖에 여러 가지 사소하고 자질구레한 일들에 대해 수다를 떨었다. 성급하게 입 밖으로 말이 튀어나오기도 하고, 때로는 대화가 끊기기도 했다.

날이 어두워졌다. 루베르 부인이 초인종을 울려 램프를 가져오게 했다. 램프가 오자 그녀는 한 번 더 입맞춤을 하려고 언니의 얼굴을 들여다보았다. 하지만 그녀는 깜짝 놀라 말문이 막혀 버렸다. 레토레 부인의 관자놀이에 흰머리 두 가닥이 있었던 것이다. 나머지 머리카락들은 모두 검은색이고 윤기가 났다. 그 흰머리 두 가닥은 마치 은빛의 강줄기처럼 길게 뻗어 가다가 검은 머리카락들 속으로 자취를 감추었다. 하지만 그녀는 겨우 스물네 살이었고, 스위스로 여행을 떠난 이후 갑자기 그렇게 된 일이었다. 루베르 부인은 아연실색해서 꼼짝 않고 언니를 바라보았다. 뭔가 불가해하고 끔찍한 불행이 덮쳐 오기라도 한 듯, 금방이라도 눈물이 흘러나올 것 같았다.

"무슨 일이 있는 거야, 언니?"

그러자 앙리에트는 아픈 사람 같은 서글픈 미소를 지으며 대답했다.

"내 흰머리를 보고 그러는 거니? 아무 일도 아니니까 안심해."

하지만 루베르 부인은 언니의 양어깨를 와락 붙잡고는 찬찬히 살펴보면서 거듭 물었다.

"무슨 일이 있는 거지? 무슨 일인지 이야기해 줘. 언니가 거짓말을 해도 나는 알아내고 말 테니까."

두 여인은 얼굴을 마주하고 가만히 있었다. 마침내 앙리에트의 얼굴이 금방이라도 기절할 듯이 파리해지더니, 가장자리에 눈물이 맺힌 눈을 내리깔았다.

동생이 다시 물었다.

"무슨 일이 일어난 거야? 무슨 일이냐고. 대답해 줘, 언니."

그러자 앙리에트는 체념한 목소리로 중얼거렸다.

"나에게…… 나에게 애인이 생겼어."

이렇게 말한 뒤 동생의 어깨에 얼굴을 파묻고는 울음을 터뜨렸다.

잠시 후 조금 진정이 되자, 가슴의 들먹거림이 가라앉자, 앙리에트는 갑자기 이야기를 시작했다. 성실한 마음으로 자신의 고통을 털어놓고, 그 비밀을 숨김없이 쏟아 내려는 것처럼.

두 여인은 두 손을 꼭 잡은 채 응접실 깊숙한 곳에 놓인 소파에 털썩 주저앉았다. 루베르 부인은 언니의 목에 팔을 둘러 머리를 가슴에 꼭 끌어안은 뒤 이야기에 귀를 기울였다.

*

아! 변명의 여지가 없다는 건 나도 알아. 하지만 어떻게 된 일
인지 나 자신도 이해가 되지 않아. 그날부터 내가 제정신이 아닌
것 같아. 조심해, 쥘리. 너도 조심해. 우리 여자들이 연약하다는
걸, 너무나 쉽게 굴복한다는 걸, 아주 쉽게 사랑에 빠진다는 걸
너도 알아야 해! 아주 하찮은 일로도 마음이 약해지고, 갑작스럽
게 감상적인 기분이 찾아들 수 있어. 손을 뻗어 만지고 싶고 껴
안고 싶은, 어느 순간이 오면 우리 모두가 느끼는 그런 욕망 말
이야.

너는 내 남편을 알지. 내가 얼마나 그를 사랑하는지도 잘 알
거야. 하지만 그이는 분별이 넘치고 합리적인 사람이라서, 여자
마음의 부드러운 떨림을 이해하지 못해. 그이는 언제나 한결같
아. 항상 선한 얼굴에 미소를 띤 채 친절하게 굴고, 어떤 상황에
서도 완벽한 신사의 태도를 유지하지. 아! 가끔씩 그이가 나를
자기 품에 와락 끌어안고 부드러운 키스를 천천히 해 주기를 내
가 얼마나 바랐는지. 두 존재를 하나로 결합해 주는, 말 없는 속
내 이야기와도 같은 키스 말이야. 또 그가 연약하게 자신을 나에
게 내맡기기를, 나를, 내 애무를, 내 눈물을 갈망하기를 내가 얼
마나 바랐는지!

물론 이런 것은 모두 어리석은 생각이야. 하지만 우리 여자들

은 이렇게 어리석은 것이 사실이지. 우리가 어떻게 할 수 있겠어?

하지만 그이를 속일 생각은 절대 없었어. 지금에 와서는 그런 게 되어 버렸지만. 사랑도, 이성도, 아무것도 남지 않은 채 말이야. 사실 그건 루체른 호수 위를 비추던 달빛 때문이었어.

우리가 함께 여행하던 한 달 내내, 나는 남편의 냉정한 무관심 때문에 여행의 감흥이 깨지고 흥분도 가라앉아 버렸단다. 어느 날 해가 뜰 무렵 우리는 네 필의 말이 끄는 마차를 타고서 언덕을 내려가고 있었어. 투명한 아침 안개 속에서 긴 계곡, 숲, 강, 마을들이 보이자 나는 황홀한 마음에 손뼉을 치면서 그이에게 말했지. "여보, 너무나 아름다운 풍경이에요! 나 좀 안아 줄래요?" 그러자 그이가 어깨를 조금 으쓱하더니, 친절하지만 차가운 미소를 띠며 나에게 대답하더구나. "경치가 마음에 드는 것이 포옹을 할 이유가 되오?"

그 말을 듣자 나는 마음속까지 싸늘하게 얼어붙었어. 나는 두 사람이 서로 사랑한다면 감동적인 풍경을 마주할 때 사랑하고자 하는 욕구가 한층 커지는 게 당연하다고 생각했거든.

마지막에는 머릿속에 들끓던 시상詩想조차 사라져 버리고 말았단다. 그때의 기분을 뭐라고 말하면 좋을까? 마치 수증기로 꽉 찬 밀폐된 보일러실에 갇혀 있는 기분이었어.

어느 날 저녁(우리는 나흘 동안 플뤼렌의 어느 호텔에 머무르고 있었지), 로베르가 두통이 조금 있다면서, 저녁 식사를 마치자마자 즉시 방으로 올라가 버렸고, 나는 하는 수 없이 혼자 호숫가로 산책을 나갔어.

동화 속에 나올 법한 아름다운 밤이었단다. 둥근 보름달이 하늘 한가운데서 빛났고, 눈 쌓인 커다란 산들은 은빛 모자라도 쓴 것 같았고, 호수는 물결을 일렁이며 반짝였어. 대기는 온화하고 포근하게 스며들어서 별다른 이유도 없이 정신이 혼미하고 감동스러웠지. 그 순간 마음이 어찌나 예민하고 전율이 느껴지던지! 심장이 어찌나 빨리 뛰고 한껏 조여들던지!

나는 풀밭 위에 앉아 우수 어리고 매혹적인 호수를 바라보았단다. 그러자 이상한 감정이 마음속을 스치고 지나갔어. 채워지지 않는 사랑의 욕구가 솟아났어. 그건 아마도 음울하고 단조로운 내 삶에 대한 반발이었을 거야. 앞으로 내가 달빛에 잠긴 호숫가를 따라 사랑하는 남자의 품 안으로 달려갈 수 있을까? 인간들의 사랑을 위해 신께서 만드신 감미로운 밤에 연인들이 나누는 깊고 달콤하고 정신을 멍하게 하는 입맞춤을 한 번이라도 느낄 수 있을까? 여름날 저녁의 환한 그늘 속에서 정신없이 두 팔을 벌리고 열에 들떠 포옹을 할 수 있을까? 하는 생각이 들었어.

나는 미친 여자처럼 울기 시작했지.

그때 뒤쪽에서 무슨 소리가 들렸어. 어떤 남자가 뒤에서 나를 바라보고 있었던 거야. 내가 고개를 돌려 바라보니 그 사람이 다가와서 묻더구나. "부인, 우십니까?"

그 사람은 젊은 변호사였어. 어머니와 함께 여행 중이었고 우리와도 몇 번 마주친 적이 있었지. 그의 눈길이 나를 좇는 것을 여러 번 느낀 적이 있었어.

나는 너무나 당황해서 뭐라고 대답해야 할지 알 수 없고 아무 생각도 떠오르지 않았어. 나는 불편한 마음으로 자리에서 일어났지.

그러자 그 사람이 자연스러우면서도 점잖은 태도로 내 옆에서 걷기 시작했어. 그리고 여행에 대해 이것저것 이야기했지. 그런데 내가 느끼는 모든 것을 그도 똑같이 느끼고 있는 거야. 내가 보고 전율했던 모든 것을 그도 나처럼, 아니, 나보다 더 잘 이해하고 있었어. 갑자기 그가 나에게 뮈세의 시구를 읊어 주었단다. 그 순간 나는 형언할 수 없는 감동에 사로잡혀 숨이 막힐 지경이었어. 산들, 호수, 달빛이 말로 표현할 수 없을 만큼 감미로운 노래를 불러 주는 것만 같았어……

어떻게 된 일인지 모르지만, 그 이유도 모르지만, 다음 순간 나는 일종의 환각에 빠져들고 말았어……

그로 말하면…… 다음 날 그곳을 떠날 때 한 번 더 보았을 뿐이야.

그가 자신의 명함을 나에게 건네주더구나!

*

레토레 부인은 동생의 품 안에 힘없이 쓰러지며 흡사 울부짖음 같은 신음을 토해 냈다.

그러자 동생 루베르 부인이 명상에 잠긴 표정으로 진지하게, 매우 부드럽게 언니에게 말했다.

"언니, 우리는 사람을 사랑한다고 생각하지만 사실은 사랑을 사랑하는 경우가 자주 있어. 그리고 그날 밤 언니의 진정한 애인은 달빛이었던 것 같아."

낯선 당신, 다시 입 맞춰 줘요

Kiss Me Again, Stranger

♥

대프니 듀 모리에

이상원 옮김

Daphne du maurier.

제대 후 얼마간 이곳저곳 돌아다니던 나는 런던의 하버스톡 힐 거리 남단 햄프스테드에 있는 자동차 정비소에 취직했다. 본래 엔진 등 기계 만지는 걸 좋아했고 정비 부대에서도 그런 일을 했었다.

　엔진 시동을 거는 소리, 휘파람을 불며 연장 덜그럭거리는 소리가 시끌벅적한 가운데, 기름때 묻은 작업복 차림으로 자동차나 트럭 아래로 들어가 낡은 볼트나 너트를 돌리는 시간이 내게는 가장 즐거웠다. 기름 냄새나 흙먼지가 싫었던 적은 한 번도 없었다. 어릴 때 내가 윤활유 깡통을 가지고 놀면 어머니는 "아이한테 해될 건 없을 거야. 지저분하게 보여도 깨끗하거든" 하고 말씀하시곤 했는데, 그건 기름 냄새나 흙먼지도 마찬가지였다.

　느긋하고 유쾌한 호인인 정비소 사장은 내 능력을 인정해 주었다. 사장은 기계 다루는 데 별 재주가 없었으므로 실제 일은 주로 내 몫이었고 나는 그게 좋았다.

어머니와 함께 살지는 않았다. 어머니 집은 정비소에서 너무 멀었고 하루의 절반을 출퇴근으로 보내고 싶은 생각은 없었다. 나는 가까운 곳에 거처를 구하고 싶어 정비소에서 걸어서 10분 거리인 톰프슨 부부 집에 방을 하나 얻었다. 톰프슨 부부는 좋은 사람들이었다. 남편은 구두 수선 일을 했고 부인은 요리를 하고 가사를 돌보았다. 나는 아침과 저녁 식사를 늘 그 부부와 함께 먹으며 가족 같은 대접을 받았다.

나는 규칙적인 사람이다. 일에 열중하다가 하루 일과가 끝나면 신문과 담배 한 개비, 라디오 음악과 함께 시간을 보낸 후 일찍 잠자리에 든다. 여자가 필요했던 적은 한 번도 없었다. 군 생활을 하면서 이집트 포트사이드나 중동 지역에 파견됐을 때조차.

톰프슨 부부와 함께 지내는 삶, 매일매일 똑같이 흘러가는 그 삶이 내게는 충분히 행복했다. 어느 날 밤에 그 일이 일어나기 전까지는 말이다. 그다음에는 모든 것이 달라져 버렸다. 앞으로도 아마 계속 그럴 것이다……

그날 톰프슨 부부는 결혼한 딸 집에 갔다. 내게도 함께 가자고 권했지만 굳이 끼고 싶지 않았다. 정비소 일을 마친 후 집에서 혼자 시간을 보내는 대신 영화관으로 향했다. 카우보이가 인디언 배에 칼을 찔러 넣는 포스터가 마음에 들어서(나는 서부영화

팬이다) 12페니를 내고 표 한 장을 사서 안으로 들어갔다. 안내원에게 표를 건네며 "마지막 줄 자리를 주세요"라고 말했다. 제일 뒷줄에 앉으면 머리를 기댈 수 있어 좋았기 때문이다.

그때 그녀를 보았다. 영화관은 어째서인지 여직원들을 예의 바른 남자처럼 모자부터 옷까지 모두 벨벳으로 입힌다. 그래 봤자 남자로 보이지도 않는데 말이다. 그녀의 구릿빛 머리카락은 안으로 말려 있었다. 근시 같지만 시력이 그리 나쁘지는 않은 듯한 푸른 눈은 밤이 되어 색이 더 짙어져 있었다. 입은 완전히 지쳤다는 듯 축 처져 있었는데 그 입을 미소 짓게 하려면 온 세상을 다 바치기라도 해야 할 것 같았다. 얼굴에 주근깨는 없었지만 그렇다고 우윳빛 피부도 아니었다. 그보다는 복숭아색이랄까, 조금 더 따뜻하고 자연스러웠다. 키가 작고 마른 체형에 파란 벨벳 코트가 딱 달라붙어 있었다. 모자를 뒤쪽으로 써서 구릿빛 머리카락이 드러났다.

나는 팸플릿을 샀다. 캄캄한 커튼 안쪽으로 들어가는 시간을 늦추기 위해서였다. 그리고 그녀에게 물었다. "이 영화 어때요?"

그녀는 나를 쳐다보지 않았다. 반대쪽 벽을 멍하니 바라볼 뿐이었다. "칼잡이가 별로예요. 덕분에 잠자기엔 좋죠."

나는 웃음을 참을 수가 없었다. 하지만 그녀는 진지한 모습이었다. 농담을 한 것이 아니기 때문이었다.

"그래서야 홍보가 되겠어요? 지배인이 들으면 어쩌려고요?"

그 순간 그녀가 나를 보았다. 푸른 눈을 내 쪽으로 돌린 것이다. 여전히 피곤에 지친 무관심한 눈이었지만, 그 속에는 내가 전에는 물론이고 이후에도 본 적 없는 무언가가 담겨 있었다. 긴 잠에서 깨어나 상대를 보고 반가워하는 일종의 게으름이라고나 할까. 주인이 토닥여 주면 고양이들이 가끔 그런 눈빛을 한다. 가르릉 소리를 내고 몸을 둥글게 말면서 주인이 원하는 대로 하게 내버려 둘 때. 그녀는 잠시 그렇게 나를 바라보더니 보일 듯 말 듯한 미소를 띠고 내 표를 받아 반으로 찢었다. "전 홍보하는 사람이 아니에요. 이렇게 입고 당신을 안으로 끌어들이라고 돈을 받는 거지."

그녀는 커튼을 걷고 어둠 속에 손전등을 비춰 주었다. 하지만 나는 아무것도 볼 수 없었다. 완벽한 암흑이었다. 점차 눈이 어둠에 익숙해져야 주변 윤곽이 드러나지 않는가. 화면에서는 한 사람이 상대에게 "바른대로 대지 않으면 총알 맛을 보여 주지" 하고 위협했고, 또 다른 사람은 유리창을 부수어 여자가 비명을 지르게 했다.

"영화가 괜찮을 것 같은데요." 나는 그렇게 말하고는 더듬거리며 좌석을 찾았다.

"저건 당신이 볼 영화가 아니라 다음 주 상영작 예고편이에요." 그녀가 그렇게 설명하면서 손전등을 켜 마지막 줄의 내 자리를 비춰 주었다.

광고와 뉴스가 나온 후 웬 남자가 무대에 오르더니 오르간을 연주했다. 화면 위 커튼 색이 보라색에서 금색으로, 다시 초록색으로 바뀌었다. 영화관은 돈값을 해야 한다고 생각하는 모양이었다. 주변을 둘러보니 객석 절반은 비어 있었다. 그녀 말대로 별 볼 일 없는 영화 같았다.

다시 어두워지기 직전에 그녀가 통로에 등장했다. 아이스크림 통을 메고 있었지만 팔 생각은 그리 없어 보였다. 꿈을 꾸는 듯한 걸음걸이였다. 나는 손짓하며 그녀를 불렀다.

"6페니짜리 있나요?"

그녀가 내 쪽을 보았다. 벌레처럼 그녀 발에 밟혀 죽기라도 해야 내 존재를 인식해 줄 모양이었다. 어렴풋한 미소와 예의 게으른 눈빛으로 그녀가 내 좌석 뒤쪽으로 다가왔다.

"샌드요, 콘이요?" 그녀가 물었다.

사실 둘 다 별로였다. 그저 그녀한테서 뭔가 사면서 계속 그 말소리를 듣고 싶었을 뿐이다.

"어떤 쪽이 좋을까요?" 나는 되물었다.

그녀가 어깨를 으쓱했다. "콘이 오래 먹기 좋아요." 그러면서 내게 대답할 시간도 주지 않고 콘을 건넸다.

"그쪽은 뭘 먹을래요?"

"전 사양할게요. 만드는 모습을 봤거든요."

그녀는 멀어졌고 영화관 안은 어두워졌다. 나는 커다란 아이스크림콘을 들고 바보 같은 모습으로 앉아 있었다. 빌어먹을 아이스크림이 사방으로 흘러내리더니 셔츠에 떨어졌다. 나는 무릎까지 흥건해질지 모른다는 생각에 최대한 서둘러 그 차가운 덩어리를 입안에 쑤셔 넣어야 했다. 누군가가 들어와서 통로 옆 빈 좌석에 앉았으므로 나는 구석으로 몸을 돌려 앉았다.

마침내 아이스크림을 다 먹고 손수건으로 얼굴과 손을 닦은 후 나는 화면에서 펼쳐지는 이야기에 집중했다. 덜컹거리며 대초원을 가로지르는 마차, 금을 가득 실은 열차 납치와 돈 요구, 승마 바지 차림이다가 다음 장면에서는 드레스를 차려입은 여주인공에 이르기까지 전형적인 서부영화였다. 영화 속에서는 응당 그래야 하지만 현실과는 전혀 다른 이야기. 영화를 보는 내내 나는 공기 중에서 어떤 향기를 맡았다. 무슨 향기인지, 어디서 오는지 알 수 없었지만 계속 느껴졌다. 내 오른쪽에는 남자가 한 명 앉았고 왼쪽 두 자리는 비어 있었다. 앞쪽 사람들에게서 오는 향기는 분명 아니었다. 나는 두리번거리며 향기를 맡았다.

나는 향수를 좋아하는 부류가 아니다. 형편없는 싸구려 향수가 너무 많기 때문인데 그 향기는 달랐다. 역하거나 지독하지 않았다. 번화가인 웨스트엔드의 커다란 꽃집에서 파는 (돈 많은 사람들이 배우를 위해 산다고 하는) 꽃 냄새와 비슷했다. 담배 연기 자욱한 낡고 어두운 영화관에서 그런 좋은 향기를 맡게 되니 정신을 차릴 수가 없었다.

마침내 의자에서 오른쪽으로 몸을 돌렸을 때 향기의 출처를 찾아냈다. 바로 그녀였다. 내 뒤쪽 칸막이에 팔을 얹고 기대서 있었던 것이다.

"가만히 좀 계세요. 지금 12페니를 낭비하고 있잖아요. 영화에 집중해요."

나한테만 들릴 만한 목소리였다. 나만을 위한 속삭임이었다. 나는 킥킥 웃었다. 저 배짱이라니! 향기의 출처를 알게 되니 영화 관람도 더 즐거웠다. 마치 그녀가 내 옆 빈자리에 앉아 함께 영화를 보는 듯했다.

영화가 끝나고 불이 켜졌을 때에야 나는 내가 본 영화가 오늘의 마지막 회이며 10시가 다 된 시간임을 깨달았다. 모두 밖으로 나가는 중이었다. 그대로 조금 기다리자 그녀가 손전등을 들고 나타나 누가 장갑이나 지갑을 떨어뜨리지는 않았는지 살피기 시작했다. 자리를 지키고 있는 나한테는 전혀 신경을 쓰지 않았다.

나는 마지막 줄에서 일어섰다. 남은 관객은 나 혼자뿐이었다. 그녀가 다가오더니 말했다. "저쪽으로 가세요. 통로 막지 마시고요." 그러고는 손전등으로 앞쪽을 비췄지만 다음 날 아침 청소부가 치워야 할 담뱃갑이 하나 보일 뿐이었다. 그녀는 허리를 펴고 나를 위아래로 쳐다보더니 뒤통수에 매달려 있던 모자를 벗어 부채질을 했다. "오늘 여기서 주무실 작정인가 보죠?" 그러고는 휘파람 소리를 내며 커튼 밖으로 사라져 버렸다.

그야말로 정신이 나갈 지경이었다. 내 평생 그렇게 한 여자에게 빠져들기는 처음이었다. 바로 뒤따라갔지만 그녀는 매표소 뒤쪽 문으로 들어가 버렸고 수위가 뒤에서 그 문을 잠갔다. 하는 수 없이 나는 길거리로 나와 기다렸다. 아마도 그녀는 다른 여직원들과 어울려 우르르 나올 테니 기다려 봤자 아무 소용 없겠지만. 표 파는 여직원, 위쪽 발코니석의 안내 여직원, 거기에 외투 보관소 여직원까지 낄낄거리며 몰려나올 때 그녀에게 말을 걸 용기는 없었다.

하지만 몇 분 후 영화관을 나서는 그녀는 뜻밖에도 혼자였다. 비옷에 벨트를 매고 두 손을 주머니에 찔러 넣은 채였다. 모자는 쓰고 있지 않았다. 그녀는 주변에는 눈길도 주지 않고 곧장 거리를 걸어갔다. 나는 뒤쫓았다. 혹시나 돌아보면 어쩌나 싶었지만, 그녀는 빠른 걸음으로 앞만 보며 걸었다. 끝이 안쪽으로 말린 구릿빛 머리카락이 어깨에서 찰랑였다.

잠깐 망설이는가 싶더니 그녀는 길을 건너 버스 정류장에 섰다. 벌써 네다섯 명이 서 있는 그곳에 내가 끼어드는 것을 그녀는 보지 못했다. 버스가 도착하자 그녀는 가장 먼저 올라탔고 나도 뒤따라 탔다. 어디로 가는지 짐작도 할 수 없었지만 상관없었다. 2층 버스 위층으로 올라가 뒷자리에 앉은 그녀는 하품을 하더니 눈을 감았다.

나는 새끼 고양이처럼 조심스럽게 그 옆에 앉았다. 그런 일이 처음이라 어떤 결과로 이어질지 알 수 없었다. 차장이 왔을 때는 "6페니짜리 두 장요" 하고 말했다. 종점까지 갈 것 같진 않았지만 6페니짜리를 사야 안심이 될 것 같았다.

차장은 눈썹을 치켜세우며(굳이 아는 척하는 부류 같았다) "운전수가 기어를 바꿀 때 덜컹거릴 수 있어요. 면허 딴 지 얼마 안 돼서 말이에요"라고 말하더니 키득거리며 1층으로 내려갔다. 자기 유머 감각이 자랑스러운 모양이었다.

차장 목소리에 그녀가 잠을 깨고는 졸린 눈으로 내 쪽을, 내 손에 들린 표 두 장을 보았다. 표 색깔로 6페니짜리임을 알아보았을 것이다. 그녀는 미소를, 그날 저녁 처음으로 진짜 미소를 짓더니 태연하게 말했다. "낯선 당신, 안녕!"

나는 마음을 진정하려고 담배를 꺼냈고 그녀에게도 권하려 했지만 그녀는 어느새 다시 눈을 감고 잠든 모습이었다. 저 앞쪽에서 신문을 읽는 공군 한 명을 빼고는 버스 2층에 우리 둘뿐이었으므로, 나는 팔을 뻗어 그녀의 머리를 내 어깨에 편히 기대게 하고 다정히 감싸 안았다. 당장 뿌리치고 욕을 퍼부을지도 모른다고 생각했지만 그녀는 그러지 않았다. 입가에 미소를 띠고 마치 안락의자에라도 앉은 듯 편안한 자세로 말했다. "공짜 버스에 공짜 베개는 매일 생기는 게 아니죠. 공동묘지 전 언덕 아래에서 깨워 줘요."

어느 공동묘지이고 어느 언덕인지 알 수 없었다. 어떻든 깨우지는 않을 작정이었다. 6페니 표를 샀으니 최대한 그만큼은 타고 가기로 했다.

그리하여 우리는 흔들리는 버스 안에서 딱 붙어 앉아 편안한 여행을 했다. 침대에 앉아 축구 관련 기사를 읽거나 톰프슨 부부 딸의 집에서 저녁을 보내는 것보다 훨씬 재미있었다.

나는 조금씩 더 대담해져서 그녀의 머리 위에 내 머리를 기댔고 그녀를 감싸 안은 팔에도 조금 더 힘을 주었다. 너무 티 나지 않을 정도로 살짝 말이다. 그때 누군가가 2층으로 올라왔다면 틀림없이 우리를 연인으로 보았을 것이다.

차비가 4페니쯤 되는 곳을 지난 후부터는 조금 불안해졌다. 이 낡은 버스는 6페니 거리까지 다 가서 종점에 닿으면, 시내로 되돌아가지 않고 거기서 밤새 멈춰 있을 것이다. 그럼 우리 역시 거기 덩그러니 남을 것이다. 시간이 늦어 돌아갈 버스가 없으니. 그런데 내 주머니에는 잔돈 몇 푼뿐이었다. 택시비는커녕 기사 팁도 안 될 금액이었다. 아니, 지나가는 택시도 없겠지.

바보같이 돈도 없이 나오다니! 하긴 처음부터 충동적으로 움직인 탓이었다. 어떤 일이 벌어질지 알았다면 지갑을 두둑하게 채워서 나왔을 것이다. 여자와 데이트하는 일은 드물었지만 나는 하면 제대로 하자는 주의였다. 돈만 있다면 코너 하우스에서 맛있고 푸짐한 식사를 한 후, 지금처럼 늦은 시간만 아니라면, 또 여자 쪽에서 커피나 오렌지에이드보다 술을 좋아한다면 집 근처

술집에 갈 수도 있으리라. 정비소 사장이 가는 술집인데, 진 한 병을 사서 보관해 두고 언제든 마음 내킬 때 들르면 되는 곳이었다. 웨스트사이드에도 그렇게 운영되는 나이트클럽이 있다고 들었지만 터무니없이 비쌀 것이다.

어떻든 나는 버스를 타고 알지 못할 곳으로 가는 중이었고, 나의 그녀(정말 연인이라도 된 것처럼 이렇게 생각했다)는 곁에 있었다. 그녀를 집에 데려다줄 돈만 있다면! 나는 안절부절못하기 시작했고, 혹시라도 넣어 두고 잊어버린 동전이나 지폐가 없는지 이 주머니 저 주머니를 뒤졌다. 그것이 방해가 된 모양인지 갑자기 그녀가 내 귀를 잡아당기며 "가만히 좀 있어요" 하고 말했다. 친구처럼 다정한, 아니 그보다 한층 더 친밀한 분위기로.

"저기요, 정말 미안하지만 제가 바보 같은 짓을 했어요. 그쪽 옆에 앉아 있고 싶어서 종점까지 가는 표를 샀는데, 종점에서 내리고 나면 돈이 없는 상황이에요."

"다리가 멀쩡하잖아요."

"다리가 멀쩡하다니, 무슨 말씀인지?"

"다리는 걸으라고 있는 거죠. 내 다리는 그런데."

그제야 나는 돈은 중요하지 않다는 것을, 그녀가 화나지 않았으니 그날 밤이 순조로울 것임을 깨달았다. 나는 신이 나서 그녀를 꼭 껴안았다(다른 여자였다면 날 가만두지 않았을 것이다).

"아직 공동묘지를 지나친 것 같진 않습니다만 혹시라도 지나쳤다면 어쩌죠?"

"다른 묘지가 또 나올 거예요. 특별히 정해 둔 건 아니에요."

나는 어리둥절해졌다. 집에서 가까운 정류장이 공동묘지여서 거기서 내리려고 한 것이 아니란 말인가. 잠시 후 내가 말했다. "다른 묘지가 또 나올 거라니요? 버스 길에서 공동묘지는 자주 나오지 않을 텐데요."

"그냥 대충 말한 거예요. 이제 입 다물어요. 난 그쪽이 조용한 게 좋아요."

무안을 주는 말투는 아니었다. 나는 그녀의 말뜻을 알 것 같았다. 톰프슨 부부와 저녁을 먹으면서 하루 동안 있었던 일을 이야기하는 것은 즐겁다. 한 사람은 신문을 읽고 다른 사람은 또 다른 화제를 꺼내고 하다가 결국 하품을 시작하고 잠자러 가는 일상 말이다. 한가한 오전이나 오후 3시 무렵, 사장과 마주 앉아 "내 생각 좀 들어 보겠나. 관리들이 일을 엉망으로 하고 있어. 지난 정부보다 나을 것이 없다고" 하는 말을 듣다가 손님이 찾아오면 뚝 끊기고 마는 그런 대화도 좋았다. 어머니를 만나러 가서 내가 어렸을 때 엉덩이를 맞았던 일화를 듣고 과일 껍질을 벗기면서 과일 쿠키 굽는 일을 돕는 것도 좋았다. 대화는 그런 것이었다.

하지만 나의 그녀에게는 이야기를 하고 싶지 않았다. 그저 내 팔로 감싸고 그 머리에 내 얼굴을 댄 채 앉아 있고 싶었다. 내가 조용한 게 좋다는 그녀 말도 그 뜻이었다. 나도 그게 좋았다.

한 가지 남은 고민은 버스가 종점에 도착해 내리기 전에 그녀에게 입을 맞춰도 될까 하는 것이었다. 팔로 감싸 안는 것과 입을 맞추는 것은 차원이 다르지 않나. 입맞춤에는 사전 준비가 필요한 법이다. 일찌감치 만나 전시회나 음악회를 보고 무언가 먹고 마시며 가까워진 후에 헤어지면서 입 맞추고 포옹하는 게 여자들의 희망 사항이다. 솔직히 말하면 내겐 입맞춤과 관련해 좋은 기억이 별로 없었다. 입대 전에 고향에서 데이트하던 여자가 있었다. 꽤 괜찮은 여자라서 마음에 들었다. 다만 약간 뻐드렁니였는데, 키스를 할 때 아무리 눈을 감고 그 사실을 잊어버리려 해도 기분이 나지 않았다. 결국 그녀는 그저 옆집의 오랜 친구 도리스로 남았다. 다른 경험은 더 끔찍했다. 군복을 입고 있으면 다짜고짜 붙잡고 잡아먹을 듯 달려들어 옷매무새를 엉망으로 만들어 버리는 여자를 많이 만나게 된다. 남자가 먼저 움직일 때까지 기다리지 못하는 열정적인 유형을. 그런 여자는 딱 질색이다. 몸이 돌처럼 굳어 버리고 만다. 내가 좀 까다로운지도 모르겠다.

하지만 그때, 그날 밤 버스 안에서는 모든 것이 전혀 달랐다. 도무지 알 수가 없었다. 졸린 눈, 구릿빛 머리카락, 내가 있든 없든 상관 안 하는 것 같으면서도 동시에 나를 좋아하는 듯한 느낌까지, 한 번도 본 적 없는 유형이었다. 그리하여 나는 '용기를 내 볼까, 아니면 그냥 기다릴까?' 고민을 거듭했다. 버스의 움직임으로 보나 아래층에서 차장이 손님들에게 던지는 밤 인사로 보나 종점이 가까웠다는 건 분명했다. 외투 아래서 심장이 요동쳤고 목깃 아래 목이 붉게 달아올랐다. 멍청하기는, 입맞춤 한 번에 그녀가 날 죽이기야 하겠어…… 나는 '지금이야!'라고 속으로 외치고는 마치 다이빙대에서 뛰어내리는 기분으로 그녀 쪽으로 몸을 돌려, 손으로 그 얼굴을 받쳐 들고 입을 맞추었다.

내가 시적 감수성이 풍부한 사람이라면 그 순간에 계시가 일어났다고 표현할 것이다. 하지만 난 그런 사람이 못 된다. 다만 그녀가 다시 내게 아주 오래 입을 맞춰 주었고, 그 입맞춤은 도리스 때와 전혀 달랐다고 말할 수 있을 뿐이다.

곧이어 버스가 끼익 멈춰 섰고 차장이 "다 내리세요!" 하고 외쳤다. 솔직히 차장 목을 비틀어 버리고 싶은 기분이었다.

그녀가 내 발목을 가볍게 찼다. "뭐 해요, 내려야죠." 나는 엉거주춤 일어나 아래로 내려갔고 그녀가 뒤따라왔다. 어느새 우리는 길거리에 서 있었다. 비까지 내리기 시작했다. 세찬 비는 아니었지만 코트 깃을 올리기는 해야 할 정도였다. 불 꺼진 상점들이 양옆에 늘어선 대로의 끝이었는데, 내 눈엔 세상의 끝처럼 보였다. 왼쪽으로 언덕이, 언덕 아래에는 묘지가 보였다. 묘지 울타리와 흰 비석들이 언덕 중턱까지 서 있었다.

"이런, 여기가 목적지였군요?"

"그럴 수도요." 그녀가 흘낏 뒤돌아보더니 내 팔을 잡았다. "우선 커피나 한잔 마실까요?"

우선……? 집까지 긴 길을 걸어가기 전이라는 뜻인지, 아니면 여기가 집이라는 건지 알 수 없었다. 어떻든 그건 중요하지 않았다. 11시가 조금 넘은 시간이었다. 내 수중의 잔돈으로도 커피 한 잔에 샌드위치 하나는 살 수 있었다. 길 건너편에 아직 영업 중인 가게가 하나 보였다.

우리는 그쪽으로 걸어갔다. 버스 운전사도, 차장도, 앞쪽에 있던 공군도 다들 그리로 가 홍차와 샌드위치를 주문하고 있었다. 우리는 홍차 대신 커피를 달라고 했다. 샌드위치는 두꺼운 흰 빵 사이에 햄을 넉넉히 넣은 것이었고 커피도 갓 뽑아낸 뜨거운 것이 가득 따라져 나와, 속으로 '값에 비해 아주 훌륭하군' 하고 생각했다.

나의 그녀는 공군 남자를 바라보고 있었다. 전에 본 적 있다는 듯 생각에 잠긴 시선이었다. 공군 남자도 그녀를 마주 보았다. 나는 기분 나쁘거나 거슬리지 않았다. 내가 데이트하고 있는 여자를 다른 남자들이 쳐다보는 건 뿌듯한 일 아닌가. 나의 그녀는 그만큼 눈에 띄는 존재였다.

그녀는 공군에게서 등을 돌리고 탁자에 팔꿈치를 댄 채 뜨거운 커피를 마셨다. 나도 그 옆에서 커피를 마셨다. 우리는 주변 사람들에게 가볍게 목례를 했고, 내가 일행인 만큼 어떤 남자도 그녀를 건드리지 않았다. 나는 그게 좋았다. 우습지만 보호 본능이 발동하는 듯도 했다. 집에 돌아가는 젊은 부부로 보일 수도 있을 것 같았다.

점원과 손님들이 이야기를 나누기 시작했지만 우리는 끼어들지 않았다.

"군복 차림이니 조심하쇼." 운전수가 공군에게 말했다. "다른 사람들처럼 당할지 모르잖소. 늦은 시간에 이렇게 혼자 다니니."

모두들 웃기 시작했다. 나는 영문을 모른 채 무슨 농담이려니 생각했다.

"전 늘 정신 바짝 차리고 있죠. 나쁜 놈들은 보면 바로 안다니까요." 공군이 대답했다.

"다른 사람들도 그런 말을 했을 거요. 하지만 결국 당하지 않았소? 오싹한 일이오. 한데 왜 하필이면 공군만 고르는 건지."

"군복 색깔 때문이 아닐까요. 어둠 속에서도 바로 눈에 띄니까." 공군이 말했다.

사람들은 계속 웃어 댔다. 나는 담배에 불을 붙였다. 나의 그녀는 담배를 집어 들지 않았다.

"전쟁 때문에 여자들이 다 이상해졌어요." 점원이 커피 잔을 씻어 뒤쪽에 걸면서 말했다. "제정신 아닌 여자들이 많다니까요. 옳고 그른 걸 구분 못 해요."

"아니야, 문제는 운동이야. 괜히 운동을 해서 필요도 없는 근육을 키우거든." 차장이 말을 받았다. "내 딸들도 운동을 해. 남자 하나쯤은 너끈히 때려눕힐걸."

"맞아." 운전수가 맞장구쳤다. "그걸 두고 성 평등이라 하겠지? 투표권을 준 탓이야. 여자들한테는 투표권을 주지 말았어야 해."

"아니죠. 투표권을 줘서 여자들이 이상해진 건 아니에요." 공군이 반박했다. "사실 여자들이란 늘 그랬어요. 동양에선 여자를 제대로 다룰 줄 알죠. 입을 다물게 하거든요. 그게 답입니다. 여자들이 입을 열지 못해야 문제가 없어요."

"우리 마누라한테 입 다물라고 하면 어떻게 나올지 궁금하군." 운전수가 말했다. 다시금 왁자지껄 웃음이 터졌다.

나의 그녀가 소매를 잡아당겼다. 커피 잔이 비어 있었다. 그녀는 고개를 까딱하며 나가자는 신호를 했다.

"집으로 가려고요?" 내가 물었다.

바보 같은 말이었지만, 그렇게 해서라도 사람들이 우리가 같이 집으로 가는 사이라고 믿기를 바랐다. 그녀는 대답하지 않고 비옷 주머니에 손을 찔러 넣고 걸어 나갔다. 나는 사람들에게 인사를 하고 뒤따라 나갔다. 공군이 찻잔 너머로 그녀를 바라보는 모습이 눈에 들어왔다.

그녀는 길을 따라 걸었다. 여전히 비가 내렸다. 벽난로 앞에 앉아 있고 싶은 날씨였다. 그녀가 길을 건너더니 공동묘지 울타리에 멈춰서 나를 보며 미소 지었다.

"이제 어떡하죠?" 내가 물었다.

"묘비는 납작해요. 다 그렇진 않아도."

"납작하면요?" 나는 어리둥절해 되물었다.

"그 위에 누울 수 있죠."

그녀는 몸을 돌려 울타리를 살피며 걸었다. 울타리가 구부러지고 부러진 곳에 이르자 다시 나를 돌아보며 미소 지었다.

"늘 이래요. 잘 살펴보면 틈이 있기 마련이죠."

그녀는 재빨리 그 틈으로 들어갔다. 순간 정신이 아득했다.

"이봐요. 기다려요. 난 당신보다 체격이 크단 말이에요."

하지만 그녀는 벌써 멀리 무덤 사이를 걸어가고 있었다. 나는 간신히 울타리 틈을 빠져나갔고 숨을 헐떡이며 주변을 둘러보았다. 그녀가 길고 납작한 묘비에 누워 눈을 감고 팔베개를 하고 있지만 않았더라도 그렇게 놀라지는 않았을 것이다.

나는 그때 특별한 것을 기대하고 있었던 게 아니었다. 그저 그녀가 무사히 집에 돌아갔으면 하는 마음뿐이었다. 데이트야 다음 날 밤에 하면 되었다. 물론 이렇게 늦은 시간이니 함께 그녀의 집 현관까지 가서 거기서 잠시 머무를 수는 있으리라 생각했다. 그녀가 곧장 집으로 들어가 버릴 필요는 없으니까. 그런데 묘비 위에 누워 있는 그녀를 보다니, 그건 정말 생각지도 못한 일이었다.

나는 그녀 옆에 앉아 손을 잡았다.

"거기 누워 있으면 젖어 버려요." 하나 마나 한 소리였지만 달리 뭐라 말해야 할지 몰랐다.

"익숙한걸요."

그녀가 눈을 뜨고 나를 보았다. 울타리 바깥 가로등 덕분에 완전히 깜깜하지는 않았다. 비 내리는 밤치고는 덜 어두웠다. 그녀의 눈을 뭐라 묘사할 수 있다면 좋겠지만 그런 재주는 없다. 어둠 속에서 야광시계가 어떻게 반짝이는지 아는가. 내게도 그런 시계가 하나 있었다. 밤에 깨어나면 그 시계가 친구처럼 손목을 지키고 있었다. 그녀의 눈도 바로 그렇게 빛났다. 하지만 훨씬 사랑스러웠다. 게으른 고양이 같은 눈빛은 이제 없었다. 부드러우면서도 동시에 슬픈 눈빛이었다.

"빗속에 누워 있는 게 익숙하다고요?" 내가 물었다.

"그렇게 자랐어요." 그녀가 대답했다. "피난민 수용소에선 우리 같은 애들을 부랑아라고 불렀죠. 전쟁 때 얘기예요."

"수용소를 떠날 수 없었나요?"

"전 그랬어요. 어디서도 정착을 못 하고 다시 수용소로 되돌아갔죠."

"부모님은요?"

"안 계세요. 집에 폭탄이 떨어졌을 때 다 돌아가셨죠." 아무렇지도 않은 말투였다.

"운이 나빴군요."

그녀는 대답하지 않았다. 나는 그녀를 집에 데려다주고 싶다고 생각하며 그녀의 손을 잡고 거기 앉아 있었다.

"영화관에서는 얼마 동안 일한 거죠?" 내가 물었다.

"3주쯤요. 어디서든 오래 머물진 않아요. 곧 떠날 작정을 하죠."

"왜 그렇죠?"

"편히 머물 수가 없어요."

그녀가 갑자기 팔을 뻗어 내 얼굴을 만졌다. 부드러운 손길이었다.

"당신 얼굴은 친절하네요. 마음에 들어요."

이상했다. 그 말투는 나를 순진하고 다정하게 만들었다. 버스에서 느꼈던 흥분은 사라졌다. 나는 속으로 그래 이거야, 드디어 진정으로 원하는 여자를 찾아낸 거야, 라고 생각했다. 물론 하룻저녁 만나고 헤어지는 사이가 아니라 오래 사귈 사이로 말이다.

"남자 친구 있나요?" 내가 물었다.

"아뇨."

"그러니까 꾸준히 만나는 사람 말입니다."

"없어요. 한 번도 없었어요."

공동묘지에서, 게다가 오래된 묘비 위에 조각처럼 누운 여자와 그런 대화를 주고받다니 우스운 일이었다.

"저도 여자 친구가 없습니다. 남들처럼 연애하겠다는 생각도 안 해 봤죠. 제가 좀 별난 모양입니다. 정비소에서 일하는데 제 일이 좋습니다. 자동차며 뭐 그런 움직이는 걸 수리하죠. 보수도 괜찮아요. 어머니께 보내 드리는 걸 빼고도 조금씩 저축할 정도니까요. 지금은 하숙집에 삽니다. 톰프슨 부부라고, 좋은 사람들 이죠. 정비소 사장도 사람이 좋고요. 그래서 외롭다고 느낀 적이 없었는데, 그쪽을 보고 나니 생각이 좀 바뀌는군요. 앞으로는 예전 같지 않을 것 같아요."

그녀는 한 번도 끼어들지 않았다. 그러다 보니 마치 내 머릿속 생각을 소리 내어 말하고 있는 것만 같았다.

"톰프슨 부부 집으로 돌아갈 때면 기분이 좋아요. 아마 그보다 더 좋은 사람들은 찾기 어려울 거예요. 음식도 맛있고요. 저녁을 먹고 나면 이야기를 좀 나누고 라디오를 듣습니다. 그런데 이제는 다른 걸 하고 싶네요. 영화관으로 가 당신을 만나는 거죠. 영화가 끝나고 사람들이 나가면 당신은 내게 눈을 찡긋하며 옷 갈아입고 나가겠다고 신호를 보내는 겁니다. 전 당신을 기다리고요. 당신이 밖으로 나오면 오늘처럼 혼자가 아니라 제 팔을 잡고 함께 걷겠죠. 코트를 입기 싫다면 제가 들어 줄 테고요. 가방이든 뭐든 다른 것도요. 그리고 우리는 코너 하우스나 뭐 그런 곳에 가서 저녁을 먹는 겁니다. 미리 예약해 둔 식당이고, 그곳 사람들은 우리를 잘 알아서 특별히 대접해 주고요."

그 모든 상황이 선명하게 그려졌다. '예약석'이라고 표시된 테이블. 우리를 보고 고개를 끄덕이며 '오늘은 달걀 카레 요리입니다'라고 말해 주는 종업원. 뷔페식당이니 우리는 각자의 음식을 담으러 가고, 그녀가 마치 날 모른다는 듯 장난을 치면 나는 웃음을 터뜨린다.

"제 말뜻을 아시겠어요?" 내가 말했다. "그냥 친구가 아닌 그 이상의 사이가 되자는 겁니다."

그녀가 듣고 있는지 아닌지는 알 수 없었다. 그녀는 그대로 누워 나를 바라보면서 내 귀며 뺨을 어루만질 뿐이었다. 내가 안쓰럽다는 듯이.

"제가 선물도 사 드리고 싶어요. 때로는 꽃을 사 드리죠. 여자들이 드레스에 꽃 한 송이를 꽂고 있으면 보기 좋더군요. 생일이나 성탄절처럼 특별한 날이면, 당신이 진열창 밖에서 구경만 하고 들어가서 가격조차 묻지 못했던 걸 사 드리죠. 브로치나 팔찌, 뭐 그런 예쁜 것들을요. 당신과 함께 있지 않을 때 제가 가게 안으로 들어가 사 버리는 겁니다. 제가 한 주 내내 버는 돈보다 더 비싸다 해도 개의치 않고요."

선물 상자를 열 때 그녀가 지을 표정이 눈에 보였다. 내가 사 준 브로치나 팔찌를 하고 우리는 함께 외출을 한다. 그녀는 맵시 있는 차림이다. 너무 두드러지지 않으면서도 사람들의 시선을 끄는 그런 옷차림.

"모든 것이 불확실한 요즘 같은 때 결혼 얘길 꺼내는 건 적절치 않죠." 내가 말을 이었다. "남자는 몰라도 여자들은 불확실한 걸 싫어하니까요. 방 두 칸에 살면서 배급 줄이나 서고 해야 하니까. 여자들은 묶이지 않는 자유와 일자리를 원하죠. 남자들하고 똑같이요. 아까 가게에서 사람들이 떠들던 소리는 다 말도 안 돼요. 여자들이 예전 같지 않다느니, 전쟁 때문이니 하는 소리요. 동양에서 여자들을 다루는 방법은 제가 직접 봤죠. 그 군인은 그저 농담을 한 겁니다. 공군들이 워낙 그렇거든요."

그녀는 두 손을 내려놓고 눈을 감았다. 묘비에는 벌써 물이 흥건했다. 그녀가 걱정스러웠다. 비옷을 입고 있긴 했지만 스타킹 신은 다리나 구두는 축축하게 젖어 있었다.

"공군에 있었던 건 아니죠?" 그녀가 물었다.

이상했다. 목소리가 딱딱하게 굳어 있었다. 아까와 전혀 다르게 날카로웠다. 무언가 불안한 듯, 더 나아가 두려운 듯했다.

"아닙니다. 정비 부대에서 근무했죠. 우리 쪽 사람들은 괜찮아요. 말 안 되는 소릴 떠들지 않거든요."

"다행이에요. 당신은 착하고 친절하군요."

혹시라도 어느 공군이 그녀에게 상처를 준 건 아닌지 궁금했다. 공군은 거친 사람들이라 그런 일을 당했을 수도 있었다. 가게에서 커피를 마시면서 그녀가 공군을 바라보던 것도 생각났다. 뭔가 과거를 떠올리는 듯한 시선이었다. 그녀 말대로 부모 없이 수용소에서 자랐다면 이런저런 사람을 겪어 보았을 것이다. 그렇지만 누군가에게 상처를 입은 건 아니었으면 싶었다.

"공군이 왜요? 혹시 공군이 당신한테 무슨 짓이라도 했나요?"

"저희 집을 무너뜨렸어요."

"그건 독일 공군 짓이지 우리 공군이 아니에요."

"마찬가지예요. 공군은 살인자 아닌가요?"

나는 묘비에 누운 그녀를 내려다보았다. 혹시 공군에 있었냐고 묻던 딱딱한 목소리는 이제 사라졌지만 지치고 서글픈, 그리고 유난히 외로운 느낌이 가득했다. 불현듯 멍청한 충동이 일었다. 그녀를 하숙집으로 데려가 톰프슨 부인에게(워낙 선량한 사람이라 이해할 것 같았다) '제 애인이에요. 좀 보살펴 주세요'라고 말하고 싶었다. 그럼 그녀는 아무 일 없이 안전하게, 누구에게도 상처받지 않고 지낼 수 있을 테니까. 누군가가 나의 그녀에게 상처를 입힐까 봐 걱정스러웠다.

나는 허리를 굽히고 두 팔로 그녀를 안아 일으켰다.

"자, 비가 많이 내려요. 제가 집에 데려다줄게요. 이 차가운 돌 위에 누워 있다가는 죽을 수도 있어요."

"싫어요." 그녀가 내 어깨에 손을 올리며 말했다. "난 집에 가지 않아요. 당신은 당신이 속한 곳으로 돌아가요."

"당신을 여기 두고 갈 순 없어요."

"아니, 그렇게 해 줘요. 거절한다면 화내겠어요. 당신도 그건 싫죠?"

나는 어쩔 줄 모르고 그녀를 보았다. 희미한 불빛 아래서 그녀의 얼굴은 창백했지만 아름다웠다. 너무도 아름다웠다. 그 말밖에는 표현할 방법이 없다.

"제가 어떻게 하면 좋을까요?"

"절 내버려 두고 가세요. 뒤돌아보지도 말고요. 몽유병 환자처럼 빗속을 걸어 돌아가는 거예요. 몇 시간 걸리겠지만 괜찮아요. 당신은 젊고 튼튼하니까. 다리도 길고요. 당신 방으로 돌아가 침대에 누워 자면 돼요. 아침에 일어나서는 늘 그랬듯 식사를 하고 출근하세요."

"당신은요?"

"전 상관하지 말고 가라니까요."

"내일 밤에 당신을 데려다주러 영화관에 가도 될까요? 아까도 말했지만, 계속 만나고 싶어서요."

그녀는 대답하지 않고 그저 미소만 지었다. 조용히 앉아 내 얼굴을 바라보던 그녀가 다시 눈을 감고 고개를 뒤로 젖히고는 말했다. "낯선 당신, 다시 입 맞춰 줘요."

나는 그녀가 시키는 대로 돌아섰다. 뒤돌아보지도 않았다. 묘지 울타리를 넘어 길로 나왔다. 주변에는 아무도 없었고 버스 정류장 앞 커피 가게 문은 닫혀 있었다.

나는 버스가 왔던 길을 되짚어 걷기 시작했다. 길은 끝없이 곧게 뻗어 있었다. 양쪽에 상점이 늘어선 그 런던 북동쪽 거리는 하이 스트리트 같았다. 처음 가 보는, 전혀 모르는 곳이지만 상관없었다. 그녀 말대로 몽유병 환자가 된 느낌이었다.

걷는 내내 그녀 생각을 했다. 눈앞에 그녀 얼굴만 떠올랐다. 군대에서는 그런 말들을 했다. 여자한테 사로잡히면 제대로 보고 듣지도 못하고 무슨 행동을 하는지도 모르게 된다고. 말도 안 되는 헛소리라고, 술에나 취하면 그렇게 되는 거라고 여겼지만 이제 그게 맞는 말임을, 내게 바로 그런 일이 일어났음을 알 수 있었다. 그녀가 어떻게 집까지 갈지는 걱정하지 않기로 했다. 그녀가 걱정하지 말라고 했으니까. 아마 그 근처에 살고 있겠지. 아니라면 그렇게 멀리까지 버스를 타고 갔을 리가 없다. 직장에서 그렇게 멀리 산다는 게 이상했지만, 뭐 차차 설명을 들으면 되겠지. 한 가지는 분명했다. 밤에 다시 영화관에 가야 한다는 것. 그건 확고히 정해진, 절대 바꿀 수 없는 일이었다. 다시 밤 10시가 되기까지 남은 시간은 공백에 불과했다.

나는 빗속을 걷다가 트럭 한 대를 만났다. 엄지손가락을 세워 보였더니 운전수가 상당한 거리를 태워 주었다. 갈림길에서 내린 후 나는 다시 걸었고 새벽 3시쯤 집에 도착했다.

보통 때라면 그 시간에 톰프슨 씨를 깨우는 것이 미안했을 것이다. 처음 있는 일이기도 했다. 하지만 사랑으로 들뜬 마음에 다른 생각은 끼어들지 않았다. 한참 벨을 울린 후에야 톰프슨 씨가 나와 문을 열어 주었다. 구겨진 잠옷 차림에 자다 깬 얼굴이었다.

"대체 무슨 일인가? 얼마나 걱정했는지 몰라. 어디서 차에 치여 쓰러져 있는 건 아닌가 생각했네. 돌아와 보니 집이 텅 비어 있고 자네 먹으라고 차려 놓은 저녁은 손도 안 댄 상태라서."

"영화를 보러 갔습니다."

"영화?" 현관에 선 톰프슨 씨가 나를 쳐다보았다. "영화관은 10시면 문을 닫잖아."

"그건 그런데, 끝나고 산책을 했습니다. 죄송합니다. 안녕히 주무세요."

톰프슨 씨가 투덜거리며 문을 쾅 닫는 사이 나는 2층 내 방으로 올라갔다. 침실에서 톰프슨 부인이 "무슨 일이에요? 윗방 청년이에요? 들어온 거예요?" 하고 묻는 소리가 들렸다.

걱정을 끼쳤으니 내려가 사과해야겠지만 그러지 않았다. 굳이 그럴 일인가 싶었다. 나는 방문을 닫고 옷을 벗은 후 침대로 들어갔다. 어둠 속에서 나의 그녀가 함께 있는 듯 느껴졌다.

다음 날 아침 식탁에서 톰프슨 부부는 입을 열지 않았다. 내쪽을 쳐다보지도 않았다. 톰프슨 부인은 말없이 연어 접시를 건넸고 톰프슨 씨는 신문만 쳐다보았다.

나는 아침을 먹으면서 "어제 따님 댁에서는 즐겁게 지내셨어요?" 하고 물었다. 톰프슨 부인이 뾰로통한 표정으로 "아주 즐거웠어요. 10시쯤 돌아왔죠" 하고 대답하더니 남편 잔에 차를 더 따랐다.

우리는 다시 침묵했다. 얼마 후 부인이 "오늘 밤에 집에서 저녁 식사를 할 건가요?" 하고 물었고 나는 "아니요, 친구랑 약속이 있어서요" 하고 대답했다. 톰프슨 씨가 안경 너머로 나를 흘깃 보았다.

"늦을 것 같으면 따로 열쇠를 줘야겠군."

톰프슨 씨는 다시 신문을 읽기 시작했다. 지난밤에 무슨 일이 있었는지 내가 얘기하지 않는 탓에 부부 모두 기분이 상해 있었다.

출근해 보니 그날따라 끊임없이 일이 이어지며 바빴다. 평소라면 괜찮았을 것이다. 나는 늘 시간을 꽉 채워 일했고 연장 근무도 마다하지 않는 사람이니까. 하지만 그날은 상점에 다녀오고 싶었다. 일단 그렇게 작정하고 나니 머릿속이 온통 그 생각뿐이었다.

4시 반이 됐을 때 사장이 다가왔다. "오늘 저녁에 의사 선생 차를 손봐 놓겠다고 약속했네. 자네라면 7시 반까지 끝낼 거라고 말이야. 가능하겠지?"

가슴이 쿵 내려앉았다. 일찍 퇴근해야 하는데. 재빨리 머리를 굴려 보니 지금 바로 나가 상점에 들렀다가 다시 돌아와 의사 선생 차를 수리하면 문제없을 것 같았다. "초과 근무는 괜찮은데 지금 한 30분 나갔다 오고 싶습니다. 상점 문 닫기 전에 살 것이 있어서요."

사장은 그러라고 했다. 나는 작업복을 벗고 세수를 한 뒤 코트를 걸치고 하버스톡 힐 거리 상점가로 나갔다. 갈 곳은 정해 두었다. 톰프슨 씨가 시계 수리를 위해 늘 들르는 곳, 싸구려가 아니라 꽤 좋은 물건을 파는 보석상이었다.

반지도 있고 멋진 팔찌도 있었지만 별로 마음에 들지 않았다. 군인 공제 상점의 여자 점원들이 다들 끼고 있는 흔한 디자인이었다. 진열창을 여기저기 살피던 나는 안쪽에서 딱 알맞은 것을 찾아냈다.

브로치였다. 엄지손톱만 하게 작았지만 멋진 푸른 보석이었고 심장 모양이었다. 그 모양이 마음에 들었다. 잠시 브로치를 바라보았다. 가격표가 없는 것으로 보아 비쌀 것 같았다. 나는 안으로 들어가 그 브로치를 보여 달라고 했다. 주인이 진열창에서 브로치를 꺼내 천으로 한 번 문지른 후 이리저리 돌려 가며 보여 주었다. 나의 그녀가 드레스나 외투 위에 그 브로치를 단 모습이 그려졌다.

"그걸로 하죠." 나는 그렇게 말하고 가격을 물었다.

가격을 듣고 침을 한 번 꿀꺽 삼키긴 했지만 지갑을 꺼내 지폐를 셌다. 주인은 심장 브로치를 솜으로 조심스레 싸서 상자에 넣고는 끈으로 깔끔하게 묶어 포장해 주었다. 그날 퇴근하기 전에 사장에게 월급 가불을 부탁해야 할 상황이었다. 아마도 사장은 분명 이해하고 그렇게 해 줄 것이다.

나의 그녀에게 줄 선물을 윗주머니에 소중히 넣은 다음 보석상을 나섰을 때, 교회 종이 4시 45분을 알렸다. 잠깐 영화관에 들러 오늘 밤에 내가 오겠다고 한 말을 그녀가 기억하는지 확인하고 싶었다. 그런 다음에 정비소로 돌아가도 약속 시간까지 의사 선생의 자동차 수리를 마칠 수 있을 듯했다.

영화관에 도착하자 심장이 얼마나 쿵쾅거리는지 침을 삼키기도 어려웠다. 벨벳 재킷에 모자를 뒤쪽으로 쓰고 상영관 출입구 커튼 옆에 서 있을 그녀의 모습만 머릿속에 가득했다.

영화관 앞에 사람들이 줄을 서 있었다. 상영작이 바뀌어 있었다. 카우보이가 인디언에게 칼을 꽂는 포스터 대신 춤추는 여자들과 지팡이 든 남자들이 서 있는 뮤지컬 포스터가 붙어 있었다.

안으로 들어가 곧바로 커튼 쪽을 살폈다. 안내원이 있었지만 나의 그녀는 아니었다. 키가 크고 멍청해 보이는 여자가 입장하는 관객들의 표를 찢는 일과 손전등 비춰 주는 일을 한꺼번에 하느라 쩔쩔매는 중이었다.

나는 기다렸다. 근무 위치를 교대하느라 나의 그녀는 위층으로 간 듯했다. 관객들이 우르르 상영관으로 들어가 안내원이 잠시 한가해진 틈을 타서 그녀에게 다가가 물었다. "죄송합니다만, 다른 안내원을 만나려면 어디로 가야 하죠?"

여자가 나를 쳐다보았다. "다른 안내원 누구요?"

"어젯밤에 근무했던 구릿빛 머리 안내원요."

여자는 수상쩍다는 시선으로 나를 훑어보았다. "오늘 안 나왔어요. 그래서 제가 대신 하는 거예요."

"안 나왔다고요?"

"네, 그런데 웬일인지 모르겠군요. 그 여자에 대해 당신만 물어본 게 아니에요. 조금 전에는 경찰도 와서 그 여자 문제로 지배인을 만나고 갔어요. 아마도 무슨 문제가 생긴 모양이에요."

심장이 다시 뛰었다. 아까의 설렘과 달리 불길한 박동이었다. 누가 갑자기 아파서 병원에 실려 갔을 때처럼.

"경찰이요? 대체 경찰이 왜요?"

"전 모른다고 했잖아요. 어쨌든 그 여자랑 관계된 일이에요. 지배인이 경찰서에 갔는데 아직 안 왔어요. 손님, 이쪽입니다. 2층은 왼쪽, 1층은 오른쪽으로 들어가세요."

나는 어찌할 바를 모르고 서 있었다. 바닥이 그대로 꺼져 버리는 기분이었다.

키 큰 안내원은 입장객들의 표를 찢었고, 그러고 나서 어깨 너머로 나를 보며 말했다. "혹시 아는 사이세요?"

"조금요." 어떻게 대답해야 할지 몰랐다.

"사실 정신이 좀 이상한 것 같았어요. 자살한 사체로 발견된다 해도 전 놀라지 않을 거예요. 손님, 아닙니다, 아이스크림은 뉴스 영화가 끝난 후에 판매할 겁니다."

나는 영화관을 나섰다. 값싼 좌석을 사려는 줄이 점점 길어졌다. 신이 나서 떠들어 대는 아이들이 보였다. 나는 그 옆을 지나 걷기 시작했다. 속이 불편했다. 나의 그녀에게 무슨 일이 일어났다. 이제야 분명해졌다. 지난밤에 날 보내려 한 것, 집에 가는 모습을 보여 주지 않은 것이 다 이유가 있었다. 묘지에서 스스로 목숨을 끊을 작정이었던 것이다. 창백한 얼굴로 이상한 말을 늘어놓았던 것도 이유가 있었다. 그리고 이제 울타리 옆 묘비에 누운 시체로 발견된 것이다.

내가 그녀를 버려두고 돌아오지 않았다면 괜찮았을 것이다. 5분만 그녀 곁에 더 머물며 달래 주었다면, 그리고 잘 설득해 집에 데려다주었다면 지금 아무 일 없이 영화관에 출근해 입장객들의 자리를 안내해 주고 있었을 텐데.

어쩌면 최악의 상황은 아닌지도 모른다. 그저 기억을 잃고 배회하는 그녀를 경찰이 발견해 신분을 확인하려는 것뿐일 수도 있다. 경찰서에 찾아가 물어보면 상황을 알 수 있을까. 경찰한테 그녀가 내 연인이라고 말하고 데리고 나오면 어떨까. 그녀가 설사 날 못 알아본다 해도 상관없다. 그렇지만 일단 사장과 약속한 대로 의사 선생의 자동차 정비부터 끝내야 했다. 그다음에 바로 경찰서로 가야지.

나는 반쯤 넋이 나간 채 정비소로 돌아갔고, 처음으로 기름이며 윤활유 냄새에 속이 뒤집히는 경험을 했다. 한 남자가 차를 빼내 가면서 요란한 엔진 소리를 내자 고약한 냄새와 함께 배출된 가스가 정비소를 가득 채웠다.

나는 작업복으로 갈아입고 연장을 챙겨 정비를 시작했다. 머릿속에는 나의 그녀에게 무슨 일이 일어났는지, 지금 경찰서에서 영문 모른 채 앉아 있는지 아니면 어딘가에 쓰러져 죽어 있는지 하는 걱정만 가득했다. 계속 그녀의 얼굴이 눈앞에 떠올랐다.

불과 한 시간 반 만에 정비를 마치고 차에 휘발유까지 가득 채워 주인이 바로 빼 갈 수 있도록 해 놓았다. 그러고 나니 몸은 완전히 지쳐 있었고 얼굴은 온통 땀범벅이었다. 나는 대충 씻고 코트를 입었다. 윗주머니의 선물 상자를 꺼내 잠시 바라보다가 다시 집어넣었다. 뒤돌아서 있느라 사장이 들어오는 것도 미처 보지 못했다.

"사겠다고 하던 건 샀나?" 사장이 유쾌한 미소를 지었다.

그는 한 번도 화낸 적 없는 호인이었고 나와 사이가 좋았다.

"네."

대답은 했지만 그 이야기를 하고 싶지는 않았다. 나는 일을 끝냈다고 말한 후 초과 근무를 기록하기 위해 사장과 함께 사무실로 들어갔다. 사장이 책상 위 석간신문 옆에 놓인 담뱃갑에서 담배 한 개비를 꺼내 주었다.

"오늘 드디어 레이디 럭이 이겼어. 이번 주에 그 말한테 2파운드를 걸었는데 말이야."

사장은 급료 계산을 위한 장부에 내 초과 근무를 기입했다.

"잘됐네요."

"더 많이 걸었어야 했어. 25배 배당이라는군."

나는 대답하지 않았다. 술을 좋아하는 편은 아니었지만 그 순간에는 술 생각이 간절했다. 손으로 이마를 닦았다. 사장이 어서 계산을 끝내고 나를 보내 주었으면 하는 생각뿐이었다.

"또 한 명이 당했다네. 3주 동안 벌써 세 번째야. 바로 복부를 찔렀다는군. 오늘 아침에 병원에서 죽었대. 공군이 무슨 수난인지 모르겠어."

"무슨 말씀이죠? 제트기 사고라도 났나요?"

"제트기는 무슨, 살인 사건 말일세. 복부가 너덜너덜해졌다는군. 신문 안 읽었나? 지난 3주 동안 세 명이 똑같은 방식으로 죽었어. 다들 공군이었고 포도밭이나 공동묘지 근처에서 발견됐지. 방금 주유하러 온 손님한테도 한 얘기지만 요즘은 남자들뿐 아니라 여자들도 성도착자가 되는 판이니 원. 그래도 범인이 곧 잡힐 모양이야. 신문 기사에 따르면 금방 체포될 거라고 하는군. 또 다른 희생자가 나오기 전에 어서 잡아야지." 사장이 장부를 덮고 볼펜을 귀 뒤에 끼웠다.

"한잔하겠나? 찬장에 진이 한 병 있어."

"아닙니다. 말씀은 감사한데 제가…… 데이트가 있어서요."

"그렇군. 그럼 잘하게."

나는 걸어가면서 석간신문을 샀다. 사장이 말한 대로였다. 1면에 살인 사건 기사가 실려 있었다. 새벽 2시쯤 런던 동북부에서 젊은 공군이 살해당한 사건이. 그 군인은 칼을 맞고도 공중전화 부스까지 가서 신고를 했고, 경찰이 도착했을 때는 부스 안에 쓰러져 있었다고 한다.

죽기 전에 그가 구급차에서 남긴 말도 실려 있었다. 젊은 여자가 유혹하기에 따라나섰는데, 그 조금 전에 그 여자가 다른 남자와 커피를 마시는 모습을 보았기에 그 남자를 차 버리고 자기를 유혹하는 거라고 생각했다고. 그런데 여자가 곧바로 칼을 휘둘렀다고.

피해자는 여자의 인상착의를 경찰에 설명했으며, 경찰은 어제 저녁 여자와 함께 있었던 다른 남자가 경찰에 출두해 정보를 제공하기를 기다린다는 내용도 있었다.

더 이상은 읽고 싶지 않았다. 신문을 던져 버리고 지칠 때까지 거리를 배회했다. 톰프슨 부부가 잠자리에 들었을 즈음에 집으로 가서 우편함 속에 매달아 둔 열쇠로 문을 열고 들어가 내 방으로 올라갔다.

톰프슨 부인이 침대를 말끔히 정리한 후 뜨거운 차를 넣은 보온병과 야간판 신문까지 가져다 둔 상태였다.

그 신문을 보니, 오후 3시경에 그녀가 잡혔다고 했다. 나는 더는 기사를 읽지 않았고 이름도 확인하지 않았다. 그저 침대에 앉아 1면에서 나를 바라보는 그녀의 사진을 바라보았다.

코트 주머니에서 선물 상자를 꺼내 열었다. 멋진 포장지와 끈을 던져 버리고, 그 작은 푸른색 심장을 손바닥에 놓고 하염없이 쳐다보았다.

광란의 40번대 구역에 꽃핀 로맨스

Romance in the Roaring Forties

데이먼 러니언

권영주 옮김

정말 어쩔 수 없는 얼간이가 아니라면 멋쟁이 데이브의 여자 한테 두 번 눈길 줄 맘을 먹지 않을 것이다. 처음 한 번은 데이브도 실수로 생각하고 봐줄지 몰라도 두 번째는 울컥할 게 틀림없기 때문이다. 데이브는 성질을 건드리고도 무사할 수 있는 사내가 아니다.

　그러나 이 월도 윈체스터란 사내는 순도 100퍼센트의 얼간이라, 데이브의 여자한테 아주 여러 번 눈길을 주었다. 게다가 여자도 그에게 아주 여러 번 눈길을 주었다. 결과는 뻔했다. 여자와 남자가 눈길을 주고받기 시작했으니 당연히 결과는 빤하다.

　월도 윈체스터는 《모닝 아이템》지에 브로드웨이에 관해 쓰는 젊고 잘생긴 친구다. 나이트클럽에서 벌어지는 온갖 일들(예컨대 싸움이라든지), 또 누가 누구랑 어울린다는 것도 쓴다. 물론 여자와 남자가 사귀는 것도 포함된다.

이게 가끔은 결혼했으면서 결혼 안 한 상대와 사귀는 사람들을 아주 난처하게 만들 때가 있지만, 물론 월도 윈체스터더러 기사를 쓰기 전에 일일이 먼저 혼인 증명서를 확인하라고 할 수는 없는 노릇이다.

빌리 페리 양이 멋쟁이 데이브의 여자라는 걸 월도 윈체스터가 알았다면 어쩌면 한 번만 눈길을 주고 말았을지 모르지만, 두 번 세 번 반복되도록 아무도 월도 윈체스터한테 귀띔해 주지 않았거니와, 그때는 이미 빌리 페리 양이 월도 윈체스터한테 눈길을 주기 시작해 그가 걸려든 뒤였다.

그는 실제로 그녀에게 푹 빠져 그녀가 누구의 여자건 상관하지 않았다. 아까도 말한 것처럼 그가 얼간이라 그렇다. 사실 개인적으로 그를 탓할 수만은 없는 게, 빌리 페리 양은 아닌 게 아니라 몇 번 눈길을 줄 만한 여자이기 때문이다. 특히 미주리 마틴 양의 식스틴 헌드레드 클럽 플로어로 나와 탭댄스를 출 때는 더 그렇다. 그래도 나 같으면 설령 세상에서 제일가는 탭댄서라 해도 멋쟁이 데이브의 여자라는 걸 알면 두 번 눈길을 주지 않을 것이다. 데이브는 자기 여자를 무지 소중히 여기는 사람이기 때문이다.

그중에서도 특히 빌리 페리 양을 아껴서 모피 코트며 다이아몬드 반지 등을 선물하곤 했는데, 그녀는 받는 족족 돌려보냈다.

그녀는 사내들한테 선물을 받지 않는 모양이었다. 여기에는 다들 놀라 무슨 다른 속셈이 있나 보다고 생각했다.

어쨌든 그래도 멋쟁이 데이브가 그녀를 좋아하는 데는 변함이 없었던지라, 모두가 그녀를 멋쟁이 데이브의 여자로 여기며 경의를 표했다. 그런데 이 월도 윈체스터란 작자가 나타난 것이다.

하필이면 그때 멋쟁이 데이브는 스카치며 샴페인 등 사업상 필요한 물품을 사들이러 연안 경비정을 타고 바하마 제도에 가고 없었다. 그리고 데이브가 돌아왔을 즈음 빌리 페리 양과 월도 윈체스터는 이미 그녀의 휴식 시간마다 손을 맞잡고 구석에 앉아 있는 단계에 이르렀다.

물론 아무도 멋쟁이 데이브에게 이 이야기를 하지 않았다. 그를 열받게 하고 싶은 사람은 아무도 없기 때문이다. 심지어 미주리 마틴 양조차 입을 다물었는데, 이건 매우 흔치 않은 일이었다. 미주리 마틴 양, 줄여서 '미주'는 뭘 알면 그게 뭐든 즉시 떠들어 대야 직성이 풀리는 사람이다. 심지어 일이 벌어지기도 전에 떠들 때가 많다.

그러니까 그게, 멋쟁이 데이브가 열받으면 누군가의 대갈통을 날려 버릴 수도 있기 때문이다. 십중팔구 월도 윈체스터의 대갈통이겠지만, 간혹 월도 윈체스터는 대갈통이 없는 골 빈 녀석이라고 주장하는 사람도 있었다. 안 그러면 멋쟁이 데이브의 여자를 집적거리겠느냐는 것이다.

나는 데이브가 빌리 페리 양을 아주아주 좋아한다는 걸 알고 있었다. 두 사람이 이야기하는 장면을 여러 번 봤는데, 그녀를 무척이나 정중하게 대했을 뿐 아니라 그녀 앞에서는 지저분한 말도 쓰지 않고 행동을 조심했다. 한번은 이런 일이 있었다. 어느날 밤 애꾸눈 솔리 에이브러햄스가 술김에 빌리 페리 양을 '년'이라 했다. 별 뜻은 없었다. 여자를 말할 때 그 말을 쓰는 사내들은 많다.

그렇건만 멋쟁이 데이브는 바로 테이블 너머로 몸을 뻗어 애꾸눈 솔리의 입에 주먹을 날렸다. 그 순간 데이브가 빌리 페리양한테 마음이 있다는 걸 모두 알았다. 물론 데이브는 늘 어느 여자한테 마음이 있었지만 그 때문에 주먹을 날리는 일은 거의 없었다.

그러던 어느 날 밤 멋쟁이 데이브가 식스틴 헌드레드 클럽에 들어왔다. 입구에서 그는 글쎄, 이 월도 윈체스터란 작자와 빌리 페리 양이 사이좋게 키스를 주거니 받거니 하는 모습을 보고 말았다. 데이브는 곧바로 월도 윈체스터를 쏘려고 개다리에 손을 뻗었으나, 하필이면 그날 저녁 딱히 누구를 쏠 예정이 없었던 터라 개다리를 갖고 있지 않았다.

그래서 멋쟁이 데이브는 그들에게 다가가서는, 빌리 페리 양의 입을 틀어막다 말고 그 소리를 듣고 풀어 준 월도 윈체스터의 턱을 오른손으로 후려갈겼다. 멋쟁이 데이브를 위해 내 한마디

하자면, 그는 왼손은 그저 그래도 오른손은 상당히 세다. 월도 윈체스터는 바닥에 늘씬하게 뻗고 말았다.

빌리 페리 양은 배터리 공원에서도 똑똑히 들릴 만한 소리로 비명을 지르고는 월도에게 달려가 요란하게 울부짖으며 그에게 몸을 던졌다. 알아들을 수 있는 말이라곤 멋쟁이 데이브가 덩치 큰 깡패며(사실 데이브는 그리 크지 않다) 자기는 월도 윈체스터를 사랑한다는 것뿐이었다.

데이브는 다가가 이런 경우 으레 그러하듯 월도 윈체스터를 걷어차려 했다. 그러나 마음이 바뀌었는지, 월도를 공 차듯 발길질하는 대신 몸을 돌려 흉악한 표정으로 나갔다. 그다음 들린 소식은 그가 치킨 클럽에서 술을 퍼마시고 있다는 것이었다.

이건 정말 아주 좋지 못한 신호였다. 다들 주인인 토니 베르타졸라와 게임 한판 하러 가끔 치킨 클럽에 가긴 해도, 거기서 술을 마시려는 사람은 아무도 없다. 토니의 술은 손님이나 마셔야지, 아니면 마실 게 못 된다.

어쨌든 빌리 페리 양은 월도 윈체스터를 일으켜 세우고 손수건으로 턱을 닦아 주었다. 보아하니 월도는 턱에 큼직하게 혹이 난 걸 제외하면 멀쩡한 듯했다. 그녀는 그러는 내내 멋쟁이 데이브는 정말 덩치 큰 깡패라며 화를 냈다. 나중에 미주리 마틴 양은 빌리 페리 양을 잡아다 놓고 멋쟁이 데이브처럼 훌륭한 고객을 내쫓았다며 길길이 날뛰었다.

"하여간 넌 진짜 돌대가리라니까. 신문쟁이 놈한테 건질 게 뭐가 있다고. 멋쟁이 데이브가 돈을 얼마나 물 쓰듯 쓰는지는 누구나 다 아는 사실인데."

미주리 마틴 양의 말에 빌리 페리 양이 대꾸했다.

"그렇지만 전 윈체스터 씨를 사랑하는걸요. 그이는 정말 낭만적이에요. 멋쟁이 데이브 같은 총잡이 밀수꾼이랑은 달라요. 그이는 신문에 저에 대한 멋진 글을 실어 주는 데다 늘 신사란 말이에요."

물론 미주리 마틴 양은 신사를 논할 처지가 아니었다. 식스틴 헌드레드 클럽에서 신사를 만나기란 쉽지 않기 때문이다. 게다가 월도 윈체스터를 수틀리게 했다가는 클럽에 불리한 기사를 쓸지 모른다. 그녀는 그 이상 뭐라 하지 않았다.

빌리 페리 양과 월도 윈체스터는 그 뒤로도 휴식 시간마다 손을 맞잡고 앉아, 젊은 사람들이 으레 그러하듯 가끔씩 키스도 주고받았다. 멋쟁이 데이브는 식스틴 헌드레드 클럽에 발을 끊었고, 모든 게 잘 풀린 듯 보였다. 당연히 우리 모두 그 이상 말썽이 일어나지 않은 걸 환영했다. 데이브라고 신문쟁이와 문제를 일으켜 좋을 게 없기 때문이다.

개인적으로 나는 데이브가 금세 다른 여자를 발견해 빌리 페리 양을 잊을 줄 알았다. 다시금 보니 그녀는 빨간 머리라는 것만 빼고 다른 탭댄서들이랑 다를 바 없었다. 이유는 모르겠지만 탭댄서 중엔 검은 머리가 많다.

식스틴 헌드레드 클럽의 도어맨 무시한테 듣기로, 미주리 마틴 양은 그래도 여전히 포기하지 않고 멋쟁이 데이브를 미는 모양이었다. 미주리 마틴 양이 어느 날 밤 빌리 페리 양한테 이렇게 말했다는 것이다.

"네 오락가락에 아몬드도 없잖니."

이건 빌리 페리 양의 손가락에 다이아몬드가 없다는 미주리 마틴 양식 표현이다. 이 바닥에서 잔뼈가 굵은 미주리 마틴 양은, 남자는 여자에게 다이아몬드로 사랑을 입증하는 법이라고 생각했다. 그러는 미주리 마틴 양도 다이아몬드가 아주 많다. 대체 어떤 남자가 다이아몬드를 선물할 만큼 미주리 마틴 양한테 몸이 달아오를 수 있는지 도무지 모르겠다.

나는 별로 놀러 다니는 인간이 아닌지라 그 뒤로 두어 주 멋쟁이 데이브를 못 봤는데, 어느 일요일 오후 늦게 데이브의 부하 조니 맥가우언이 와서 이렇게 말했다.

"데이브가 좀 전에 기자 녀석을 붙들어다 드라이브를 나갔는데 어떻게 생각해?"

흥분한 조니를 달래 뭔 말인지 알아듣게 설명하게 하느라 한참 걸렸다. 보아하니 멋쟁이 데이브가 차고에서 제일 큰 차를 꺼내 월도 윈체스터가 일하는 《아이템》 신문사로 자기 운전사인 이탈리아 놈 조를 보낸 모양이었다. 빌리 페리 양이 59번로 미주리 마틴 양의 아파트에서 지금 당장 만나자고 한다는 전갈을 들려서.

당연히 거짓부렁이었지만 월도는 감쪽같이 속아 이탈리아 놈 조가 모는 차에 올라탔다. 그런데 미주리 마틴 양의 아파트 앞에 차가 서자 글쎄, 멋쟁이 데이브가 올라탄 것이다. 차는 두 사람을 태우고 다시 출발했다.

이건 아주 좋지 못한 소식이었다. 멋쟁이 데이브가 드라이브에 사내를 데리고 나가면 녀석은 영영 못 돌아올 때가 많았다. 녀석이 어떻게 됐는지 물어본 적은 없다. 여기 사내들의 거리에서 질문해 봤자 코뼈만 부러지고 말면 그나마 다행이다.

그렇지만 나는 멋쟁이 데이브를 좋아하는 데다, 월도 윈체스터 같은 신문쟁이 친구를 드라이브에 데리고 나가면 소문이 나리란 걸 알기 때문에 걱정하지 않을 수 없었다. 특히 그놈이 안 돌아오기라도 했다간 더더욱 큰일 날 것이다. 멋쟁이 데이브가 드라이브에 데리고 나가는 다른 녀석들은 아무래도 상관없지만, 이놈은 비록 얼간이긴 해도 신문사와 연관이 있는 이상 말썽이 생길 소지가 있었다.

나도 신문사에 대해 웬만큼은 아는 사람이라, 조만간 월도 윈체스터가 쓴 브로드웨이 기사를 찾으러 편집장이 나타나리란 것쯤은 알고 있었다. 그런데 만약 월도 윈체스터가 쓴 브로드웨이 기사가 없으면 이유를 알고 싶어 할 것이다. 그러다 다른 사람들도 궁금해할 테고, 이윽고 여러 사람들이 "월도 윈체스터 어디 갔어?" 하며 여기저기 들쑤시고 다닐 것이다.

이 도시에서 아무개 어디 있느냐고 여러 사람이 여기저기 들쑤시고 다니다 보면 그 일은 대단한 수수께끼 사건이 된다. 그럼 신문들이 경찰을 들볶을 것이고, 경찰은 사람들을 들볶을 것이다. 이윽고 벌집 쑤셔 놓은 꼴이 돼 맘 편히 못 있게 될 것이다.

하지만 이 상황에 뭘 하면 좋을지 알 수 없었다. 아무래도 상황이 아주 안 좋다 싶어서, 조니가 전화를 걸러 간 사이 어디로 가면 사람들이 나를 목격해 줄지 열심히 궁리했다.

그런데 조니가 돌아와 흥분한 목소리로 말했다.

"이봐, 멋쟁이가 펠럼 파크웨이에 있는 우드콕 호텔에 있다고 다들 당장 그리로 오라는데. 굿타임 찰리 번스타인이 방금 전보를 받았대. 뭔 일이 벌어지고 있는 게 틀림없어. 다른 녀석들도 출발했다니까 우리도 가자고."

그러나 나는 이 초대가 별로 마음에 들지 않았다. 내 생각에 멋쟁이 데이브는 이런 때 같이 있고 싶은 사람이 아니다. 어쩌면 월도 윈체스터한테 이미 뭔 짓을 했거나 이제부터 할 생각인지 모르는데, 나는 거기에 얽히고 싶은 마음이 조금도 없었다.

개인적으로는 신문쟁이 친구들한테 아무 불만이 없다. 설사 브로드웨이에 관해 쓰는 친구라 해도 그렇다. 멋쟁이 데이브가 월도 윈체스터한테 뭔 짓을 하겠다면 구태여 반대할 생각은 없지만, 상관없는 사람들은 뭐 하러 끌어들인다는 말인가? 그런데도 정신이 들어 보니 나는 조니 맥가우언의 2인용 로드스터를 타고 달려가고 있었다. 조니는 신호등이고 뭐고 죄 무시하고 씽씽 내달렸다.

차가 콘코스를 내달리는 가운데 나는 상황을 생각해 보았다. 보아하니 멋쟁이 데이브는 빌리 페리 양을 못 잊고 치킨 클럽에서 파는 술을 퍼마시다가 드디어 돌아 버린 모양이었다. 내 보기에 여자 때문에 신문쟁이 친구를 드라이브에 데리고 나갈 생각을 하는 인간은 미친 게 틀림없다. 여기 사내들의 거리에 발에 차일 만큼 흔해 빠진 게 여자인데 말이다.

그렇지만 상식을 갖춘 멀쩡한 사내들이 여자랑 얽힌 순간, 그래서 어쩌면 사랑에 빠진 순간, 창밖으로 뛰어내리거나 총으로 자기 또는 남을 쐈다는 이야기를 신문에서 하도 많이 본 터라, 멋쟁이 데이브 같은 사내라도 여자 때문에 맛이 갈 순 있겠다 싶었다.

조니 맥가우언도 걱정스러운 표정으로 입을 다물고 있었다. 우리는 눈 깜짝할 새 우드콕 호텔에 도착해 차를 세웠다. 이미 차가 많이 서 있었는데, 내가 아는 사람들 차도 여러 대 보였다.

우드콕 호텔은 외곽에 위치한 도로변의 호텔로, 주인 빅 니그스콜스키가 이게 아주 멋진 사람인 데다 친구도 아주 많다. 펠럼 파크웨이에서 좀 들어간 곳에 있는데, 밴드도 훌륭하고 쇼에 나오는 아가씨들도 생김새가 반반해 근사한 시간을 보내는 데 필요한 건 죄다 갖추었다. 술은 그저 그렇지만 괜찮은 사람들하고 괜찮게 한판 즐길 수 있다.

나 자신은 그런 곳을 안 좋아해서 잘 안 가지만, 멋쟁이 데이브는 파티를 열 때나 혼자 술 마실 때면 애용한다. 안에서 떠들썩한 소리가 들려오는 가운데, 데이브 본인이 나와 우리를 열렬히 반겼다. 얼굴이 시뻘겋게 달아오른 게 무척 흥분한 듯했지만, 남한테, 그것도 신문쟁이 친구한테 해를 가할 작정인 사람처럼 보이지는 않았다.

"어이, 친구들, 얼른들 들어오라고!"

멋쟁이 데이브가 소리쳤다.

안으로 들어가니 테이블마다 사람이 꽉 찼고 플로어에서 춤추는 사람도 많았다. 다이아몬드를 여기저기 주렁주렁 단 미주리 마틴 양에, 굿타임 찰리 번스타인, 피트 새뮤얼스, 토니 베르타졸라, 스키츠 볼리바, 그리스인 닉, 로체스터 레드, 또 사방에서 모여든 여러 사내들과 여자들이 보였다.

브로드웨이에 있는 모든 클럽에서 사람들이 모여든 것 같았다. 그중엔 온통 흰옷으로 차려입고 거대한 양란 꽃다발을 든 빌리 페리 양도 있었다. 그녀는 키들키들 웃고 미소 지으며 이 사람 저 사람과 악수를 주고받고 있었다. 그리고 플로어가 내다보이는 테이블에 신문기자 친구 월도 윈체스터가 혼자 앉아 있었는데, 일단 사지는 멀쩡해 보였다. 그러니까 내 말은, 최소한 아직은 붙을 거 다 붙어 있고 무사해 보였다는 뜻이다.

나는 멋쟁이 데이브에게 목소리를 낮추고 말했다.

"데이브, 여기서 지금 뭔 일이 벌어지고 있는 거지? 이 거리에선 조심해서 행동할수록 좋다는 것쯤은 자네도 알 텐데. 설마 뭔일을 벌이는 건 아니겠지?"

"지금 뭔 소리를 하는 거야? 딴 게 아니라 결혼식이라고. 브로드웨이 사상 최고의 결혼식이 될 거야. 이제 목사만 오면 돼."

나는 내가 뭔 말을 들었는지 이해되지 않았다.

"결혼식? 누가 결혼한단 말이야?"

"그야 당연하지. 결혼식이 그럼 뭘 하는 건데?" 데이브가 말했다.

"누가 결혼하는데?" 나는 물었다.

"그야 빌리랑 그 기자 녀석이지. 내 평생 이렇게 멋진 일을 한건 처음인 것 같아. 얼마 전에 빌리하고 마주쳤는데 질질 짜고있지 뭐야. 기자 녀석을 사랑해서 그놈이랑 결혼하고 싶은데 그놈이 돈이 없다나. 그래서 나한테 맡기라고 했어. 자네도 알다시피 난 빌리를 사랑하고 빌리가 늘 행복한 표정이길 원하거든. 그러려면 딴 놈이랑 결혼해야 한다 해도 말이지.

그래서 내가 이 결혼 피로연을 계획한 거야. 신혼 생활을 여유있게 시작할 수 있도록 몇천 줄 생각이고. 그렇지만 기자 녀석놀래 주려고 그놈한텐 말 안 했고 빌리한테도 말하지 말라고 시켰거든. 그리고 아까 오후에 납치해다가 이리로 데려왔는데, 내가 자길 죽일 줄 알고 잔뜩 졸더군.

하여간 저렇게 졸아든 놈은 처음 보는데, 뭘 어떻게 해도 기운 낼 생각을 안 하니까 가서 정신 차리라고 좀 해 봐. 행복한 일이 있을 거라고."

데이브가 월도 윈체스터를 결혼시키는 것 이상으로 심한 일을 할 생각이 없다는 걸 알고 나는 정말이지 너무나 마음이 놓였다. 월도가 앉은 곳으로 다가가니, 아닌 게 아니라 눈빛이 멍해선 혼자 안절부절못하는 게 겁에 질린 듯 보였다. 진짜로 겁먹었다는 걸 알겠길래 등짝을 탁 치며 말했다.

"축하해, 친구! 최악의 상황은 아직 안 닥쳤으니까 기운 내라고."

"그렇겠지."

월도 윈체스터가 말했다. 뜻밖에 엄숙한 목소리였다.

"새신랑 표정이 왜 그래? 꼭 결혼식이 아니라 장례식에 온 사람 같군. 큰 소리로 하하하 웃지 그래? 그러곤 한두 잔 걸치고 가서 수다라도 떨어 봐."

"내가 빌리 페리 양이랑 결혼하면 내 아내가 퍽도 좋아할걸."

월도 윈체스터가 말했다. 나는 경악했다.

"아내라니 그게 뭔 소리야? 빌리 페리 양 말고 뭔 아내가 있을 수 있다는 거지? 바보 같은 소리 마."

그러자 윌도 윈체스터가 슬픈 표정으로 말했다.

"그래, 나도 알아. 그래도 나한테 아내가 있다는 건 사실이야. 이 이야기를 들으면 아내가 괴로워할 거야. 아내는 나한테 아주 엄격해서 내가 다른 여자들이랑 결혼하고 다니는 꼴을 못 봐주거든. 빙글빙글 사폴라 곡마단의 롤라 사폴라가 결혼한 지 5년 된 내 아내야. 네 명을 공중에 던져 저글링 묘기를 부리는 여자 천하장사인데, 지난 1년간 인터스테이트 타임 극장을 돌며 투어를 하다 막 돌아와서 지금 막스 호텔에 있다고. 대체 이 일을 어쩌면 좋을지 모르겠어."

"아내가 있다는 걸 빌리 페리 양도 알고?" 나는 물었다.

"아니, 내가 독신인 줄 알아."

"그럼 멋쟁이 데이브가 빌리 페리 양이랑 결혼하라고 여기로 데려왔을 때 왜 이미 결혼했단 말을 안 한 거지? 기자라면 여러 여자랑 결혼하는 게 불법인 것쯤은 알아야 하는 거 아닌가? 터키 사람이라면 또 모를까."

"멋쟁이 데이브한테 여자를 뺏어 놓고 실은 결혼했다고 말하면 데이브가 펄펄 뛸 게 뻔하잖아. 어쩌면 내 건강에 아주 해로운 일을 할지 모르는 일이야." 윌도가 말했다.

일리 있는 말이었다. 내가 생각해도 데이브가 상황을 알면 마음이 아주 안 편할 것 같았다. 특히 빌리 페리 양이 그 때문에 속상해한다면 더욱 그럴 것이다. 그렇지만 뭔 방법이 있을지 도무지 알 수 없었다. 그래도 일단 결혼하고 나서 데이브의 손이 미치지 않는 곳으로 달아나, 정신 이상을 이유로 결혼이 무효라고 주장하는 수밖에 없지 않을까. 좌우지간 월도한테 이미 아내가 있다는 말을 멋쟁이 데이브가 들을 때 근처에 있고 싶지 않다는 것 하나만은 확실했다.

당장 여기서 내빼는 게 좋겠다고 생각하는 참에, 문간이 시끌시끌하더니 목사가 왔다고 멋쟁이 데이브가 고함쳤다. 꽤 괜찮아 보이는 사람이었는데, 어째 사태를 파악하지 못하는 듯했다. 특히 미주리 마틴 양이 다가와 그를 떠맡았을 때는 더욱 어리벙벙해 보였다. 미주리 마틴 양이 그에게 말하길, 자기는 목사들을 좋아하는 데다 목사 앞에서 두 번, 판사 앞에서 두 번, 선상에서 선장 앞에서 한 번 결혼한 터라 목사들을 잘 안다고 했다.

그즈음엔 아마 나와 월도 윈체스터, 그리고 목사와 빌리 페리 양을 빼고는 그 자리에 있던 모든 사람이 알딸딸하게 취한 상태였을 것이다. 월도는 여전히 슬픈 표정으로 테이블에 앉아, 빌리 페리 양이 통통 튀는 발걸음으로 지나칠 때마다 "응" "아니"라고만 했다. 빌리 페리 양은 행복에 겨운 나머지 한곳에 오래 머물지 못했다.

멋쟁이 데이브는 남보다 이틀이나 사흘 먼저 시작한 셈이다 보니 누구보다 더 취해 있었다. 내 의견을 말하자면, 멋쟁이 데이브가 술에 취했을 때는 예측이 불가능한 사람이라 언제 폭발할지 모른다. 그런데 지금은 아주 신이 난 것처럼 보였다.

어쨌든 이내 니그 스콜스키가 댄스 플로어를 정리하더니 꽃으로 아주 아름답게 꾸민 아치 비스름한 것을 내왔다. 빌리 페리 양과 월도 윈체스터가 이 아치 밑에서 결혼하게 될 모양이었다. 멋쟁이 데이브가 며칠 전부터 이 모든 걸 계획했으리라는 게 명백했다. 동그라미도 꽤 많이 들었을 것이다. 미주리 마틴 양한테 크기가 목사탕만 한 다이아몬드 반지를 보여 주는 것도 봤다.

"신부 줄 거야. 그 가난뱅이 멍청이는 죽어도 이런 반짝이를 사 줄 쩐이 없을 텐데, 빌리는 늘 큰 걸 갖고 싶어 하거든. 로스앤젤레스에서 들여왔다는 친구한테서 샀지. 내가 직접 신부를 데리고 들어갈 건데 뭘 어째야 할지 좀 가르쳐 달라고, 미주. 빌리를 위해 모든 걸 제대로 해 주고 싶어."

미주리 마틴 양이 자기 결혼식이 어땠는지 돌이키려 애쓰는 동안, 나는 월도 윈체스터에게 다시 눈길을 주었다. 예전에 싱싱 교도소에서 뜨끈뜨끈한 의자에 앉으러 가는 친구를 두 명 봤는데, 지금 이 순간의 월도 윈체스터에 비하면 둘 다 유쾌하게 웃고 있었던 편이라는 게 내 의견이다.

빌리 페리 양이 그 옆에 앉아 있고 단원들이 〈오, 약속해 줘요〉가 어떻게 되는지 아무도 모른다고 오케스트라 단장이 욕설을 퍼붓는데, 멋쟁이 데이브가 소리쳤다.

"자, 이제 준비 다 됐으니 행복한 커플은 앞으로 나오라고!"

빌리 페리 양이 펄쩍 일어나 월도 윈체스터의 팔을 움켜잡고 일으켜 세웠다. 얼굴을 흘깃 보니 그가 아치까지 못 간다는 데 6 대 5로 걸어도 될 듯했다. 그러나 결국은 모든 사람이 웃고 손뼉을 치는 가운데 아치에 이르렀다. 목사가 앞으로 나오고 모두가 꽃으로 꾸민 아치 밑에 모였다. 멋쟁이 데이브가 그렇게 행복해 보이는 건 평생 처음이었다.

그런데 갑자기 현관 쪽에서 무시무시하게 소란스러운 소리가 들렸다. 웬 여자가 사내처럼 걸쭉한 목소리로 고함치고 있었다. 당연히 모두가 그쪽을 돌아보았다. 우드콕 호텔의 도어맨은 슬럭시 색스라는 아주 험악한 사내인데, 누가 들어오려는 걸 막는 듯했다. 그러나 곧 쿵 소리와 함께 슬럭시 색스가 나가떨어지고, 키 120센티미터에 너비가 150센티미터쯤 돼 보이는 여자가 들어왔다.

내 평생 그런 널찍한 여자는 처음 봤다. 꼭 망치로 두들겨 늘린 것처럼 보였고, 어깨 너비와 별 차이가 없는 얼굴은 거대한 보름달 같았다. 여자는 왠지 몰라도 흥분해서 공 튀듯 뛰어들었다. 그때 꼬르륵 소리가 들려 돌아보자, 월도 윈체스터가 바닥에 맥없이 주저앉은 참이었다. 그 바람에 빌리 페리 양까지 쓰러질 뻔했다.

널찍한 여자가 아치 밑에 모여 선 사람들한테 다가가 굵은 베이스로 말했다.

"멋쟁이 데이브란 게 어느 놈이야?"

멋쟁이 데이브가 앞으로 나섰다.

"내가 멋쟁이 데이브다. 도대체 뭔 생각으로 바다코끼리처럼 쳐들어와서 우리 결혼식을 망쳐 놓는 거지?"

"그럼 내 사랑해 마지않는 남편을 납치해다가 여기 이 빨간 머리 계집이랑 결혼시키려고 한 게 네놈이군?"

시선은 멋쟁이 데이브를 향한 채 빌리 페리 양을 가리키며 널찍한 여자가 말했다.

멋쟁이 데이브 앞에서 빌리 페리 양을 계집이라고 불렀으니 사태가 아주 심각했다. 멋쟁이 데이브는 화가 머리끝까지 치밀었다. 그는 평소 여자들을 나름 정중하게 대하는 편이지만, 이 널찍한 여자의 태도가 마음에 안 드는 눈치가 역력했다.

"이거 봐, 취한 거 같은데 한 방 먹기 전에 가서 산책이라도 좀 하지? 아니면 머리가 돌기라도 한 건가? 대체 뭔 소리를 하는 거야?"

멋쟁이 데이브가 말했다. 널찍한 여자가 악을 썼다.

"뭔 소리냐고? 그럼 가르쳐 주지. 거기 바닥에 주저앉은 게 법이 인정하는 내 남편이다, 어쩔래? 가엾은 사람 같으니, 십중팔구 네놈이 찍소리도 못 하게 을렀겠지. 네놈이 내 남편을 납치해다가 여기 이 빨간 머리랑 결혼하게 강요했다고 이 롤라 사폴라가 경찰에 고발할 테니까 그리 알라고, 이 거지 같은 얼간이야!"

여자가 멋쟁이 데이브에게 그런 말씨를 쓰는 걸 보고 우리 모두 충격을 받았다. 데이브는 그보다 못한 일로도 눈 하나 깜짝 않고 상대방을 쏴 죽이곤 했기 때문이다. 그러나 데이브는 널찍한 여자를 바로 어쩌지 않고 대신 팔을 붙들었다.

"그게 뭔 소리지? 누가 누구랑 결혼했다고? 당장 여기서 못 나가?"

그러자 그녀가 왼손으로 데이브의 따귀를 때리려는 시늉을 했다. 데이브는 당연히 얼굴을 뒤로 뺐는데, 롤라 사폴라가 글쎄, 왼손은 그냥 두고 갑자기 오른손 주먹을 데이브의 배에 정통으로 먹였다. 얼굴이 뒤로 가면 배는 자연히 앞으로 나오게 마련이다.

지금까지 살면서 보디블로를 여러 번 봤지만 이보다 더 근사한 보디블로는 본 적이 없다는 말을 꼭 하고 싶다. 게다가 롤라 사폴라가 주먹을 날리는 동시에 앞으로 다가섰으니 펀치에 힘이 잔뜩 실렸다.

멋쟁이 데이브처럼 먹고 마시는 사내는 배를 얻어맞으면 약하게 마련이라, "욱" 하고 신음하더니 댄스 플로어에 쿵 주저앉았다. 그가 앉은 채로 개다리를 꺼내려 바지 주머니에 손을 넣는 걸 보고 주위에 있던 모든 사람이 당장 몸을 피했다. 롤라 사폴라와 빌리 페리 양 그리고 월도 윈체스터만이 예외였다.

그러나 권총을 꺼내기도 전에 롤라 사폴라가 몸을 굽혀 데이브의 목덜미를 잡고 일으켜 세웠다. 그녀가 손을 놓자 데이브는 다소 휘청거리기는 해도 자기 발로 섰다. 그런 그의 배에 그녀는 두 번째 주먹을 날렸다.

또다시 쓰러진 데이브에게 롤라가 걷어찰 기세로 다가들었다. 그러나 그러지는 않고 월도 윈체스터를 그러모아 귀리 자루처럼 어깨에 둘러메더니 문간으로 향했다. 멋쟁이 데이브가 일어나 앉았다. 손에 개다리를 들고 있었다.

"내가 신사라 다행인 줄 알라고, 안 그랬으면 네 몸뚱이에 바람구멍이 숭숭 뚫렸을 거다." 그가 고함쳤다.

롤라 사폴라는 월도 윈체스터의 머리를 쓰다듬으며 소중한 자기 남편한테 이런 몹쓸 짓을 하다니 멋쟁이 데이브는 정말 악독한 놈이라고 어르느라 돌아보지도 않았다. 내 보기에 롤라 사폴라는 월도 윈체스터를 아주 좋게 생각하는 듯했다.

그녀가 사라진 뒤 멋쟁이 데이브는 일어나 울기 대회 신기록을 세우기로 작정한 듯한 빌리 페리 양을 바라보았다. 목사를 포함해, 우리는 숨어 있던 곳에서 나왔다. 결혼식을 망쳤다고 얼마나 길길이 날뛸까 싶었는데, 멋쟁이 데이브는 그저 슬프고 낙담한 표정이었다.

그는 빌리 페리 양한테 말했다.

"빌리, 결혼을 못 하게 돼서 정말 유감이야. 내가 바라는 건 그저 당신 행복뿐인데, 이 기자 놈한테 사자 조련사가 붙어 있는 한 그놈하곤 행복해질 수 없을 것 같아. 난 큐피드로선 완전 빵 점이군. 난생처음 좋은 일 좀 해 보겠다고 한 건데 실패로 돌아 가고 말았어. 당신이 기다려 주면 그 여자를 물에 빠뜨리거나 해서……"

빌리 페리 양은 폭포수처럼 쏟아지는 눈물에 휩쓸리듯 데이브 의 품으로 흘러들었다.

"데이브, 난 월도 윈체스터 같은 남자랑은 절대 행복해질 수 없을 거야. 이젠 알겠어. 내 남자는 당신뿐이라는 걸."

그러자 데이브의 표정이 금세 환해졌다.

"어이구, 이런. 목사 어디 갔어? 당장 목사 데려와. 결혼식을 올리자고."

얼마 전에 멋쟁이 데이브네 부부를 봤는데 아주 행복해 보였 다. 하지만 부부의 속사정은 모르는 법이니, 막스 호텔에 있는 롤 라 사폴라한테 전화한 사람이 나란 말을 멋쟁이 데이브에게 할 생각은 눈곱만큼도 없다. 데이브한테 별로 잘된 일이 아닐지도 모르니까.

메리 포스트게이트
Mary Postgate

조지프 러디어드 키플링
이종인 옮김

미스 메리 포스트게이트에 대하여 맥코슬랜드 경 부인은 이렇게 썼다. "그녀는 아주 꼼꼼하고, 정결하고, 같이 있기가 편안하고, 귀부인 같은 기품을 갖고 있다. 나는 그녀와 헤어지게 되어서 아주 섭섭하며 그녀의 복지에 대해서 늘 관심을 기울일 것이다."

미스 파울러는 이러한 추천을 근거로 하여 그녀를 고용했는데, 과거에 이미 여러 번 간호인 겸 비서를 고용해 본 적이 있는 파울러는 놀랍게도 그 말이 다 사실이라는 것을 알게 됐다. 미스 파울러는 그 당시 쉰이 훨씬 지나 예순 가까운 나이였고 또 여러 가지 보살핌이 필요했지만 간호인의 진을 다 빼 버리는 그런 사람은 아니었다. 오히려 그녀는 재미있는 회고담을 많이 하는 편이었다. 그녀의 아버지는 1851년의 대박람회가 문명을 완성시켰던 시절에 법원의 관리로 일했었다. 그러나 미스 파울러의 얘기

조지프 러디어드 키플링

중에 어떤 것은 젊은 사람들을 위한 것이 아니었다. 메리는 젊지 않았고, 그녀의 말은 그녀의 눈빛이나 머리카락처럼 색깔이 없었지만, 그래도 그녀는 충격을 받지 않았다. 그녀는 조금도 위축되는 법이 없이 모든 사람의 얘기를 들었다. "정말 재미있군요!" 혹은 "아, 정말 충격적이에요!" 하고 경우에 따라서 추임새를 넣었지만, 그 후 다시는 그 얘기를 언급하지 않았다. 그녀는 "그런 것들을 오래 담아 두지 않아요"라며 자신이 절제된 마음을 가지고 있다고 자부했다. 그녀는 또한 가계부 작성의 달인이었는데, 그 때문에 주 단위로 청구서를 보내서 마을의 가게 주인들은 그녀를 별로 좋아하지 않았다. 그것 이외에 그녀는 적이 없었다. 아주 평범한 사람들 사이에서조차도 질투심을 일으키는 법이 없었다. 그 어떤 잡담이나 비방이 그녀에게서 나왔다는 소리는 들리지 않았다. 그녀는 30분 전에만 사전 통지를 하면 목사의 집이든 박사의 집이든 만찬장의 빈 좌석을 채워 주었다. 그녀는 마을의 많은 아이들에게 일종의 국민 이모였다. 하지만 그 아이들의 부모는 모든 것을 받아들이면서도 그들이 말하는 '편애'에 대해서는 즉각 분노를 표시했다. 그녀는 미스 파울러가 류머티즘성 관절염으로 고생할 때에는 파울러의 대리인으로 마을 간호 위원회에 참석했는데, 6개월 동안 2주마다 열린 모임에 꼬박꼬박 참석했고, 위원회를 떠나올 때에는 모든 위원의 칭송을 받았다.

그런데 운명의 장난으로, 예쁠 것도 없는 열한 살짜리 미스 파울러의 조카가 파울러의 손에 떨어졌을 때, 메리 포스트게이트 는 사립학교와 공립학교에서 실시되는 교육 업무의 상당 부분을 떠맡았다. 그녀는 아이의 복장에 관한 유인물과, 기타 추가 준비 사항들을 점검했다. 학교장, 교감, 기숙사감, 간호사와 의사에게 편지를 썼으며, 중간고사 성적표에 일희일비했다. 어린 윈덤 파 울러는 방학 때면 집으로 돌아와 그녀를 '게이트포스트' '포스티' '팩스레드'• 등의 별명으로 부르며 성의에 보답했다. 또 집 마당 에서 그녀와 술래잡기 놀이를 하면서 그녀의 비좁은 어깨를 살 짝 내리치거나 그녀를 마구 뒤쫓아서 그녀가 커다란 입을 떡 벌 리고, 커다란 코를 하늘 높이 쳐들고, 엄마야 소리를 내지르며, 뻣뻣한 목으로 마치 낙타처럼 비틀거리며 달아나게 만들었다. 나중에 그는 자신의 개인적 필요, 호불호, "여성들은 별수 없어" 의 한계에 대하여 고함 소리, 논쟁, 주장 등으로 집 안을 가득 채 웠다. 그리하여 메리를 신체적 피곤함의 눈물바다에 떨어트리는 가 하면, 그가 재미있게 굴기로 마음먹기만 하면 메리를 대책 없 는 웃음의 유채꽃 들판으로 내몰았다. 그가 나이 들어 가면서 위 기 상황이 벌어질 때면, 메리는 젊은이들에 대하여 별 관심이 없 는 미스 파울러를 상대로 그의 대사 겸 통역사 역할을 했다. 그

• '게이트포스트'는 문지기, '포스티'는 지킴이, '팩스레드'는 짐 끈이란 뜻.

의 미래를 논하는 가족회의에서는 그의 이익이 되는 쪽으로 표를 던졌다. 그가 구두를 엉뚱한 곳에다 두면 찾아 주었고 옷이 떨어진 곳은 정성껏 기워 주었다. 언제나 그의 놀림감이면서 그의 노예였다.

그는 변호사가 되기로 결심하고 런던의 한 법률 사무실에 들어갔다. 그의 인사말도 "헬로 포스티, 너 오래된 짐승"에서 "모닝, 팩스레드"로 바뀌었다. 그 무렵에 전쟁이 터졌고, 메리가 기억하는 모든 전쟁과는 다르게, 이 전쟁은 영국 밖이나 신문 안에서만 머무르는 것이 아니라 그녀가 아는 사람들의 삶에 틈입하기 시작했다. 그녀가 미스 파울러에게 말했듯이, 그건 "아주 화가 나는 일"이었다. 전쟁은 형과 함께 사업을 하려 했던 목사의 아들을 데려갔다. 캐나다로 과일 영농을 떠나려던 대령의 조카도 데려갔다. 또 그랜트 부인의 말에 의하면 목사가 되려 했던 그녀의 아들도 데려갔다고 한다. 그리고 아주 초창기에 윈 파울러도 데려갔다. 그는 엽서로 비행단에 입대했으며 카디건 조끼가 필요하다고 소식을 전해 왔었다.

"그 애는 입대해야 돼. 그리고 조끼를 마련해 주어야 해." 미스 파울러가 말했다. 그래서 메리는 필요한 사이즈의 코바늘과 양모를 준비했고, 미스 파울러는 집안의 일하는 남자들—두 명의 정원사와 입대하기에는 어울리지 않는 예순 된 일꾼—에게 군대에 가려는 사람은 그렇게 해도 좋다는 지시를 내렸다. 정원사들은 입대했다. 예순 된 치프는 남았고 승진하여 정원사의 오두막에 거주하게 되었다. 사치 품목의 구입을 제한받는 걸 경멸하던 여자 주방장은 미스 파울러와 열띤 언쟁을 벌인 끝에 주방 보조였던 여자를 데리고 퇴직했다. 미스 파울러는 치프의 열일곱 살짜리 딸 넬리를 그 빈자리에 보임했다. 치프의 아내는 주방장이 되었고 가끔 청소 일도 맡았다. 이런 식으로 인원이 줄어든 집안은 그런대로 잘 굴러갔다.

윈은 용돈의 인상을 요구했다. 객관적 사실들을 늘 정면으로 바라보아 온 미스 파울러는 말했다. "그 아이에게 인상해 주어야 해. 그 아이가 그 돈을 오래 타 가지 못할 가능성이 높아. 그러니 300이 그 아이를 기쁘게 한다면—"

윈은 고마워했고 단추를 꽉 끼운 제복을 입고서 집을 찾아와 그런 소감을 피력했다. 그의 훈련소는 집에서 30마일 정도 떨어진 곳에 있었고, 그의 말은 너무나 전문적이어서 각종 유형의 기계들을 그려 놓은 차트로 보충 설명되어야 했다. 그는 메리에게 그런 차트를 주었다.

"포스티, 그걸 연구해 두는 게 좋을 거야." 그가 말했다. "그런 것들을 앞으로 많이 보게 될 거니까." 그래서 메리는 그 차트를 연구했다. 하지만 윈이 다음번에 외박을 나와 의기양양한 자세로 여자 친척들 앞에 섰을 때, 메리는 반대신문에서 형편없게 실패를 했고 그래서 그는 예전과 같은 등급을 그녀에게 부여했다.

"정말 인간 비슷하게 **보이는** 존재로군." 그가 새로 배운 군대 어투로 말했다. "과거에는 머릿속에 뇌가 있었겠지. 그걸 도대체 어떻게 했어? 그걸 어디다 보관하고 있느냐고? 포스티, 양도 당신보다 더 잘 이해할 거야. 정말 한심해. 빈 깡통도 그보다는 나을 거야. 이 한심하고 멍청한 화상아."

"상급자들이 **너에게** 그런 식으로 말한다는 거지?" 안락의자에 앉은 미스 파울러가 말했다.

"하지만 포스티는 신경 쓰지 않아요." 윈이 대답했다. "그렇지, 팩스레드?"

"네? 윈이 뭐라고 말했어요? 난 다음번에 그가 외박을 나오면 이걸 다 외울 거예요." 메리가 타우베, 파르만, 체펠린 등의 비행기 도해에 창백한 이맛살을 찌푸리며 중얼거렸다.

아침 식사 후에 미스 파울러에게 읽어 주던 육전과 해전의 소식은 몇 주 사이에 메리에게는 한가한 이야기로 들리기 시작했다. 메리의 마음과 관심은 오로지 윈이 있는 공중에만 집중되었다. 윈은 '뺑이 치기'(그게 무슨 뜻인지 모르지만)를 끝내고 '택시'에서 그 자신만의 기계로 옮겨 갔던 것이다. 어느 날 아침 그의 비행기는 집 굴뚝 위로 선회하더니, 정원 문 바로 밖 베그스 히스에 내렸다. 윈은 추위로 얼굴이 새파랗게 된 채 집 안으로 들어와 밥을 달라고 소리쳤다. 그와 메리는 전에도 그랬듯이 미스 파울러의 휠체어를 히스로 들어가는 산책로에 갖다 놓고 그

복엽 비행기를 쳐다보았다. 메리는 "비행기에서 굉장히 나쁜 냄새가 나요"라고 말했다.

"포스티, 당신은 코로 생각을 하는 듯하군." 윈이 말했다. "머리로 생각을 하지는 않는다는 걸 알아. 자, 저게 무슨 타입이지?"

"내가 가서 차트를 가져올게요." 메리가 말했다.

"당신은 정말 대책이 안 서! 당신은 하얀 생쥐만큼의 지적 능력도 없어." 그는 다이얼과 폭탄을 투하하는 구멍 등을 설명해 준 뒤에 다시 돌아갈 시간이 되어 젖은 구름 위로 날아갔다.

"아!" 그 냄새나는 물건이 하늘 높이 솟구쳐 오르자 메리는 말했다. "우리의 비행단이 제대로 일할 때까지만 기다리면 돼! 윈은 하늘에 있는 것이 참호보다 훨씬 안전하다고 했어."

"치프에게 여기 와서 이 의자를 좀 끌어 달라고 해." 미스 파울러가 말했다.

"집까지는 내리막길이에요. 저 혼자 할 수 있어요." 메리가 말했다. "브레이크를 걸기만 하세요." 그녀는 날렵한 몸으로 휠체어를 밀었고 두 사람은 천천히 집으로 향했다.

"너무 열 내서 감기에 걸리지 않도록 해." 옷을 너무 많이 입은 미스 파울러가 말했다.

"어떤 일을 해도 전 땀이 안 나요." 메리가 말했다. 그녀는 의자를 현관 앞까지 밀고 와서 기다란 허리를 쭉 폈다. 그 운동으로 그녀의 뺨이 불그레해졌고 바람이 불어와 그녀의 머리카락을 이마 위로 한 줌 날려 놓았다. 미스 파울러가 그녀를 쳐다보았다.

"메리, 자네는 무슨 생각을 하고 있나?"그녀가 갑자기 물었다.

"아, 윈이 양말 세 짝을 추가로 주문했어요. 아주 두꺼운 놈으로."

"그래, 그건 알겠어. 내 말은 여자들이 생각하는 거 말이야. 자네는 이제 마흔이 약간 넘었지―"

"마흔넷입니다." 언제나 정직한 메리가 말했다.

"그런데?"

"그런데 뭐요?" 메리는 평소와 마찬가지로 그녀의 어깨를 들이밀며 미스 파울러가 잡아 주기를 바랐다.

"그럼 자네는 나와 같이 있은 지가 이제 10년이 되었군."

"어디 보자." 메리가 말했다. "윈이 우리 집에 왔을 때 열한 살이었지요. 그가 이제 스무 살이고 내가 그보다 2년 먼저 왔으니 11년이 되었는데요."

"11년! 그런데도 자네는 그동안 정작 중요한 것은 내게 전혀 말하지 않았지. 돌이켜 보니 **나만** 얘기를 했던 것 같아."

"제가 별로 말이 많은 사람이 아니어서요. 윈이 말한 것처럼 저는 생각이 별로 없어요. 제가 모자를 들어 드릴게요."

미스 파울러는 뻣뻣한 고관절로 겨우 움직이면서 끝에 고무를 박은 단장으로 타일 바른 현관 바닥을 짚었다. "메리, 자네는 비서 이외에 **아무것도** 아닌가? 자네는 정말 비서 이외에 아무것도 아니었어?"

메리는 정원용 모자를 정해진 걸개에다 걸었다. "그렇습니다." 그녀가 잠시 생각한 후에 말했다. "나는 다른 무엇이 되리라고 생각해 보지 않았어요. 저는 상상력이 없는 것 같습니다."

그녀는 미스 파울러에게 11시에 마시는 콩트렉세빌 미네랄워 터 한 잔을 가져다주었다.

그것은 월간 강수량이 6인치나 되는 축축한 12월의 일이었고 두 여인은 가능한 한 외출을 하지 않았다. 윙의 하늘을 나는 수 레는 그들을 여러 번 방문했고 두 번이나 새벽에(그는 엽서로 미 리 알려 주었다) 그의 프로펠러가 공중에서 돌아가는 소리를 들 었다. 두 번째 새벽에 그녀는 창문으로 달려가서 하얘지는 하늘 을 쳐다보았다. 자그마한 하얀 반점 같은 것이 머리 위로 날아갔 다. 그녀는 그 점을 향하여 여윈 팔을 쳐들었다.

그날 저녁 6시에 W. 파울러 소위가 시험 비행 도중에 사망했 다는 공식 통지가 날아왔다. 현장에서 즉사였다. 그녀는 그 편지 를 읽고 나서 미스 파울러에게 가져다주었다.

"난 이렇게 될 걸 알았어." 미스 파울러가 말했다. "하지만 그 애가 뭔가 공을 세우기도 전에 이런 일이 벌어져서 유감이군."

메리 포스트게이트는 방 안이 빙빙 도는 느낌이었으나 그런 와중에도 침착한 자세를 유지했다.

"그래요." 그녀가 말했다. "그가 누군가를 죽인 후에 전사하지 않았다는 건 유감이군요."

"그 애는 즉사했어. 그게 하나의 위안이지." 미스 파울러가 말했다.

"하지만 원은 비행사는 추락의 충격으로 즉사한다고 말했어요. 기름 탱크에 무슨 일이 벌어졌든." 메리가 대답했다.

방 안은 이제 평온을 되찾고 있었다. 그녀는 미스 파울러가 초조하게 말하는 소리를 들었다. "메리, 근데 왜 우리는 울지 않는 거지?" 메리가 대답했다. "울어야 할 이유가 없는 거지요. 그는 그랜트 부인의 아들 못지않게 의무를 다한 것이니까요."

"하지만 그 아들이 죽었을 때 **부인은** 와서 오전 내내 울었어." 미스 파울러가 말했다. "이 소식을 들으니 나는 피곤해. 아주 피곤해. 메리, 나를 침대에 좀 눕혀 주겠어? 그리고 뜨거운 물병도 필요할 것 같아."

그래서 메리는 그녀를 도와주고 침대 옆에 앉아서 소란스럽던 어린 시절의 원에 대해서 말했다.

"내 생각에," 미스 파울러가 갑자기 말했다. "늙은 사람과 젊은 사람은 이런 충격을 받으면 옆으로 쓰러지는 것 같아. 그래서 중년의 사람들이 이런 충격을 가장 크게 느끼지."

"그 말씀이 사실인 것 같습니다." 메리가 일어서며 말했다. "이제 가서 그의 방에 있는 물건들을 치우겠습니다. 우리가 상복을 입어야 할까요?"

"아니, 그럴 필요 없어." 미스 파울러가 말했다. "장례식에서만 입으면 돼. 나는 갈 수가 없으니 자네가 대신 가 줘. 그 애가 여기에 와서 묻히는 절차를 자네가 좀 조치해 줘. 이런 일이 솔즈베리에서 벌어지지 않았다는 게 얼마나 다행이야!"

비행단의 관계 인사에서부터 목사에 이르기까지 모든 사람이 자상하게 애도를 표시했다. 메리는 시신이 다양한 운송 수단에 의해 다양한 장소로 이동되는 세계에 들어와 있는 자신을 발견했다. 장례식에서 단추를 단단히 채운 제복을 입은 두 젊은이가 무덤 옆에 서 있다가 나중에 그녀에게 말을 걸었다.

"당신이 미스 포스트게이트이시지요?" 한 젊은이가 물었다. "파울러가 당신에 대해서 말해 주었습니다. 그는 좋은 친구였고 일급의 동료였습니다. 정말 큰 손실입니다."

"큰 손실이지요!" 그의 동료가 소리쳤다. "정말 가슴이 아픕니다."

"그가 어느 정도의 높이에서 추락했나요?" 메리가 속삭이듯 말했다.

"거의 4,000피트 정도 되었을 겁니다. 그렇지? 멍키, 자네도 그날 비행했지?"

"그 정도 될 거야." 다른 청년이 대답했다. "내 고도기는 3,000피트를 가리켰어. 나는 윈보다는 높이 날지 않았어."

"**그 정도면** 됐어요." 메리가 말했다. "정말 고마워요."

묘지 대문 앞에서 그랜트 부인이 메리의 납작한 가슴 위로 쓰러지자 두 청년은 옆으로 비켰다. 부인은 이렇게 소리쳤다. "**나는** 당신이 어떤 느낌인지 알아요! **나는** 그 느낌을 잘 알아요!"

"하지만 그의 부모님은 모두 돌아가셨어요." 메리가 그랜트 부인을 물리치며 말했다. "어쩌면 그들은 지금쯤 서로 만났을지도 몰라요." 그녀는 마차 쪽으로 피하며 막연한 목소리로 말했다.

"나도 그렇게 생각했어요." 그랜트 부인이 슬픈 목소리로 말했다. "하지만 그는 그들에게 낯선 사람이나 다름없어요. 얼마나 당황스럽겠어요!"

메리는 장례식의 모든 상황을 미스 파울러에게 충실하게 보고했다. 파울러는 메리가 그랜트 부인의 마지막 말을 전하자 크게 웃음을 터트렸다.

"윈은 그 만남을 아주 즐겁게 여길 거야! 그 애는 언제나 장례식에서는 도통 믿을 수가 없는 애였으니까. 자네는 혹시 기억하나—" 두 여자는 그에 대해서 얘기했고 서로 빼놓은 부분을 보충해 주었다. "자, 이제," 미스 파울러가 말했다. "저 블라인드를 들어 올리고 일제 청소를 하자고. 그게 늘 우리에게 도움이 되었지. 자네는 윈의 물건들을 다 살펴보았나?"

"그가 이 집에 처음 온 이래 지금까지 모든 물건을 살펴보았습니다." 메리가 대답했다. "그는 잘 버리지 않는 아이였어요. 심지어 장난감까지도."

그들은 그 말끔한 방을 쳐다보았다.

"울지 않는 건 자연스럽지 않아요." 메리가 마침내 말했다. "충격의 여파가 있지 않을까 우려돼요."

"내가 자네에게 말했듯이, 우리 늙은 사람들은 충격을 받으면 쓰러져 버린다니까. 내가 두려워하는 건 자네야. 자네는 아직도 안 울었나?"

"안 울었어요. 생각할수록 독일인들에게 화가 나요."

"그건 에너지 낭비일 뿐이야." 미스 파울러가 말했다. "우리는 전쟁이 끝날 때까지 살아가야 해." 그녀는 옷이 가득한 옷장을 열었다. "내가 좀 생각해 봤는데, 이게 내 계획이야. 그 애의 민간인 옷들은 모두 줘 버리자고. 벨기에 난민들 같은 사람들에게."

메리가 고개를 끄덕였다. "구두, 목걸이, 장갑도요?"

"응. 그 애의 모자와 벨트를 제외하고는 다 줘 버려."

"비행단 사람들이 어제 그의 군복을 가지고 왔어요." 메리가 작은 쇠 침대 위에 말아 놓은 것을 가리켰다.

"아, 그 애의 군복은 간직하자고. 나중에 그 군복을 자랑스럽게 여길 사람이 있을 테니까. 자네는 그 애의 옷 사이즈를 알고 있나?"

"5피트 8.5인치예요. 가슴은 36인치고요. 하지만 최근에 1.5인치 늘었다고 했어요. 그걸 옷깃에다 적어서 침낭에다 묶어 놓았어요."

"그럼 그건 처리가 되었군." 미스 파울러가 오른손 손바닥으로 왼손의 반지 낀 세 번째 손가락을 탁탁 치면서 말했다. "이 모든 게 다 쓸모없게 되었군! 내일 그 애의 학교 때 가방을 가져다가 민간인 옷을 다 싸 버리자고."

"그럼 나머지는요?" 메리가 물었다. "그의 책이나 그림, 게임, 장난감 그리고 그 나머지 것들은요?"

"내 계획은 그런 것들을 모두 태워 버리는 거야." 미스 파울러가 말했다. "그러면 우리는 그 물건들이 어디로 갔는지 분명하게 알고서 아무도 나중에 신경 쓰지 않아도 돼. 어떻게 생각해?"

"가장 좋은 생각 같아요." 메리가 말했다. "하지만 그런 것들이 너무 많아요."

"그걸 소각기에 넣어서 다 태워 버리자고." 미스 파울러가 말했다.

그건 생활 쓰레기를 태우는 노천 용광로였다. 4피트 높이의 자그마한 둥근 탑인데 쇠격자에 구멍이 숭숭 뚫린 벽돌을 두른 구조물이었다. 미스 파울러가 몇 년 전에 정원용 잡지에서 그 디자인을 발견하고서 정원의 한쪽 구석에 설치하게 한 것이었다. 그녀의 정결한 영혼에 딱 부합하는 물건이었다. 보기 흉한 쓰레기 더미들을 없애 줄 뿐만 아니라 거기서 나오는 재들은 뻣뻣한 진흙 토양을 부드럽게 만들어 주었다.

메리는 잠시 생각한 후 분명한 아이디어를 떠올리고서 또다시 고개를 끄덕였다. 그들은 저녁 내내 민간인 옷들, 메리가 표시를 해 줬던 속옷들, 아주 화려한 양말과 넥타이 등을 정리하며 보냈다. 그러자 두 번째 트렁크가 필요했고, 또 그다음에는 자그마한 포장 상자가 필요했다. 그리하여 다음 날 늦게야 비로소 치프와 현지 운송업자가 그 짐들을 수레에 실을 수 있었다. 다행히도 목사의 친구 아들의 신장이 대략 5피트 8.5인치였고 비행단 군복 일체를 기꺼이 받아들이겠다고 해서 정원사의 아들을 외바퀴 수레와 함께 보내어 그 군복을 가져갔다. 장교 모자는 미스 파울러의 침실에 걸렸고 벨트는 미스 포스트게이트의 방에 보관되었다. 미스 파울러가 말한 것처럼 그들은 그 물건들이 다회의 화제로 오르는 것을 원하지 않았기 때문이다.

"그렇게 하면 **그건** 처리가 되는군." 미스 파울러가 말했다. "나머지는 메리, 자네에게 맡길게. 나는 정원을 오르락내리락 뛰어다닐 수가 없어. 커다란 옷 바구니를 가지고 가서 넬리의 도움을 받게."

"외바퀴 손수레를 가지고 가서 혼자 처리할 수 있습니다." 메리가 말했다. 그리고 생애 딱 한 번 입을 다물었다.

미스 파울러는 짜증이 나는 순간에는 메리가 너무 지나치게 방법론적이라고 말했다. 메리는 오래된 방수 정원 모자를 썼고 언제나 잘 미끄러지는 고무 덧신을 신었다. 날씨가 아무래도 심상치 않아서 좀 더 많은 비가 쏟아질 것 같았기 때문이다. 그녀는 주방에서 불쏘시개, 석탄 반 양동이 그리고 화목 한 묶음을 가져왔다. 그녀는 이것들을 외바퀴 손수레에 싣고서 이끼 낀 길을 내려가 비에 젖은 계수나무 덤불로 다가갔다. 그곳에 있는 소각기는 세 그루 참나무에서 떨어지는 빗방울을 고스란히 맞고 있었다. 그녀는 철사 울타리를 넘어가서 바로 뒤에 있는 목사의 경작지로 들어갔다. 그리고 그의 소작인이 쌓아 놓은 건초 더미에서 좋은 건초 두 아름을 가져다가 소각기의 가로 막대에다 가지런히 올려놓았다. 그리고 메리는 매번 창문 밖으로 내다보는 미스 파울러의 하얀 얼굴을 지나치면서, 타월이 덮인 옷 바구니와 외바퀴 손수레를 이용하여 원의 물건들을 소각기로 옮겨 왔다. 헨티, 매리아트, 레버, 스티븐슨, 오크지스 백작 부인, 가비스 등 에드워드 시대의 영국 청소년들이 즐겨 읽었던 낡은 모험 소설들, 교과서들, 대형 지도, 서로 관계가 없는《모터 사이클리스트》《라이트 카》등의 잡지 무더기들, 올림피아 대박람회의 카탈로그들, 9페니 감시선에서 3기니 요트에 이르는 각종 장난감 배들, 예비 학교의 실내복, 3실링 6펜스에서 24실링까지 나가는 각종 크리켓 방망이, 크리켓 공과 테니스 공, 궤도가 비틀어지고 일부 떨어져 나간 시계 달린 증기 기관차, 주석으로 된 회색과 빨간색의 잠수함 모형, 고장 난 전축과 금이 간 레코드, 원의 단장과 마찬가지로 무릎을 대어서 두 동강 내야 할 골프 클럽, 가느다란 줄루족의 투창 등이었다. 그 외에도 예비 학교와 공립학교의 크리켓 팀과 축구팀의 일원으로 찍은 사진들, 행진하고 있는 예비 장교 훈련대 사진, 코닥 필름과 필름 통, 복싱 대회와 청소년 허들 대회에서 우승하여 탔던 백금 컵과 단 하나의 진짜 은제 컵, 학창 시절에 찍은 사진 묶음, 미스 파울러의 사진, 윈이 메리에게 장난삼아 달라고 했다가 돌려주지 않은(그녀가 돌려 달라는 요구를 하지 않았다!) 메리의 사진, 비밀 서랍이 있는 장난감 박스, 한 묶음의 플란넬, 벨트, 저지 옷감, 다락방에서 찾아낸 스파이크 달린 신발, 미스 파울러와 메리가 윈에게 써 보냈던 편지들(무슨 이유에서인지 그는 오랜 세월 동안 그 편지들을 다 보관했다), 닷새만 쓰다가 그만둔 일기, 브룩랜즈 자동차 경주 대회에 참가한 선수들을 찍은 액자에 든 사진들, 온갖 도구 상자, 토끼우리, 전기 배터리, 주석 병정, 실톱 장비, 지그소 퍼즐 등의 산더미 같은 잡동사니가 있었다.

미스 파울러는 창문에서 메리가 오가는 것을 보면서 혼자 중얼거렸다. "메리도 이제 늙은 여자로구나. 지금껏 그걸 몰랐네."

점심 식사 후에 파울러는 그녀에게 휴식을 취하라고 말했다.

"저는 조금도 피곤하지 않습니다." 메리가 말했다. "다 정리했습니다. 오후 2시에 마을로 들어가서 파라핀유를 사 가지고 올 생각이에요. 넬리가 그러는데 집에는 충분히 없다고 해요. 마을까지 걸어갔다 오면 좋은 운동이 될 겁니다."

그녀는 출발하기 전에 마지막으로 집 안의 물건을 살펴보았고 아무것도 빠트린 것이 없음을 확인했다. 그녀가 윈이 비행기 타고 와 내렸던 베그스 히스를 우회하여 걸어가는 동안 비가 내리기 시작했다. 그녀는 머리 위 상공에서 프로펠러 돌아가는 소리를 들은 듯한 환청을 느꼈지만 실제로 하늘에는 아무것도 없었다. 그녀는 우산을 펴 들고 앞이 잘 안 보이는 축축한 공기 속으로 뛰어들었고 마침내 텅 빈 마을의 대피소에 도착했다. 그녀는 키드 씨의 가게에서 파라핀유 한 통을 사 가지고 그물코 쇼핑백에다 넣고 나오던 길에 마을의 간호사인 이든을 만나서 평소와 마찬가지로 마을의 아이들에 관한 이야기를 나누었다. 그들이 술집인 '로열 오크' 맞은편에서 막 헤어지려고 하는데, 집 뒤에서 대포 소리가 들려왔다고 그들은 생각했다. 이어 아이의 비명이 울부짖음으로 바뀌는 소리가 들려왔다.

"사고인가 봐요!" 간호사 이든이 재빨리 말하며 텅 빈 바를 가로질러 달려갔고 메리가 그 뒤를 따랐다. 그들은 바의 여주인인 게릿 부인이 숨이 막혀 제대로 말을 하지 못하면서 마당을 가리키는 것을 보았다. 마당에는 자그마한 수레 보관소가 한 무더기의 타일에 덮여 옆으로 쓰러져 있었다. 간호사 이든이 불 앞에서 건조되고 있던 시트를 잡아당겼고 땅으로부터 뭔가를 건져 올린 다음 그것에다 시트를 덮어 주었다. 이든이 그것을 들고서 주방으로 들어가는 동안, 시트는 주홍색이 되었고 이든의 제복도 절반쯤 같은 색으로 물들었다. 그건 아홉 살 난 어린 에드나 게릿이었고, 메리는 그 아이를 유모차 시절부터 알고 있었다.

"내가 심하게 다쳤어요?" 에드나는 그렇게 묻더니 간호사 이든의 피 흘리는 양팔에 안겨 죽었다. 시트는 옆으로 떨어졌고, 메리는 두 눈을 감기 직전에 에드나의 찢겨져 너덜너덜해진 몸을 보았다.

"그 아이가 말을 했다는 게 기적이에요." 이든 간호사가 말했다. "도대체 원인이 뭘까요?"

"폭탄이에요." 메리가 말했다.

"체펠린에서 떨어진?"

"아니, 비행기에서요. 나는 히스에서 그 소리를 들었어요. 하지만 우리 비행기인 줄 알았어요. 그 비행기는 하강하면서 엔진을 껐을 거예요. 그 때문에 우리가 그것을 보지 못한 거예요."

"더러운 돼지 새끼들!" 간호사 이든이 온 얼굴이 창백해져 몸을 부들부들 떨면서 말했다. "나는 온몸이 엉망이에요! 미스 포스트게이트, 가서 헤니스 의사에게 좀 말해 주세요." 간호사는 에드나의 어머니를 쳐다보았다. 그녀는 땅바닥에 얼굴을 대고 쓰러져 있었다. "그녀는 기절을 한 거예요. 몸을 좀 돌려 보세요."

메리는 게릿 부인을 오른쪽으로 밀어서 돌려놓았고 의사를 부르러 황급히 달려갔다. 그녀가 얘기를 전하자 의사는 그녀에게 뭔가 지어 줄 테니 수술실에 잠시 앉아 있으라고 말했다.

"하지만 전 그런 약이 필요 없어요." 그녀가 말했다. "그래도 미스 파울러에게 말하는 것은 현명하지 않다고 생각해요. 이런 날씨에는 그녀의 심장이 불안정해요."

헤니스 의사는 왕진 가방을 챙겨 들면서 그녀를 존경하는 눈빛으로 쳐다보았다.

"그렇지요. 우리가 확실한 사실을 알 때까지는 아무에게도 말해서는 안 됩니다." 그는 '로열 오크'로 황급히 갔고 메리는 파라핀유를 들고서 집으로 향했다. 그 소식이 아직 퍼지지 않았기 때문에 그녀 뒤의 마을은 평소와 마찬가지로 조용했다. 그녀는 약간 얼굴을 찌푸렸고 커다란 콧구멍을 더욱 보기 흉하게 벌름거렸다. 그녀는 때때로, 윈이 여자 친척들 앞에서 자제하지 않고 사용하던 문구들을 중얼거렸다. "지랄 같은 야만인 놈들! 너희 놈들은 피 흘리기를 좋아하는 야만인이야! 하지만," 그녀는 오늘날의 그녀를 만든 가르침을 기억하면서 이렇게 말했다. "이런 것들을 오래 생각해서는 안 되는 거야."

그녀가 집에 도착하기 전에 특별 경찰이기도 한 헤니스 박사가 차를 타고 가다가 그녀를 따라잡았다.

"아, 미스 포스트게이트." 그가 말했다. "당신에게 진상을 말해주고 싶어요. '로열 오크'에서 벌어진 사고는 게릿의 마구간이 갑자기 무너져 내렸기 때문에 발생한 거예요. 그건 이미 오랫동안 위태로웠어요. 오래전에 그 건물을 폐기 처분해야 마땅했어요."

"나는 폭발 소리도 들었다고 생각하는데요." 메리가 말했다.

"기둥들이 부러지는 소리를 오해했을 겁니다. 그 기둥들을 살펴봤는데, 완전히 썩어서 아주 건조한 상태였어요. 그래서 와장창 부서지면서 포탄 같은 소음을 냈던 겁니다."

"그래요?" 메리가 공손하게 말했다.

"불쌍한 어린 에드나는 그 마구간 밑에서 놀고 있었어요." 여전히 시선을 메리에게 고정시킨 채 의사가 말했다. "부서진 기둥과 깨진 타일이 그 아이를 크게 다치게 했던 겁니다. 알겠어요?"

"알겠어요." 메리가 머리를 흔들면서 말했다. "나도 그 소리를 들었어요."

"그래도 아직 확신할 수는 없어요." 헤니스 의사가 어조를 완전히 바꾸며 말했다. "당신과 이든 간호사(지금껏 그녀와 얘기를 나누었어요)는 아주 믿을 만한 사람이라는 거 잘 압니다. 그러니 당신이 이 사고에 대해서 아무 말도 하지 않았으면 좋겠어요. 마을 사람들을 동요시키는 것은 좋지 않아요. 확실한 정보가—"

"아, 절대로 아무 말도 하지 않을 거예요." 메리가 말했다. 헤니스 의사는 카운티 주읍主邑으로 차를 몰고 갔다.

결국 불쌍한 어린 에드나에게 그런 일이 벌어진 건 그 낡은 마구간이 붕괴되었기 때문이군, 하고 메리는 혼잣말을 했다. 그녀는 다른 원인을 말했던 것이 후회되었으나 이든 간호사는 아주 신중한 사람이므로 믿을 수 있었다. 그녀가 집에 도착한 무렵에, 그 사고는 그 괴이함으로 인해 아주 막연한 일이 되어 버렸다.

그녀가 집에 들어서자 미스 파울러는 반 시간 전에 비행기 두 대가 날아갔다고 말해 주었다.

"저도 비행기 소리를 들은 것 같아요." 그녀가 대답했다. "이제 마당 쪽으로 내려가 볼게요. 파라핀유를 사 왔어요."

"그렇게 해. 하지만 자네 부츠에 뭐가 그리 묻었어? 아주 축축하게 젖었는걸. 즉시 갈아 신도록 해."

메리는 그 지시를 따랐을 뿐만 아니라 부츠를 신문지에다 싸서, 파라핀유 병이 든 그물코 쇼핑백에다 넣었다. 그리고 가장 기다란 주방 부지깽이로 무장하고 마당의 소각기로 향했다.

"다시 비가 오는데." 미스 파울러의 마지막 말이었다. "하지만 자네는 그 일을 처리할 때까지 안심이 안 될 테니까."

"오래 걸리지 않을 거예요. 저기다 모든 걸 준비해 뒀고 습기가 들어차지 않게 소각기에 뚜껑을 덮어 두었어요."

모든 준비를 마치고 소각용 파라핀유를 뿌렸을 때에는 덤불에 황혼의 어둠이 밀려오기 시작했다. 그녀가 자신의 마음을 잿더미로 태워 버릴 성냥에 불을 붙이는 순간, 울창한 포르투갈 계수나무 숲 뒤에서 신음 혹은 비명 소리가 들려왔다.

"치프?" 그녀가 초조한 목소리로 소리쳤다. 그러나 오래된 허리 통증으로 정원사 오두막에 편안히 누워 있기를 좋아하는 치프는 그런 조용한 곳을 침범할 위인이 절대 아니었다. "양들이로군." 그녀는 그렇게 결론을 내리고 내풍耐風 성냥을 소각기 안으로 던져 넣었다. 불길이 확 소리를 내며 타올랐고, 그 즉각적인 화염은 그녀 주위의 어둠을 재촉했다.

"윈은 이런 화염을 좋아했을 텐데!" 그녀는 불길에서 한 걸음 뒤로 물러서며 중얼거렸다.

그 불빛으로 그녀는 다섯 걸음 정도 떨어진 참나무 밑동에 맨 머리의 남자가 아주 뻣뻣한 자세로 앉아 있는 것을 보았다. 부러진 나뭇가지가 그의 무릎에 걸쳐져 있었고, 장화를 신은 다리 한쪽이 그 가지 밑으로 튀어나와 있었다. 그의 머리는 쉴 새 없이 좌우로 움직였으나, 그의 몸은 나무줄기처럼 미동도 하지 않았다. 그녀는 자세히 보기 위해 옆으로 움직였고 그의 옷은 윈의 것과 비슷한 제복이었는데 단추를 채운 플랩°이 가슴을 가로지르고 있었다. 잠시 그녀는 그가 장례식에서 만났던 젊은 비행사들 같은 사람일지도 모른다고 생각했다. 하지만 그들의 머리는 검고 반짝였다. 이 남자의 머리는 어린아이처럼 창백했고 너무나 짧게 머리카락을 깎아서 그 밑의 혐오스러운 분홍빛 두피가 보일 정도였다. 그는 입술을 움직였다.

"뭐라고 말한 거야?" 메리는 그에게 다가가서 허리를 숙였다.

"Laty! Laty! Laty!"°° 그는 양손으로 젖은 낙엽을 거머쥐면서

● 겉 장식.
●● 메리는 그가 lady를 독일식으로 발음했다고 오해했다.

말했다. 그의 국적은 의심할 나위가 없었다. 그걸 알자 그녀는 화가 치밀어 올랐고, 너무 뜨거워 아직 부지깽이를 사용할 수 없는 소각기 쪽으로 물러났다. 원의 책들은 불길 속에서 활활 타오르고 있었다. 그녀는 그 남자 뒤의 참나무를 올려다보았다. 위쪽의 가벼운 가지들 몇 개와 아래쪽의 썩은 가지 두세 개가 꺾어져서 그 밑의 관목 숲길에 흩어져 있었다. 가장 아래쪽의 갈라진 가지에는 끈이 달린 헬멧이 걸려 있었는데 긴 혓바닥을 가진 불길이 내쏘는 빛으로 보니 새의 둥지처럼 보였다. 저 사람은 나무 사이로 추락한 것이 분명했다. 원은 그녀에게 조종사가 비행기 밖으로 추락하는 일이 종종 있다고 말했다. 원은 또 나무들이 조종사의 추락하는 속도를 늦추어 주는 유익한 물건이며, 이 경우 조종사는 거의 틀림없이 뼈가 부러지는 중상을 입게 되므로 즉시 그런 난처한 상황으로부터 벗어나야 한다고 말했다. 그는 무섭게 흔들거리는 머리를 제외하고는 완전 무기력한 상태였다. 반면에 그녀는 그의 벨트에 달려 있는 권총을 보았다. 메리는 권총을 혐오했다. 여러 달 전에 벨기에의 어떤 보고서를 읽고 나서 그녀와 미스 파울러는 권총을 한번 다루어 보았다. 코가 뭉툭한 탄환을 집어넣은 리볼버였는데, 원은 그런 탄환은 전쟁 규칙에 의하여 문명국의 적들에게는 사용해서는 안 된다고 말해 주었다. "그런 규칙은 좋은 것 같군." 미스 파울러가 대답했었다. "메리에게 그 리볼버를 어떻게 사용하는지 가르쳐 줘." 원은 과연 그 총을 사용할 가능성이 있겠는지 웃음을 터트리면서, 겁먹고 눈을 깜빡거리는 메리를 목사의 폐기 처분된 석산으로 데려가 그 끔찍한 총을 발사하는 방법을 가르쳐 주었다. 그 총은 이제 그녀의 화장대 맨 위 서랍에 들어 있었다. 그것은 불태워 버릴 품목의 리스트에는 들지 않았다. 윈은 그녀가 겁먹지 않은 모습을 보면 좋아할 것이었다.

그녀는 그 총을 가져오기 위해 집 안으로 살짝 들어갔다. 그녀가 빗속으로 다시 나오자 남자의 두 눈은 기대감으로 빛났다. 입은 벌어지면서 미소를 지으려 했다. 그러나 리볼버를 보는 순간 입의 양쪽 구석이 에드나 게릿의 그것처럼 내려갔다. 한쪽 눈에서는 눈물이 흘러내렸고 머리는 뭔가를 가리키려는 것처럼 이쪽 어깨에서 저쪽 어깨로 크게 흔들거렸다.

"Cassée. Toute cassée."● 그는 우는 목소리로 말했다.

"뭐라고 말했어?" 메리는 혐오스럽다는 듯이 말했다. 비록 그는 머리만 움직이고 있었지만 그녀는 한쪽 곁에 멀찍이 떨어져 섰다.

"Cassée." 그가 되풀이했다. "Che me rends. Le médecin!●● Toctor!●●●"

● "부상을 입었어요. 온몸에 부상을 입었다고요"라는 뜻의 프랑스어.
●● "나는 항복합니다. 의사를 불러 줘요"라는 뜻의 프랑스어.
●●● 메리는 그가 doctor를 독일식으로 발음했다고 오해한 것이다.

"Nein!"• 그녀가 얼마 알지 못하는 독일어 단어를 그 커다란 피스톨과 관련시키며 말했다. "Ich haben der todt Kinder gesehn."••

그의 머리는 멈추어 섰다. 메리의 손은 아래로 내려갔다. 그녀는 사고를 우려하여 방아쇠에 손가락을 대지 않으려고 무척 조심했다. 잠시의 기다림 끝에 그녀는 소각기로 다시 돌아왔다. 그곳에서 불길은 사위어 가고 있었고 그녀는 부지깽이로 시커멓게 된 원의 책들을 뒤집었다. 또다시 그 머리는 의사를 불러 달라고 신음했다.

"그만두지 못해!" 메리는 발을 구르며 말했다. "그만둬, 이 빌어먹을 야만인 놈아!"

욕설은 아주 부드럽고 자연스럽게 튀어나왔다. 그것은 원의 말이었고, 원은 이 세상에 어떤 일이 있어도 어린 에드나를 그처럼 피 흘리는 살덩어리로 발기발기 찢어 놓을 사람이 아니었다. 하지만 참나무 아래 허리를 수그린 저자는 바로 그런 짓을 했다. 그것은 신문의 끔찍한 기사를 미스 파울러에게 읽어 주는 것과는 전혀 다른 문제였다. 메리는 '로열 오크' 주방 테이블에서 그

• "안 돼!"란 뜻의 독일어.
•• "나는 어린아이의 죽음을 보았어"란 뜻으로 이것은 독일어를 비문법적으로 말한 것이다. 제대로 된 독일어 표현은 Ich habe den Tod des Kindes gesehen이다.

녀의 눈으로 직접 그런 참사를 목격했다. 그녀는 자신의 마음이 그런 참사에 오래 머물도록 내버려 두어서는 안 되었다. 이제 윈은 죽었고, 그와 관련된 모든 것이 바스락거리고 소리 내며 타오르는 한 덩어리 통나무같이 되어 버려 그녀의 바쁜 부지깽이 아래에서 검붉은 먼지와 회색 잿더미로 변하는 중이었다. 그러니 참나무 아래 저자도 죽어야 마땅했다. 메리는 죽음을 여러 번 목격했다. 그녀는 전에 미스 파울러에게 말한 것처럼 '아주 고통스러운 상황에서' 죽는 일에 이골이 난 집안의 출신이었다. 그녀는 현재의 자리에 그대로 머물면서 저자가 죽은 것을 확인할 때까지 떠나지 않을 생각이었다. 누구나 죽는다. 그녀의 아버지는 1880년대 후반에 죽었고, 메리 이모는 1889년에, 어머니는 1891년에, 사촌 딕은 1895년에, 그리고 맥코슬랜드 경부인의 가정부는 1899년에, 맥코슬랜드 경부인의 언니는 1901년에 죽었다. 윈은 닷새 전에 매장되었다. 그리고 에드나 게릿은 그녀를 덮어 줄 흙을 현재 기다리고 있다. 그녀는 그런 생각을 하면서—그녀의 힘없는 어금니가 아랫입술을 깨물자 이마를 살짝 찌푸리고 코를 벌름거리면서—거세게 부지깽이를 찔러 댔고 그리하여 바닥의 쇠격자에 부딪히고 그 위의 구멍 뚫린 벽돌을 긁는 소리가 났다. 그녀는 손목시계를 내려다보았다. 오후 4시 반을 지나고 있었고 비는 억수로 쏟아졌다. 다회는 5시였다. 만약 저자가 그 시간 전에 죽지 않는다면 그녀는 온몸이 비에 젖어 옷을 다시 갈아입어야 할 것이었다. 그녀가 이런 생각을 하고 있는 동안, 윈의 물건들은 식식거리는 습기에도 불구하고 잘도 타올랐다. 하지만 가끔씩 저명한 제목을 단 두꺼운 책등이 그 덩어리 속에서 비쭉 밖으로 튀어나왔다. 부지깽이로 찌르는 작업은 그녀에게 도취감을 주었고 그 느낌은 그녀의 골수에까지 스며드는 것 같았다. 전에 자신은 목소리가 없다고 말했던 메리는 혼자서 뭔가를 흥얼거렸다. 그녀는 이 세상에서 여성이 해야 할 일에 대한 저 진보된 견해들을—비록 미스 파울러는 그런 쪽으로 좀 기울어져 있지만—전혀 믿지 않았다. 하지만 그녀는 이제 그런 견해들에 대하여 할말이 많았다. 가령 이것은 **그녀의** 일이었다. 남자들, 그중에서도 대표적으로 헤니스 박사 같은 사람은 결코 해낼 수 없는 일이었다. 남자는 이런 위기 앞에서 윈이 말한 '스포츠맨'이 되려 했을 것이다. 남자는 도와주려고 온갖 일을 다 했을 것이고 저자를 집 안으로 들였을 것이다. 그러나 여자의 일은 남편과 자녀들을 위해 행복한 집을 만드는 것이다. 이런 것을 잘 못한다면, 그건 그녀가 자신의 마음을 오래 거기에 머물도록 내버려 두어서는 안되는 것이었다. 그러나—

"그만둬!" 메리가 다시 한번 어둠 속으로 소리를 내질렀다. "Nein! 내가 말했잖아. Ich haben der todt Kinder gesehn."

그러나 그건 사실이었다. 그런 것들을 놓쳐 버린 여자라도 여전히 유용할 수 있다. 어떤 점에서는 남자보다 더 유용하다. 그녀는 도로 포장 인부처럼 재들을 찍어 누르면서 그 은밀한 전율을 느꼈다. 비는 불길을 적시고 있었지만 그녀는 이제 작업이 끝났다는 것을 느낄 수 있었다(너무 어두워서 볼 수는 없었다). 소각기 바닥에 희미한 불빛이 남아 있기는 했지만, 내리치는 빗줄기를 막아 내기 위해 뚜껑을 절반쯤 그 위에 내지른다고 해도 그 뚜껑을 태울 정도의 힘은 없었다. 이렇게 일처리를 하고서 그녀는 부지깽이에 기대어 기다렸고, 그러는 와중에 점점 커지는 환희가 온몸에 퍼지는 것을 느꼈다. 그녀는 더 이상 생각하지 않았다. 그녀는 그 느낌에 온몸을 맡겼다. 그녀의 환희는 그녀가 평생 동안 여러 번 고뇌 속에서 기다렸던 그 소리에 의해서 깨트려졌다. 그녀는 몸을 앞으로 기울이고 미소 지으면서 귀를 기울였다. 그건 틀림이 없었다. 그녀는 두 눈을 감고서 그것을 직감하며 안으로 크게 들이마셨다. 그것은 갑자기 멈추었다.

"이제 가라," 그녀가 중간 크기의 목소리로 중얼거렸다. "하지만 이것이 끝은 아니야."

이어 끝은 억수 같은 빗줄기와 빗줄기 사이의 잠시 잦아드는 때에 아주 분명하게 찾아왔다. 메리 포스트게이트는 이 사이로 짧게 숨을 들이마시며 머리끝에서 발끝까지 몸을 떨었다. **"그건 잘되었군."** 그녀는 만족해하는 어조로 말했고, 집으로 올라갔다. 집 안에서 그녀는 다회 전에 호화스러운 온탕 목욕을 함으로써 오후의 그 모든 지저분한 절차를 깨끗이 털어 냈다. 메리가 아래층으로 내려오니 소파에 편안한 자세로 누워 있던 미스 파울러가 그녀를 보고서 "아주 예쁘다!"라고 말했다.

시작들

그것은 그들의 핏속에 들어 있는 한 부분이 아니었다.
그것은 그들에게 아주 늦게 왔다.
오래 묵은 빚을 청산해야 할 때
영국인들이 증오하기 시작할 때.

그들은 쉽게 동요되지 않았다.
그들은 얼음처럼 차갑게 절제하며 기다렸다.
모든 계산이 증명될 때까지.
그다음에 비로소 영국인은 증오하기 시작했다.

그들의 목소리는 고르고 낮았다.
그들의 눈은 수평이고 직선이었다.
아무런 표시도 징후도 없었다.
영국인들이 증오하기 시작할 때.

그것은 일반 대중에서 설교되지 않았고
국가에서 가르쳐 주지도 않았다.
아무도 그것을 크게 말하지 않았다.
영국인들이 증오하기 시작할 때.

그것은 갑자기 생겨난 것이 아니므로
재빨리 감소될 것도 아니다.
앞으로의 차가운 세월 동안
시간은 날짜를 계산할 것이고 비로소
영국인들은 증오하기 시작할 것이다.

정자가 있는 무덤

Kameriyeli mezar

사이트 파이크 아바스야느크

이난아 옮김

Sait Faik Abasıyanık

오로지 그 정원사가 있는 정원에만 올리브 나무들이 있다. 묘지로 가는 길은 전혀 고요하지 않다. 배 모터 소리, 새소리, 벌과 파리가 웅웅거리는 소리, 바닷물이 자갈밭에 부딪히는 소리, 맞은편의 허름한 배에서 폴폴 나온 연기가 먼 곳에 몇 시간이고 걸려 있는 모습, 수레박하의 빨간 꽃, 금작화의 반짝이는 노란색, 무아재비, 광대나물, 금작나무, 엉겅퀴, 메밀 나무의 반짝임, 성장이 멈춘 사이프러스 나무, 작은 유리들로 뒤덮인 이 해변의 후미에 있는 깨진 접시 조각들, 유리병의 코르크 마개, 지나간 문명의 기념비처럼 이가 나가고 날카로움을 바다에 놓고 온 수많은 유리컵, 그릇, 오지그릇, 찻잔, 깨진 약병, 죽은 말 뼈다귀들……

바다는 이 모든 것을 어디에서 이 후미로 가지고 오는 걸까? 벌들은 꽃의 화관 속으로 파고들어, 3~4초 안에 취할 것들을 취하고는 다른 꽃에게로 날아갔다. 새 한 마리가 쉬지 않고 지저귀고 있었다. 저 멀리 크날르섬에서 당나귀 우는 소리가 들려왔다. 올리브 나무들은 흔들거리지도 않았다. 고대 그리스 시대의 유물처럼 몸통은 구불구불하고 구멍도 숭숭 나 있다.

우리 마을 바닷가에 있는 묘지는 바로 마르마라해海의 이 잔잔한 날에 병, 유리, 접시 조각들이 반짝이는 후미로 이어지는 곳에 위치했다. 그 앞에는 전선이 지나가고 있다. 길에 팻말이 꽂혀 있었다. 팻말은 묘지보다 먼저 죽음에 대해 언급하고 있었다.

'고압선 주의, 파지 마시오! 죽을 위험 있음! 열 걸음 더 가면 묘지 있음.'

묘지에 갈 의도는 없었다. 가장자리 길을 통해 내화점토 혼합물 위로 올라갈 참이었다. 그곳에서 오래된 가마터를 통하면 해안에서는 그 위로 올라갈 수 없고 바위 바로 앞에 있는 길로 나갈 수 있다. 갈매기 알들은 거기에 있다. 신선한 갈매기 알들은 맛이 아주 기가 막히다! 둥지에 알이 세 개 있다면 절대 집지 말고, 두 개 있으면 집어서 깨 마셔라. 세 개의 알이 있는데 그중에 한 개를 집어 깨면, 그 안에서 살아 있는 새끼가 나올 확률이 크다. 그걸 보면 당신은 다시는 갈매기 알을 먹지 못할 것이다. 잠시 후 나는 바위 위에 도착할 것이다. 그 슬픈 목소리의 갈매기들은 모두 날아갈 것이다. 아주 구슬프게 울 것이다. 수컷 갈매기들과 이제 생산을 할 수 없는 암컷 갈매기들은 내가 해안에 있는 바위에서 알들을 어떻게 훔치는지를 구경할 것이다. 갈매기 암놈들은 내가 알을 훔치려고 안간힘을 쓰는 것을 보고는 급강하하는 비행기처럼 나를 공격하면서 겁을 주려고 할 것이다. 난 두려워하지 않는다!

프라이팬에 작은 노른자위와 흐릿한 흰자위가 앉았을 때, 강한 남풍으로 인한 바다 냄새가 당신 코로 맡아지면 갈매기 알들 중 하나는 신선하지 않다는 것이다. 그다지 해가 되지 않으니 먹어도 되기는 한다. 그리고 알도 날것으로 마셔라. 알을 먹은 후 고요하고 한적한 바닷가에 있는 것 같고, 날고 싶은 느낌이 들고, 난폭하게 고함을 치고 싶다면 그건 알이 당신에게 영향을 미쳤다는 의미. 바닷가에서 옷을 벗고 로빈슨 크루소 같은 영혼으로 야생의 프라이데이*를 부를 수 있을 것이다. 갈매기들 이외에 그 누구도 듣지 못한다. 나는 갈매기 알을 좋아한다. 깨서 날것으로 마신다. 그런데 내가 묘지에 무슨 볼일이 있지? 하지만 콘크리트로 된 야외 기도 장소를 지나갈 때 '그냥 묘지도 한번 보지 뭐!'라는 생각이 들었다.

줄지어 늘어선 철근 콘크리트 기둥 사이에 철조망이 쳐져 있

---

* 대니얼 디포의 『로빈슨 크루소』에서 식인종에게 잡아먹힐 위기에 처했을 때 로빈슨이 구해 준 포로로, 금요일에 구했다고 해서 '프라이데이'라고 이름을 지어 주었다. 이후 프라이데이는 로빈슨의 노예처럼, 친구처럼 함께 산다.

었다. 나는 철조망 사이를 통해 묘지로 들어갔다. 묘 하나가 있다! 마르마라산 네모반듯하고 반짝이는 대리석! 안에는 두 사람 묏자리가 있다. 한 자리는 아직 비어 있었다. 묘지는 개양귀비꽃과 금낭화로 덮여 있었다. 묘지 가장자리에는 엉겅퀴 꽃과 비슷한, 광택 가공을 한 비단처럼 반짝이는 밝은 분홍색 꽃이 피었고, 통통한 초록 잎사귀가 달린 삼색메꽃으로 덮여 있었다. 묘지 위에는 1874~1944라는 생몰년과 이름이 있었다. 내 오른쪽에는 다른 묘지가 있었다. 그것은 아주 멋진 정자 같았다. 사방이 굵은 철로 덮였고, 철봉으로 된 지붕도 있었다. 그 지붕 꼭대기에는 초승달과 별 모양의 장식이 있었다. 앉아서 라크 마시기에 아주 적합한 장소였다. 저녁 어스름이 깔리면 금작화 향기가 얼마나 짙게 풍길까? 나는 이름도 없고, 묘비도 없고, 나무 비석도 없는 봉긋한 곳을 지나 정자로 다가갔다. 네 개의 계단도 있었다. 대리석 위에 새겨진 글을 어렵사리 읽을 수 있었다. 애초에는 검은 물감을 그 글씨들 위에 칠한 것 같았지만, 시간이 물감들을 퇴색시켜버린 듯했다. 나는 그 글귀를 읽었다.

우리는 이곳에 영원한 보금자리를 만들었다
친구들이여 오시오, 오셔서
봄꽃으로 우리 집을 꾸며 주시오

이 묘 역시 두 사람이 묻히는 곳이었다. 한 곳은 여전히 비어 있었다. 고인은 남자였다. 휘세인 아브니. 1921. 묘지 머리맡에는 또 시가 있었다.

흙 위에서 거닐던 내 가슴에 흙이 덮이면
세월은 이 공포도 분명 지울 것이다
영원은 자비로움으로 물론 기억되고 있다
나는 조용히 살았다, 누가 나를 어떻게 알 것인가

아직 비어 있는 묘지의 주인은 아이쉐 휘세인 아브니의 것이다. 그녀의 시도 있었지만 잘 읽을 수가 없었다. 내 기억에도 그리 남아 있지 않다. 당신 없이 홀로 사는 것은 내게는 금기이다, 어떻게 할까나? 어떻게 이런 일이 있을 수 있나? 난 어떻게 살지? 등등의 말이었다. 두 묘지 가운데에 금박으로 칠한 문장이 있었다.

휘세인 아브니와 아이쉐 휘세인 아브니
영원한 보금자리

이 남자는 아마도 젊은 나이에 죽은 것 같았다. 맞다, 누가 어떻게 당신을 알겠는가? 나는 당신 휘세인 아브니 씨가 궁금하지 않다. 하지만 당신의 아내 아이쉐 부인은 궁금하다. 당신이 죽은 후 그다지 오래 산 것 같지 않지만, 어쩌면 죽지 않았을 수도 있다. 당신이 죽은 지 20년이 지났다. 어쩌면 예전에 이스탄불로 갔거나 시골에서 재혼을 했을 것이다. 아이들도 있을 것이고. 어디로 갔을까? 어쩌면 콘야에 갔을 수도 있다.

그들은 지난해에 이곳으로 와 "오늘 섬들을 한번 둘러볼까"라고 했을 것이다. 부르가즈섬 앞을 지나갈 때 재혼한 남편이 "아이쉐, 부르가즈섬이야! 당신은 저곳을 잘 알지? 저기가 묘지야? 정말 아름다운 곳에 자리 잡고 있군. 당신 첫 남편이 저기에 있지?"라고 말할 것이다.

아이쉐 부인도 어쩌면 뭔가를 들었을 수도 있고, 어쩌면 슬프게 고개를 좌우로 흔들었을 것이다. 어쩌면 "이흐산 씨, 지금 그 말을 할 때예요? 이곳에 놀러 왔는데"라고 말할 것이다.

이제는 그녀가 당신을 기억하지 못하고 기억하기조차 싫어했기 때문에 그녀의 새 남편은 '휘세인 아브니 씨, 안됐군그래'라는 의미로 큭큭 웃으며 뽐낼 것이다.

아이쉐 부인은 어쩌면 이즈미르에 갔을 것이다. 거기서 죽었고, 이즈미르에 있는 지중해가 내다보이는 묘지에 묻혀 있을 것이다. 다시는 결혼도 하지 않았고.

그들에게는 자식이 있었을까? 없었을 것이다. 당신들은 서로를 아주 사랑했었군그래. 돈도 좀 있었고. 이 철로 된 봉들, 이 대리석들, 이 추한 금박을 입힌 글씨들을 만드는 데는 돈이 어지간히 드니까. 사람들에게 당신 둘이 서로 얼마나 좋아했는지를 알리는 마지막 광고를 정말 완벽하게 한 것 같군. 당신이라면 자식들도 아주 좋아했을 것이고, 자식들을 위해 당신 곁에 자리도 마련했을 것이다. 영원히 함께 있기 위해! 아마도 자식들이 없는 것 같았다. 없는 게 다행이다. 그렇지 않다면 그들이 이 야생의 꽃과 풀을 다 뽑아 버렸을 테니까. 야생의 풀들이 가엾을 뻔했다! 향기도 정말 짙었다. 아마도 이 풀들은 많은 환자에게도 효능이 좋을 것이다. 저 쐐기풀과 짙은 색의 풀은 마치 약상자 같다. 아이쉐 부인이 이스탄불에 있다면, 여전히 당신을 생각한다면, 왜 이곳에 와 저 풀들을 정리하지 않는 걸까요, 휘세인 아브니 씨? 어쩌면 그녀는 이제 너무 늙어 버려 심장이 감당하지 못할 수도 있다.

25년이 지나지도 않았는데 이제 글씨들은 읽을 수 없고 정자는 곧 무너질 태세였다. 오늘날을 살고 있는 사람들은 "아이고, 아이고! 아이쉐 부인과 휘세인 아브니 씨가 서로 정말 사랑했구나, 가련한 사람들!"이라고 말할 수도 없을 만큼 세상사에 몰입해 있을 것이다. 아이쉐 부인이 여전히 살아 있는데 묘지가 이 상태라면, 그녀가 죽은 후 20년이 지나지 않아 이 정자는 전부 북풍의 손에 쓰러질 것이다. 어쩌면 어떤 무례한 사람이 자신의 손과 발에 걸리지 않게 하려고 정자의 철봉들을 뽑아 바다로 던져 버릴 것이다.

얼마나 끔찍한 일인가!

나는 아이쉐 부인이 궁금했다. 재혼했을까? 지금 어디에 사는 걸까? 아직 살아 있을까? 하지만 난 당신 휘세인 아브니 씨는 전혀 궁금하지 않군요. 그는 부유했고 잘 살았고 사랑했고 사랑받았고 죽었고 묻혔다. 그러니까 우리 인간에게 일어날 일들이 일어난 것뿐이다. 어쩌겠는가? 우리 인생이 이런 겁니다, 휘세인 아브니 씨. 아마도 당신은 갈매기 알을 좋아하지 않았을 것이다. 당신은 예민한 감성을 가진 시인이었군요, 휘세인 아브니 씨! 잘 있으시오! 정말 이상한 사람이기도 하군요. 당신의 시도 꽤 끔찍하지만, 아이쉐 부인의 시보다는 좋군요.

묘지에서 나갈 때 나무로 된 비석이 바닥에 떨어져 깨진 어떤 묘를 보았다. 검게 변한 그 나무 비석을 집어 들고는 그 위에 쓰인 이러한 글을 읽었다. 무흘리스—부르가즈섬 우체국장…… 나는 지금 이 부분에서 거짓말을 하고 있다. 나는 부르가즈섬 우체국장을 기억한다. 아버지의 친구분이었다. 마르고 정중하고 공손한 얼굴을 한 사람이었다. 그는 크날르섬 쪽으로 난 곳에 있는 긴 의자에 앉아 해가 지는 것을 바라보곤 했다. 젊은 아내가 있었다. 건강한 사람이었다. 더 살 수도 있었다. 사람들은 그가 아내 때문에 죽었다고 말했다. 그의 나무 비석 따위는 없었다. 하지만 난 알고 있다. 여기 어딘가에 그가 묻혔을 것이다. 묘지 위가 금작화, 개양귀비꽃, 솔잎난 등으로 덮여 있을 것이다. 정중하고 착하고 겸손한 무흘리스 씨는 어차피 비석을 세우는 걸 원하지 않았을 것이다. 비석이 뭐 그리 대단하단 말인가? 사람들은 어느 위대한 사람의 묘를 찾곤 한다. 책에는 그 사람의 묘를 찾지 못한 것에 대해 안타까워하는 말들이 쓰여 있다―책들은 또 뭐란 말인가?―사람들은 학자들이 여기에 묻혀 있을 거라고 추정하기도 한다. 게다가 가끔 날조된 묘를 발견하기도 한다. 예를 들면, 카라괴즈*의 묘라고 한다. 이런 것들은 정말 쓸데없는 짓이다. 카라괴즈는 어쩌면 묘를 원하지 않았을 수도 있다. 당시에 만든 비석은 대단하다! 뭐 어쩌면 비석을 원했을 수도 있다. 나라도 그런 비석은 원할 것이다. 무흘리스 씨도 그런 비석이라면 원할 것이다. 무흘리스 겔린직(1880~1932)―부르가즈섬 우체국장―파티하**. 어쩌면 그는 파티하도 원하지 않을 것이다. 그가 좋아하는 노래가 있었다.

저녁이 사방을 덮었다
운명이 시냇물을 에워쌌다

이 노래를 물론 비석에 새길 수는 없을 것이다. 하지만 사람

* 터키 전통 그림자 연극의 주인공 이름.
** 코란의 시작 장. 기도를 시작할 때 혹은 끝맺을 때 파티하 장을 낭독한다.

들이 하는 일이니 단정할 수 없다. 비석에 살아 있는 사람들에게 보내는 충고도 새겨 넣으니까.

나는 갈매기 알 쪽으로 걸어갔다. 이 바보 같은 놈들은 정말로 올라가기 힘든 곳에 알을 낳는다니까. 정말이지 잘도 감춰 놓는 단 말이야! 갈매기 알의 적이 있다는 걸 어떻게들 알까? 어쩌면 사람들에게 감추려고 하는 것이 아닐 수도 있다. 바다에서 조용히 몸을 말리려고 하던 가마우지가 갈매기 알을 먹을 수도 있다. 어쩌면 도마뱀과 뱀이 갈매기 알을 좋아할 수도 있다. 어찌 알겠는가?

내 손은 피로 범벅이 되었다. 얼굴과 눈도 흙투성이다. 하지만 마흔 개에 가까운 갈매기 알을 모았다. 이 알들 중 몇 개를 우리 닭의 품에 놓는다면…… 볏 달린 우리 닭이 얼마나 놀랄까? 그 닭은 정말 멍청하다! 지난해 품에서 노란 새끼 오리가 나왔을 때 새끼들이 물에 못 들어가게 하려고 얼마나 쪼아 대던지! 가련한 새끼 오리들은 한동안 물을 넣어 둔 그릇 안으로 들어가지도 못했다. 그러나 어느 날 아침, 소리를 꽥꽥 지르며 반기를 들고 물 속으로 들어가고 말았다.

오늘, 죽음은 왜 나에게 슬픔을 안겨 주지 않는 걸까? 혹시 그 것을 생각하고 싶지 않은 걸까? 아니다, 나는 저 아이쉐 부인과 휘세인 아브니 씨에게 화가 났던 것이다. 부부가 서로를 사랑한다는 것을 무덤에서까지 말하는 건 얼마나 부끄러운 일인가?

어제 클럽에서 부인 셋이 말하는 것을 들었다. 그들 중 한 명이 "아이쉐 부인한테 가요! 그 집 정원이 아름답잖아요, 가서 좀 앉아 있자고요"라고 말했다. 그러자 다른 부인이 "아침 일찍 그녀를 봤어요. 이스탄불 본토에 가던걸요"라고 말했다.

"휘세인 아브니 씨한테 허락받았대요?"

그녀들은 이렇게 말하고 서로 깔깔대며 웃었다. 나는 처음에는 그들의 대화에서 아무것도 이해할 수가 없었다. 나중에 어쩐 일인지 아이쉐-휘세인 아브니라는 단어가 뇌리에서 떠나지 않았다. 그러다 갑자기 묘지에 있던 정자를 기억해 냈다. 어찌 되었든 저 부인들에게 "아이쉐 부인이 누구인가요?"라고 물어봐야지 하는 생각이 들었다. 그런데 내가 묻기도 전에 세 번째 부인이 물었다.

"그 아이쉐 부인이 누구예요?"

다른 한 명이 말했다.

"작고하신 휘세인 아브니 씨의 부인이지요. 그녀의 방에 그 사람 사진이 있어요. 아이쉐 부인은 어딘가 갈 때면, 무엇인가를 살 때면, 집에 세를 놓을 때면 사진 앞으로 가 '휘세인 아브니 씨, 휘세인 아브니 씨! 난 오늘 이스탄불 본토에 가려고 하는데, 갈까요?'라고 말한답니다. 얼마 전 털실 네 타래를 샀더군요. 그 타래를 그녀가 두 손으로 잡고 있었고 내가 뭉치 상태로 감았지요. 그러다 갑자기 자리에서 일어났어요. 손에 타래를 든 채 사진 쪽으로 몸을 돌리더군요. 그러더니 '휘세인 아브니 씨, 휘세인 아브니 씨, 당신 스웨터 떠 줄까요?'라고 말하곤 닭똥 같은 눈물을 뚝뚝 흘리지 뭐예요? 전 정말 섬뜩했다니까요. 심장이 다 떨렸다고요. 그래서 그녀에게 '아이고, 아주머니, 제발 그만, 그러지 좀 마세요'라고 말했지요. 다행히 정신을 가다듬더니 '아, 그는 정말 둘도 없는 사람이었어요!'라고 하더군요.”

세 번째 부인이 또 물었다.

“그 부인은 나이가 어떻게 돼요?”

“70대지요. 하지만 무슨 일을 할 때마다 휘세인 아브니 씨에게 상의한답니다. 그 사람한테 상의하지 않고는 아무 일도 하지 않아요.”

아, 휘세인 아브니 씨, 당신은 정말 대단한 사람이군요. 여자를 당신에게 이렇게나 꼭 매이게 하다니. 그녀를 이렇게 만든 비결도 무덤에 함께 가지고 가 버렸고요.

로맨스 무도장

The Ballroom of Romance

윌리엄 트레버

이선혜 옮김

성당 참사회원인 오코넬은 브리디의 아버지와 따로 기도를 드리기 위해서 일요일마다 농장에 왔다. 일요일에 시간을 낼 수 없을 때는 월요일에 농장을 찾았다. 일요일이 가장 바쁜 날인 그는 월요일에 올 때가 많았다. 브리디의 아버지는 괴저가 시작돼서 다리를 절단한 뒤로 더 이상 걸어 다니지 못했다. 예전에는 농장에 조랑말과 수레가 있었고 브리디의 어머니도 살아 계셨다. 브리디와 그녀의 어머니는 힘겨웠지만 아버지를 수레에 올라타도록 도와 마을로 가서 미사를 드렸다. 그러나 2년 뒤 조랑말은 다리를 절기 시작했고 결국 폐사되었다. 그로부터 얼마 안 되어 어머니마저 세상을 떠났다. "조금도 걱정하지 말아요." 오코넬은 아버지를 성당에 모시고 가는 것의 어려움에 대해서 이렇게 말했다. "제가 매주 올라오도록 하겠습니다, 브리디."

우유 트럭은 매일 농장에 올라와서 커다란 우유 통 하나를 실어 갔고, 드리스콜은 화물차를 몰고 와서 식료품을 내려놓고 브리디가 한 주 동안 모아 둔 달걀을 가져갔다. 오코넬이 1953년에 그 제안을 한 뒤로 브리디의 아버지는 농장을 떠나지 않았다.

브리디는 일요일마다 미사를 드리러 가고 매주 한 번 도로변에 있는 무도장을 찾는 것 외에도 매달 한 번 금요일 오후를 골라서 일찌감치 자전거를 타고 마을로 쇼핑을 하러 갔다. 그녀는 원피스를 만드는 데에 필요한 재료, 털실, 스타킹, 신문 등 자기에게 필요한 물건을 구매했고 아버지를 위해서 문고판 서부 소설도 샀다. 그녀는 함께 학교에 다녔던 여자들과 가게에서 마주쳐 이야기를 나누기도 했다. 브리디의 동창들 중에는 가게 점원이나 가게 주인과 결혼했거나 가게에서 일하는 사람들이 제법 있었다. 동창들 대부분은 이미 가정을 꾸리고 있었다. "이런 구덩이에 빠져서 허우적대는 대신, 언덕에서 평화로운 나날을 보내다니 너는 참 운이 좋아." 동창들은 브리디에게 이렇게 말하고는 했다. 그녀들은 아이를 가져서 혹은 큰살림을 꾸려 가느라 거의 모두가 피곤해 보였다.

금요일에 브리디는 자전거를 타고 언덕 위 농장으로 돌아오면서 동창들이 그녀의 삶을 정말로 부러워하는 모양이라고 생각하고는 했다. 그리고 브리디는 그 사실에 놀랐다. 아버지만 아니었다면 브리디 역시 마을에서 일하기를 원했을 것이다. 통조림 고기를 만드는 공장에 취직하거나 상점에서 일자리를 찾았을지도 몰랐다. 마을에는 일렉트릭이라는 이름의 극장과 피시 앤드 칩스 가게가 있었다. 사람들은 밤이면 그 가게에서 만났고 가게 앞의 길에 서서, 신문지를 말아 그 안에 담은 감자튀김을 먹었다. 저녁나절 브리디는 아버지와 함께 농가의 거실에 앉아서 마을의 모습을 상상하고는 했다. 쇼윈도에는 진열된 상품이 잘 보이도록 불이 켜져 있고, 과자점은 손님들이 일렉트릭 극장에 가져갈 초콜릿이나 과일을 살 수 있도록 아직 영업을 하고 있을 것이 분명했다. 그러나 18킬로미터 정도 떨어진 마을은 저녁나절 오락거리 삼아 자전거를 타고 다녀오기에는 너무 멀었다.

"다리가 하나밖에 없는 사람한테 매여 살다니 너한테 너무 끔찍한 일이구나." 아버지는 진심으로 괴로워하면서 이렇게 말하고는 했다. 아버지는 깊은 한숨을 쉬었고, 몸이 허락하는 한 어떻게든 밭에서 일을 하다가 절뚝거리며 집으로 돌아왔다. "네 엄마가 살아 있다면……" 아버지는 이렇게 말하다가 말끝을 흐렸다.

어머니가 살아 계셨다면 아버지를 보살피고 아버지가 소유한 얼마 안 되는 땅을 일굴 수 있었을 것이다. 그리고 우유 통을 들어서 수집 장소로 옮기고 몇 안 되는 닭과 소를 돌볼 수 있었을 것이다. "딸아이가 옆에 없으면 나는 죽은 목숨이나 다름없어요." 브리디는 언젠가 아버지가 오코넬에게 말하는 것을 들었다. 오코넬은 브리디 같은 딸을 둔 것은 정말 행운이라고 대답했다.

"여기서도 행복해요. 어딜 가서 사나 똑같지 않겠어요?" 브리디는 이렇게 대답했지만 아버지는 그녀가 마음에 없는 소리를 하고 있음을, 삶을 짓누르는 현실의 무게에 서러워하고 있음을 알았다.

아버지는 그녀를 여전히 아이라고 불렀지만 브리디는 서른여섯 살이었다. 브리디는 키가 크고 튼튼했으며 얼룩진 손가락과 손바닥은 살가죽이 거칠었다. 풀과 나무에서 즙이 흘러나오고 흙에서 색소가 빠져나오기라도 한 것처럼, 브리디가 경험한 노동은 그녀의 손가락과 손바닥에 스며들었다. 브리디는 어려서부터 아버지가 기르는 사료용 사탕무와 식용 사탕무 사이로 봄마다 자라나는 억센 잡초를 뽑아냈고, 해마다 8월에는 그녀가 흙을 뒤집어 놓은 밭에 나가서 날마다 두 손으로 땅을 파헤치면서 감자를 캤다. 그녀의 얼굴 피부는 바람에 억세졌고 햇볕에 그을렸다. 그녀의 목과 코는 메말라 갔고 입술은 일찍이 주름졌다.

그러나 토요일 밤이 되면 브리디는 잡초와 흙을 잊었다. 그녀는 가진 원피스 중에서 매번 하나를 골라 입은 뒤 자전거를 타고서 무도회장으로 향했다. 아버지는 그녀가 무도회장에 가도록 늘 곁에서 부추겼다. "기분 전환이 되지 않겠니?" 아버지는 브리디가 즐겁게 노는 것을 싫어한다고 생각하는지 언제나 이렇게 당부했다. "신나게 놀다 오면 좋겠구나." 브리디는 아버지가 마실 차를 준비해 두었고, 아버지는 라디오와 때로는 서부 소설을 들고서 자리를 잡고 앉았다. 때가 되면 아버지는 브리디가 아직 춤을 추고 있을 시간에 벽난로의 불을 다시 일으켜 놓은 다음 절뚝거리면서 위층으로 올라가 침대에 누웠다.

저스틴 드위어 소유의 무도회장은 인적이 드문 길가에 덩그맣게 서 있는 건물이었다. 주위에는 나무 한 그루 없는 소택지가 펼쳐져 있고 건물 앞 공터에는 자갈이 깔려 있었다. 분홍빛 자갈돌을 박은 시멘트에는 간결하게 '로맨스 무도회장'이라고 쓰여 있었는데, 무도회장 이름을 칠하는 데에 사용된 하늘색 페인트는 은은한 듯하면서도 뚜렷한 바탕색과 잘 어울렸다. 무도회장의 이름 위에 매달린 빨강, 초록, 주황 그리고 자주, 이렇게 네 가지 색의 전구에는 적당한 때가 되면 불이 들어왔다. 밤의 만남을 위한 장소가 영업을 시작했다는 표시였다. 건물의 정면만이 분홍색이고 나머지 벽은 평범한 회색이었다. 건물 내부로 들어가면 분홍색 스윙 도어를 제외하고 모든 것이 파랬다.

토요일 밤이 되면 키가 작고 마른 저스틴 드위어는 건물을 보호하던 철제 가림막을 자물쇠를 풀어서 활짝 열었다. 무도회장에서 연주가 시작되면 탁 트인 출입구를 통해서 음악이 쏟아져 나왔다. 저스틴 드위어는 아내를 도와 레모네이드가 담긴 나무 상자와 비스킷을 차에서 꺼내 옮긴 뒤 활짝 열어 둔 철제 가림막과 분홍색 스윙 도어 사이의 좁은 현관에 자리를 잡았다. 그가 앞에 두고 앉은 카드 게임용 탁자 위에는 돈과 입장권이 펼쳐져 있었다. 사람들은 그가 큰돈을 벌었다고 말했다. 그는 여기 말고 도 다른 곳에 무도회장을 몇 개 더 소유하고 있었다.

브리디처럼 외딴 언덕 위 농장이나 멀리 떨어진 동네에 사는 사람들은 자전거나 자동차를 타고 왔다. 어린 남녀 그리고 어느 정도 나이가 든 남자와 여자. 좀처럼 다른 사람들을 접할 기회가 없는 이들이 이곳에서 만났다. 사람들은 저스틴 드위어에게 입 장료를 지불한 뒤 무도회장에 들어섰다. 엷은 파란색 벽에는 그 림자가 드리워져 있고 크리스털 전등갓에서는 흐릿한 빛이 스며 나왔다. 로맨틱 재즈 밴드라고 알려진 밴드는 클라리넷과 드럼 그리고 피아노로 구성되어 있었다. 드러머는 가끔 노래를 부르 기도 했다.

브리디는 프레젠테이션 수녀회 학교를 졸업한 뒤 무도회장을 출입하기 시작했다. 그때만 해도 어머니가 살아 계셨다. 브리디 는 11킬로미터 남짓한 거리를 갔다가 다시 그만큼을 돌아와야 하는 먼 길이 아무렇지 않았다. 그녀는 프레젠테이션 수녀회 학 교를 다닐 때에도 자전거를 타고서 날마다 그 정도 거리를 오갔 다. 1936년에 구입한 러지 자전거는 어머니가 타던 거였다. 브리 디는 일요일마다 자전거로 10킬로미터 정도를 달려서 미사를 드 리러 갔지만 이 또한 아무렇지 않았다. 그녀는 이 모든 것에 이 미 익숙했다.

"잘 지내지, 브리디?" 어느 가을 저녁 저스틴 드위어는 새로

장만한 진홍색 원피스를 입고 도착한 브리디에게 물었다. 브리디는 잘 지낸다고 대답한 뒤 드위어의 두 번째 질문에 아버지도 잘 지내신다고 답했다. "조만간 한번 찾아뵐게." 드위어가 벌써 20년째 해 오고 있는 약속을 되풀이했다.

브리디는 입장료를 낸 뒤 분홍색 스윙 도어를 밀고 들어갔다. 로맨틱 재즈 밴드는 귀에 익은 옛 노래를 연주하고 있었다. 〈데스티니 왈츠〉. 밴드는 이름과 달리 무도회장에서 단 한 번도 재즈를 연주하지 않았다. 드위어는 개인적으로 재즈를 좋아하지 않았고 세월이 흐르는 동안 유행한 여러 가지 춤도 좋아하지 않았다. 그는 자이브, 로큰롤, 트위스트를 비롯한 다양한 춤을 거부한 채 무도회장은 최대한 품위 있는 장소가 되어야 한다고 믿었다. 로맨틱 재즈 밴드는 말로니, 스완턴 그리고 드럼을 치는 데이노 라이언으로 구성되어 있었다. 중년의 세 사람은 말로니의 자동차를 타고 마을에서 여기까지 왔다. 아마추어 연주자인 그들은 평소에는 통조림 고기 공장과 전력공급위원회 그리고 주 의회에서 각각 일했다.

"별일 없죠, 브리디?" 데이노 라이언이 휴대품 보관소로 가면서 그의 앞을 지나가는 브리디에게 인사했다. 데이노는 드럼 치던 손을 잠시 멈추고 있었다. 〈데스티니 왈츠〉는 드럼이 많이 사용되지 않는 곡이었다.

"네, 잘 지내요, 데이노." 브리디가 대답했다. "당신이야말로 팬찮아요? 눈은 좀 나아졌나요?" 지난주에 데이노는 감기 때문인지 모르지만 자꾸만 눈물이 난다고 브리디에게 말했다. 그는 아침에 일어나면서 느낀 증세가 오후까지 계속되었다고 설명하면서 처음 겪는 일이라고, 반나절 이상 어디가 아프거나 불편한 것은 태어나서 처음이라고 덧붙였었다.

"안경을 써야 할 것 같아요." 데이노가 말했다. 브리디는 휴대품 보관소로 걸어가는 동안 안경 쓴 얼굴로 도로 보수 작업을 하는 데이노의 모습을 상상했다. 데이노는 주 의회에 도로 보수 작업 인부로 고용되었다. 브리디는 안경을 쓰고서 그 일을 하는 사람은 보기 드물다고 생각하면서 직업상 피할 수 없는 먼지가 그의 눈에 해를 입힌 것은 아닌지 의심했다.

"안녕, 브리디." 이니 매키라는 이름의 여자가 휴대품 보관소에서 인사했다. 이니는 브리디보다 프레젠테이션 수녀회 학교를 1년 먼저 졸업했다.

"원피스가 정말 예쁘다, 이니. 나일론이야?" 브리디가 물었다.

"트리셀이야. 다림질이 필요 없어."

브리디는 외투를 벗어서 고리에 걸었다. 휴대품 보관소에는 작은 세면대가 하나 있고 그 위에는 색이 변한 거울이 걸려 있었다. 사용한 휴지와 화장 솜 그리고 담배꽁초와 성냥이 콘크리트 바닥에 널브러져 있고, 한쪽 구석에는 초록색으로 칠한 목재 칸막이가 변기를 가리고 있었다.

"세상에, 브리디, 오늘 정말 예뻐 보인다." 거울 앞에서 차례를 기다리던 매지 다우딩이 말했다. 매지는 거울 앞으로 바짝 다가서더니 안경을 벗고서 속눈썹에 정성 들여 마스카라를 칠했다. 그러고서 누가 봐도 근시인 것을 알 수 있을 만큼 가까이 타원형 거울을 들여다보면서 콧노래를 불렀다. 기다리던 여자들은 조바심을 내기 시작했다.

"좀 빨리해!" 이니 매키가 소리를 질렀다. "이러다 우리 모두 밤새 서 있겠어, 매지."

매지 다우딩은 브리디보다 나이가 많은 유일한 여자였다. 매지는 자신의 나이를 줄여서 말하고는 했지만 실제로는 서른아홉 살이었다. 여자들은 킬킬거리면서 매지 다우딩이 자신의 처지를 인정해야 한다고, 나이와 사팔눈과 칙칙한 안색을 받아들여야 한다고 수군댔고 남자들을 쫓아다니면서 그녀 자신을 웃음거리로 만들어서는 안 된다고 말했다. 과연 어떤 남자가 매지 다우딩 같은 여자한테 관심을 가질 것인가. 매지 다우딩은 레지오 마리애에서 토요일 밤마다 봉사를 하는 편이 나았다. 성당 참사회원인 오코넬은 언제나 도움의 손길을 기다리고 있지 않던가.

"그 남자 왔어?" 매지 다우딩이 마침내 거울 앞을 떠나면서 물었다. "팔이 긴 남자 말이야. 밖에서 그 남자 본 사람 있어?"

"캣 볼저하고 춤추고 있어요." 여자들 중 한 명이 대답했다. "캣이 그 사람한테 아주 찰싹 들러붙어 있던데요."

"꼬마 바람둥이라니까." 패티 번이 이렇게 말하자 모두가 웃음을 터뜨렸다. 패티가 말한 남자는 전혀 꼬마가 아니었다. 그는 쉰이 넘었다고들 했다. 결혼을 안 한 그는 아주 가끔 무도회장을 찾았다.

매지 다우딩은 캣 볼저와 팔이 긴 남자가 같이 있는 것이 몹시 못마땅했다. 그녀는 언짢은 마음을 고스란히 드러내면서 서둘러 휴대품 보관소를 나갔다. 그녀가 두 뺨을 붉힌 채 허둥대다가 발을 헛디뎠을 때 휴대품 보관소에 있던 여자들은 웃음을 터뜨렸다. 좀 더 젊은 여자였다면 태연함을 가장했을 것이 틀림없었다.

브리디는 거울 앞에 설 차례를 기다리면서 대화를 나누었다. 빨리 밖으로 나가고 싶은 여자들은 콤팩트의 거울을 사용했다. 마침내 여자들은 어쩌다가 혼자인 사람도 있었지만 두세 명씩 무리를 지어서 밖으로 나간 뒤 무도회장의 한쪽 끝에 놓인, 등받이가 수직인 나무 의자에 자리를 잡고 앉아서 누군가 춤을 청해주기를 기다렸다. 말로니와 스완턴 그리고 데이노 라이언은 〈하비스트 문〉과 〈누가 지금 그녀에게 키스하는지 궁금해〉와 〈내가 가까이 있을게요〉를 연주했다.

브리디는 춤을 췄다. 아버지는 지금쯤 난로 옆에서 잠에 빠져들고 있을지도 몰랐다. 라디오 에린*에 주파수가 맞춰져 있는 라

● 아일랜드 국영 라디오 방송.

디오는 잔잔한 배경음을 만들고 있을 것이 분명했다. 아버지는 벌써 〈신앙과 직제〉 그리고 〈숨은 재능을 찾아라〉를 들었을 테고, 아버지가 읽고 있는 제이크 마틀의 서부 소설 『말을 달린 삼인조』는 그의 하나밖에 없는 무릎에서 판석을 간 바닥으로 떨어졌을지도 몰랐다. 아버지는 매일 밤 그렇듯 깜짝 놀라면서 깨어난 뒤 오늘이 무슨 요일인지를 잊고는 브리디가 안 보여서 놀랄 것이 분명했다. 브리디는 보통 이 시간이면 탁자에 앉아서 옷을 깁거나 달걀을 닦았다. "뉴스 시간이니?" 아버지는 기계적으로 이렇게 묻고는 했다.

담배 연기와 먼지는 크리스털 전등갓 아래에서 희부연 안개처럼 보였고, 발소리는 쿵쿵 울렸고, 여자들은 높은 소리로 떠들면서 웃었다. 남자 파트너가 부족해서 여자끼리 춤추는 모습도 가끔 보였다. 무도회장 안에는 시끄러운 음악 소리가 울려 퍼졌다. 밴드 멤버들은 이제 모두 재킷을 벗고 있었다. 그들은 〈어느 박람회장에서 생긴 일〉의 삽입곡 몇 개를 힘차게 연주한 뒤 분위기를 낭만적으로 바꾸어서 〈흔하디흔한 일〉을 들려주었다. 템포는 폴 존스를 출 수 있도록 다시 빨라졌다. 춤이 끝났을 때 브리디는 젊은 남자와 마주 서 있었는데, 그는 이민을 가려고 돈을 모으고 있다고 말했다. 그는 이 나라에서는 더 이상 기대할 것이 없다고 생각했다. "나는 삼촌하고 산에서 살고 있어요. 하루에 열네 시간을 일하죠. 저 같은 젊은이한테 이게 어디 사는 건가요?"

브리디는 그의 삼촌을 알았다. 그의 삼촌이 소유한 돌투성이 땅과 브리디의 아버지가 일구는 땅은 단 하나의 농장만을 사이에 둔 채 떨어져 있었다. "삼촌은 해도 해도 끝없는 일로 내 진을 다 뺐어요. 이게 말이나 돼요, 브리디?"

퍼브 캐리에서 이미 술을 걸친 중년의 미혼남 세 명이 10시에 자전거로 도착하면서 무도회장은 잠시 술렁였다. 세 남자는 고함을 지르고 휘파람을 불면서 플로어 건너편에 있는 사람들에게 인사했다. 그들의 몸에서는 흑맥주와 땀과 위스키 냄새가 났다.

세 사람은 토요일마다 정확히 이맘때 도착했다. 드위어는 그들에게 입장권을 팔고 나면 카드 게임용 탁자를 접은 뒤 그날 저녁의 수입이 들어 있는 양철통에 자물쇠를 채웠다. 그의 무도회장을 찾을 손님은 이제 다 온 셈이었다.

"안녕, 브리디." 세 명의 미혼남 가운데 바우저 이건이라고 불리는 남자가 브리디에게 말했다. 또 다른 한 명인 팀 데일리는 패티 번에게 안부를 물었다. "춤출까?" 아이즈 호건은 매지 다우딩에게 춤을 청하면서 감청색 양복을 입은 가슴을 벌써 그녀의 드레스 레이스에 바짝 갖다 댔다. 브리디는 바우저 이건과 춤을 췄다. 바우저 이건이 브리디에게 근사해 보인다고 말했다.

무도회장을 찾는 여자들은 이 미혼남들이 절대 결혼하지 않을 거라고 생각했다. 그들은 이미 흑맥주와 위스키와 게으름 그리고 산속 어딘가에 살고 있는 세 명의 늙은 어머니와 결혼한 상태였다. 팔이 긴 남자 역시 술을 마시지 않는다는 사실을 빼고 나면 이들 세 명과 다를 것이 없었다. 그는 미혼남 특유의 얼굴을 하고 있었다.

"훌륭해." 바우저 이건이 술에 취해 엉성하게 페더 스텝을 밟으면서 말했다. "당신은 정말 춤을 잘 춰, 브리디."

"치우지 못해요!" 매지 다우딩이 음악 소리를 가르면서 날카롭게 소리쳤다. 매지가 입고 있는 원피스의 뒤판 속으로 손가락 두 개를 넣은 아이즈 호건은 손가락이 실수로 미끄러져 들어간 체하고 있었다. 아이즈 호건이 게슴츠레한 눈으로 웃었다. 그의 커다랗고 시뻘건 얼굴 위로는 땀이 비 오듯 흘렀고, 그에게 별명을 선사한 눈은 불룩하게 튀어나온 채 핏발이 서 있었다.

"행동 좀 조심해!" 바우저 이건이 브리디의 얼굴에 침이 튈 정도로 요란하게 웃으면서 큰 소리로 외쳤다. 사건 현장 근처에서 춤을 추고 있던 이니 매키 역시 소리 내어 웃으면서 브리디에게 윙크를 했다. 데이노 라이언은 드럼 연주를 멈추고서 노래를 불렀다. "아, 당신의 부드러운 키스가 너무나 그리워요." 데이노가 부드럽게 노래했다. "당신을 품에 꼭 안고 싶어요."

팔이 긴 남자의 이름을 아는 사람은 아무도 없었다. 그가 로맨스 무도회장에서 입 밖에 낸 말이라고는 춤을 청하는 말밖에 없었다. 그는 수줍음이 많은 남자였다. 댄스 플로어에서 춤을 추지 않을 때면 혼자 서 있었다. 그는 춤을 다 추고 난 뒤면 아무한테도 작별 인사를 하지 않고 자전거를 타고 돌아갔다.

"캣이 오늘 밤에 아주 작정했군." 팀 데일리가 패티 번에게 말했다. 캣 볼저는 폭스트롯을 활기차게 마무리한 다음 왈츠를 추면서도 사람들의 눈길을 사로잡고 있었다.

"나는 당신 생각만 해요. 오직 바라면서, 당신이 내 곁에 있기를 바라면서." 데이노 라이언이 노래했다.

브리디는 데이노 라이언이라면 괜찮을 것 같다고 때때로 생각했다. 데이노는 여느 미혼남과는 달랐다. 그는 혼자 사는 것에 지치기라도 한 듯 어딘지 외로워 보였다. 브리디는 데이노 라이언이라면 괜찮을 것 같다고 토요일마다 생각했고, 주중에도 자주 같은 생각에 잠기고는 했다. 브리디가 생각하기에 데이노 라이언은 외다리가 된 아버지가 살아 계시는 동안에도 농장에 와서 사는 것을 꺼리지 않을 것 같았다. 그래서 그녀는 데이노라면 괜찮을 것 같다고 생각했다. 데이노와 함께라면 셋이서도 둘이 살 때와 다름없이 큰돈을 들이지 않을 수 있었다. 도로 보수 인부로 일하면서 받던 돈은 포기해야겠지만 하숙비가 절약되는 만큼 결과는 마찬가지였다. 한번은 브리디가 무도회장을 나선 뒤 자전거 뒷바퀴에 펑크가 났다고 거짓말을 한 적이 있었다. 데이노는 말로니와 스완턴이 말로니의 차에서 기다리는 동안 타이어를 살펴보았다. 그는 차량용 펌프로 자전거 바퀴에 바람을 넣은 뒤 괜찮을 거라고 말했다.

브리디가 데이노 라이언과 잘되기를 바라는 것은 무도회장을 드나드는 사람들에게 잘 알려진 사실이었다. 그러나 데이노 라이언에게는 이미 정해진 생활 방식이 있고, 그가 그 틀 속에서 벌써 오랫동안 살아왔다는 것 또한 잘 알려진 사실이었다. 데이노는 그리핀 부인이라고 불리는 과부의 집에서 하숙했다. 그리핀 부인은 마을 외곽의 오두막에서 정신적으로 문제가 있는 아들과 함께 살았다. 사람들은 데이노가 그리핀 부인의 아들에게 잘한다고 말했다. 그는 아이에게 사탕을 사 주기도 했고, 자전거의 가로대에 아이를 앉힌 채 돌아다니기도 했다. 그는 천상모후 성모 마리아 성당에서 매주 한두 시간을 보냈으며 드위어를 위해서 충직하게 일했다. 오가기가 훨씬 편리한 시내에 있는 보다 세련된 무도회장에서 더 많은 돈을, 그것도 미리 주겠다고 해도 데이노는 그 제안을 거절한 채 드위어가 시골에서 운영하는 다른 무도회장 두 곳에서 드럼을 연주했다. 데이노는 자신을 처음 무대에 서게 해 준 사람이 드위어였음을 잊지 않았다. 말로니와 스완턴 역시 드위어가 자신들을 발굴해 주었음을 잊지 않았다.

"레모네이드 마실래?" 바우저 이건이 물었다. "그리고 비스킷 한 봉지 어때, 브리디?"

로맨스 무도회장은 알코올이 첨가된 음료를 판매할 수 있도록 허가받지 않았기 때문에 주류를 팔지 않았다. 사실 드위어는 자신의 사업체가 술을 팔도록 허가받는 것을 바라지 않았다. 그는 로맨스와 알코올이 특히 품위 있는 무도회장에서는 한데 어울리기 힘든 상품임을 알았다. 여자들이 앉아 있는 나무 의자 뒤에서는 작고 통통한 드위어 부인이 비스킷과 감자 칩 그리고 병에 든 레모네이드를 팔았다. 그녀는 레모네이드와 함께 빨대를 건넸다. 드위어 부인은 물건을 팔면서 쉴 새 없이 이야기를 했는데 그녀가 기르는 칠면조에 대해서 말할 때가 많았다. 그녀는 칠면조를 자식처럼 여긴다고 브리디에게 말한 적도 있었다.

"고마워요." 브리디는 이렇게 대답했고 바우저 이건은 그녀를 가대식 탁자로 데리고 갔다. 조금 뒤면 휴식 시간이었다. 밴드 멤버 세 명은 음료수를 마시려고 댄스 플로어를 가로지를 것이 분명했다. 브리디는 데이노 라이언에게 건넬 질문을 생각해 냈다.

브리디가 로맨스 무도회장에서 처음 춤을 췄을 때, 그녀가 열여섯 살의 소녀에 불과했을 때, 그녀보다 네 살 많은 데이노 라이언 역시 이곳에 있었다. 그는 지금과 마찬가지로 말로니의 밴드에서 드럼을 연주했다. 그때만 해도 브리디는 데이노를 눈여겨보지 않았다. 춤을 추지 않는 데이노는 브리디의 눈에 가대식 탁자와 레모네이드 병 그리고 드위어 부부와 마찬가지로 무도회장의 일부로 보였다. 그 시절에 토요일 밤을 위한 파란색 정장 차림으로 브리디와 함께 춤추던 청년들은 훗날 도시로, 더블린으로 혹은 영국으로 떠났고, 결국 중년의 미혼남이 된 산에 사는 남자들만이 남았다. 당시에 브리디는 패트릭 그래디라는 남자를 사랑했다. 한 주 두 주 시간이 흐를수록 로맨스 무도회장을 떠나는 그녀의 머릿속은 그의 얼굴로, 까만 머리 아래로 보이는 갸름하고 창백한 얼굴로 가득 차올랐다. 패트릭 그래디와 춤추는 것은 색달랐다. 브리디는 패트릭이 단 한 번도 그렇게 말한 적은 없지만 그 역시 자신과 춤추는 것을 색다르게 여기고 있음을 느낌으로 알 수 있었다. 그녀는 밤이면 패트릭의 꿈을 꾸었고, 낮에도 부엌에서 어머니를 돕거나 아버지를 도와 소를 돌보는 내내 그를 생각했다. 브리디는 건물의 분홍빛 정면을 볼 수 있는 것에, 패트릭 그래디의 품에 안겨 춤출 수 있는 것에 기뻐하면서 매주 무도회장을 찾았다. 브리디와 패트릭은 할 말을 찾지 못한 채 말없이 서서 함께 레모네이드를 마시고는 했다. 브리디는 패트릭이 자기를 사랑한다는 것을 알았고, 그가 언젠가 어둑하고 낭만적인 무도회장에서 자기를 데리고 갈 거라고, 무도회장의 푸른빛과 분홍빛과 크리스털 갓이 씌워진 전등과 음악으로부터 자기를 데리고 갈 거라고 믿었다. 브리디는 그가 자기를 햇살 속으로, 도시로, 천상모후 성모 마리아 성당으로, 미소를 머금은 얼굴들이 보이는 결혼식장으로 이끌 거라고 믿었다. 그러나 다른 누군가가, 길가에 있는 무도회장에서 단 한 번도 춤춘 적이 없는 도시의 여자가 패트릭 그래디를 차지했다. 그 여자는 패트릭 그래디가 선택의 기회를 갖기도 전에 그를 낚아챘다.

브리디는 그 소식을 듣고서 눈물을 흘렸다. 밤이면 그녀는 농가의 침대에 누워서 소리 없이 울었고, 머리카락으로 흘러내린 그녀의 눈물은 베개를 축축하게 적셨다. 이른 아침에 잠에서 깨어났을 때에도 그 생각은 머릿속에 끈질기게 남아 하루 종일 떠날 줄을 모른 채, 그녀를 행복하게 했던 낮 동안의 꿈을 몰아내고 그 자리를 차지했다. 나중에 누군가가 그녀에게 말하기를, 패트릭은 결혼한 여자와 함께 영국의 울버햄프턴으로 건너갔다고 했다. 브리디는 그녀가 제대로 머릿속에 그릴 수 없는 곳에 있는 그의 모습을, 어느 공장에서 일하는 그의 모습을 상상했다. 그의 아이들은 그곳에서 태어나 현지 말씨를 익히게 될 것이 분명했다. 그가 없는 로맨스 무도회장은 전과 같지 않았다. 오랫동안 특별히 그녀의 눈에 들어오는 남자가 없고 아무도 그녀에게 청혼을 하지 않자 브리디는 자신도 모르는 사이에 데이노 라이언을 생각하게 되었다. 사랑을 얻을 수 없다면 그다음으로 가장 좋은 선택은 당연히 괜찮은 남자를 얻는 것이었다.

바우저 이건은 전혀 그런 부류에 속하지 않았다. 팀 데일리도 마찬가지였다. 캣 볼저와 매지 다우딩이 팔이 긴 남자한테 시간을 낭비하고 있는 것은 누가 봐도 분명한 사실이었다. 매지 다우딩은 결혼 안 한 남자들을 쫓아다니는 모습 때문에 무도회장에서 이미 놀림감이 되었다. 캣 볼저 역시 조심하지 않는다면 결국 매지와 같은 신세가 될 것이 틀림없었다. 무도회장에서는 어떤 이유로든 놀림감이 되기 쉬웠다. 매지 다우딩처럼 나이가 많아야 할 필요는 없었다. 프레젠테이션 수녀회 학교를 갓 졸업한 여자아이가 있었는데 한번은 아이즈 호건에게 바지 주머니에 든 것이 뭐냐고 물었다. 아이즈 호건은 펜나이프라고 대답했다. 그 여자아이는 아이즈 호건과 나눈 대화를 나중에 휴대품 보관소에서 들려주면서, 그에게 펜나이프가 자꾸만 찌르니까 너무 가까이에서 춤추지 말라고 부탁했다는 이야기를 했다. "맙소사, 너 바보 아니니?" 패티 번은 신이 나서 소리쳤고 휴대품 보관소에 있던 여자들은 웃음을 터뜨렸다. 아이즈 호건이 오직 그런 짓을 하려고 무도회장에 오는 것을 모르는 사람은 없었다. 그는 여자들한테는 도무지 쓸모가 없는 남자였다.

"레모네이드 두 병 주세요, 드위어 부인. 케리 크림스도 두 봉지 주세요." 바우저 이건이 말했다. "케리 크림스 괜찮아, 브리디?"

브리디는 미소를 머금은 얼굴로 고개를 끄덕이면서 케리 크림스를 좋아한다고 대답했다.

"브리디, 옷이 정말 멋진데!" 드위어 부인이 말했다. "빨간색이 브리디한테 참 잘 어울리죠, 바우저?"

드위어는 왼손 엄지와 검지로 담배를 쥔 채 스윙 도어 옆에서 있었다. 그는 무도회장에서 벌어지는 일을 작은 두 눈으로 모두 지켜봤다. 그는 아이즈 호건이 매지 다우딩의 원피스 뒤판 속으로 손가락 두 개를 넣었을 때 그녀가 긴장하는 모습을 봤지만 모른 체하면서 다른 데로 눈을 돌렸다. 그러나 일이 더 심각하게 진행되었다면 비슷한 사건이 벌어질 때마다 늘 그랬던 것처럼 아이즈 호건에게 주의를 주었을 것이 분명했다. 춤 예절을 모르는 탓에 파트너에게 바짝 몸을 붙인 채 춤을 추는 청년들이 어쩌다가 있기는 했다. 이런 경우에는 함께 춤을 추는 여자들 역시 어리기 때문에 너무나 당황한 나머지 아무런 저항을 하지 못했다. 드위어가 볼 때 이런 청년들은 아이즈 호건 같은 남자와는 근본적으로 달랐다. 그들은 점잖은 젊은이들로 머지않아 한 여자와 진지하게 사귀고, 드위어가 그의 아내와 그런 것처럼 교제하던 여자와 결혼을 하고 가정을 꾸려서 한 침대에서 잠을 자게 될 것이 틀림없었다. 지켜보아야 할 사람들은 중년의 미혼남들이었다. 그들은 어머니와 가축 냄새와 흙으로부터 벗어나 산양처럼 산에서 내려왔다. 드위어는 아이즈 호건에게 시선을 고정시킨 채 그가 얼마나 취했을지 가늠해 보았다.

데이노 라이언의 노래가 끝났다. 스완턴은 클라리넷을 내려놓았고 말로니는 피아노 앞에서 일어섰다. 데이노 라이언이 얼굴에 맺힌 땀을 닦았다. 그는 스완턴 그리고 말로니와 함께 드위어 부인이 펼쳐 놓은 가대식 탁자 앞으로 걸어갔다.

"맙소사, 당신은 강한 다리를 갖고 있군." 아이즈 호건이 매지 다우딩에게 이렇게 속삭였지만 매지의 신경은 팔이 긴 남자에게 온통 쏠려 있었다. 팔이 긴 남자는 캣 볼저의 곁을 떠난 뒤 남자 화장실을 향해 걸어가고 있었다. 그는 무도회장에서 단 한 번도 음료를 마시지 않았다. 매지 다우딩은 밖에 서서 기다릴 작정으로 남자 화장실 쪽으로 갔다. 아이즈 호건이 그녀를 따라왔다. "레모네이드 마실래, 매지?" 아이즈 호건이 물었다. 그는 작은 위스키 병을 갖고 있었다. 구석진 곳으로 간다면 레모네이드에 위스키를 한 방울 섞을 수도 있었다. 매지가 자기는 술을 마시지 않는다고 다시 한번 말하자 아이즈 호건은 그 자리를 떠났다.

"금방 돌아올게." 바우저 이건이 레모네이드 병을 내려놓으면서 말했다. 그는 댄스 플로어를 가로질러 화장실 쪽으로 갔다. 브리디는 바우저 역시 작은 위스키 병을 갖고 있음을 알았다. 그녀는 데이노 라이언을 지켜보았다. 데이노는 무도회장 가운데에 서서 좀 더 잘 들으려고 머리를 기울인 채, 말로니가 하는 이야기에 귀를 기울이고 있었다. 데이노는 덩치가 크고 생김새가 굵직굵직했다. 검은 머리칼 사이로는 흰머리가 가끔 보였고 손은 큼직했다. 말로니가 이야기를 마치자 데이노가 웃었다. 데이노는 스완턴의 이야기를 듣느라고 또다시 머리를 기울였다.

"혼자예요, 브리디?" 캣 볼저가 물었다. 브리디는 바우저 이건을 기다리고 있다고 대답했다. "레모네이드를 한 병 마셔야겠어요." 캣 볼저가 말했다.

젊은 남녀들은 여전히 서로의 몸에 팔을 두른 채 음료를 사려고 줄을 서 있었다. 스텝을 전혀 모르기 때문에 겁이 나서 춤을 한 번도 안 춘 청년들은 무리 지어 서서 담배를 피우고 농담을 주고받았다. 아직 춤 요청을 받지 못한 아가씨들은 눈으로는 쉴 새 없이 다른 곳을 살피면서 대화를 나누었고 레모네이드 병에 꽂힌 빨대를 빨기도 했다.

브리디는 여전히 데이노 라이언을 바라보면서 그가 말한 안경을 쓰고 있는 모습을 상상했다. 그녀의 머릿속에서 데이노는 농장의 부엌에 앉아 아버지의 서부 소설 중 한 권을 읽고 있었다. 브리디는 자신이 준비한 음식을 셋이 함께 먹는 모습을 상상했다. 달걀 프라이와 얇게 저민 베이컨과 튀긴 감자 빵, 차와 빵과 버터와 잼, 호밀 빵과 소다수와 가게에서 산 빵. 브리디는 아침 식사를 마친 뒤 부엌에서 나가는 데이노 라이언의 모습을 상상했다. 그녀의 눈앞에 사료용 사탕무 밭에 나가서 잡초를 뽑는 데이노의 모습과 절뚝거리면서 그의 뒤를 따라 걷는 아버지의 모습 그리고 함께 일하는 두 사람의 모습이 보였다. 브리디는 데이노 라이언이 그녀 역시 사용법을 익힌 큰 낫으로 풀을 베는 모습과 아버지가 힘이 닿는 한 갈퀴질을 하는 모습도 보았다. 일손이 늘어난 덕분에 집안일을 할 수 있게 된 그녀 자신의 모습도, 소와 닭을 돌보고 밭일을 하느라 그동안 전혀 신경을 쓸 수 없었던 집안일을 하는 그녀 자신의 모습도 보였다. 침실 커튼은 레이스가 찢어져서 꿰매야 했고, 벽지가 떨어진 곳은 밀가루 풀을 쑤어 붙여야 했다. 그리고 부엌방에는 회반죽을 다시 발라야 했다.

데이노가 자전거 바퀴에 바람을 넣어 주던 밤, 브리디는 그가 키스할 줄만 알았다. 그는 어둠 속에서 바닥에 쪼그리고 앉아 바람이 새는 소리를 들으려고 귀를 자전거 바퀴에 대고 있었다. 그러나 아무 소리도 들리지 않자 그는 허리를 펴더니 자전거를 타도 괜찮을 것 같다고 브리디에게 말했다. 그의 얼굴은 브리디의 얼굴 가까이에 있었고, 브리디는 그에게 미소를 보냈다. 바로 그 순간 안타깝게도 말로니가 조바심을 내면서 자동차의 경적을 울렸다.

바우저 이건은 집으로 돌아가는 길이 같은 곳까지 함께 가자고 자주 고집을 부렸는데 그런 밤이면 브리디에게 입을 맞추었다. 오르막길에 들어서면 자전거에서 내려야 하는데 처음 동행하던 밤, 바우저는 일부러 브리디 쪽으로 쓰러지면서 그녀의 어깨에 손을 얹어 중심을 잡았다. 그다음 브리디가 느낀 것은 바우저의 축축한 입술과 덜커덕 길바닥에 부딪치는 자전거 소리였다. 바우저는 숨을 가다듬으면서 밭으로 들어가자고 말했다.

벌써 9년 전의 일이었다. 그동안 아이즈 호건과 팀 데일리 역시 비슷한 상황에서 브리디에게 키스를 했다. 브리디는 그들과 함께 밭으로 들어갔고 그녀를 안도록 허락했다. 그들은 거칠게 숨을 쉬었다. 브리디는 현실적으로 불가능한 일이지만 그들 중 한 명과 결혼하는 것을 한두 번쯤 상상했고 아버지와 함께 농가에 있는 그들의 모습을 그려 보았다.

브리디는 캣 볼저와 함께 서 있었다. 그녀는 바우저 이건이 한참 뒤에야 화장실에서 나올 것임을 알았다. 말로니와 스완턴 그리고 데이노 라이언이 다가왔다. 말로니는 자기가 가대식 탁자에서 레모네이드 세 병을 가져오겠다고 했다.

"마지막 곡을 정말 멋지게 불렀어요." 브리디가 데이노 라이언에게 말했다. "참 아름다운 노래죠?"

스완턴은 지금까지 만들어진 것 중 가장 아름다운 노래라고 대답했다. 캣 볼저는 〈대니 보이〉가 더 좋다고, 자기 생각에는 이것이 지금까지 만들어진 노래 중에 가장 아름답다고 말했다.

"마셔." 말로니가 데이노 라이언과 스완턴에게 레모네이드 병을 건네면서 말했다. "오늘 밤 컨디션은 어때, 브리디? 아버지도 안녕하시지?"

브리디는 아버지는 잘 지내신다고 대답했다.

"시멘트 공장이 문을 열 거래." 말로니가 말했다. "그 얘기 들은 사람 있어? 좋은 시멘트가 될 원료를 이제 막 땅속에서 발견했대. 킬말러크 지하 3미터에서."

"일자리가 생기겠군. 이 지역에 필요한 건 일자리야." 스완턴이 이야기했다.

"오코넬한테 들었어. 미국 자본이 들어갔다더군." 말로니가 말했다.

"그럼 미국 사람들이 오나요?" 캣 볼저가 물었다. "미국 사람들이 그 공장을 운영하는 거예요, 말로니?"

말로니는 레모네이드를 열심히 빨아 마시느라고 캣 볼저가 하는 말을 듣지 못했다. 캣 볼저는 질문을 되풀이하지 않았다.

"아버지가 눈이 시릴 때 쓰는 옵트렉스라는 약이 있어요. 옵트렉스를 쓰면 눈물이 멈출지도 몰라요, 데이노." 브리디가 데이노 라이언에게 조용히 말했다.

"아, 그렇군요. 하지만 그다지 걱정할 일은 아니에요."

"눈에 문제가 생기면 아무리 사소한 거라도 고생스러워요. 그냥 넘길 일이 아니에요. 약국에 가면 옵트렉스를 구할 수 있어요, 데이노. 그리고 눈을 담글 수 있는 작은 그릇 하나만 준비하면 돼요."

아버지의 눈언저리가 보기 흉할 정도로 붉어진 적이 있었다. 브리디는 시내에 있는 리오던 약국에 가서 증세를 설명했고, 리오던은 옵트렉스를 권했다. 브리디는 데이노 라이언한테 이 이야기를 하면서 그 뒤로 아버지는 눈에 문제가 생긴 적이 없다고 덧붙였다. 데이노 라이언이 고개를 끄덕였다.

"얘기 들었어요, 드위어 부인? 킬말러크에 시멘트 공장이 문을 연대요." 말로니가 큰 소리로 말했다.

드위어 부인은 빈 병을 나무 상자에 담으면서 고개를 끄덕였다. 그녀는 시멘트 공장에 관한 이야기를 들은 적이 있었다. 오랜만에 듣는 좋은 소식이라고 그녀가 말했다.

"킬말러크는 몰라보게 달라질 거야." 드위어가 아내를 도와 나무 상자에 빈 레모네이드 병을 담으면서 이야기했다.

"당연히 발전을 가져오겠죠. 그렇지 않아도 필요한 건 일자리라고 방금 말했어요, 저스틴." 스완턴이 말했다.

"당연하죠. 그런데 미국 사람들이……" 캣 볼저가 이야기를 시작했지만 말로니가 그녀의 말허리를 잘랐다.

"미국 사람들이 윗자리를 차지하겠지, 캣. 어쩌면 여기에 아예 안 올지도 모르고. 자본만 투자할지도 몰라. 공장 직원은 100퍼센트 여기 사람으로 채용할 거야."

"미국 사람이랑 결혼하면 안 돼, 캣." 스완턴이 큰 소리로 웃으면서 말했다. "그 사람들 말을 못 알아들을 테니까."

"토종 미혼남이 수두룩하잖아?" 말로니가 이렇게 거들더니 역시 소리 내어 웃었다. 그는 레모네이드를 마시던 빨대를 던진 뒤 병 주둥이를 입에 대고 기울였다. 캣 볼저는 말로니에게 제 앞가림이나 잘하라고 대꾸한 뒤 남자 화장실 앞으로 가서 멈춰 섰다. 매지 다우딩이 여전히 화장실 밖에서 기다리고 있었지만 캣 볼저는 그녀에게 말을 걸지 않았다.

"아이즈 호건을 잘 감시해요." 드위어 부인이 남편에게 경고했다. 그녀는 매주 토요일 밤 이맘때면 남편에게 늘 같은 말을 했다. 그녀는 아이즈 호건이 화장실에서 술을 마시고 있는 것을 알았다. 이곳에 드나드는 미혼남 중에서 술에 취한 아이즈 호건만큼 말썽을 부리는 사람은 없었다.

"남은 게 좀 있어요, 데이노. 다음 주 토요일에 가져올게요. 눈에 쓰는 약 말이에요." 브리디가 조용히 말했다.

"아, 걱정할 것 없어요, 브리디."

"어렵지도 않은 일인걸요. 게다가 이제……"

"그리핀 부인이 검사를 받을 수 있게 크리디 선생님한테 진료를 예약해 줬어요. 노안은 걱정할 일이 아니에요. 신문을 읽을 때나 텔레비전을 볼 때만 불편하죠. 그리핀 부인 말로는 내가 안경을 안 써서 눈을 힘들게 하는 거래요."

데이노 라이언은 이렇게 말하는 동안 브리디의 눈을 피해 고개를 돌렸다. 브리디는 그리핀 부인이 데이노와의 결혼을 준비하고 있음을 곧바로 알아차렸다. 본능적으로 느낄 수 있는 일이었다. 데이노가 그리핀 부인의 오두막을 떠나서 다른 누군가와 결혼한다면 그녀의 정신적으로 문제가 있는 아들에게 데이노만큼 잘할 다른 하숙인을 구하기란 어려울 것이 분명했다. 이런 일이 닥칠 것을 걱정한 그리핀 부인은 데이노와 결혼하려는 것이 틀림없었다. 그리핀 부인의 정신적으로 문제가 있는 아들에게 이미 잘해 온 데이노는 이제 아버지가 되어 주려고 했다. 당연한 결과였다. 무도회장에서 매주 한 번 만나는 것으로 만족해야 하는 브리디와 달리, 밤낮으로 데이노를 보는 그리핀 부인에게는 더 많은 기회가 주어졌다.

브리디는 패트릭 그래디를 생각하면서 그의 창백하고 갸름한 얼굴을 떠올렸다. 그녀는 지금 패트릭의 아이를 넷, 아니 일곱, 아니 어쩌면 여덟 명 낳은 어머니일 수도 있었다. 그녀는 울버햄프턴에 살면서 해가 지면, 다리가 하나밖에 없는 남자를 돌보는 대신 극장에 가는 나날을 보낼 수도 있었다. 피할 수 없는 현실의 무게가 그녀를 짓누르지만 않았다면 브리디는 사랑하지도 않는 도로 보수 인부의 결혼을 슬퍼하면서 길가 무도회장에 서 있지 않았을 것이다. 우두커니 서서 울버햄프턴에 사는 패트릭 그래디를 떠올리는 지금, 브리디는 잠시 눈물이 쏟아질 것 같은 기분을 느꼈다. 그녀의 삶 속에는 농장에도 집에도 눈물을 흘릴 수 있는 곳이 없었다. 눈물은 사치였다. 눈물은 사료용 사탕무가 자라는 밭에 피어난 꽃이나 부엌방에 새로 바른 회반죽과 같았다. 아버지가 〈숨은 재능을 찾아라〉를 들으며 앉아 있는 동안에도 그녀가 부엌에서 눈물을 흘리는 것은 옳지 않았다. 눈물을 흘릴 권리는 차라리 다리 하나를 잃은 아버지에게 있었다. 아버지는 깊은 고통 속에서도 다정함을 잃지 않았고 그녀를 걱정했다.

브리디는 로맨스 무도회장에서 눈에 눈물이, 아버지가 계신 곳에서는 흘릴 수 없었던 눈물이 차오르는 것을 느꼈다. 브리디는 눈물이 흐르도록 내버려 두고 싶었고, 두 빰 위로 흐르는 눈물을 느끼고 싶었고, 데이노 라이언을 비롯해 모두에게 동정심을 불러일으키고 싶었다. 그녀는 지금 울버햄프턴에 살고 있는 패트릭 그래디에 대해서 이야기하고 싶었고, 어머니의 죽음과 그 순간 생명을 잃은 자신의 삶에 대해서 이야기하고 싶었고, 모두가 그녀의 말에 귀 기울여 주기를 바랐다. 브리디는 데이노 라이언의 팔에 머리를 기댈 수 있도록 그가 그녀의 어깨를 감싸 안아 주기를 바랐다. 그리고 데이노 라이언이 그다운 점잖은 눈길로 그녀를 바라보고 도로 보수 인부의 손가락으로 그녀의 손등을 어루만져 주기를 바랐다. 그녀는 데이노 라이언과 한 침대에 누운 채 잠에서 깨어날 수 있을지도 몰랐다. 브리디는 그가 패트릭 그래디라고 잠시 동안 상상했다. 그녀는 데이노 라이언의 눈을 씻어 주면서 그가 패트릭 그래디라고 상상할 수 있을지도 몰랐다.

"다시 일을 시작해야지." 말로니는 그의 밴드를 이끌고 댄스 플로어를 가로질러서 악기가 있는 곳으로 갔다.

"아버님한테 안부 묻더라고 전해 줘요." 데이노 라이언이 말했다. 브리디는 마치 아무 일도 없었던 것처럼 미소를 지어 보이면서 그렇게 하겠다고 약속했다.

브리디는 팀 데일리와, 그리고 이민을 갈 계획이라고 말한 청년과 또다시 춤을 췄다. 팔이 긴 남자가 화장실에서 나오자 재빨리 그의 앞으로 걸어가는 매지 다우딩의 모습이 보였다. 매지는 캣 볼저보다 행동이 빨랐다. 아이즈 호건이 캣 볼저에게 다가갔다. 아이즈 호건은 캣 볼저와 춤을 추면서 열심히 이야기를 계속

했다. 그는 귀갓길에 잠깐 동안이나마 나란히 자전거를 타고 가려고 캣 볼저를 설득하고 있었다. 그는 매지 다우딩을 바라보는 캣 볼저의 눈에서 질투심이 뿜어져 나오는 것을 알아채지 못했다. 매지 다우딩은 팔이 긴 남자에게 바짝 다가서서 퀵스텝을 추고 있었다. 캣 볼저 역시 30대의 여인이었다.

"저리 비켜." 바우저 이건이 브리디와 춤추고 있던 청년 앞에 끼어들면서 말했다. "집에 계신 엄마한테나 가라, 꼬마야." 바우저 이건은 브리디를 끌어안으면서 오늘 밤에 근사해 보인다고 또다시 말했다. "시멘트 공장 얘기 들었어? 킬말러크를 생각하면 아주 잘된 일이지?" 바우저가 물었다.

브리디는 그렇다고 대답했다. 그러고서 그녀는 스완턴과 말로니한테서 들은 대로 시멘트 공장이 인근 지역에 고용을 창출할 거라고 말했다.

"집에 돌아갈 때 자전거를 타고서 당신하고 조금 같이 가도 될까, 브리디?" 바우저 이건이 이렇게 물었지만 브리디는 못 들은 체했다. "당신은 내 여자지, 브리디? 언제나 그랬잖아?" 바우저 이건은 전혀 말이 안 되는 소리를 했다.

그는 목소리를 낮추어 속삭이면서 어머니가 집 안에 다른 여자가 들어오는 것을 허락만 한다면 내일이라도 당장 브리디와 결혼하겠다고 말했다. 브리디는 돌봐야 할 부모와 함께 사는 것이 무언지 그 누구보다 잘 알고 있었지만 바우저 이건은 그녀의 처지를 다시 한번 생각하게 했다. 쇠약해지는 부모님을 내버려 둘 수는 없었다. 사람은 누구나 제 아버지와 어머니를 공경해야 한다.

브리디는 〈종이 울리고 있어요〉가 연주되는 동안 춤을 추었다. 그녀는 바우저 이건에게 보조를 맞춰 가면서 다리를 움직였지만 줄곧 그의 어깨 너머로 데이노 라이언을 바라보았다. 데이노 라이언은 작은북 가운데 하나를 부드럽게 두들기고 있었다. 그리핀 부인은 볼품없는 생김새와 쉰이 다 된 나이에도 불구하고 데이노를 차지했다. 그녀는 팔다리가 퉁퉁한 땅딸막한 여자였다. 도시 처녀가 패트릭 그래디를 차지한 것처럼 그리핀 부인은 데이노를 차지했다.

음악이 멈추었다. 바우저 이건은 브리디를 힘껏 끌어안고 그녀의 뺨에 자신의 뺨을 갖다 대려고 했다. 둘을 에워싼 사람들이 휘파람을 불면서 박수를 쳤다. 저녁은 이렇게 막을 내렸다. 브리디는 바우저 이건을 등진 채 걸음을 옮겼다. 그녀는 자신이 두 번 다시 로맨스 무도회장에서 춤추지 않을 것임을 알았다. 그녀는 주 의회가 고용한 중년의 인부와 관계를 맺으려고 애쓰면서 스스로를 웃음거리로 만들었다. 그럴 나이가 지났는데도 끈질기게 춤을 추러 오는 매지 다우딩과 다를 것이 없었다.

"밖에서 기다릴게, 캣." 아이즈 호건이 큰 소리로 외쳤다. 그는 스윙 도어 쪽으로 걸어가면서 담배에 불을 붙였다. 팔이 긴 남자는 이미 무도회장을 떠나고 없었다. 사람들은 그가 자신의 땅에 있던 돌을 들어 옮겨 치우느라고 팔이 길어졌다고 말했다. 모두가 활기차게 움직이는 가운데 드위어는 의자를 정리하고 있었다.

휴대품 보관소로 돌아온 여자들은 외투를 입으면서 다음 날 미사를 드릴 때 만나자고 말했다. 매지 다우딩은 허둥대고 있었다. "괜찮아요, 브리디?" 패티 번의 질문에 브리디는 괜찮다고 대답했다. 브리디는 패티 번에게 미소를 지어 보이면서 젊은 그녀도 언젠가 길가 무도회장에서 자신이 웃음거리가 되고 있다는 판단을 내리게 될지 궁금해졌다.

"다들 조심해서 가요." 브리디가 휴대품 보관소를 나서면서 이렇게 말하자 안에서 여전히 수다를 떨고 있던 여자들 역시 잘 가라는 인사를 했다. 브리디는 휴대품 보관소 밖에서 잠시 걸음을 멈추었다. 드위어는 바닥에 떨어진 빈 레모네이드 병을 줍고 의자의 줄을 반듯하게 맞추면서 여전히 무도회장을 정돈하고 있었다. 그의 아내는 바닥을 쓸고 있었다. "잘 가, 브리디." 드위어가 말했다. "조심해서 가, 브리디." 그의 아내도 인사했다.

드위어 부부는 청소하는 동안 실내가 잘 보이도록 별도의 전구에 불을 켜 두었다. 남자들이 기대면서 남긴 머릿기름 얼룩 그리고 이름과 이니셜과 화살이 꽂힌 하트로 가득한 벽은 환한 불빛 아래에서 지저분해 보였다. 크리스털 전등갓을 뚫고 나온 불빛은 환한 빛 속에서 쓸모를 잃었다. 전등갓은 별도의 전구에 불이 들어오기 전에는 보이지 않았지만 군데군데 깨져 있었다.

"안녕히 계세요." 브리디는 드위어 부부에게 인사한 뒤 스윙도어를 밀고 나가서 세 단짜리 콘크리트 계단을 내려갔다. 계단은 무도회장 앞에 펼쳐진, 자갈이 깔린 공터로 이어졌다. 사람들이 자전거를 곁에 세워 둔 채 무리를 지어 모여 서서 이야기를 나누고 있었다. 매지 다우딩이 팀 데일리와 함께 출발하는 모습이 보였다. 청년 한 명은 자전거 가로대에 아가씨를 태우고서 멀어져 갔다. 여기저기서 자동차에 시동을 거는 소리가 들렸다.

"잘 가요, 브리디." 데이노 라이언이 말했다.

"잘 가요, 데이노." 브리디가 인사했다.

브리디는 자전거를 세워 둔 곳으로 가려고 자갈이 깔린 공터를 가로질렀다. 뒤쪽 어딘가에서 말로니의 목소리가 들렸다. 말로니는 누가 어떻게 생각하든 시멘트 공장이 문을 여는 것은 킬말러크를 위해서 아주 반가운 일이라고 또다시 말하고 있었다. 브리디는 차 문이 요란하게 닫히는 소리를 듣고는 스완턴이 말로니의 차 문을 부서지도록 세게 닫았음을 알았다. 스완턴은 언제나 이런 식으로 차 문을 닫았다. 브리디가 자전거 앞에 도착하는 순간, 차 문 두 개가 더 쾅 소리를 내면서 닫혔다. 곧이어 시동이 걸리는 소리가 들리더니 전조등에 불이 들어왔다. 브리디는 펑크가 난 곳이 없는지 확인하려고 자전거의 두 바퀴를 만져 보았다. 말로니의 자동차 타이어는 자갈 위를 지나간 뒤 도로에 접어들면서 더 이상 소리를 내지 않았다.

"잘 가요, 브리디." 누군가가 외치는 소리에 브리디는 자전거를 도로 쪽으로 밀면서 인사로 답했다.

"조금만 같이 가도 돼?" 바우저 이건이 물었다.

두 사람은 나란히 자전거를 탔다. 자전거에서 내려야 하는 오르막길에 이르렀을 때 브리디는 뒤를 돌아보았다. 로맨스 무도회장의 정면을 장식하고 있는 네 가지 색의 전구가 저 멀리 보였다. 그녀가 지켜보는 동안 전구에서 불이 꺼졌다. 브리디는 건물 앞을 가로질러 철제 가림막을 닫고 보안장치로 자물쇠 두 개를 채우는 드위어의 모습을 상상했다. 그의 아내는 오늘 밤 벌어들인 돈을 안고서 자동차 앞 좌석에 앉아 남편을 기다리고 있을 것이 분명했다.

"그거 알아, 브리디?" 바우저 이건이 말했다. "당신이 오늘 밤처럼 근사해 보인 적은 없었어." 바우저 이건은 양복 주머니에서 작은 위스키 병을 꺼내 마개를 뽑고서 몇 모금 마시더니 브리디에게 건넸다. 브리디가 병을 받아 들고서 위스키를 마셨다. "그렇지, 안 마실 이유가 없어." 바우저 이건이 브리디가 술을 마시는 모습에 놀라서 이렇게 말했다. 브리디는 바우저와 함께 있을 때 술을 마신 적이 단 한 번도 없었다. 그녀는 두통을 가라앉히기 위해서 딱 두 번 위스키를 마신 적이 있는데 매번 그 맛이 불쾌하다고 느꼈다. "위스키를 마신다고 해가 될 게 뭐 있어?" 바우저 이건이 위스키 병을 또다시 입으로 가져가는 브리디를 보면서 말했다. 그는 브리디가 혹시라도 그가 바란 것 이상으로 위스키를 축내면 어쩌나 갑자기 두려워져서 병을 향해 손을 뻗었다.

브리디는 바우저 이건이 그녀보다 능숙하게 위스키 마시는 모습을 바라보았다. 그는 쉴 새 없이 술을 마실 것이 틀림없었다. 그는 《아이리시 프레스》를 손에 들고 부엌에 앉아 있을 뿐, 아무 짝에도 쓸모없는 게으름뱅이일 것이 분명했다. 그는 장이 서는 날에 시내 술집에 가기 위해서 중고차를 마련하느라 돈을 낭비할지도 몰랐다.

"요즘 기운이 없으셔." 바우저는 그의 어머니 이야기를 했다. "앞으로 2년도 못 버티실 거야. 내 생각엔 그래." 그는 빈 위스키 병을 배수로에 던진 뒤 담배에 불을 붙였다. 두 사람은 자전거를 밀었다.

"어머니가 돌아가시면 그 지긋지긋한 집을 팔 거야, 브리디. 돼지도 팔 거고 한두 푼이라도 값이 나가는 건 모조리 처분할 거야." 바우저 이건은 담배를 입에 무느라고 말을 멈추었다. 그는 담배를 빤 뒤 연기를 내뱉었다. "손에 들어온 현금으로 좀 더 나은 곳으로 갈 수 있을 거야, 브리디."

두 사람은 길 왼편으로 울타리에 연결된 문이 하나 보이자 자연스럽게 자전거를 그 앞으로 밀고 가서 기대어 놓았다. 바우저가 문을 넘어 밭으로 들어가자 브리디 역시 그의 뒤를 따랐다. "여기 좀 앉을까, 브리디?" 바우저는 이제 막 떠오른 생각이기라도 한 것처럼, 그들이 마치 다른 목적으로 밭에 들어오기라도 한 것처럼 이렇게 물었다.

"우린 좀 더 나은 곳으로 갈 수 있어. 거긴 당신 집이 될 거야." 바우저가 오른팔을 브리디의 어깨에 두르면서 말했다. "키스해 줄 수 있어, 브리디?" 바우저는 이로 브리디의 입술을 누르면서 키스했다. 어머니가 돌아가시면 바우저는 농장을 판 다음 돈을 들고 시내로 가서 흥청망청 써 버릴 것이 분명했다. 그러고 나서 오갈 데가 없는 바우저는 따뜻한 난롯가와 그에게 요리를 해 줄 여자가 아쉬워서 결혼을 생각할 것이 틀림없었다. 그가 브리디에게 또다시 키스를 했다. 그의 입술은 뜨거웠다. 그의 뺨에 흐른 땀이 브리디의 얼굴에 묻었다. "맙소사, 키스를 정말 잘하는걸." 바우저가 말했다.

브리디는 그만 가야 할 시간이라고 말하면서 일어섰다. 두 사람은 다시 문을 넘었다. "토요일만큼 좋은 건 없어. 그럼 잘 가, 브리디."

바우저는 자전거에 올라타더니 비탈길을 내려갔고, 브리디는 언덕 꼭대기까지 자전거를 밀고 올라가서 탔다. 그녀는 긴 세월 동안 토요일 밤마다 그래 왔던 것처럼 밤을 가르며 자전거를 몰았다. 그러나 그럴 나이가 지난 지금, 그녀는 토요일 밤에 자전거에 몸을 싣고 달리는 일은 이제 더 이상 없을 거라고 다짐했다. 그녀는 이제 기다릴 생각이었다. 때가 되면, 이미 어머니를 여읜 바우저 이건이 그녀를 찾아올지도 몰랐다. 그때쯤이면 그녀의 아버지 역시 아마도 세상을 떠났을 것이다. 그녀는 농장에서 홀로 지내기가 외로워 바우저 이건과 결혼할지도 몰랐다.

목장의 보피프 부인

Madame Bo-Peep of the Ranches

오 헨리

고정아 옮김

"엘렌 고모님, 저는 거지예요." 옥타비아가 검은 염소 가죽 장갑을 창가 의자에 앉은 위엄 있는 페르시아 고양이에게 던지며 가볍게 말했다.

"너무 극단적으로 말하는구나, 옥타비아." 엘렌 고모가 신문에서 고개를 들고 말했다. "사탕 사 먹을 돈이 부족하다면 필기 책상 서랍에 내 손가방이 있어."

옥타비아 보프리는 모자를 벗고 고모의 의자 옆 발받침에 앉아서 깍지 낀 손으로 무릎을 잡았다. 최신 유행 상복을 입은 그녀의 날렵한 몸은 그 어려운 자세를 쉽고도 우아하게 취했다. 그녀의 밝고 젊은 얼굴과 생기 넘치는 두 눈은 상황에 맞추어 엄격한 모습을 띠려고 노력했다.

"고모님, 사탕 따위 문제가 아니에요. 기성복, 휘발유 바른 장갑, 오후 1시 정찬이 있는 비참하고 역력하고 볼품없는 가난이 문제예요. 저는 지금 변호사 사무소에서 오는 길이에요. '여기 좀 봐 주세요. 저는 가진 게 아무것도 없어요. 아주머니, 꽃 한 송이 사 주세요. 아저씨, 단춧구멍에 꽃을 꽂을 사세요. 선생님, 연필 세 자루에 5달러예요. 가난한 과부를 도와주세요.' 어때요, 이만 하면 괜찮나요? 아니면 이 정도로 밥벌이하기는 글렀으니 웅변술 수업은 다 돈 낭비였나요?"

"도대체 무슨 소리인지 알 수가 없구나." 엘렌 고모가 신문을 바닥에 떨구며 말했다. "좀 진지하게 말해 보렴. 보프리 대령의 유산은……"

"보프리 대령의 유산은 스페인 성채 같아요." 옥타비아가 극적인 손짓을 더하며 말했다. "보프리 대령의 자원은…… 바람이에요. 보프리 대령의 자본은…… 물이고요. 그리고 보프리 대령의 수입은…… 무일푼이에요. 제가 한 시간 동안 들은 어려운 법률 용어들은 해석하면 대충 그런 뜻이에요."

"옥타비아! 믿을 수가 없구나." 엘렌 고모는 이제 크게 당황했다. "대령은 재산이 100만 달러인 줄 알았는데. 드 페이스터가에서 직접 그 사람을 소개했잖아!"

옥타비아는 가볍게 웃고는 다시 적절하게 진지해졌다.

"**데 모르투이스 닐***이라고 하잖아요. 나머지 말조차 안 붙이고. 하지만 대령은 다 겉치레뿐이었어요! 저는 계약을 공정하게 수

행했지만요. 저를 보세요. 눈, 손, 발, 젊음, 유서 깊은 가문, 사교계의 확고한 지위 등 계약이 요구한 걸 다 갖추고 있잖아요." 옥타비아는 바닥에서 조간신문을 주워 들었다. "하지만 '징징'거리지는 않을래요. 인생에 실패하고 운명을 욕하는 걸 그렇게 말하지 않나요?" 그녀는 차분히 신문을 넘겼다. "'주식시장'…… 필요 없고, '사교계 동정'…… 이것도 됐고, 여기 저에게 필요한 부분이 있네요. 구인 광고요. 물론 밴 드레서가 출신이 '빈곤 상태'라는 걸 알릴 수는 없겠지만요. 하녀, 요리사, 외판원, 속기사……"

"옥타비아, 그런 식으로 말하지 마라." 엘렌 고모가 떨리는 목소리로 말했다. "지금 네 처지가 불운한 상태라고 해도, 내 3,000……"

옥타비아가 날렵하게 튀어 일어나 단정하고 엄격한 노부인의 연약한 뺨에 입을 맞추었다.

"고모님, 그 3,000달러로는 버들잎 없는 희춘熙春차를 마시고, 저 페르시아 고양이의 깨끗한 미색을 유지할 수 있을 뿐이에요. 저를 기꺼이 받아 주실 것은 알지만 저는 페리처럼 음악을 들으며 입구를 어슬렁거리느니 바알세불처럼 바닥을 치고 싶어요.**

● De mortuis nil. '죽은 자에 대해서는 아무 말 하지 말라'라는 뜻의 라틴어. 본래는 뒤에 'nisi bonum(좋은 말이 아니면)'이라는 구절이 따른다.
●● 밀턴의 서사시 『실낙원』에서 바알세불은 사탄을 따라 지옥으로 내려간다. 페리는 페르시아 민담의 타락 천사로 천국 문 앞에서 처량하게 입장 허락을 기다린다.

저는 스스로 벌어서 먹고살 거예요. 달리 방법이 없어요. 아! 잊고 있던 게 있네요. 난파선에서 건진 게 하나 있어요. 축사……아니, 목장…… 그러니까 텍사스에 있는 거예요. 배니스터 씨가 그걸 자산이라고 불렀어요. 이건 저당 잡히지 않은 거라면서 그분이 얼마나 기뻐했는지 몰라요! 배니스터 씨가 저한테 준 바보 같은 서류들에 자세한 설명이 있어요. 한번 찾아볼게요."

옥타비아는 장바구니를 뒤져서 타자 친 서류가 가득한 길쭉한 봉투를 꺼냈다.

"텍사스의 목장이라니." 엘렌 고모가 한숨을 쉬었다. "그건 자산이 아니라 채무 같구나. 그런 곳은 지네가 나오고 카우보이와 판당고가 있는 데야."

"란초 데 라스 솜브라스●는," 옥타비아가 진한 자주색 타자 글씨를 읽었다. "샌안토니오 남동쪽 176킬로미터 지점에 위치하고, 가장 가까운 기차역인 인터내셔널-그레이트 노던 철도의 노펄역과는 60킬로미터 거리임. 용수가 풍부한 3,072헥타르는 주 공유지를 양도받은 것이고, 나머지 5,632헥타르는 일부는 자동 연장 임대하고 일부는 주 정부의 20년 구매법에 따라 구매한 것임. 등급이 분류된 8,000마리 메리노 양, 말과 마차와 통상적 목장 물품이 있음. 목장 주택은 벽돌로 지어졌으며, 여섯 개의 방에는

● '그림자 목장'이라는 뜻의 스페인어.

기후에 맞는 가구가 쾌적하게 배치됨. 모든 시설이 튼튼한 가시 철조망으로 둘러싸여 있음.

현재 목장 감독은 유능하고 믿을 만한 사람으로 보임. 이전까지 관리 소홀과 방만한 경영으로 어려움을 겪던 목장의 수익 구조를 빠르게 개선하고 있음.

보프리 대령은 이 목장을 서부 용수로 건설 연합으로부터 샀고, 소유권은 완벽해 보임. 성실한 관리와 자연스러운 지가 상승을 통해 소유주의 재산을 불려 줄 토대가 될 수 있을 것으로 보임."

옥타비아가 읽기를 멈추자, 엘렌 고모는 교양이 허락하는 한에서 최대한 콧방귀와 비슷한 소리를 냈다.

"그 설명은," 엘렌 고모가 대도시인의 타협 없는 의심을 담아 말했다. "지네나 인디언은 말하지 않는구나. 그리고 너는 양고기를 좋아하지 않잖아, 옥타비아. 네가 저…… 사막에서 무슨 이득을 얻을 수 있을지 모르겠다."

하지만 옥타비아는 넋을 잃고 있었다. 두 눈은 초점 너머의 무언가를 바라보고 있었다. 입술은 살짝 벌어지고 얼굴은 탐험가의 열정, 모험가의 불안으로 빛났다. 그녀는 환희에 찬 듯 두 손을 깍지 끼고 소리쳤다.

"문제없어요, 고모님. 저는 그 목장으로 갈 거예요. 거기서 살 거예요. 양고기를 좋아할 거예요. 심지어 지네에게서도 좋은 점을 찾아볼 거예요. 물론 약간 거리를 두고요. 바로 제가 원하는 거예요. 지난 인생이 끝나고 새 인생이 찾아오고 있어요. 이건 오지에 처박히는 게 아니라 해방이에요, 고모님. 바람에 머리칼을 한 올 한 올 날리며 말을 타고 평원을 달리는 일을 생각해 보세요. 땅과 가까워지고 풀과 이름 없는 작은 들꽃의 이야기를 다시 배우는 거예요! 정말로 멋진 일일 거예요. 바토*의 모자를 쓰고 지팡이로 나쁜 늑대들을 막는 여자 목동이 될까요? 아니면 일요일 신문에 실리는 짧은 머리의 서부 목장 일꾼이 될까요? 두 번째가 낫겠네요. 이제 신문에 제 사진도 실릴 거예요. 제 손으로 잡은 살쾡이를 안장 머리에 걸어 놓은 모습으로요. 기사 제목은 아마 '뉴욕 사교계를 떠나 양 떼 속으로'가 될 테고, 기사에는 밴드레서 저택과 제가 결혼한 교회 사진도 실릴 거예요. 제 사진은 못 찍겠지만, 그러면 신문사는 화가를 시켜 그리겠죠. 저는 거칠고 대담해져 앙들하고 비슷해질 거예요."

"옥타비아!" 엘렌 고모가 모든 반대를 한마디에 응축해서 소리쳤다.

"아무 말씀도 마세요, 고모님. 저는 갈 거예요. 밤에 하늘이 커다란 접시 뚜껑처럼 세상에 내려오는 걸 볼 거고, 어릴 때 이후

---

* 장 앙투안 바토(1684~1721). 시골 생활을 낭만적으로 묘사한 프랑스 화가.

한 번도 말 걸지 않았던 별들하고 친구가 될 거예요. 저는 가고 싶어요. 이 모든 일에 진력이 났어요. 저한테 돈이 없는 게 기뻐요. 그 목장을 생각하면 보프리 대령을 축복하고 그 사람의 모든 거짓을 용서할 수도 있어요. 인생이 거칠고 외로워진다 해도 뭐 어때요! 그게 바로 제가 받아야 할 몫이에요. 그 비참한 야심 말고 다른 건 모두 저버리겠어요. 저는…… 아, 저는 떠나고 싶어요. 그리고 다 잊고…… 잊고 싶어요!"

옥타비아는 갑자기 무릎을 꿇더니 고모의 무릎에 뜨거운 얼굴을 묻고 격렬하게 흐느꼈다.

엘렌 고모는 허리를 숙여 그녀의 적갈색 머리를 쓰다듬으며 부드럽게 말했다.

"이런 일이 있을 줄이야. 누구였니, 옥타비아?"

노펄역에서 기차를 내린 밴 드레서가 출신의 옥타비아 보프리 부인은 잠시 평소와 같은 여유로운 자신감을 잃었다. 신생 도시 노펄은 다듬지 않은 목재와 펄럭이는 범포 천으로 서둘러 지은 것 같았다. 역 주변의 풍경은 거슬릴 만큼 노골적이지는 않았지만, 무례한 경고에 익숙한 듯한 모습이었다.

옥타비아는 승강장 전신 사무소 앞에 서서 주변을 어슬렁거리는 사람들 가운데 란초 데 라스 솜브라스의 감독을 찾아내려고 했다. 배니스터 씨가 그에게 역으로 마중 나오라는 지시를 했기 때문이다. 저쪽에 청색 플란넬 셔츠에 흰 넥타이를 맨, 키 크고 진지한 표정을 한 초로의 남자가 그 사람일 것 같았다. 하지만 아니었다. 남자는 그녀를 힐끔 보았지만 남부의 관습에 따라 바로 외면하고 지나갔다. 옥타비아는 기다리게 된 데 약간 불쾌함을 느끼면서 목장 감독이 자신을 찾는 데는 어려움이 없을 거라고 생각했다. 최신 유행의 회색 여행복을 입은 젊은 여자가 노펄에 그리 많을 리는 없을 테니까!

옥타비아는 그렇게 목장 감독 같은 외관의 사람들을 유심히 살펴보다가 숨이 턱 막히는 느낌을 받았다. 테디 웨스트레이크가 기차 방향으로 승강장을 걸어왔기 때문이다. 그가 아니라면 모직 옷을 입고 장화를 신고 가죽띠 모자를 쓰고 볕에 그을린 그의 유령이었다. 시어도어 웨스트레이크 2세, 아마추어 폴로 선수이자 만능 멋쟁이이자 땅의 교란자는 1년 전 마지막으로 보았을 때보다 한층 대담하고 확고하고 강렬하고 결연해져 있었다.

그 역시 거의 동시에 옥타비아를 알아보고, 방향을 바꾸어서 예전처럼 곧장 그녀 앞으로 걸어왔다. 낯설게 변신한 그가 가까이 다가올 때 그녀는 약간 경외감 비슷한 느낌을 받았다. 적갈색으로 그을린 얼굴 때문에 밀짚 색깔 콧수염과 철회색 눈이 더욱 두드러져 보였다. 그는 더 어른이 된 것 같고 어쩐지 더 멀어진 것 같았다. 하지만 그가 입을 열자 소년 같은 지난날의 테디가 돌아왔다. 그들은 어린 시절부터 친구였다.

"아니, 옥타비아!" 그가 소리치더니, 당황한 나머지 말을 제대로 잇지 못했다. "어떻게…… 무슨…… 언제…… 어디?"

"기차로 왔어." 옥타비아가 말했다. "일 때문에, 10분 전에. 여기 살려고. 테디, 얼굴빛이 달라졌네. 너야말로 어떻게…… 무슨…… 언제…… 어디?"

"나는 여기서 일하고 있어." 테디가 말했다. 그는 예의와 의무를 결합시키려는 듯 역 여기저기로 눈길을 돌렸다.

"혹시 기차에서 백발의 곱슬머리 노부인을 못 봤어?" 그가 물었다. "푸들을 데리고 탔을 거야. 옆 좌석에 짐을 놓아서 차장이랑 싸우고 아마 너랑도 싸웠을걸?"

"못 본 것 같아." 옥타비아가 생각해 보고 대답했다. "그럼 너는 혹시 청색 셔츠를 입고 6연발총을 가진 회색 수염의 덩치 큰 남자 못 봤어? 머리에는 메리노 양털 조각이 붙은?"

"그런 사람은 많아. 네가 아는 사람이야?" 테디가 긴장에 따른 어지럼증을 느끼며 말했다.

"아니, 그냥 상상으로 한 말이야. 그 노부인하고는 개인적인 관계야?"

"한 번도 본 적 없어. 완전히 내 상상으로 한 말이야. 그 부인은 내가 밥벌이를 하는 란초 데 라스 솜브라스라는 곳의 소유주야. 부인의 변호사가 지시한 대로 부인을 맞으러 나온 거야."

옥타비아는 전신 사무소 벽에 기댔다. 이런 일이 가능할까?

테디가 몰랐던 걸까?

"네가 목장 감독이야?" 옥타비아가 힘없이 물었다.

"응." 테디가 당당하게 대답했다.

"내가 보프리 부인이야." 옥타비아가 기운 없이 말했다. "하지만 나는 곱슬머리가 아니고 차장하고 싸우지도 않았어."

잠시 그의 얼굴에 낯설고 어른 같은 표정이 되돌아와, 테디를 그녀로부터 멀찌감치 떨어뜨렸다.

"용서해 주십시오." 그가 약간 어색하게 말했다. "이 목장에서 일한 지 1년 정도 되었습니다. 전혀 몰랐습니다. 짐을 주시면 제가 짐마차에 옮겨 싣겠습니다. 호세가 그 짐마차로 우리를 따를 겁니다. 우리는 그 앞에서 수레 차를 타고 갈 겁니다."

미색을 띤 스페인 조랑말 두 마리가 끄는 가벼운 수레 차에 테디와 함께 올라앉자 옥타비아는 모든 생각을 잊고 현재의 기쁨을 누리기로 했다. 그들은 작은 마을을 벗어나 평탄한 남행 도로를 달렸다. 도로는 점점 좁아지다가 사라졌고, 그들 앞에는 메스키트 잎에 덮인 끝없는 세상이 나타났다. 바퀴는 아무 소리 내지 않았다. 지칠 줄 모르는 조랑말들은 앞에서 쉬지 않고 껑충껑충 뛰었다. 온화한 바람이 수천 헥타르에 걸쳐 펼쳐진 파랗고 노란 들꽃의 향기를 싣고 와서 그들의 귀에서 눈부시게 포효했다. 수레 차의 움직임은 가볍고 황홀했고, 짜릿한 영원의 느낌이 있었다. 옥타비아는 싱그럽고 감각적인 행복에 사로잡혀 말없이 앉아 있었다. 테디는 어떤 내적인 문제와 씨름하고 있는 것 같았다.

"앞으로는 '마다마'라고 부르겠습니다." 그가 그 노력의 결과로 선언했다. "멕시코 사람들은 여주인을 그렇게 부릅니다. 목장 일꾼들은 거의 다 멕시코인입니다. 그게 적절한 것 같습니다."

"좋아요, 웨스트레이크 씨." 옥타비아가 새침하게 말했다.

"아, 그건 너무 지나친 것 같네요." 테디가 약간 놀라서 말했다.

"그렇게 지독한 예의로 나를 괴롭히지 말아 줘. 나는 이제 여기 살 거야. 나한테 인공적인 걸 되새기지 말아 줘. 이 공기를 병에 담을 수만 있다면! 이것만으로도 여기 올 가치가 있어. 아, 봐! 사슴이야!"

"검은멧토끼야." 테디가 고개도 돌리지 않고 말했다.

"내가…… 말을 몰아도 될까?" 옥타비아가 말했다. 그녀는 숨이 가빠졌고, 뺨은 붉게 물들었으며, 눈은 아이처럼 반짝였다.

"한 가지 조건이 있어. 내가…… 담배를 피워도 될까?"

"되고말고!" 옥타비아가 소리치며 진지한 기쁨 속에 줄을 잡았다. "어느 길로 가야 해?"

"남남서로 가. 전속력으로. 저기 멕시코만 구름 아래 지평선에 검은 점이 보이지? 저건 참나무 군락이고 길잡이가 돼. 저기하고 왼쪽 작은 언덕의 중간으로 달려. 텍사스 평원의 운전 규칙을 일러 주지. 고삐가 말발굽에 걸리지 않게 해야 하고 또 말에게 욕을 많이 해야 해."

"욕을 하기에는 기분이 너무 좋아, 테디. 아, 사람들은 왜 요트를 사고 호화 자동차를 타고 다닐까? 수레 차와 병든 말 두 마리와 오늘 같은 봄날이면 모든 욕망이 채워지는데?"

"부탁 하나 할게." 테디가 수레 앞막이 판에 성냥을 계속 그으면서 말했다. "저 친구들을 병든 말이라고 부르지 말아 줘. 놈들은 해 뜰 때부터 해 질 때까지 150킬로미터 이상도 달릴 수 있어." 마침내 그는 두 손 사이 움푹한 곳에 불꽃을 간직하고 시가에 불을 붙이는 데 성공했다.

"여유!" 옥타비아가 힘차게 말했다. "그게 이런 효과를 내는 거야. 이제 내가 무얼 원하는지 알았어. 시야, 여유, 그런 거야!"

"나는 수레 차에서 담배 피우는 걸 좋아해." 테디가 감정 없이 말했다. "바람이 연기를 몸 안으로 들였다가 다시 빼냈다가 해 주거든. 사람이 일부러 그런 수고를 할 필요가 없어."

두 사람은 자연스럽게 지난날의 우정에 빠져들었고, 새 관계의 낯선 감정은 드문드문 다가올 뿐이었다.

"그런데 마다마," 테디가 의아해서 말했다. "어쩌다가 사교계를 떠나서 여기 내려올 생각을 하게 된 거지? 뉴포트* 대신 목장에 가는 게 요즘 상류층의 유행인가?"

"나는 파산했어, 테디." 옥타비아가 유카 풀밭과 참나무 군락

* 로드아일랜드주의 인기 휴양지.

사이로 말을 모는 데 정신을 집중하며 부드럽게 말했다. "나한테는 이 목장밖에 남은 게 없어. 돌아갈 집도 없어."

"설마 진심으로 하는 말은 아니겠지?" 테디가 불안과 의구심 속에 말했다.

"석 달 전에 남편이 죽었을 때," 옥타비아는 남편이라는 말의 발음을 슬쩍 흐리며 말했다. "나는 상당한 재산을 받을 줄 알았어. 그런데 그 사람의 변호사가 60분간의 상세한 강의로 그 기대를 깨 버렸어. 이제 나한테는 양 떼가 마지막 버팀목이야. 그런데 맨해튼의 돈 많은 젊은이들 사이에서는 폴로 경기와 클럽 창가를 버리고 목장 감독이 되는 게 유행인가 봐."

"내 경우는 설명이 쉬워." 테디가 바로 말했다. "일을 해야 했거든. 뉴욕에서는 하숙비조차 벌지 못해서 나는 샌퍼드와 방을 함께 썼어. 그 사람은 보프리 대령이 이 목장을 사기 전에 이 목장을 소유했던 연합의 일원이었고, 여기 집이 있었지. 나는 처음에는 감독이 아니었어. 하지만 조랑말을 타고 다니며 목장 상태를 자세히 조사해서 모든 걸 다 파악했어. 어디서 돈이 새 나가는지 무얼 개선해야 할지 알았지. 그러자 샌퍼드가 나를 감독 자리에 앉힌 거야. 나는 한 달에 100달러를 받고, 그만큼의 몫을 해."

"불쌍한 테디!" 옥타비아가 웃으며 말했다.

"그럴 필요 없어. 나는 이 일이 좋아. 봉급의 절반을 저축하고 있고, 몸도 참나무처럼 튼튼해. 이 생활은 폴로를 능가하거든."

"이곳이 또 다른 문명의 추방자에게도 빵과 차와 잼을 줄까?"

"봄철 양털 수확으로 작년의 손실을 모두 메꿨어." 목장 감독이 말했다. "낭비와 관리 소홀은 이전까지 관행이었지. 겨울철 양털 수확을 하고 나면 비용을 다 빼고도 수익이 남을 테니 내년에는 잼이 있을 거야."

오후 4시 무렵 조랑말들이 부드러운 잡목 언덕을 돌아 미색 태풍처럼 란초 데 라스 솜브라스로 달려갈 때, 옥타비아는 기쁨의 탄성을 질렀다. 울창한 참나무 숲이 일대에 고맙고 시원한 그늘을 드리웠는데, 그것이 목장이 '솜브라스' 즉 '그림자'의 목장이라는 이름을 얻은 연유였다. 집은 붉은 벽돌로 지은 단층 건물로, 나무들 앞에 낮고 길게 뻗어 있었다. 집 가운데 부분에 지붕을 씌운 넓은 복도가 뻗어서 여섯 개의 방을 양쪽으로 갈라 놓고 있었다. 복도에는 꽃선인장과 붉은 질항아리가 그림처럼 아름답게 배털러 있었다. 넓고 낮은 베란다가 건물 전체를 둘러싸고 있었다. 덩굴이 벽면을 덮었고, 주변 땅에는 이식한 풀과 관목이 가득했다. 집 뒤편에는 작고 길쭉한 호수가 햇빛에 아른거렸다. 더 먼 곳에는 멕시코 일꾼들의 오두막, 축사, 양털 창고, 털깎이 창고가 있었다. 오른쪽에는 참나무 군락에 점점이 덮인 낮은 언덕들이 있었고, 왼쪽으로는 푸른 평원이 푸른 하늘과 끝없이 몸을 맞대고 있었다.

"여기가 집이야, 테디. 바로 여기가 내 집이야." 옥타비아가 숨

가쁘게 말했다.

"양 목장에 딸린 집치고는 나쁘지 않아." 테디가 이해할 만한 자부심을 보이며 말했다. "시간이 날 때마다 여기저기 계속 고쳤어."

풀밭에서 홀연히 멕시코 젊은이가 튀어나와서 미색 조랑말들을 데리고 갔다. 여주인과 감독은 집에 들어갔다.

"이쪽은 매킨타이어 부인이야." 차분한 노부인이 그들을 맞으러 베란다로 나오자 테디가 말했다. "매킨타이어 부인, 이쪽은 목장의 주인이십니다. 먼 길을 오셨으니 뭉텅이 햄과 콩 한 접시를 드시고 싶어 할 것 같네요."

호수나 참나무처럼 그곳의 붙박이 요소인 가정부 매킨타이어 부인은 목장 간식에 대한 그 비난 섞인 말에 가벼운 분노를 느꼈지만, 그녀가 그것을 표현하기 전에 옥타비아가 먼저 입을 열었다.

"매킨타이어 부인, 테디에게 사과할 것 없어요. 그래요, 저는 이 사람을 테디라고 불러요. 이 사람이 진지한 사람이라고 속지 않는 사람들은 전부 그렇게 불러요. 그래요, 우리는 아주 옛날에 종이 인형이랑 밀짚 인형을 가지고 놀던 사이예요. 이 사람이 뭐라고 말해도 아무도 신경 쓰지 않아요."

"맞아요." 테디가 말했다. "이 사람이 뭐라고 말해도 아무도 신경 쓰지 않아요. 그래야 이 사람이 다시 그런 말을 안 하니까."

옥타비아는 눈을 내리깔고 그에게 은근한 곁눈질을 던졌다. 테디가 예전에 어퍼컷이라 불렀던 눈길이었다. 하지만 그의 꾸밈없고 그을린 얼굴에는 아무런 암시도 보이지 않았다. 다 잊은 게 분명하다고 옥타비아는 생각했다.

"웨스트레이크 씨는 장난을 좋아해요." 매킨타이어 부인이 옥타비아를 방으로 데리고 가며 말하더니 엄숙하게 덧붙였다. "하지만 여기 사람들은 웨스트레이크 씨가 진지하게 말하면 귀를 기울여요. 그분이 없었다면 이곳은 어떻게 됐을지 몰라요."

집 동쪽 끝의 방 두 개가 목장 여주인을 위해 정리되어 있었다. 처음 방에 들어섰을 때 그 텅 빈 모습과 빈약한 가구에 가벼운 실망감이 들었지만, 옥타비아는 그곳이 아열대기후라는 걸 떠올리고 지금 상태가 거기 걸맞은 현명한 처사임을 인정했다. 큰 창들에서 창틀은 이미 제거되어 있었고, 넓은 유리 미늘창으로 들어오는 메시코만의 바람에 흰 커튼이 펄럭였다. 바닥에는 깔개가 여럿 깔려 있었다. 의자들은 보기 좋고 깊고 나른한 버드나무였다. 벽지는 밝은 올리브색이었다. 거실 한쪽 면은 전체가 도색되지 않은 송판 서가와 책들에 덮여 있었다. 옥타비아는 곧장 그 앞으로 갔다. 서가에는 정선된 책들이 있었다. 그녀는 인쇄기에서 빠져나온 지 얼마 되지 않는 소설과 여행 책의 제목을 훑어보았다.

이제 자신이 양고기와 지네와 결핍에 바쳐진 황야에 있다는 것이 떠오르자, 이런 호사가 어울리지 않는다는 생각에 여자의 직감으로 먼지 덮인 책들을 하나하나 살펴보았다. 모든 책에 시어도어 웨스트레이크 2세의 이름이 유려한 글씨체로 쓰여 있었다.

긴 여행에 지친 옥타비아는 그날 밤 일찍 잠자리에 들었다. 서늘한 흰색 침대에 기분 좋게 누워 있는데도 잠은 쉽게 들지 않았다. 여기저기서 희미한 소리가 들렸는데, 그 낯선 느낌에 감각이 곤두섰다. 코요테의 까칠한 울음, 끊임없는 바람의 낮은 교향악, 멀리 호숫가에서 개구리 우는 소리, 멕시코인들의 거처에서 들리는 손풍금 소리. 옥타비아의 가슴속에는 상충되는 여러 감정이 있었다. 감사와 반항, 평화와 불안, 외로움과 안온함, 행복감과 질긴 고통.

그녀는 다른 여자들도 다 했을 법한 일을 했다. 이유 없는 눈물을 흥건히 흘리며 자신을 달랜 것이다. 잠들기 전에 옥타비아가 마지막으로 조용히 중얼거린 말은 "그 사람은 다 잊었어"였다.

란초 데 라스 솜브라스의 감독은 한가로운 예술 애호가가 아니었다. 그는 '억센 일꾼'이었다. 아침에 다른 사람들이 일어나기도 전에 말을 타고 나가서 가축과 야영지를 살폈다. 그것은 본래 당당한 체격의 늙은 멕시코인 집사가 해야 하는 일이지만, 테디는 자신이 직접 보는 편을 선호하는 것 같았다. 그런 뒤 바쁜 계절을 빼면 언제나 8시에 목장에 돌아와서 중앙 복도에 놓인 식탁에서 옥타비아와 매킨타이어 부인과 함께 아침 식사를 했는데, 그가 오면 건강과 평원의 향기 가득한 활기도 같이 왔다.

옥타비아가 오고 며칠 뒤에 테디는 그녀에게 승마 치마를 꺼내서 참나무 군락을 다니는 데 적당한 길이로 자르라고 했다.

그녀는 약간 불안을 느끼면서 그렇게 자른 옷을 입고 그의 추가 지시에 따라 사슴 가죽 정강이 보호대를 찬 뒤 조랑말을 타고 그와 함께 자신의 재산을 살펴보러 나갔다. 그는 그녀에게 모든 것—암양, 양고기, 풀을 뜯는 새끼 양, 소독조, 털깎이 창고, 따로 마련된 작은 목초지에 있는 거친 메리노 숫양, 여름 가뭄에 대비한 물탱크—을 보여 주면서, 지칠 줄 모르는 소년 같은 열정으로 자신이 그것들을 어떻게 관리하는지 설명했다.

옥타비아가 그토록 잘 알던 지난날의 테디는 어디로 간 걸까? 그런 면은 예전과 똑같았고 또 그녀를 기쁘게 하는 면이었지만, 지금 그에게서는 그런 면밖에 볼 수 없었다. 그의 감성은, 지난날의 충동적인 사랑 고백과 변덕스럽고 무모한 열정, 가슴 아픈 우울함, 바보 같은 다정함과 오만한 위엄은 모두 어디 갔는가? 예전에 그의 본성은 예민했고 기질은 예술가에 가까웠다. 옥타비아는 그가 상류사회의 유행과 변덕과 스포츠를 따르면서도 더 세련된 취향을 연마한 것을 알았다. 그는 글을 썼고, 물감을 만지작거렸으며, 어떤 예술 분야는 꽤 진지하게 공부했다. 그녀에게 한 번 자신의 열망을 털어놓기도 했다. 하지만 이제—피할 수 없는 결론이었다—테디는 한 면만 빼놓고 나머지 모든 면을 자신에게서 방어하고 있었다. 그 유일한 면은 란초 데 라스 솜브라스 감독의 면, 모든 걸 다 잊고 용서한 즐거운 친구의 면이었다. 이상하게도 배니스터 씨가 목장을 설명한 글의 한 구절이 머리에 떠올랐다. '모든 시설이 튼튼한 가시철조망으로 둘러싸여 있음.'

'테디도 철조망에 싸였어.' 옥타비아는 속으로 말했다.

그런 방어의 원인을 추론하기는 어려운 일이 아니었다. 해머스미스가 무도회 때 벌어진 일 때문이었다. 무도회는 옥타비아가 보프리 대령과 그의 100만 달러를 받아들이기로 결심한 직후에 열렸다. 100만 달러는 그녀의 미모와 사교계 지위에 비하면 대단한 것도 아니었다. 테디는 충동과 열정을 다해 청혼했지만 그녀는 그의 눈을 바라보며 차갑게 말을 맺었다. "다시는 네 입에서 그런 말 듣고 싶지 않아." "그래, 듣지 않게 해 줄게." 테디는 이전까지 본 적 없는 입 모양을 하고 그렇게 말했었다. 그리고…… 이제 테디는 강력한 철조망으로 자신을 둘러싸고 있었다.

그렇게 처음으로 목장을 시찰할 때 테디는 머더구스의 동요 〈꼬마 보피프〉를 떠올리고 옥타비아에게 그 이름을 주었다. 보프리라는 이름과도 비슷하고 보피프도 양치기 소녀였기 때문이다. 그는 그 이름이 아주 재미있는 듯 지겨워하지 않고 줄기차게 사용했다. 목장의 멕시코인들도 그 이름을 쓰게 되었는데, 마지막 '프' 발음을 제대로 하지 못하고 '보피피'라고 했다. 시간이 지나면서 그 이름은 더 널리 퍼져서, '란초 데 라스 솜브라스'는 흔히 '마담 보피프 목장'이라고 불렸다.

5월에서 9월에 이르는 긴 여름이 왔다. 그 시기 농장은 할 일이 많지 않다. 옥타비아는 멍하고 몽롱한 상태로 하루하루를 보냈다. 책, 해먹, 가까운 친구들과 편지 주고받기, 다시 시작한 수채화— 이런 일들이 뜨거운 낮 시간을 채웠다. 저녁은 언제나 즐거웠다. 가장 좋은 것은 테디와 함께 말을 달리는 것이었다. 그 시간에는 달이 바람 가득한 평원에 빛을 뿌리고, 쏙독새가 공중을 떠돌고, 놀란 올빼미가 울었다. 멕시코인들은 기타를 들고 나와서 이상하고 가슴 저미는 노래를 불렀다. 산들바람 부는 베란다에서는 길고 편안한 대화가 이어졌고, 테디와 매킨타이어 부인은 끝없는 재치 대결을 벌였다. 스코틀랜드인다운 영악함을 지닌 매킨타이어 부인은 테디의 가벼운 유머를 자주 손쉽게 이겼다.

그리고 밤이 오고 또 왔고 한 주, 두 주, 한 달, 두 달이 차례로 지나갔다. 그렇게 부드럽고 나른하고 향기로운 밤은 스트레펀도 강력한 철조망을 넘어 클로이에게 가게 만들 수 있고,• 큐피드도 올가미를 손에 들고 사랑의 들판에서 자기 자신의 짝을 찾게 할

• 스트레펀과 클로이는 필립 시드니의 전원시 「아르카디아」의 남녀 주인공.

수 있으리라. 하지만 테디의 철조망 울타리는 너무도 견고했다.

7월의 어느 날 밤 마담 보피프와 목장 감독은 동쪽 베란다에 앉아 있었다. 테디는 가을철 양털로 24센트를 받을 수 있을지 생각하는 데 힘을 쏟다가 아바나 시가의 무감각한 연기구름 속으로 가라앉았다. 오래전 그가 봉급의 3분의 1 이상을 쿠바 시가의 연기 속에 날렸다는 걸 몰랐던 건 여자처럼 판단력이 부족한 사람들뿐이었다.

"테디, 무엇 때문에 여기 목장에 내려와서 일하고 있는 거니?" 옥타비아가 갑자기 약간 날카롭게 물었다.

"100달러의 월급과 숙식." 테디가 막힘없이 말했다.

"널 해고하고 싶어."

"그럴 수 없어." 테디가 빙긋 웃으며 말했다.

"왜 안 되지?" 옥타비아가 열기를 띠고 따졌다.

"계약 때문에. '매매 조건은 만료되지 않은 모든 계약을 존중한다.' 내 계약은 12월 31일 밤 12시까지야. 그날 자정이 되면 나를 해고할 수 있어. 하지만 그 전에 하면 내가 소송을 제기할지도 몰라."

옥타비아는 법적 조치의 가능성을 생각해 보는 듯했다.

"하지만 어쨌건 그만두려고 생각하고 있었어." 테디가 가볍게 말했다.

옥타비아의 흔들의자가 움직임을 멈추었다. 이 지역에는 지네가 있어, 그녀는 확실히 느꼈다. 인디언도 있고, 넓고 쓸쓸하고 황량하고 텅 빈 황야도 있고, 모든 게 튼튼한 가시철조망에 둘러싸여 있었다. 그녀는 밴 드레서가의 자부심이 있었지만, 밴 드레서가의 심장도 있었다. 그가 잊었는지 어쩐지 확실히 알아야 했다.

"그래, 테디." 그녀가 예의 바른 관심을 보이며 말했다. "여기는 외로운 곳이니 너는 옛 인생으로 돌아가고 싶겠지. 폴로와 바닷가재와 극장과 무도회로."

"나는 무도회를 그다지 좋아한 적이 없어." 테디가 엄숙하게 말했다.

"테디, 너도 나이를 먹는구나. 기억력이 나빠졌어. 너는 무도회라면 하나도 빼먹지 않았어. 예외는 네가 참석하는 무도회와 시간이 겹치는 것뿐이었어. 그리고 너는 한 파트너와 춤을 너무 자주 추는 고약한 취미가 있었지. 가만, 포브스가 여자 이름이 뭐였더라? 사시가 있던 여자…… 메이블, 맞지?"

"아니, 아델이야. 메이블은 팔꿈치가 앙상한 여자고. 그리고 아델은 사시가 아니야. 영혼을 담은 눈이지. 우리는 함께 소네트* 이야기를 많이 했어. 그리고 베를렌 이야기도. 그때 나는 피에리아 샘물**에 파이프를 꽂고 싶었지."

- 14행으로 이루어진 정형시.
- 그리스 신화 속 영감의 원천.

"해머스미스 집에서 너는 그 여자하고 춤을 다섯 번 췄어." 옥타비아가 굽히지 않고 말했다.

"해머스미스 집에서 언제?" 테디가 건성으로 물었다.

"무도회, 무도회 때 말이야." 옥타비아가 심술궂게 말했다. "그런데 우리가 무슨 말을 하고 있었지?"

"눈 이야기 아니었나?" 테디가 생각해 보고 말했다. "그리고 팔꿈치."

"해머스미스가는 돈이 너무 많았어." 옥타비아는 접의자 등받이에 편하게 기댄 진갈색 머리카락을 확 당기고 싶은 욕망을 억누르고 사교계의 다정한 목소리로 말을 이었다. "광산업을 했지? 톤당 얼마로 돈을 버는 것 같았어. 그 집 무도회에는 맹물은 한 잔도 없었지. 모든 게 지독하게 과장되고 요란했어."

"맞아." 테디가 말했다.

"사람은 얼마나 많았고!" 옥타비아가 첫 무도회 이야기를 하는 여학생처럼 말이 많아지는 것을 느끼며 계속 말했다. "발코니들은 방처럼 따뜻했어. 나는…… 그 무도회에서…… 무언가를 잃어버렸어." 마지막 문장은 수 킬로미터 철조망에서 가시를 떼어 내려는 의도로 발설되었다.

"나도 그랬어." 테디가 나직하게 말했다.

"장갑 한 짝." 옥타비아가 적군이 참호로 다가오는 것을 보고 뒤로 물러서면서 말했다.

"상류층의 특권을." 테디가 얼른 사선射線을 정지시키며 말했다. "나는 해머스미스가의 광부 한 명과 어울려서 한참 동안 술을 마셨어. 그 사람은 두 손을 주머니에 꽂고 환원 공장과 수평 갱도와 사금 채취 틀 이야기를 했는데 그 모습이 꼭 대천사 같았어."

"은회색 장갑이었어, 거의 새것이었는데." 옥타비아가 한숨을 쉬었다.

"멋진 사람이었어, 그 매카들이란 친구는." 테디가 말했다. "올리브와 승강기를 싫어했지. 산을 크로켓 빵처럼 다루고 공중에 터널을 뚫던 친구, 평생토록 어리석은 말은 한마디도 하지 않은 친구. 그런데 마다마, 임대 갱신 서류에 서명했어? 31일까지 국유지 관리국에 접수해야 해."

테디는 느리게 머리를 돌렸다. 옥타비아의 의자는 비어 있었다.

운명의 길을 따라간 지네 한 마리가 상황을 밝혀 주었다. 어느 날 이른 아침, 옥타비아와 매킨타이어 부인은 서쪽 베란다에서 인동덩굴을 전지하고 있었다. 테디는 밤사이 뇌우에 숫양들이 흩어졌다는 말을 듣고 해 뜨기 전에 부리나케 나간 상태였다.

운명에 이끌린 지네가 베란다 바닥에 나타났고, 두 여자의 비명을 신호 삼아 노란 다리들을 힘껏 움직여 서쪽 끝에 있는 테디의 방으로 달려갔다. 옥타비아와 매킨타이어 부인은 길쭉한 가정용품을 아무거나 무기로 잡아 들고 그것을 따라갔다. 치맛자락을 움켜잡는 일과 공격대의 후방을 차지하려는 승강이에 많은 힘이 들어갔다.

지네는 다시 사라진 것 같았고, 그 살상조는 희생 제물을 철저하게 수색했다.

그렇게 위험하고 정신 집중이 필요한 모험을 하면서도 옥타비아는 자신이 테디의 성소에 들어왔다는 사실에 놀라움과 호기심을 느꼈다. 그는 그 방에 혼자 앉아서 이제 아무하고도 공유하지 않는 생각을 벗 삼아 지내고 아무도 해석할 수 없는 꿈을 꾸었다.

그 방은 스파르타인 또는 군인의 방이었다. 한쪽 모퉁이에 범포 천을 씌운 넓은 야전침대가 있었고, 다른 모퉁이에는 작은 책장이 있었다. 또 다른 모퉁이에는 윈체스터 총과 엽총을 세워 둔 음울한 거치대가 있었다. 넓은 탁자에는 편지, 신문, 서류가 흩어져 있고, 그 한쪽에는 칸칸으로 구획된 작은 수납장이 올라앉아 있었다.

지네는 그렇게 썰렁한 방에서도 용케 몸을 숨기는 재주를 발휘했다. 매킨타이어 부인은 책장 뒤편을 빗자루로 쑤셨다. 옥타비아는 테디의 야전침대로 다가갔다. 방은 그가 서둘러 떠난 상태 그대로였다. 멕시코인 하녀는 아직 방을 정리하지 않았다. 그의 큰 베개에는 여전히 머리 자국이 패어 있었다. 그녀는 그 못

된 벌레가 야전침대로 기어 올라가 테디를 물려고 숨어 있을지도 모른다는 생각이 들었다. 지네들은 그렇게 목장 감독에게 잔인하고 지독했다.

옥타비아는 조심스레 베개를 뒤집었다가 길고 가늘고 거뭇거뭇한 물체를 보고 지원병을 부르려고 했다. 하지만 바로 소리를 억누르면서 장갑을, 은회색 장갑을 집어 들었다. 그것은—아마도—해머스미스 무도회를 잊은 남자의 베개 밑에서 수년 수개월 밤을 눌려 지낸 탓에 납작해져 있었다. 테디는 그날 아침 서둘러 떠나는 통에 장갑을 낮 동안 보관하는 곳에 옮겨 두지 못한 것 같았다. 교활하기로 유명한 목장 감독들도 딱 걸릴 때가 있다.

옥타비아는 회색 장갑을 여름 아침용 실내복 가슴팍에 넣었다. 그것은 그녀의 것이었다. 튼튼한 철조망 안에 자신을 가둔 남자, 해머스미스 무도회에 대해서도 사금 채취 틀밖에 기억하지 못하는 남자는 이런 물건을 가지고 있을 수 없었다.

이 평원은 결국 얼마나 멋진 천국인가! 잃어버린 줄 알았던 것을 찾았을 때 그곳은 장미처럼 피어났다! 창밖에서 불어 드는 아침 바람은 노란 금잔화의 싱싱한 향기로 달콤하기 이를 데 없었다! 잠시 자리에 서서 반짝이는 눈으로 아련히 먼 곳을 바라보며 지난날의 실수가 바로잡히기를 꿈꿀 수 있지 않을까?

매킨타이어 부인은 왜 저렇게 바보같이 빗자루를 쑤셔 대고 있는 거지?

"찾았어요. 여기 있어요." 매킨타이어 부인이 문을 쾅 치며 말했다.

"부인도 무얼 잃어버렸나요?" 옥타비아가 상냥하고 예의 바르지만 건성으로 말했다.

"나쁜 벌레! 그놈을 벌써 잊으셨어요?" 매킨타이어 부인이 열이 올라 말했다.

두 사람은 힘을 합해 지네를 살해했다. 그렇게 지네는 해머스미스 무도회에서 잃어버린 것을 찾게 해 준 보답을 받았다.

장갑을 기억하고 있었던 테디는 저물녘 집에 돌아와서 그것을 열심히 찾는 것 같았다. 그는 저녁이 되어 달빛이 동쪽 베란다에 들었을 때에야 그것을 찾았다. 그것은 그가 영원히 놓친 줄 알았던 손에 끼워져 있었고, 그래서 그는 다시는 하지 않기로 한 어리석은 말을 반복하고 싶은 마음이 들었다. 테디의 울타리는 내려갔다.

이번에는 두 사람 사이를 가로막은 야심이 없었기에, 사랑의 고백은 열렬한 남자 목동이 다정한 여자 목동에게 하듯이 자연스럽게 이루어졌다.

평원은 정원이 되었다. 란초 데 라스 솜브라스는 빛의 목장이 되었다.

며칠 뒤 옥타비아는 사업과 관련해서 배니스터 씨에게 보낸 편지의 답장을 받았다. 그 내용의 일부는 다음과 같았다.

텍사스 목장에 대한 부인의 언급이 몹시 당혹스럽습니다. 부인께서 그곳으로 떠나고 두 달 뒤에 보프리 대령에게 그곳의 소유권이 없다는 사실이 밝혀졌습니다. 대령께서 돌아가시기 전에 그곳을 처분하신 권리증이 나타났습니다. 그 일은 감독인 웨스트레이크 씨에게 보고되었고, 그러자 감독이 바로 목장을 매입했습니다. 부인께서 어떻게 지금까지 그 사실을 모르고 계실 수 있었던 건지 저로서는 도저히 이해할 수가 없습니다. 지금 즉시 목장 감독과 의논하시면 그분께서 어쨌건 제 말을 확인해 줄 겁니다.

옥타비아는 전투적인 눈빛으로 테디를 찾았다.

"너는 이 농장에서 무얼 위해 일하고 있는 거지?" 그녀가 다시 물었다.

"100달러……" 그는 다시 말하다가 그녀의 얼굴을 보고 사태를 깨달았다. 그녀는 손에 배니스터 씨의 편지를 들고 있었다. 그는 이제 밝혀야 할 때가 왔다는 것을 알았다.

"그래, 여기는 내 목장이야." 테디가 나쁜 짓을 하다가 들킨 남학생처럼 말했다. "몇 년 동안 일해 놓고도 주인의 사업을 인수하지 못하는 목장 감독은 형편없는 감독이야."

"왜 여기서 일하고 있었던 거지?" 옥타비아가 계속 테디의 수수께끼를 풀려고 애쓰며 물었다.

"사실을 말하면 옥타비아," 테디가 솔직하게 말했다. "돈 때문은 아니었어. 그건 내게 시가와 선 로션을 대어 줬을 뿐이야. 나를 남쪽으로 보낸 건 의사였어. 과도한 폴로와 체육 활동으로 오른쪽 폐가 나빠졌거든. 내겐 이런 기후와 오존과 휴식과 환경이 필요했어."

옥타비아는 바로 그 문제 있는 기관 앞으로 바짝 다가갔다. 배니스터 씨의 편지는 바닥에 떨어졌다.

"지금은…… 지금은 괜찮은 거지, 테디?"

"메스키트 더미처럼 튼튼해. 나는 너한테 한 가지 사실을 숨겼어. 너한테 소유권이 없다는 사실을 알게 되자마자 내가 5만 달러에 목장을 샀어. 여기서 양들을 돌보는 동안 그 정도 돈은 모았고 그 일은 특가 할인 매장에서 횡재하는 것하고 비슷했어. 그리고 그 물건에는 내가 벌지 않은 소득도 있었지. 어때, 옥타비아, 나는 요트 돛대에 흰 리본을 매고 신혼여행을 하고 싶어. 지중해로 갔다가 헤브리디스 제도를 지나고 노르웨이로 내려가서 자위더르해로."

"내가 생각하는 신혼여행은," 옥타비아가 나직하게 말했다. "나의 목장 감독이랑 말을 타고 양 떼 사이를 달리고 돌아와서 매킨타이어 부인하고 베란다에서 피로연을 하는 거야. 어쩌면 식탁 위에 걸린 빨간 단지에 오렌지 꽃가지를 꽂아 둘 수도 있어."

테디가 웃으며 나직이 노래를 불렀다.

"꼬마 보피프가 양을 잃고서

어디 갔는지 알지를 못하네.

걱정 말아요, 알아서 올 테니.

또……"

옥타비아가 그의 머리를 잡아 내리고 귓속말로 속삭였다.

하지만 그것은 우리들은 알 수 없는 이야기다.

'현명한 선택'

"The Sensible Thing"

프랜시스 스콧 피츠제럴드

하창수 옮김

1

위대한 미국의 점심시간, 젊은 조지 오켈리는 책상을 정리하며 짐짓 흥미로운 듯 스스로를 연출했다. 사무실의 그 누구도 자신이 서두르고 있다는 걸 알게 해서는 안 되었는데, 마음가짐이 어떠냐에 성패가 달려 있기도 했고 마음이 1,000킬로미터 이상 떨어진 콩밭에 가 있다는 사실이 드러나는 건 좋은 일일 수도 없기 때문이었다.

하지만 일단 빌딩을 빠져나오자 그는 이를 사리물고는 타임스 스퀘어를 가득 메운 채 사람들 머리 위 6미터쯤에서 어슬렁거리고 있는 이른 봄의 명랑한 정오를 이따금 흘긋거리며 달리기 시작했다. 사람들은 살짝 고개를 치켜들고는 3월의 공기를 깊이 들이마셨고, 눈부신 햇빛에 다른 사람들은 거의 보이지 않고 하늘에 되비친 자신들의 모습만 겨우 보일 뿐이었다.

마음이 1,000킬로미터 밖에 가 있던 조지 오켈리에게 바깥의 이 모든 풍경은 그저 끔찍할 뿐이었다. 서둘러 지하철에 몸을 싣고 95개의 블록을 지나면서 그는 지난 10년 동안 이빨을 제대로 닦을 수 있었던 게 겨우 다섯 번에 한 번꼴밖에 되지 않았다는 걸 생생하게 보여 주는 광고판을 부글부글 끓어오르는 눈으로 쳐다보았다. 137번 거리에서 상업미술에 대한 스터디를 끝낸 그는 지하철에서 내려 다시 내달리기 시작했다. 인적이 드문 음산한 고층 아파트 방 한 칸짜리 집을 향한 지칠 줄 모르는, 간절한 소망이 담긴 뜀박질이었다.

뚜껑이 달린 책상 위에 그 편지가—축복받은 종이에 신성한 잉크로 쓰인— 놓여 있었는데, 귀를 기울인다면 뉴욕의 모든 사람들이 들을 수 있을 정도로 조지 오켈리의 심장은 격하게 뛰고 있었다. 쉼표와 잉크가 번진 자국들, 편지 가장자리에 찍힌 엄지 자취까지 꼼꼼히 살펴본 그는 희망을 완전히 잃은 채 침대에 몸을 던졌다.

그의 삶은 그야말로 진퇴양난이었다. 가난한 사람들의 삶에 일상적으로 벌어지는 끔찍한, 끊임없이 굶주림을 좇는 맹금류가 처한 그것과 다르지 않은. 어쨌든, 가난한 자들은 가난한 자들의 방식으로 파산도 하고, 회생도 하고, 엎어지기도 하고, 살아가기도 한다. 하지만 조지 오켈리에게 가난은 생전 처음 겪는 일이라 누군가가 그가 처한 상황이 여느 가난한 자들의 그것과 다를 게 없다고 한다면 그는 아마 기함을 할 것이다.

2년이 좀 안 되었을 때, 매사추세츠 공과대학을 우등으로 졸업한 그는 테네시 남부의 한 건설회사에 취직을 했다. 그때껏 그는 늘 터널과 마천루, 거대하게 웅크린 댐들, 도시만큼 후리후리한 키에 철선으로 엮은 치마를 입은 무희들이 손에 손을 잡고 일렬로 늘어선 것 같은, 높다란 3층짜리 타워를 가진 교량의 관점으로 모든 것을 생각하며 살아왔다. 조지 오켈리에게 강의 흐름을 바꾸고 산의 모양을 바꾸어서 이전에는 뿌리조차 내려 본 적 없던, 오래도록 황무지로 버려져 있던 곳을 풍요로운 세상으로 만드는 것은 낭만적인 일로 비쳤다. 그는 강철을 사랑했고, 꿈속에서도 늘 곁에 강철이 있었다. 액체 형태나 막대 모양의 강철과 블록과 빔과 형체 없이 덩어리로만 되어 있는 플라스틱들이 마치 물감과 캔버스처럼 그의 손길을 기다리고 있었다. 강철은 그의 상상력에 아름답고 엄숙한, 지칠 줄 모르는 불길을 지펴 놓았다.

주 40달러짜리 보험회사 직원이 되어 있는 지금, 그의 꿈은 가파르게 그에게서 빠져나가고 있었다. 그를 이 지경에, 끔찍하고 견딜 수 없는 진퇴양난에 빠뜨린 검은 머리의 자그마한 여자는 테네시의 한 도시에서 그가 찾아오기를 기다리고 있었다.

15분쯤 뒤, 그에게 방을 전대轉貸*해 준 여자가 노크를 하고 들어와 집에 있을 거면 점심을 같이하지 않겠냐고 미쳤나 싶을 만큼 친절하게 물었다. 고개를 가로저어 거절을 표했지만 방해를 받는 바람에 침대에서 일어난 그는 전보 문구를 작성했다.

"편지 받고 우울. 바보처럼 겁먹고 헤어질 생각을 하다니 화가 남. 곧 결혼할 수 있을 것임. 모든 게 잘되리라 생각함."

그는 안절부절못한 채 1분쯤을 머뭇거리다 자신조차 거의 알아볼 수 없는 글씨로 덧붙였다. "하여튼 내일 6시 도착 예정."

전보문을 다 쓰고 나서 아파트 밖으로 뛰쳐나온 그는 지하철역 부근의 전신국으로 달려 내려갔다. 수중에 있는 돈이라곤 100달러도 채 되지 않았지만 그녀의 편지에 쓰인 '불안'이란 단어를 생각하면 달리 방법이 없었다. 그 '불안'이란 단어가 무엇을 의미하는지 모를 리 없었다. 그녀는 우울함에 빠져 있을 것이고, 결혼을 해서도 여전히 가난하고 힘겹게 살아야 할지도 모른다는 생각을 하면 사랑하는 것 자체가 너무도 큰 부담일 터였다.

조지 오켈리는 늘 그랬듯 보험회사까지 내달렸다. 그에게 뜀박질은 거의 제2의 천성이 되어 있었는데, 그의 삶이 가하는 불안을 가장 적나라하게 드러내는 것일지도 몰랐다. 그가 곧장 향한 곳은 지점장 사무실이었다.

● 빌린 방을 다시 다른 사람에게 빌려주는 것.

"체임버스 씨, 얘길 좀 나눴으면 합니다," 하고 그가 숨을 몰아쉬며 말했다.

"그래?" 하고 되물으며 그를 바라보는 겨울철 유리창 같은 두 눈엔 인정머리라곤 찾아볼 수 없었다.

"나흘 정도 휴가를 낼 수 있을까 해서요."

"뭐? 두 주 전에 휴가를 냈었잖아!" 체임버스 씨가 놀란 표정으로 말했다.

"맞습니다," 하고 심란한 표정의 젊은 남자가 인정했다. "하지만 한 번 더 필요해서 말입니다."

"지난번 휴가 땐 어딜 갔다 온 거야? 고향에 갔었던가?"

"아뇨, 제가 간 데는…… 테네시 쪽이었습니다."

"그래, 이번엔 어딜 가려고?"

"그게, 이번에 가려는 곳도…… 테네시 쪽입니다."

"일관성은 있군, 어쨌든," 하고 지점장은 냉담하게 말했다. "한데, 자네 혹시 순회 세일즈맨으로 취직된 거라고 착각하는 거 아닌가?"

"그럴 리가요," 하고 조지가 자신이 한심하다는 듯 소리를 높였다. "하지만 가야 됩니다."

"그렇게 하게," 하고 체임버스 씨가 허락했다. "하지만 돌아오지는 말게. 회사 그만두라고!"

"그렇게 하죠." 체임버스는 물론이고 조지의 얼굴까지 뭐가 즐거운지 분홍빛을 띠고 있었다. 그는 행복감에, 떨 듯한 기분에 젖었다. 여섯 달 만에 처음으로 완전히 자유로워진 것이다. 그는 감사의 눈물까지 글썽이며 체임버스 씨의 손을 따뜻하게 움켜쥐었다.

"고맙다는 말씀을 드리고 싶네요," 하고 그는 북받치는 감정을 주체하지 못하며 말했다. "돌아올 마음이 없습니다. 지점장님이 돌아오라고 했다면 전 아마 미쳐 버렸을 겁니다. 차마 스스로 그만둘 수는 없었거든요. 그러니 감사를 드릴밖에요. 저를 잘라 주셔서 너무도 감사합니다."

그는 아량이 철철 넘치는 표정으로 손을 흔들며 높다란 소리로 외쳤다. "사흘 동안 일한 거 받아 가야 하지만, 안 받을게요!" 하고 말하곤 사무실을 뛰쳐나갔다. 체임버스 씨는 벨을 눌러서 속기사를 부른 뒤에 오켈리가 최근에 수상쩍은 짓을 한 게 없는지 물었다. 그동안 수많은 직원들을 해고시켜 왔고, 그 직원들이 해고를 받아들이는 수많은 방법들을 보아 왔지만, 그에게 고맙다고 한 경우는 단 한 번도 없었다. 단 한 번도.

2

잔퀼 케리, 그녀의 이름이었다. 그를 본 그녀가 온 힘을 .다해 플랫폼을 따라 달려올 때의 그 파리하고 신선한 얼굴을 조지 오켈리는 일찍이 본 적이 없었다. 그녀의 팔은 그를 향해 들어 올려지고, 입술은 그의 키스를 부르듯 반쯤 벌어져 있었다. 그러다 갑자기 그녀는 그를 살짝 밀쳐 내며 당황한 기색으로 뒤를 돌아보았다. 조지보다 조금 더 어려 보이는 남자 둘이 그녀 뒤에 서 있었다.

"이분은 크래덕 씨, 이쪽은 홀트 씨," 하고 그녀가 쾌활하게 말했다. "전에 여기 왔을 때 당신이 만났던 분들이에요."

키스가 소개와 뭔지 모를 꿍꿍이로 바뀌어 버린 것에 적이 당황한 조지는 잔퀼의 집까지 자기들을 데려다줄 자동차가 두 남자 중 하나의 것이란 걸 알고 더 혼란스러웠다. 왠지 열패감 같은 게 느껴졌다. 차를 타고 가는 내내 잔퀼은 앞좌석과 뒷좌석 사이에서 수다를 떨어 댔는데, 해가 떨어지면서 비껴든 햇살을 가려 주려 하면서 그가 슬쩍 안으려 하자 그녀가 재빨리 몸을 틀어 대신 손을 잡게 했다.

"이 도로가 집으로 연결되어 있었던가요?" 하고 그가 낮은 소리로 말했다. "왜 몰랐죠?"

"새로 난 길이에요. 제리가 오늘 막 이 차를 샀는데, 우릴 집으로 데려다주기 전에 이 길을 보여 주고 싶다 그랬어요."

20분쯤 뒤, 잔퀼의 집에 도착한 조지는 플랫폼에서 만났을 때 자신이 느꼈던 행복감과 그녀의 두 눈에 너무도 선명히 드러나 있던 기쁨이 자동차를 타고 오는 바람에 완전히 사라졌다는 것을 알았다. 자신이 기대했던 뭔가가 특별한 이유도 없이 사라졌다는 사실이 계속 머릿속을 맴도는 바람에 그는 두 젊은 남자에게 제대로 된 작별 인사조차 하지 못했다. 언짢은 기분이 사라진 것은, 잔퀼이 현관의 흐릿한 불빛 아래서 그를 따뜻하게 안으며 그동안 얼마나 그를 그리워했는지를 열두 가지 버전으로 들려주고 난 뒤였다. 물론 아무 말도 하지 않는 게 가장 좋은 거긴 했지만. 감격해하는 그녀는 그에게 다시금 확신을 가지게 했고, 불안한 마음을 모든 것이 잘될 거라는 믿음으로 바꾸어 놓았다.

소파에 함께 앉은 그들은 얼굴을 맞대고 있다는 사실에 완전히 빠져들어 온갖 애정 표현 외엔 할 수 있는 게 아무것도 없었다. 저녁 식사 시간에 모습을 나타낸 잔퀼의 부친과 모친은 조지를 반갑게 맞았다. 두 사람은 그를 좋아했으며, 1년쯤 전에 그가 처음 테네시에 왔을 때 그의 엔지니어 일에 관심을 보였더랬다. 그가 그 일을 그만두고 짧은 기간에 더 많은 수익을 올릴 수 있는 뭔가를 찾아 뉴욕으로 떠나자 그들은 안타까워했었는데, 경력을 쌓지 못한 데 대한 아쉬움은 있었지만 그의 마음을 이해하는 한편 두 사람이 약혼을 하게 되리란 걸 기정사실로 받아들였다. 저녁을 먹는 동안 그들은 그의 뉴욕 생활이 얼마나 나아졌는지를 물었다.

"다 잘되고 있습니다," 하고 그는 열심히 말했다. "승진도 했고…… 봉급도 올랐고요."

그렇게 말하는 자신이 비참했다. 하지만 잔퀼의 부모는 너무
도 좋아했다.

"사람들이 자넬 좋아하는 게 틀림없군," 하고 케리 부인이 말
했다. "두말할 필요가 없지…… 그렇지 않으면 3주에 두 번씩이
나 어떻게 여길 내려올 수 있겠어."

"휴가를 내야 한다고 떼를 썼습니다," 하고 조지가 변명하듯
말했다. "보내 주지 않으면 더 이상 회사에 나오지 않겠다고 으
름장도 놨고요."

"하지만 돈은 아껴야지." 케리 부인이 그를 부드럽게 꾸짖었
다. "이렇게 돈이 많이 드는 여행을 하면서 다 써 버리면 안 되
지."

저녁 식사가 끝나고 부모님이 떠나자 잔퀼이 다시 그의 품으
로 파고들었다.

"당신이 여기 있어서 정말 좋아요," 하고 그녀가 한숨을 내쉬
며 말했다. "돌아가지 않았으면 좋겠어요."

"보고 싶었나요?"

"아, 너무너무 보고 싶었죠."

"보고 싶었다면서…… 남자들이 찾아와도 내버려 둔 건가요?
아까 두 친구들처럼?"

이 질문에 그녀가 놀랐다. 검정 벨벳 같은 두 눈이 그를 노려

보았다.

"왜요? 당연히 그러죠. 매번요. 왜 그런지는 편지에다 썼잖아요, 자기."

사실이었다. 그가 처음 이 도시에 왔을 때 그녀 주변엔 이미 열 명 남짓한 남자들이 있었는데, 하나같이 그녀의 손에 잡힐 듯한 연약함을 사춘기 소년처럼 숭배하고 있는가 하면, 꽤 많은 사내들이 그녀의 아름다운 두 눈에서 사려 깊음과 다정함을 읽으려 했다.

"당신은 제가 아무 데도 나가지 않았으면 좋겠어요?" 하고 물으며 잔퀼은 쿠션에 등을 기댄 채 마치 그가 멀리 떨어져 있는 듯 물끄러미 바라보았다. "당신 팔짱을 끼고 이렇게 앉아서요? 평생토록요?"

"무슨 말이 그래요?" 하고 그가 몹시 당황하며 불쑥 말했다. "당신과 결혼하기에 내 돈벌이가 충분치 않을 거 같단 말인가요?"

"너무 멀리 가지 말아요, 조지."

"멀리 간 거 아닙니다. 당신 말이 그렇게 들려요."

조지는 갑자기 위험한 상황에 처했다는 사실을 직감했다. 그 날 밤만큼은 망치고 싶지 않았다. 그는 다시 그녀를 감싸 안았지만 그녀는 기대와는 달리 그를 제지하며 말했다.

"많이 덥네요. 선풍기 좀 틀어야겠어요."

선풍기를 조절해 놓고 난 뒤 그들은 다시 자리에 앉았지만, 그는 예민해진 분위기를 피하지 못한 채 숨기려 했던 구체적인 얘기를 불쑥 꺼내고 말았다.

"언제쯤 저와 결혼할 생각입니까?"

"저랑 결혼할 준비는 다 되셨나요?"

갑자기 그는 화가 치밀어 올라 튕기듯 자리에서 일어났다.

"저 빌어먹을 선풍기 좀 꺼요," 하고 그가 소리를 질렀다. "돌아 버리겠네, 정말. 시계처럼 째깍거리는 저 소리에 당신이랑 있는 시간이 다 날아가 버리는 것 같아요. 내가 여기 온 건 행복하려고, 뉴욕의 시간들을 몽땅 잊어버리려고……"

일어섰을 때와 마찬가지로 그는 갑자기 소파에 털썩 주저앉았다. 잔퀼은 선풍기를 끄고는 자신의 무릎에 그의 머리를 뉘고 머리카락을 어루만지기 시작했다.

"이렇게 앉아 있어요, 우리," 하고 그녀가 부드럽게 말했다. "그냥 이렇게 가만히요. 제가 재워 줄게요. 당신은 너무 지쳐서 신경이 날카로워졌어요. 이제 당신의 사랑하는 여인이 당신을 보살펴 줄 거예요."

"하지만 난 이렇게 앉아만 있고 싶진 않아요," 하고 불평을 털어놓으며 그가 갑자기 몸을 일으켰다. "난 그냥 이렇게 앉아 있긴 싫다고요. 키스해 줘요. 그게 날 쉬게 할 수 있는 유일한 방법입니다. 그리고 이제 신경이 날카로운 것도 아니고…… 신경이 날카로운 건 당신이에요. 난 아무렇지 않아요."

그는 멀쩡하다는 걸 증명이라도 하듯 소파를 떠나 방 건너편 안락의자로 가서 털썩 주저앉았다.

"당신과 결혼할 준비가 되어 있던 바로 그때 당신은 내게 극도로 신경질적인 편지를 보냈어요. 마치 당장 떠나겠다는 듯이. 그러니 내가 달려오지 않고 어떻게 하겠……"

"오고 싶지 않으면 오지 않아도 돼요."

"하지만 난 오고 싶다고요!" 하고 조지가 항변하듯 말했다.

그는 자신이 아주 냉철하고 논리적이지만 그녀가 고의적으로 자신을 잘못한 사람으로 몰아가고 있다는 생각이 들었다. 얘기를 나누면 나눌수록 그들은 점점 더 사이가 멀어지고 있었다. 그렇다고 그는 얘기를 멈출 수도 없었고, 자신의 목소리에서 불안과 고통을 지워 낼 수도 없었다.

하지만 얼마 있지 않아 잔퀼이 서럽게 울음을 터뜨리기 시작하자 그는 소파로 돌아와 그녀를 감싸 안았다. 이제 위로하는 사람은 그로 바뀌었다. 그는 그녀가 점점 평온해지고 간단없이 떨어 대던 몸이 자신의 품 안에서 진정될 때까지 그녀의 얼굴을 자신의 어깨에 기대게 하고는 둘이 잘 아는 예전의 일들을 조곤조곤 얘기해 주었다. 두 사람이 그렇게 한 시간이 넘도록 앉아 있는 동안 피아노 소리는 길 밖의 저녁 공기 속으로 흘러들어 가 서서히 막을 내렸다. 조지는 아무런 생각도 하지 않고, 어떤 바람도 없이, 감각이 모두 사라진 것처럼, 그저 미구에 닥쳐올 재난을 예감하며 꼼짝하지 않았다. 시계의 똑딱이는 소리는 그렇게 11시를 넘기고, 다시 12시로 넘어갈 것이다. 그러면 케리 부인이 난간 너머로 부드럽게 부를 것이다. 그 외에 그가 알 수 있는 거라곤 내일이라는 시간과 절망뿐이었다.

3

다음 날 더위가 한창인 시각, 한계가 찾아왔다. 둘 모두 서로의 진심이 어떤지는 짐작하고 있었지만, 둘 가운데서 상황을 받아들일 준비가 더 잘되어 있는 것은 그녀였다.

"계속해 봐야 소용없어요." 하고 그녀가 비참한 표정으로 말했다. "당신이 보험 일을 싫어하는 건 당신이 알아요. 그러니 그 일로 성공을 거둔다는 건 불가능한 일일 테죠."

"문제는 그게 아니잖아요." 그는 완강히 반박했다. "내가 싫어하는 건 혼자라는 겁니다. 당신이 나랑 결혼을 하고 함께 가서 함께 기회를 만들어 간다면, 난 무슨 일이든 잘할 수 있어요. 하지만 당신을 여기 남겨 둔 채로 걱정만 하고 있다면 아무것도 할 수 없어요."

그녀는 오랫동안 입을 다문 채 대답을 하지 못했다. 생각도 하지 못했다. 끝이 보였기 때문이다. 그저 기다릴 뿐이었다. 뭐라고 말을 한다는 것이 그저 끝내는 것보다 더 잔인한 일이라는 걸 그녀는 알고 있었다. 이윽고 그녀가 입을 열었다.

"조지, 당신을 진심으로 사랑해요. 당신이 아닌 다른 누구와도 사랑할 수 없다는 걸 알아요. 당신이 만약 두 달 전에 결혼할 준비가 되어 있었더라면 전 아마 당신과 결혼을 했을 거예요…… 이젠 그럴 수 없어요. 그건 현명한 일이 아닌 것 같으니까요."

그는 거칠게 비난을 쏟아 냈다. 다른 누군가가 있는 거라고, 자신에게 뭔가를 숨기고 있는 거라고!

"그렇지 않아요, 아무도 없어요."

사실이었다. 하지만 그와의 문제로 생겨난 중압감에 반발하듯 그녀가 제리 홀트 같은, 자신의 삶에 결코 어떤 의미도 될 수 없는 젊은 남자들과 어울리면서 위안을 찾은 것 역시 사실이었다.

조지는 상황을 전혀 되돌리지 못했다. 그는 두 팔로 그녀를 부여잡고는 키스를 퍼부으며 당장에 결혼하도록 만들겠다는 듯 문자 그대로 안간힘을 썼다. 하지만 그의 노력이 수포로 돌아가자 그는 자기 연민에 빠진 채 길고 긴 독백을 중얼거리다가 그녀의 눈에 자신이 천박하게 비칠 거라는 걸 깨닫고는 입을 닫았다. 그는 떠날 마음이 전혀 없으면서도 떠나겠다고 위협을 하고는 막상 그녀가 그렇게 하라고, 그게 최선일 거라고 말하자, 다시, 말을 뒤집었다.

한동안 미안하다는 생각을 하고 있던 그녀는 그다음엔 그저 다정하게만 대할 뿐이었다.

"이제 그만 가세요," 하고 그녀가 이윽고 큰 소리로 말했다. 소리가 너무 컸었는지 케리 부인이 놀라서 아래층으로 내려왔다.

"무슨 일이니?"

"떠나려고요, 케리 부인," 하고 조지가 뚝뚝 끊어지는 소리로 말했다. 잔퀼은 방을 나가 버린 뒤였다.

"너무 기분 상하지 말게, 조지," 하고 케리 부인이 크게 도움이 되지 않는 연민을 보내며 눈을 깜박였다. 안타까움과 함께, 한편으론 그 작은 비극이 거의 막을 내리고 있다는 사실에 안도하며. "내가 자네라면, 한 주 정도 어머님이 계신 고향엘 가 있을 걸세. 그렇게 하는 게 현명한 일일 것 같……"

"더 이상 말씀하지 마세요," 하고 그가 소리를 질렀다. "제발, 지금은 제게 아무 말도 하지 말아 주세요!"

잔퀼이 다시 방으로 들어왔다. 그녀의 슬픔과 조바심은 분가루와 립스틱과 모자에 꽁꽁 여며 놓은 것 같았다.

"택시 불렀어요," 하고 그녀가 인간미라곤 느껴지지 않는 목소리로 말했다. "기차 시간 될 때까지 드라이브나 하죠."

그녀는 현관 밖으로 걸어 나갔다. 조지는 웃옷을 걸치고 모자를 쓰고 얼마간 지친 모습으로 거실에 서 있었다. 그는 뉴욕을 떠난 이후로 거의 아무것도 먹지 않은 상태였다. 케리 부인이 다가와 그의 얼굴을 아래로 당겨 뺨에 키스를 했다. 그는 결말이 우스꽝스럽고 형편없이 나 버렸다는 걸 깨닫고는 아주 우스꽝스럽고 형편없는 느낌이 들었다. 이럴 줄 알았다면 전날 밤에 떠나는 게 나았다고, 그랬으면 마지막 자존심이라도 지킬 수 있었을 거라고 생각했다.

택시가 오고 한 시간 동안, 사랑하는 사이였던 두 사람은 차가 거의 다니지 않는 거리를 따라 드라이브를 즐겼다. 그는 그녀의 손을 잡고 있었고, 햇볕을 쬐자 조금씩 마음이 진정되었다. 뭔가를 하기에도, 뭔가 말을 하기에도, 너무 늦었다는 걸 그는 알고 있었다.

"다시 돌아올 겁니다," 하고 그가 말했다.

"그럴 거란 거, 알아요," 하고 목소리에 기분 좋은 믿음을 실으려 애쓰며 그녀가 대답했다. "그리고 우리 서로에게 편지를 쓰도록 해요······ 이따금."

"아닙니다," 하고 그가 말했다. "편지는 쓰지 않기로 해요. 난 견딜 수 없을 거 같아요. 그냥 언젠가, 다시 돌아올 겁니다."

"당신을 잊지 못할 거예요, 조지."

기차역에 도착하고, 그들은 함께 표를 끊으러 갔다.

"뭐야, 조지 오켈리랑 잔퀼 케리잖아!"

조지가 그곳에서 일할 때 알고 지내던 남자와 여자였다. 잔퀼은 그들이 나타나 인사를 나누게 된 게 다행인 듯했다. 그들은 5분

동안 쉬지 않고 대화를 나누며 서 있었다. 기차가 플랫폼으로 요란하게 들어서고 있었다. 고통을 전혀 감추지 못한 얼굴로 조지가 잔퀼에게로 팔을 뻗었다. 그녀는 비틀거리듯 어정쩡하게 한 걸음 다가섰고, 마치 우연히 만난 친구를 전송하듯 재빨리 그의 손을 잡았다.

"잘 가요, 조지," 하고 그녀가 말했다. "즐거운 여행이 되길 바랄게요."

"잘 가, 조지. 돌아와서 우리 다 같이 다시 보자고."

고통으로 인해 아무 말도 할 수 없고 거의 볼 수도 없는 그는 여행 가방을 거머쥐고는 망연히 기차에 올랐다.

땡그랑거리는 소리를 내며 건널목을 지나면서 속도를 높이기 시작한 기차는 드넓은 교외의 풍경을 뚫고 석양을 향해 달려 나갔다. 어쩌면 그녀도 석양을 바라보며 잠깐 걸음을 멈추고 있을지도 몰랐다. 그러곤 고개를 돌려 옛일을 떠올릴지도 모른다. 그리고 밤이 찾아올 것이고, 그는 그녀와 함께 잠 속으로 빠져들며 예전으로 돌아갈 것이다. 그날의 해 질 녘 어둠은 영원히 태양을 가릴 것이고, 나무를 가릴 것이고, 꽃과 그의 젊은 날의 웃음을 가릴 것이다.

4

한 해가 지난 9월의 어느 눅눅한 오후, 테네시의 한 도시, 햇볕에 그을려 얼굴이 짙은 구릿빛을 띤 청년 하나가 기차에서 내렸다. 불안한 표정으로 주위를 둘러본 그는 마중 나온 사람이 아무도 없다는 것을 확인하고는 안심하는 듯했다. 그는 택시를 잡아타고 그 도시에서 가장 좋은 호텔로 가 만족스럽게 숙박계를 작성했다. 조지 오켈리, 쿠스코, 페루.

객실로 올라간 그는 한동안 창가에 서서 눈에 익은 거리를 내려다보았다. 그러곤 살짝 떨리는 손으로 송수화기를 들고 한 곳에 전화를 걸었다.

"미스 잔퀼, 있습니까?"

"제가 잔퀼인데요."

"아……," 하고 입술 밖으로 비어져 나온 그의 목소리는 희미하게 흔들리는 듯하다가 우호적이면서도 정중하게 바뀌며 말을 이었다.

"조지 오켈리입니다. 내 편지 받았죠?"

"네, 오늘 오신다는 거 알고 있었어요."

서늘하고 동요라곤 느껴지지 않는 그녀의 목소리가 그를 혼란스럽게 만들었지만, 그가 예상한 것만큼은 아니었다. 그것은 낯선 이의 냉정한 목소리였고, 그게 오히려 그의 기분을 더 좋게 만들었다. 그것으로 족했다. 그는 전화를 끊고 숨을 돌리고 싶어졌다.

"만나지 못한 지…… 꽤 됐네요," 하고 그는 이번엔 좀 퉁명스럽게 말을 이었다. "1년이 지났어요."

그는 정확히 얼마의 시간이 흘렀는지, 날짜로 꼽을 수도 있었다.

"당신과 다시 얘기할 수 있어서 정말 좋아요."

"한 시간이면 거기 갈 수 있을 거예요."

그는 송수화기를 내려놓았다. 네 번의 계절은 길었다. 단 1분이라도 여유가 생길 때면 그는 이 순간을 그리며 그 시간을 채웠다. 그리고 이제 그 순간이 왔다. 그는 그녀가 결혼을 했거나, 아니면 약혼을 했거나, 혹은 사랑에 빠져 있다는 걸 알게 될지도 모른다고 생각했었다. 하지만 그는 자신이 돌아온 것을 그녀가 이토록 담담하게 받아들일 거라고는 생각지 못했다.

자신이 막 건너온 지난 10여 개월의 시간은 이제 그의 삶에서 다시는 일어나지 않을 것이다. 그는 젊은 엔지니어로서 널리 인정받을 만한 뚜렷한 성과를 이루었다. 보통을 상회하는 두 가지 특별한 기회가 주어졌었는데, 그 하나는 지금 막 떠나온 페루에서의 일이고, 다른 하나는 그 성과의 결과로 주어진 뉴욕에서의 일이었다. 그는 뉴욕을 택했고, 그곳으로 향하던 중이었다. 이 짧은 시간에 그는 가난을 딛고 일어서 무한한 기회가 보장된 자리로 뛰어올랐다.

그는 화장대 거울에 자신의 모습을 비추어 보았다. 햇볕에 그을려 거의 흑인 같아졌지만 왠지 로맨틱해 보였다. 사실, 지난주 내내 그 생각을 하면 괜히 기분이 좋아졌더랬다. 다부지게 변한 체격도 기분을 좋게 했다. 어딘가에서 눈썹의 일부를 잃었고 무릎에는 아직 고무로 된 밴드가 감겨 있었지만, 그는 미국행 증기선 안에서 많은 여자들로부터 보통 이상의 관심을 끌 만큼 충분히 젊었다.

그가 입은 옷들은, 하지만, 끔찍했다. 그걸 만든 건 리마의 한 그리스 양복쟁이였다. 이틀 만에 뚝딱. 잔퀼에게 보낸 짤막한 편지에다 양복쟁이의 결함에 대해 쓴 것도 그가 아직 그만큼 젊다는 뜻이었다. 그리고 덧붙인 거라곤 역으로 마중을 나올 필요가 없다는 말뿐이었다.

페루 쿠스코에서 온 조지 오켈리는 호텔에서 한 시간 반을 기다렸다. 정확히, 태양이 하늘 한가운데에 올 때까지. 그런 다음 말끔하게 면도를 하고 조금이라도 백인처럼 보이기 위해 땀띠분을 발랐고, 마침내 한껏 마음이 부풀어 로맨틱한 감성까지 넘어서 버린 뒤, 택시를 불러 너무도 잘 알고 있던 집으로 향했다.

그는 숨이 몹시 가쁜 걸 느꼈다. 하지만 그것이 그녀에 대한 감정 때문이 아니라 그저 들뜬 기분 때문이라고 스스로를 다독였다. 그녀의 집에 도착한 그는 그녀가 결혼을 하지 않았다는 걸 알았다. 그것으로 충분했다. 그녀를 만나면 무슨 말을 해야 할지 확신이 서질 않았다. 하지만 자신의 삶에서 쉽게 넘겨 버릴 수 없는 순간이라는 사실은 느끼고 있었다. 결국 여자가 관여하지 않은 승리란 없는 법이었다. 자신이 획득한 전리품을 그녀에게 넘겨주지 못한다 해도, 적어도 그녀의 눈앞을 스치게 할 수는 있을 것이다.

집이 갑자기 그의 곁에 불쑥 나타난 듯했다. 그리고 그에게 먼저 밀려든 것은 이상하게 비현실적인 느낌이었다. 아무것도 변한 것은 없었다. 그런데 모든 것이 변해 있었다. 이전에 보았던 것보다 더 작고 낡은 듯했다. 지붕 너머로 피어오르던, 2층 창문으로 비어져 나오던 신비로운 연기도 더 이상 보이지 않았다. 그가 초인종을 누르자 낯선 흑인 하녀가 나타나 잔퀼 양이 곧 내려올 거라고 말했다. 그는 초조하게 입술을 핥으며 거실로 발길을 옮겼고, 비현실적인 느낌이 증폭되었다. 그리고 마침내 그는 알았다. 그저 하나의 방일 뿐이라는 것을. 가슴 아픈 시간들이 고여 있는 환상 속의 방이 아니었다. 그는 의자에 앉으며 그것이 그저 의자일 뿐이라는 사실에 놀랐으며, 자신의 상상력이 이 모든 단순하고 친근한 것들을 비틀고 거기에 색을 입혔다는 사실을 깨달았다.

그때 문이 열렸고, 잔퀼이 방으로 들어섰다. 방 안에 있던 모든 것이 갑자기 뿌옇게 흐려지는 것 같았다. 그녀가 얼마나 아름다운 여인이었는지가 기억나지 않았다. 그는 자신의 얼굴이 창백하게 변하고 목소리가 목 안으로 기어들어 가녀린 한숨으로 변하는 것을 느꼈다.

그녀는 옅은 녹색 옷을 입고 있었다. 검고 곧은 머리엔 금색 리본이 왕관처럼 매달려 있었다. 문을 밀고 들어선 그녀는 그 익숙한 벨벳 같은 두 눈으로 그를 바라보았다. 고통을 가할 만큼의 힘을 지닌 그녀의 아름다움과 마주하자 한 줄기 두려움이 경련을 일으키며 그를 관통했다.

그가 "잘 지냈어요?" 하고 말했고, 두 사람은 서로를 향해 몇 걸음 다가가, 두 손을 마주 잡았다. 그러곤 꽤 멀찌감치 떨어진 의자에 앉아 서로를 물끄러미 건너다보았다.

"돌아왔네요," 하고 그녀가 말했고, 그 역시 촌스럽게 "지나던 길에 당신을 보려고 잠깐 들렀어요." 하고 말했다.

그는 그녀의 얼굴만을 바라보며 떨리는 목소리를 진정시키려고 애썼다. 뭔가 말을 해야 한다는 생각이 든 그는, 당장 자신의 성공담을 떠벌리지 않을 거라면 달리 할 말이 없을 것 같았다. 이전에 사귀는 동안 어떤 얘기도 아무렇게나 툭툭 던진 적은 없었다. 이런 상황에 놓인 사람이면 날씨 얘기를 꺼내는 것도 불가능할 것 같았다.

"왜 이리 어색하죠?" 하고 그가 갑자기 당혹감을 드러내며 말했다. "뭘 해야 할지 모르겠네요. 내가 여기 있는 게 불편하지 않아요?"

"아뇨." 그 대답에는 과묵함과 냉담한 슬픔이 동시에 묻어 있었다. 그리고 그것은 그를 참담하게 했다.

"약혼했어요?" 하고 그가 물었다.

"아뇨."

"사랑하는 사람, 있어요?"

그녀가 고개를 저었다.

"아," 하고 그가 의자에 등을 기댔다. 꺼낼 만한 다른 주제도 없을 것 같았다. 대화는 그가 생각한 대로 되어 가지 않았다.

"잔퀼," 하고 그가 입을 열었다. 이번엔 좀 더 부드럽게 시작했다. "우리 사이가 그렇게 되고 난 뒤에, 돌아와서 당신을 만나고 싶었어요. 앞으로 내가 무슨 일을 하든, 예전에 당신을 사랑했던 것만큼 누군가를 사랑할 수는 없을 겁니다."

이 말은 그가 연습해 두었던 말들 중 하나였다. 증기선을 타고 오는 동안 이런 말들을 생각했었다. 하지만 그건 모두 그녀에 대해 항상 느껴 왔던 사랑의 감정과 자신의 현재 마음 상태가 뒤죽박죽 섞인 것에 불과했다. 더구나 지나간 날들이, 시간이 지날수록 무거워지는 공기처럼 그를 에워싸고 있는 이곳에서는 한낱 연극적인, 공허한 대사에 지나지 않았다.

그녀는 아무 말도 하지 않고, 움직이지도 않은 채 앉아 있었다. 그에게 붙박인 그녀의 두 눈엔 모든 의미가 담겨 있거나 아무 의미도 담겨 있지 않았다.

"더 이상 날 사랑하지 않는 건가요? 그런가요?" 하고 그가 높낮이가 없는 목소리로 물었다.

"그래요."

잠시 후 케리 부인이 방으로 들어오고 난 뒤, 그의 성공과 관련된—지역 신문에 짤막하게 그의 기사가 실렸었다—얘기를 나누었는데, 그는 여러 감정들이 엉켜 있었다. 그는 여전히 그녀를 원하고 있다는 사실을 깨달았다. 그리고 문득문득 지난날들이 되돌아오고 있음을 알았다. 그것이 전부였다. 나머지 것들은 마음을 굳게 먹고 지켜보면 알게 될 터였다.

"자, 그럼," 하고 케리 부인이 입을 열었다. "두 사람 다 국화 재배하는 부인을 보러 갔으면 좋겠어. 그녀가 내게 특별히 말했거든. 신문에서 자네 기사를 읽고 나서 자넬 꼭 보고 싶어 했다네."

그들은 국화를 재배하는 여자를 만나러 집을 나섰다. 거리를 따라 걸어가며 그는 기분이 들뜨는 걸 느꼈다. 그녀는 보폭이 짧아서 그가 내딛는 걸음들 사이에 발을 떨어뜨리곤 했다. 부인은 멋진 분이었다. 그녀가 키우는 국화는 굉장히 아름다웠는데, 여느 국화와는 아주 달라 보였다. 부인의 정원은 흰색과 분홍색과 노란색으로 덮여서 그 안에 서 있으니 마치 한여름으로 되돌아간 것 같았다. 국화로 가득 차 있는 정원이 두 곳이었는데 둘 사이에 문이 하나 있었다. 그들이 두 번째 정원으로 천천히 걷고 있을 때, 부인이 먼저 문을 열고 안으로 들어섰다.

그리고 그때 뭔가 이상한 일이 일어났다. 조지는 잔퀼이 지나갈 수 있도록 옆으로 비켜섰는데 그녀는 지나가지 않고 그대로 서서 그를 한동안 뚫어지게 바라보았다. 하지만 그건 그리 오랜 응시도 아니었고, 미소를 지어 보인 것도 아닌, 그냥 침묵의 순간이 흘러간 것이었다. 두 사람은 서로의 눈을 바라보았고, 짧게 조금씩 가빠지는 숨을 몰아쉬었고, 그런 다음 두 번째 정원으로 옮겨 갔다. 그것이 전부였다.

오후가 사위어 갔다. 둘은 부인에게 감사의 말을 전하고는 집으로 천천히, 생각에 잠긴 채, 나란히 걸었다. 저녁을 먹는 동안에도 두 사람은 아무 말도 하지 않았다. 조지는 케리 씨에게 남미에서 있었던 일들을 얘기했고, 앞으로 모든 일들이 순조롭게 풀릴 것 같다는 얘기를 조심스럽게 털어놓았다.

그렇게 식사가 끝나고 그와 잔퀼, 둘만이 남겨졌다. 그들의 사랑이 시작되고 끝났던 그 방에. 그에게는 그때의 일들이 너무도 오래전의 일인 듯 느껴졌고, 형언할 수 없는 슬픔으로 다가왔다. 바로 그 소파에서 그는 다시는 느껴 보지 못할 것 같은 고통과 슬픔에 휩싸였었다. 그는 그토록 연약하고, 그토록 지치고, 그토록 비참하며, 그토록 가난한 상황에 처하진 않을 것이라 생각했다. 하지만 그는 깨달았다. 열다섯 달 전의 남자에겐 뭔가, 믿음과 따뜻함이 있었다는 것을. 이제 그것들은 완전히 사라져 버렸다는 것을. 현명한 일이라는 것— 그들은 그 현명한 일이란 것을 실행에 옮겼던 것이다. 그는 처음으로 찾아온 젊음을 힘과 바꾸었고, 절망이란 돌덩이를 성공이란 조각품으로 깎아 냈다. 하지만 그 신선했던 사랑이 그의 삶에서 떠나갔다. 그의 청춘과 함께.

"나랑 결혼하지 않을래요?" 그가 조용히 물었다.

잔퀼의 검은 머리칼이 가로로 흔들렸다.

"결혼은 절대 안 할 거예요," 하고 그녀가 대답했다.

그가 고개를 끄덕였다.

"아침에 워싱턴으로 갈 겁니다," 하고 그가 말했다.

"하……"

"가야 할 일이 있어서요. 첫차로 뉴욕에 가야 되는데, 중간에 워싱턴에 잠깐 들러야 해서요."

"일?"

"아, 그건 아녜요," 하고 그가 하는 수 없이 알려 준다는 듯 덧붙였다. "만나야 할 사람이 있어요. 내게 정말 친절했던 사람이에요…… 완전히 바닥에 주저앉았을 때요."

이 말은 꾸며 낸 것이었다. 워싱턴에서 그가 만나야 할 사람은 아무도 없었다. 하지만 그는 눈을 가늘게 뜨고 잔퀼을 살폈다. 그녀가 살짝 찡그리는 것을, 두 눈이 잠깐 완전히 감겼다가 다시 커다랗게 뜨인 것을 그는 확실히 보았다.

"가기 전에 당신에게 얘기해 주고 싶어요. 내가 당신을 만난 뒤에 내게 일어났던 일들을요. 어쩌면, 당신을 다시 볼 수 없을 지도 모르니까요. 혹시…… 예전에 자주 했던 것처럼, 내 다리 위에 한 번만 앉아 줄 수 있어요? 아무도 없어서, 부탁하는 겁니다…… 하지만…… 그러지 않아도 괜찮아요."

그녀는 고개를 끄덕이고는 다시는 오지 않을 그 봄, 봄이면 자주 그랬던 것처럼 그의 다리에 가만히 앉았다. 어깨에 기댄 그녀의 머리와 몸이, 그 익숙한 느낌이, 그의 마음을 온통 뒤흔들었다. 그는 그녀를 감싸 안은 두 팔에 조금씩 힘을 가하면서, 의자에 등을 완전히 기댄 채로, 깊은 생각을 거쳐 나온 말들을 허공으로 흩어 놓기 시작했다.

그는 봉급은 그리 많지 않았지만 매력은 있었던 저지시티 소재의 건설회사를 그만둔 뒤에 겪었던 두 주일 동안의 절망스러운 뉴욕 생활에 대해 얘기했다. 페루에 있는 기업이 제의를 해 왔을 때 처음엔 그다지 특별한 기회로 보이지 않았다. 그는 원정팀의 3등 보조 엔지니어에 불과했지만, 쿠스코로 간 것은 측량 조수 여덟 명에 측량사 둘까지 모두 열 명의 미국인뿐이었다. 그런데 열흘 만에 원정대장이 황열병으로 세상을 떠나면서 그에게 기회가 찾아왔다. 바보가 아닌 다음에야 누구나 잡아야 할, 그야말로 절호의 기회였다.

"바보가 아닌 다음에야 누구나 잡아야 한다고요?" 하고 그녀가 순진하게 그의 말을 가로막았다.

"바보라도 그건 잡으려 했을 겁니다," 하고 그가 말을 이었다. "느닷없이 벌어진 일이었죠. 그래서 곧바로 뉴욕에다 전보를……"

"그래서요?" 하고 다시 그녀가 그의 말을 잘랐다. "회사에서 당신에게 기회를 준다는 전보가 왔군요."

"그래요!" 그가 여전히 의자 깊숙이 등을 기댄 채 큰 소리로 말했다. "나더러 일을 계속해야 한다는 거였어요. 머뭇거릴 시간이 없다고……"

"조금도요?"

"조금도."

"아주 조금도 없……," 그녀는 거기서 말을 끊었다.

"무슨 얘기예요?"

"봐요."

그는 갑자기 얼굴을 앞으로 숙였다. 동시에 그녀가 그에게로 몸을 기울였다. 그녀의 입술이 꽃잎처럼 반쯤 벌어졌다.

"있죠," 하고 그가 그녀의 입술에다 대고 속삭였다. "세상에 널려 있는 게 시간인데요, 뭘……"

시간은 세상 어디에나, 그의 삶과 그녀의 삶, 어디에나 있다. 하지만 그녀의 입술에 키스를 하는 순간, 그는 알았다. 시간이 다하도록 찾는다 해도 지나간 4월의 시간들은 다시 잡을 수 없다는 것을. 그는 자신의 두 팔이 쥐가 날 때까지 그녀를 놓아주지 않을 수도 있었다. 그녀는 그가 갖고 싶었던, 싸워서 쟁취하고팠던, 자신의 것으로 만들고 싶었던 무엇이었다. 하지만 서편으로 지던, 석양으로 밀려 들어가던, 혹은 밤의 미풍 속으로 흘러들던, 그 만져 볼 수 없는 속삭임은……

그래, 가거라, 하고 그는 생각했다. 4월은 끝났다. 4월은 흘러 갔다. 세상에는 온갖 종류의 사랑이 있다. 그러나 그 어떤 사랑도 똑같이 되풀이되지는 않는다.

파울리나를 기리며

En memoria de Paulina

아돌포 비오이 카사레스

송병선 옮김

나는 항상 파울리나를 사랑했다. 첫 기억 중의 하나는, 파울리나와 내가 두 개의 돌사자상이 놓인 정원에서 월계수 잎이 무성하게 뒤덮인 어두운 정자 안에 숨어 있던 어느 날이었다. 파울리나는 내게 "난 푸른색이 좋아, 난 포도가 좋아, 난 얼음이 좋아, 난 장미가 좋아, 난 흰말이 좋아"라고 말했다. 그러자 나는 내 행복이 이미 시작되었다는 사실을 깨달았다. 바로 그런 취향 속에서 나는 파울리나와 하나가 될 수 있었기 때문이다. 우리는 기적처럼 너무나 똑같았다. 그래서 내 여자 친구는 세상의 영혼 속에서 마지막으로 만나는 영혼들에 관해 쓴 책의 한쪽 귀퉁이에 "우리의 영혼은 이미 하나가 되었어"라고 썼다. 당시 '우리'라는 말은 그녀의 영혼과 내 영혼을 의미했다.

우리 두 사람의 그런 유사성을 설명하기 위해 나는 나 자신이 파울리나의 거칠고 불완전한 초고草稿라고 주장했다. 나는 내 공책에 "모든 시는 완전한 시의 초고며, 각각의 사물에는 하느님이 예시되어 있다"라고 썼다고 기억한다. 그러면서 나는 '파울리나와 유사해서 살아남은 거야'라고 생각하기도 했다. 나는 (심지어 아직도) 파울리나와의 동일성을 내 존재가 이룰 수 있는 최고의 가능성이라고, 천성적인 결함과 우둔함과 게으름과 허영심에서 나를 해방할 수 있는 안식처로 여겼다.

우리의 삶은 달콤한 나날의 연속이었다. 그래서 우리는 미래의 결혼을 자연스럽고 당연한 것으로 여기며 기다리게 되었다. 내가 어린 나이에 너무 이르게 문학적 명성을 누렸다가 잃어버렸다는 사실을 모르던 파울리나의 부모님은 내가 학위를 받으면 결혼을 허락하겠다고 약속했다. 우리는 일하고 여행하고 사랑할 충분한 시간이 있는 정돈된 미래를 수없이 상상했다. 너무나 멋지고 생생하게 상상했기에 우리는 이미 우리가 함께 살고 있다고 믿었다.

우리가 결혼에 관해 이야기했다고 해도, 사랑하는 애인으로 서로를 대한 것은 아니었다. 우리는 어린 시절을 함께 보냈고, 우리 사이에는 아이들의 우정처럼 소심하고 조심스러운 면이 있었다. 나는 사랑에 빠진 애인의 역할을 구체화할 엄두를 내지 못했으며, 따라서 진지한 어조로 "널 사랑해" 같은 말을 하지 못하고 있었다. 그러나 얼마나 그녀를 사랑했던가! 무한한 사랑으로 나

는 넋을 잃은 채, 찬란하게 빛나는 그녀의 완벽한 얼굴을 조심스
럽게 바라보았다.

파울리나는 내가 친구들을 맞이하는 것을 좋아했다. 그녀는
모든 것을 준비했으며, 초대 손님들을 대접했고, 아무도 모르게
집의 안주인 임무를 수행했다. 고백하건대, 나는 그런 모임들을
좋아하지 않았다. 훌리오 몬테로가 작가들을 만날 수 있도록 우
리가 마련해 준 모임도 예외는 아니었다.

그 모임이 있기 전날 밤, 몬테로는 처음으로 나를 찾아왔다.
그때 그는 두툼한 원고를 들이대면서 자신의 미출간작이 다른
사람이 쓴 작품보다 앞서 쓰였다며 말도 안 되는 권리를 주장했
다. 그가 방문하고 돌아간 지 얼마 지나지 않아, 나는 수염을 깎
지 않아 거의 시커메진 그의 얼굴을 이미 잊어버렸다. 그가 내게
읽어 준 작품에 관해 언급하자면, 몬테로는 비통의 충격이 너무
강하게 나타나 있지는 않은지 솔직하게 말해 달라고 신신당부했
다. 아마도 눈에 띄는 점은 그의 작품이 완전히 다른 여러 작가
를 모방하려는 의도를 알게 모르게 드러내고 있다는 것이었다.
작품의 중심 생각은 그럴싸한 궤변에서 출발했다. 그러니까 특
정한 멜로디가 바이올린과 바이올린 연주자의 동작과의 관계에
서 나온다면, 각 인물의 영혼은 행동과 재료의 결정적 관계에서
태어난다는 것이었다. 이야기의 주인공은 영혼을 만들 수 있는
기계를 제작했다. 그 기계는 바로 나무와 밧줄이 달린 일종의 틀

이었다. 그런 다음에 주인공은 죽었다. 사람들은 밤샘하며 장례를 치렀고, 시체를 묻었지만, 그는 틀 속에서 아무도 모르게 살아있었다. 마지막 부분에서 그 틀은 어느 젊은 여자가 죽었던 방에서 모습을 드러냈는데, 그 옆에는 청진기와 방연석 삼각대가 놓여 있었다.

내가 그의 논지의 문제점에서 벗어나 대화 주제를 바꾸자, 몬테로는 작가들을 알고 싶다면서 이상한 욕심을 보였다.

"그럼 내일 저녁때 와." 나는 그에게 말했다. "몇몇 작가들을 소개해 줄 테니."

그는 자신을 야만인이라고 설명한 후 초대를 받아들였다. 그가 떠나는 것을 보자 기분이 좋았는지, 나는 그를 아파트 건물 입구까지 배웅해 주었다. 우리가 엘리베이터에서 나오자, 몬테로는 아파트 마당에 정원이 있는 것을 처음으로 발견했다. 종종 저녁의 희미한 햇빛 속에서 거실과 마당을 분리하는 유리문을 통해 마당을 내다보면, 이 조그만 정원은 호수 바닥에 있는 숲처럼 신비스러운 이미지를 풍겼다. 밤에는 연보라색 불빛과 오렌지색 불빛을 받으면 끔찍한 사탕 천국으로 변하곤 했다. 몬테로는 밤에 그 정원을 보았다.

"솔직히 말할게." 그는 정원에서 눈을 떼지 못한 채 내게 말했다. "네 집에서 본 것 중에서 이게 가장 내 관심을 끌어."

다음 날 파울리나는 일찍 집에 도착했다. 오후 5시 무렵에 이미 손님들을 맞을 모든 준비가 완료되었다. 그러자 나는 그날 아침 골동품 가게에서 산 조그만 중국 석상을 그녀에게 보여 주었다. 옥으로 만든 석상은 두 발을 공중으로 쳐들고, 갈기를 오똑 세운 야생마였다. 가게 주인은 그것이 정열을 상징한다고 자신 있게 말했다.

파울리나는 그 말을 서재의 책장에 올려놓고 큰 소리로 외쳤다.

"인생의 첫 열정처럼 너무나 아름다워!"

내가 선물하겠다고 말하자, 갑자기 그녀는 팔로 내 목을 껴안고 키스했다.

우리는 식당에서 차를 마셨다. 나는 2년 동안 런던에서 공부할 수 있는 장학금을 받았다고 말했다. 그러자 우리는 결혼이 임박했으며, 여행을 하고, 런던에서 우리의 보금자리를 꾸미게 될 것이라고—우리는 이런 보금자리가 결혼처럼 금방 다가올 현실이라고 생각했다—굳게 믿었다. 우리는 가계를 어떻게 꾸려 나갈지, 우리가 달콤하게 고통을 누릴 궁핍한 상황과 공부, 산책, 휴식과 일할 시간을 어떤 식으로 분배할지, 그리고 내가 학교 수업을 듣는 동안 파울리나는 무엇을 할지, 우리가 무슨 옷과 무슨 책을 가져갈지 등을 진지하게 생각했다. 이렇게 잠시 계획을 세운 후, 우리는 내가 장학금을 포기하는 편이 좋겠다고 인정했다. 일주일만 있으면 시험이었지만, 파울리나의 부모님이 우리의 결혼을 미룰 것이 분명했다.

손님들이 도착하기 시작했다. 나는 별로 기분이 좋지 않았다. 나는 어떤 사람과 대화할 때마다 어떤 핑계로 그 사람을 놔두고서 자리에서 뜰 수 있을지만 생각했다. 대화 상대방이 흥미를 보일 주제를 제안한다는 것은 내게 거의 불가능한 일 같았다. 그리고 만일 무언가라도 떠올려 보려고 해도 기억이 나지 않거나 혹은 너무 먼 기억처럼 보였다. 불편한 마음으로 아무런 일도 하지 않으면서 기운 없는 표정으로 나는 이 그룹 저 그룹을 왔다 갔다 했다. 그러면서 사람들이 빨리 떠나서 나와 파울리나만 남게 되도록, 그래서 짧은 시간이나마 함께 있고, 그녀를 집까지 바래다줄 시간이 오기를 간절히 바랐다.

내 애인은 창가에서 몬테로와 대화를 나누었다. 내가 쳐다보자, 파울리나는 눈을 들어 나를 향해 완벽하게 생긴 얼굴을 돌렸다. 나는 파울리나의 사랑이 그 누구도 침범할 수 없는 도피처라고 느꼈다. 그곳은 바로 우리 단둘이 있는 장소였다. 얼마나 그녀에게 사랑한다는 말을 하고 싶었던가! 나는 사랑한다고 말하는 행위가 유치하고 얼빠진 창피한 것이라는 생각을 그날 밤 당장 떨쳐 버리겠다고 굳게 다짐했다. '지금 이런 내 생각을 전할 수만 있다면 얼마나 좋을까.' 나는 한숨지었다. 그녀의 시선 속에서 갑작스럽게 고결하고 명랑하며 놀란 감사의 눈빛이 분명하게 느껴졌다.

파울리나는 어떤 남자가 천국에서 여자를 만나고, 그 여자가 인사를 하지 않자 멀리 떠나 버린다고 쓴 시가 있는데, 그 시가 무엇이냐고 내게 물었다. 나는 그것이 브라우닝의 시*임을 알고 있었으며, 막연하게나마 시구를 기억했다. 나는 저녁의 나머지 시간 동안 옥스퍼드판 시집에서 그 시를 찾았다. 파울리나와 함께 있을 수 없다면, 다른 사람들과 대화하느니 차라리 그녀가 원하는 무언가를 찾는 것이 더 좋을 터였기 때문이다. 하지만 이상하게도 갑자기 아찔해지면서, 나는 그 시를 찾지 못하면 불길한 일이 일어나지 않을까 걱정이 들며 초조해했다. 나는 창가를 바라보았다. 피아노를 치고 있던 루이스 알베르토 모르간은 이런 내 초조한 마음을 눈치챘음이 틀림없었다. 그가 이렇게 말했기 때문이다.

"파울리나가 몬테로에게 집을 보여 주고 있어."

나는 어깨를 으쓱하면서 간신히 불쾌함을 감추고는 다시 브라우닝 책에 관심을 보이는 척했다. 모르간이 내 방으로 들어가는 것을 곁눈으로 보면서 '아마 파울리나를 찾으러 간 거겠지'라고

● 로버트 브라우닝(1812~1889)의 작품과 '파울리나' 사이에는 여러 가지 공통점이 있다. 1833년에 브라우닝은 어느 청년이 여인에게 사랑을 고백하는 시 「폴린Pauline」을 쓰는데, 본문에서 언급하는 대목은 이 시 중에서 "나는 당신을 이전에 알았습니다 / 그러나 우리가 천국에서 만났다면 / 난 당신을 바라보기 위해 내 얼굴을 돌리지 않고 / 그냥 지나갔을 것입니다"인 것으로 보인다.

생각했다. 잠시 후 몬테로는 파울리나와 모르간과 함께 모습을 드러냈다.

마침내 누군가가 떠났고, 얼마 후 다른 사람들도 천천히 유유하게 자리를 떠났다. 그러자 파울리나와 나 그리고 몬테로만 있는 시간이 되었다. 그때 파울리나는 내가 두려워하던 말을 했다.

"너무 늦었어. 가야겠어."

그 말을 듣자 몬테로가 재빠르게 끼어들었다.

"괜찮다면 내가 집까지 바래다줄게요."

"나도 함께 갈게." 나는 이렇게 대답했다.

나는 파울리나에게 말했지만, 시선은 몬테로를 향하고 있었다. 내 두 눈이 그를 경멸하고 증오한다는 사실을 전해 주길 원했다.

아래층에 내려오자, 나는 파울리나가 중국 말을 갖고 있지 않다는 것을 알아차렸다. 그래서 말했다.

"내가 준 선물을 잊고 온 것 같은데."

나는 아파트로 올라가 말을 갖고 왔다. 그들은 유리문에 기대어 정원을 바라보고 있었다. 나는 파울리나의 팔을 잡았고, 몬테로가 반대편으로 다가오지 못하게 했다. 그리고 노골적으로 몬테로를 우리의 대화에서 배제했다.

그는 기분 나빠 하지 않았다. 우리가 파울리나와 작별하자, 그는 나를 집까지 배웅해 주겠다고 우겼다. 우리 집으로 가는 도중에 그는 문학에 관해 말했다. 아마도 솔직하고 다소 열정적으로 말했던 것 같다. 나는 마음속으로 이렇게 말했다. '그는 문학도 야. 반면에 나는 한 여자에게만 경솔하게 관심을 쏟는 피곤한 남자고.' 나는 육체적으로 힘차게 씩씩하지만, 연약하게도 문학을 좋아하는 그의 모습이 다소 어울리지 않는다고 여겼다. 그러면서 생각했다. '딱딱한 껍질이 온몸을 가득 에워싸고 있어. 그래서 상대편이 느끼는 것을 그는 알아차리지 못해.' 나는 증오의 눈으로, 크게 뜬 그의 눈과 텁수룩한 수염 그리고 굵고 단단한 목덜미를 바라보았다.

그 주에 나는 파울리나를 거의 만나지 못했다. 나는 열심히 공부했다. 마지막 시험이 끝나자, 나는 그녀에게 전화를 걸었다. 그녀는 계속해서 축하한다고 했는데, 어딘지 부자연스러웠다. 그리고 오후가 끝날 무렵 우리 집에 들르겠다고 말했다.

나는 낮잠을 자고, 천천히 목욕한 다음, 밀러와 레싱의 파우스트에 관한 책을 읽으며 파울리나를 기다렸다.

그녀가 모습을 나타내자 나는 이렇게 소리쳤다.

"너, 바뀌었는데."

"맞아! 우린 서로를 너무나 잘 아는 것 같아! 내가 말하기도 전에 넌 내가 마음속으로 무엇을 느끼는지 알아."

우리는 너무나 황홀해서 어쩔 줄 모르며 서로의 눈을 바라보았다.

"고마워." 나는 대답했다.

파울리나가 우리의 영혼이 깊이 하나가 되었음을 인정하는 것보다 나를 감동하게 하는 것은 없었다. 나는 그런 따스한 칭찬을 받자, 순진하게도 행복해했다. 하지만 파울리나의 말들이 또 다른 의미를 숨기고 있는 것은 아닐까 의심했지만, 언제 그랬는지는 잘 기억이 나지 않는다. 어쨌건 내가 이런 가능성을 고려하기도 전에, 파울리나는 혼란스럽게 설명하기 시작했다. 그리고 갑자기 나는 이런 말을 들었다.

"그 첫날 오후에 우리는 이미 미칠 정도로 사랑에 빠졌어."

나는 누가 사랑에 빠진 것인지 생각했다. 파울리나는 계속해서 말했다.

"질투심이 많아. 우리가 친구처럼 지내는 것을 반대하지는 않지만, 나는 당분간 너를 안 만나겠다고 맹세했어."

그때까지만 해도 파울리나가 내 마음을 진정시켜 줄 말을 할 것이라는 불가능한 기대를 하고 있었다. 파울리나가 진담으로 말하는 것인지, 아니면 농담으로 말하는 것인지 전혀 알 수가 없었다. 나는 내 얼굴이 어떤 표정이었는지도 알지 못했다. 그리고 내가 심장이 찢어질 듯 큰 슬픔을 느끼고 있다는 사실도 알지 못했다. 파울리나는 이렇게 덧붙였다.

"이제 가야겠어. 훌리오가 날 기다리고 있어. 우리를 방해하지 않으려고 올라오지 않았거든."

"누구라고?" 나는 파울리나에게 물었다.

나는 아무 일도 일어나지 않은 것처럼 태연했다. 하지만 나는 내가 거짓말을 하고 있으며, 우리의 영혼이 그토록 하나가 아니라는 사실을 파울리나가 알게 될지 몰라 두려웠다.

하지만 파울리나는 솔직하게 대답했다.

"훌리오 몬테로야."

그건 전혀 놀라운 대답이 아니었지만, 그 끔찍한 오후에 그 두 단어처럼 나를 충격으로 몰아넣은 것은 없었다. 처음으로 나는 파울리나와 멀리 떨어져 있다고 생각했다. 나는 거의 경멸하는 표정으로 물었다.

"결혼할 거야?"

그녀가 뭐라고 대답했는지 기억이 나지 않는다. 아마도 결혼식에 나를 초대했던 것 같다.

그 일이 있고서 나는 혼자가 되었다. 이 모든 것은 말도 안 되는 일이었다. 몬테로만큼 파울리나와 (그리고 나와) 어울리지 않는 사람은 없었다. 아니면 내가 잘못 생각한 것일까? 만일 파울리나가 그 남자를 사랑한다면, 아마도 그녀와 나는 닮은 점이 전혀 없었을 것이다. 그러나 파울리나가 나를 거부하겠다는 맹세도 충분치 않았는지, 그 말을 듣기 이전에 그런 끔찍한 진실을 이미 여러 차례나 마음속으로 의심했다는 사실을 깨달았다.

나는 매우 슬펐지만, 질투를 느끼지는 않았다고 생각한다. 나는 침대에 엎드려 누웠다. 손을 뻗자, 얼마 전에 읽었던 책이 잡혔다. 나는 역겨워 그 책을 멀리 던져 버렸다.

나는 밖으로 나가 걸었다. 길모퉁이에서 아이들이 노는 모습을 지켜보았다. 나는 그날 오후를 무사히 넘기고 계속 살아갈 수 없을 것 같은 느낌을 받았다.

몇 년 동안 나는 그녀를 잊을 수 없었다. 이별로 인한 고독보다는 단절로 인한 고통스러운 순간이 더 좋았는데, 그것은 그 순간을 그녀와 함께 보냈기 때문이다. 그래서 나는 그 순간들을 살펴보았고, 자세히 되돌아보았으며, 되살리려고 했다. 이렇게 고통스럽게 곰곰이 생각하면서, 나는 지나간 일들을 새롭게 해석할 수 있었다고 믿는다. 가령, 내게 자기 애인의 이름을 말하던 목소리가 너무도 다정했다는 사실에 놀란 나머지 처음에는 감동했다. 나는 파울리나가 나를 가엾게 여긴다고 생각하면서, 전에 그녀의 사랑이 감동적이었던 것처럼 그녀의 친절한 마음씨에 감동했다. 그러고는 다시 생각을 거듭하고 가다듬자, 그런 다정함은 나 때문이 아니라 바로 그녀의 입에서 말한 이름 때문이라고 추측했다.

나는 장학금을 받기로 했고, 아무에게도 말하지 않고 여행 준비에 전념했다. 그러나 그 소식은 집 밖으로 퍼져 나갔다. 내가 떠나기 전날 저녁에 파울리나가 나를 찾아왔다.

나는 그녀와 멀어졌다고 느꼈지만, 그녀를 보는 순간 다시 사랑에 빠졌다. 파울리나가 말하지는 않았지만, 나는 그녀가 몰래 찾아왔음을 알았다. 나는 고마워 몸을 떨면서 그녀의 손을 잡았다. 그러자 파울리나가 말했다.

"난 항상 널 사랑할 거야. 어쨌거나 그 누구보다도 너를 사랑할 거야."

아마도 그녀는 자기가 배신했다고 믿었던 것 같다. 하지만 그녀가 몬테로에게 충실할 것임을 내가 의심하지 않는다는 사실을 그녀는 익히 알고 있었다. 파울리나는 배신했다는 의도를 말한 것이 마음에 걸렸는지, 급히 이렇게 덧붙였다. 이것이 나에게 한 말이 아니라면, 아마도 상상의 증인에게 한 말이었을 것이다.

"물론 지금 너에게 느끼는 감정은 중요하지 않아. 난 지금 홀리오를 사랑해."

그녀는 다른 나머지는 그리 중요하지 않다고 말했다. 과거는 이미 황량한 지역이었으며, 그곳에서 그녀는 몬테로를 기다리고 있었다. 그녀는 우리의 사랑이나 우정 따위는 기억하지 않았다.

그런 다음 우리는 거의 말하지 않았다. 나는 무척 섭섭한 마음에 짐짓 바쁜 표정을 지었다. 나는 그녀를 엘리베이터까지 배웅했다. 그런데 건물 입구의 문을 열자, 즉시 커다란 빗소리가 사방에 울려 퍼졌다.

"택시를 부를게." 나는 말했다.

그러자 갑작스럽게 격앙된 목소리로 파울리나는 내게 소리쳤다.

"안녕, 내 사랑."

그녀는 뛰어서 거리를 건너더니 멀리 사라졌다. 나는 슬픈 마음으로 집에 돌아왔다. 그런데 눈을 들자 어떤 사람이 정원에 웅크리고 있음을 알았다. 그 사람은 일어나더니, 두 손과 얼굴을 유리문에 갖다 댔다. 몬테로였다.

연보라 불빛과 오렌지 불빛이 어두운 덤불의 초록색 위로 교차했다. 비에 젖은 유리문에 갖다 댄 몬테로의 얼굴은 희고 일그러져 보였다.

나는 수족관과 수족관 속의 물고기들을 생각했다. 그런 다음 변변찮은 씁쓸한 마음으로 몬테로의 얼굴은 다른 괴물들을, 그러니까 바닷물의 압력으로 일그러진, 심해 속에 사는 물고기들을 떠올리게 한다고 생각했다.

다음 날 아침, 나는 배를 타고 떠났다. 여행 중에 거의 선실에서 나오지 않았다. 나는 열심히 글을 쓰고 공부했다.

나는 파울리나를 잊고자 했다. 영국에서 유학하던 2년 동안, 그녀를 떠올리게 만드는 모든 것을 가능한 한 피했다. 아르헨티나 친구들을 만나지 않았으며, 일간 신문에 아주 가끔 실리던 부에노스아이레스 관련 긴급 소식도 읽지 않았다. 하지만 사실대로 말하자면, 꿈속에서는 그녀가 나타났다. 너무나 집요하고 너무나 생생하게 나타났기에, 나는 잠이 오지 않을 때 그녀를 억지로 잊으려고 했지만, 내 의지와는 정반대로 내 영혼이 움직이는 것은 아닌지 의심하기도 했다. 나는 강박적일 정도로 그녀에 대한 기억을 피했다. 첫해가 끝날 무렵 나는 밤에도 그녀의 존재를 몰아내고 거의 잊을 수 있었다.

그러나 내가 유럽에서 돌아온 날 오후, 나는 다시 파울리나를 생각했다. 나는 집 안에 그녀의 기억이 너무나 생생히 살아 있지는 않을지 내심 걱정되었다. 내 방에 들어서자, 다소 흥분된 감정을 느꼈다. 그리고 경건하게 발길을 멈추고서 그 방에서 알게 되었던 기쁨과 슬픔의 두 극단을 떠올리며 과거를 기념했다. 그러자 창피한 것을 깨달았다. 그것은 가장 은밀한 기억 속에서 갑자기 나타난 우리 사랑의 비밀스러운 업적에 감동한 것이 아니라, 창문으로 들어오는 강한 햇살, 그러니까 부에노스아이레스의 햇빛에 감동한 것이었다.

오후 4시경에 나는 길모퉁이까지 가서 커피 1킬로그램을 샀다. 빵집 주인은 나를 알아보고 요란하게 예의를 갖추어 인사했다. 그러고서 오래전부터, 적어도 6개월 전부터 내가 그 집에서 빵을 사지 않았다고 알려 주었다. 이런 다정한 말이 끝나자, 나는 소심하고 체념한 표정으로 빵 500그램을 달라고 했다. 그는 평소처럼 내게 물었다.

"검은 빵으로 줄까요, 아니면 흰 빵으로 줄까요?"

나는 평소처럼 대답했다.

"흰 빵으로 주세요."

나는 집으로 돌아왔다. 마치 수정처럼 맑은 날이었지만 매우 쌀쌀했다.

커피를 준비하는 동안, 나는 파울리나를 생각했다. 오후가 끝 날 무렵이면 우리는 항상 블랙커피를 함께 마시곤 했다.

꿈속에 있는 듯이 나는 상냥하고 냉정한 무관심 상태에서 느 닷없이 격앙된 상태, 그러니까 광적인 상태로 옮겨 갔다. 그것은 파울리나가 모습을 드러내는 바람에 생긴 결과였다. 그녀를 보 자, 나는 무릎을 꿇고 그녀의 양손에 얼굴을 묻고서 처음으로 그 녀를 잃어버렸다는 고통과 괴로움에 눈물을 흘렸다.

그녀는 그렇게 내게 도착했다. 문을 세 번 두드리는 소리가 났 고, 나는 갑작스러운 침입자가 누구인지 생각했다. 그리고 그 사 람 잘못 때문에 커피가 식을지도 모른다고 생각했다. 나는 그렇 게 다른 생각을 하며 문을 열었다.

흘러간 시간이 길었는지 짧았는지는 모른다. 어쨌든 그러고서 파울리나는 내게 자기를 따라오라고 지시했다. 나는 그녀가 확 신 있는 행동을 통해 우리 과거 관계의 실수를 수정하고 있다는 것을 알았다. 내가 보기에는(하지만 예전과 똑같은 실수를 반복 하는 것 이외에도, 나는 그날 오후에 관해서도 부정확하게 알고 있다) 과도한 결단력으로 그 실수를 바로잡았다. 그녀는 손을 잡 아 달라고 부탁했고("손잡아 줘! 지금 당장!"이라고 말했다), 나는 그런 행운에 미칠 듯이 기뻐했다. 우리는 눈을 마주 보았고, 합류하는 두 강물처럼 우리의 영혼 또한 하나로 합쳐졌다. 밖에서는 빗물이 지붕 위로 떨어졌고, 벽을 때렸다. 그리고 나는 그 비가 다시 태어나는 온 세상이며, 그것을 무시무시하게 커 가는 우리의 사랑이라고 해석했다.

그렇게 감격스러운 상태에 있었지만, 나는 몬테로가 파울리나의 말투에 영향을 끼쳤다는 것을 알 수 있었다. 때때로 그녀가 말할 때면, 나는 내 경쟁자의 목소리를 듣는다는 불쾌한 인상을 받았다. 나는 그의 특징인 답답한 문구들과 정확한 단어를 찾아내려는 순진하면서도 힘든 시도를 알아보았다. 그리고 아직도 창피할 정도로 그 누구도 흉내 낼 수 없는 저속한 말을 사용한다는 것을 알고 괴로워했다.

정말 힘들게 나는 그런 불쾌감을 자제할 수 있었다. 나는 그녀의 얼굴과 미소와 눈을 보았다. 그곳에 바로 본래의 완벽한 파울리나가 있었다. 그곳에서는 아무것도 바뀌지 않은 상태였다.

거울은 화관과 검은 천사가 새겨진 꽃무늬 틀 안에 있었다. 그러나 내가 어두운 수은 거울 속에서 그녀의 모습을 바라보자, 그녀는 달라진 것 같았다. 마치 파울리나의 다른 판본을 발견한 것 같았다. 마치 내가 그녀를 새롭게 바라보는 것 같았다. 우리가 헤어져 있는 바람에 그녀를 매일 만나던 습관이 깨졌지만, 나는 더 아름답게 변해 내게 되돌아와서 고맙다고 말했다.

그러자 파울리나가 말했다.

"가야 해. 홀리오가 기다리고 있어."

나는 그녀의 목소리에 경멸감과 불안이 이상하게 뒤섞여 있다는 것을 눈치챘고, 그러자 당황스러웠다. 나는 쓸쓸한 마음으로 생각에 잠겼다. '예전이었다면 파울리나는 아무도 배신하지 않았을 거야.' 내가 눈을 들었을 때, 그녀는 이미 떠나고 없었다.

잠시 머뭇거린 후에 나는 그녀를 불렀다. 다시 그녀를 부르고서 현관 입구로 내려가 거리로 뛰어갔다. 하지만 그녀를 찾을 수 없었다. 돌아오는 길은 추웠다. 나는 생각했다. '날씨가 쌀쌀해졌어. 이게 모두 소나기 때문이야.' 그런데 거리에는 비 한 방울도 떨어진 흔적이 없었다.

집에 도착하자, 9시라는 것을 알았다. 밖으로 나가 저녁을 먹고 싶은 생각이 없었다. 내가 아는 누군가를 만날 수 있다는 가능성이 나를 소심하게 만들었다. 나는 약간의 커피를 준비했다. 그리고 커피를 두세 잔 마신 다음, 빵 한쪽 끝을 깨물었다.

나는 우리가 언제 다시 만나게 될지조차 알지 못했다. 파울리나와 말하고 싶었다. 나는 그녀에게 내 의심을 해소해 달라고 부탁하고 싶었다. 갑자기 나는 내 배은망덕한 생각에 소스라치게 놀랐다. 운명은 내게 모든 행운을 주었지만, 나는 만족하지 않았다. 그날 저녁은 우리 인생의 절정이었다. 파울리나는 그렇게 이해했었고, 나 자신도 그렇게 받아들였다. 그런 이유로 우리는 거의 말하지 않았다(말하고 질문한다는 것은 어떤 면에서 우리를 구별하는 것일 수 있었다).

나는 파울리나를 다시 보기 위해 다음 날까지 기다려야 한다는 것은 있을 수 없는 일이라고 생각했다. 거북스러운 안도감을 느끼면서 나는 바로 그날 밤 몬테로의 집으로 가기로 했다. 그러나 이내 그런 생각을 떨쳤다. 파울리나에게 말하지도 않은 채 그들을 찾아갈 수는 없는 노릇이었다. 나는 친구를 찾아가기로 했고, 내가 보기에 가장 적당한 친구는 루이스 알베르토 모르간이었다. 그리고 그에게 내가 아르헨티나에 없는 동안 파울리나의 삶이 어땠는지 아는 대로 모두 말해 달라고 부탁하기로 했다.

그러고서 나는 침대에 누워 잠자는 것이 가장 좋은 방법이라고 생각했다. 휴식을 취하면, 모든 것을 더 잘 이해할 것 같았다. 한편 나는 사람들이 파울리나에 관해 함부로 이야기하는 것을 참고 들을 준비가 되어 있지 않았다. 침대에 들어가자, 고문실에 들어간다는 인상을 받았다(아마도 자신이 잠을 이루지 못한다는 사실을 인정하지 않으려고 침대에 눕는 불면의 밤을 떠올린 것 같았다). 나는 불을 껐다.

나는 파울리나의 행동을 더는 깊이 생각하지 않기로 했다. 그녀의 상황을 이해하기에는 내가 아는 것이 너무도 없었다. 그러나 마음을 비우고 생각을 멈출 수 없었기에, 나는 그날 저녁의 기억으로 도피하기로 했다.

그녀의 행동 속에 이상하고 혐오스러운 점을 발견하면서 그녀와 멀어졌지만, 나는 파울리나의 얼굴을 계속 사랑할 작정이었다. 얼굴은 예전과 마찬가지였다. 몬테로라는 역겨운 존재가 나타나기 전에 나를 사랑했던 순수하고 경이로운 얼굴 그대로였다. 나는 생각했다. '두 사람의 얼굴에는 충실하겠다고 적혀 있지만, 아마도 두 사람의 영혼은 공유하는 게 하나도 없을 거야.'

아니면 이런 모든 것이 속임수였을까? 내가 좋아하는 것과 싫어하는 것으로 막연히 투사된 여인을 사랑하고 있는 것은 아닐까? 내가 파울리나를 제대로 안 적이 한 번도 없던 것은 아닐까?

나는 그날 저녁의 모습—어둡고 매끈매끈한 거울 깊숙이 있던 파울리나—을 선택했고, 그 모습을 떠올리려고 애썼다. 그녀의 모습을 보게 되자, 나는 순간적으로 깨달았다. 내가 파울리나를 잊어버렸기 때문에 의심했다는 것이었다. 나는 그녀의 모습을 응시하는 데 전력을 쏟고자 했다. 그러나 환상과 상상은 변덕스러운 능력을 지니고 있다. 나는 흐트러진 머리카락과 옷의 주름, 그리고 그녀를 에워싼 희미한 어둠을 떠올렸지만, 정작 사랑하는 여인의 모습은 사라지고 없었다.

불가피한 힘 덕분에 살아난 수많은 모습이 내 감은 두 눈 앞을 스쳐 지나갔다. 그러자 나는 갑자기 무언가를 깨달았다. 어느 심연의 어두운 언저리에 있는 무언가처럼, 거울 한쪽 구석에, 즉 파울리나의 오른쪽에 비취옥으로 만든 조그만 말이 나타난 것이었다.

그 환영이 생겨났을 때 나는 전혀 이상하다고 생각하지 않았다. 그러나 몇 분 후에 나는 말 석상이 집에 없다는 것을 기억했다. 내가 2년 전에 이미 파울리나에게 선물했기 때문이다.

나는 그것이 시간상으로 뒤죽박죽된 여러 기억이 중첩된 것(가장 오래된 기억은 말 석상이었고, 가장 최근의 기억은 파울리나에 대한 것이었다)이라고 생각했다. 그러자 문제는 명확하게 설명되었다. 나는 마음을 가라앉혔고, 잠을 자야만 했다. 그때 나는 창피하기 그지없는 생각을 했다. 나중에 확인할 관점에서 보면, 애절하고 처량한 생각이었다. 나는 이렇게 생각했다. '내가 곧 잠들지 않으면, 내일 수척해 보일 테고, 그러면 파울리나가 좋아하지 않을 거야.'

잠시 후, 나는 침실 거울 속에 있는 말 석상에 대한 기억이 전혀 옳지 않다는 사실을 깨달았다. 나는 그 석상을 침실에 놓아둔 적이 없었다. 집에서는 다른 침실에서만 보았다(책장 선반 혹은 파울리나의 손, 혹은 내 손에서).

공포에 질린 나는 다시 그 기억들을 보고 싶었다. 그러자 천사들과 나무 꽃잎에 둘러싸인 거울이 다시 나타났다. 한가운데에는 파울리나가 있었고, 조그만 말 석상은 오른쪽에 있었다. 나는 거울이 방 안을 비추고 있었다고 확신할 수 없었다. 아마도 방안을 비추었지만, 아주 희미하고 간략하게 비춘 것 같다. 반면에

말 석상은 책장 선반 위에서 선명하게 뒷발을 딛고 일어서 있었다. 뒷배경은 모두 책장으로 뒤덮였으며, 옆쪽 어둠 속에서는 새로운 인물이 서성거리고 있었는데, 처음에는 그가 누군지 알아보지 못했다. 무심코 바라보다가 나는 그 인물이 나라는 것을 알았다.

나는 파울리나의 얼굴을 보았다. 그녀의 아름다움과 슬픔이 몹시 강렬하게 나에게까지 투사되었고, 덕분에 그녀의 얼굴을 부분 부분이 아니라 전체를 보았다. 그리고 울면서 잠에서 깨어났다.

언제부터 내가 잠이 들었는지는 알 수 없다. 나는 이런 꿈이 억지로 만들어진 것이 아님을 알고 있다. 꿈은 어렴풋이 내 상상의 연속이었으며, 그날 저녁의 장면을 충실히 재현해 주었다.

시계를 보았다. 5시였다. 나는 일찍 일어나서 파울리나가 화를 낼지도 모르는 위험을 무릅쓰고 그녀의 집으로 갈 작정이었다. 이렇게 결심했지만 내 고통이 완화되지는 않았다.

나는 7시 반에 일어나 오랫동안 샤워를 하고 천천히 옷을 입었다.

나는 파울리나가 어디에 사는지 알지 못했다. 경비원은 내게 인명 전화번호부와 직장별 전화번호부를 빌려주었다. 하지만 그 어느 곳에도 몬테로의 주소는 나와 있지 않았다. 나는 파울리나의 이름을 찾았지만, 역시 아무 곳에도 없었다. 그때 난 몬테로가 살던 집에 다른 사람이 살고 있다는 것을 확인했다. 나는 파울리나의 부모님에게 주소를 물어봐야겠다고 생각했다.

오래전부터 나는 그들 두 사람을 만나지 않았다(파울리나가 몬테로를 사랑한다는 사실을 알게 되면서, 나는 그들과의 관계를 끊었다). 이제는 내가 얼마나 고통스러워했는지 설명하면서 사과할 생각이었다. 그러나 용기가 나지 않았다.

나는 루이스 알베르토 모르간과 말해 보기로 마음먹었다. 그러나 11시 전에 그를 찾아갈 수는 없었다. 그래서 나는 거리를 배회했지만, 아무것도 보지 않았다. 단지 벽에 그려진 그림 종류에만 잠깐 관심을 두거나, 우연히 들은 말에만 잠시 귀를 기울였을 뿐이다. 특히 독립 광장에서 어느 여자가 한 손에 신발을 들고, 다른 한 손에는 책을 든 채 축축한 잔디밭을 맨발로 걷고 있던 모습이 기억난다.

모르간은 침대에 앉아 나를 맞이했다. 그는 양손으로 커다란 머그잔을 들고서 마셨다. 나는 그 안에 희뿌연 액체가 있고, 빵 조각이 둥둥 떠다니고 있다는 것을 알았다.

"몬테로는 어디에 살고 있지?" 나는 그에게 물었다.

그는 이미 우유를 모두 마셨고, 이제는 컵 바닥에서 빵 조각들을 꺼내고 있었다.

"몬테로는 감옥에 있어." 그가 대답했다.

나는 놀라움을 감출 수 없었다. 모르간은 계속해서 말했다.

"왜 그래? 몰랐어?"

그는 내가 그 사실을 제외한 나머지는 모두 알고 있을 것으로 추측했다. 그러나 말하기를 좋아하는 그는 그동안 있었던 일을 모두 말해 주었다. 나는 기절할 것만 같았다. 갑자기 벼랑에서 떨어지는 기분이었다. 그런 상태에서 근엄하고 무자비하며 선명한 목소리가 들려왔다. 그 목소리는 도저히 이해할 수 없는 사건들을 이야기했는데, 내가 이미 그것들을 알고 있다는 소름 끼칠 정도의 절대적인 확신이 배어 있었다.

모르간이 내게 말해 준 바에 의하면 이랬다. 몬테로는 파울리나가 나를 찾아갈지도 모른다고 의심하면서 우리 집 정원에 숨어 있었다. 그녀가 나오는 것을 보자 뒤쫓아 갔고, 거리로 나가자 그녀의 길을 막았다. 구경꾼들이 모여들자, 그는 그녀를 택시에 태웠다. 그들은 밤새 코스타네라 강변도로와 호수를 거닐었으며, 새벽녘에는 티그레*의 한 호텔에 들어갔고, 그곳에서 총을 쏴 그녀를 죽였다. 그건 그날 아침 전날 밤에 일어난 일이 아니었다. 그것은 내가 유럽으로 떠나기 전날 밤에, 그러니까 2년 전에 일어났던 일이었다.

인생의 가장 어렵고 끔찍한 순간에 우리는 항상 자신을 보호하기 위해 무책임에 빠지는 경향이 있으며, 무슨 일이 일어나는

* 파라나강에 있는 삼각주로 식당과 수많은 위락 시설이 갖추어져 있다.

지 생각하는 대신에 하찮은 일에 관심을 둔다. 바로 그 순간 나는 모르간에게 물었다.

"내가 여행을 떠나기 전에 우리 집에서 마지막으로 가졌던 모임 기억나?"

모르간은 기억하고 있었다. 나는 계속해서 말했다.

"넌 내가 걱정하는 것을 눈치채고서 파울리나를 찾기 위해 내 방으로 갔었어. 그때 몬테로는 뭘 하고 있었지?"

"아무것도 하지 않았어." 모르간이 기운찬 목소리로 대답했다. "아무것도 하지 않았어. 그런데 이제야 기억이 나. 거울을 바라보고 있었어."

나는 집으로 돌아왔다. 현관 입구에서 경비원과 마주쳤다. 무관심한 척하면서, 나는 물었다.

"파울리나가 죽었다는 사실을 아세요?"

"어떻게 그걸 모를 수가 있나요?" 그는 대답했다. "모든 신문이 그녀의 죽음을 보도했고, 나 역시도 경찰에 진술했어요."

그 사람은 나를 뚫어지게 쳐다보았다.

"무슨 일 있어요? 아파트까지 바래다줄까요?"

그는 내게 아주 가까이 다가오면서 물었다. 나는 고맙지만 괜찮다고 말하면서, 도망치듯이 위층으로 올라갔다. 나는 힘들게 열쇠를 돌렸고, 문을 열고 그 아래에서 편지 몇 통을 집었으며, 눈을 감은 채 침대에 엎드렸다는 기억이 희미하게 난다.

그런 다음 나는 거울 앞에서 생각했다. '틀림없이 파울리나가 어젯밤에 나를 찾아왔어. 몬테로와의 결혼이 실수였음을 알면서 죽은 거야. 실수도 아주 지독한 실수였으며, 우리가 진실이었다는 것을 깨달았던 거야. 그녀는 자신의 운명, 아니 우리의 운명을 완성하기 위해 죽음에서 되돌아온 거야.' 나는 오래전에 파울리나가 어느 책에 썼던 "우리의 영혼은 이미 하나가 되었어"라는 구절을 떠올렸다. 나는 계속 생각에 잠겼다. '마침내 어젯밤에 그런 일이 일어났어. 내가 손을 잡던 그 순간에 하나가 된 거야.' 그러고서 속으로 중얼거렸다. '나는 그녀를 가질 자격이 없어. 나는 그녀를 의심했고, 질투를 느꼈어. 그녀는 나를 사랑하기 위해 죽음에서 되돌아왔어.'

파울리나는 나를 용서했었다. 우리가 그토록 사랑한 적은 한 번도 없었다. 또 그토록 가까이 있었던 적도.

나는 슬프고 의기양양한 사랑의 중독 속에서 몸부림쳤다. 그러면서 생각했다. 다시 말하자면, 대안을 제시하려는 단순한 습관에 이끌려 내 머리는 어젯밤의 방문에 또 다른 설명이 있을 수 있는지 질문을 던졌다. 바로 그때, 마치 번개가 치듯이 갑작스럽게 진실을 깨달았다.

이제 나는 내가 다시 실수를 저지른다는 사실을 깨닫고 싶다. 불행히도 진실이 드러날 때 항상 일어나는 것처럼, 나의 설명은 끔찍하지만, 신비하게 보이던 일련의 일들을 분명하게 해명한다.

그리고 그것들은 사실을 확인시켜 준다.

우리의 가련하고 불쌍한 사랑 때문에 파울리나가 무덤에서 나온 것이 아니었다. 파울리나의 환영幻影은 없었다. 내가 맞이한 것은 내 경쟁자의 질투로 만들어진 괴물 같은 유령이었다.

일어났던 모든 일의 핵심은 내가 여행을 떠나기 전날 밤에 파울리나가 나를 찾아온 것에 숨겨져 있었다. 몬테로는 그녀를 뒤쫓았고, 우리 집 정원에서 그녀를 기다렸다. 그러고서 밤새 파울리나와 말싸움을 했다. 그는 파울리나의 설명을 믿지 않았고, 그래서 새벽녘에 그녀를 살해한 것이었다. 하기야 그 남자가 어떻게 파울리나의 순수함을 이해할 수 있겠는가?

나는 그날의 방문을 곰곰이 생각하면서 감옥에 갇힌 그의 모습을 상상했다. 그렇게 질투라는 잔인한 망상으로 나는 그런 그의 모습을 그렸다.

그녀가 집으로 들어왔던 모습, 그리고 나중에 그곳에서 일어난 일, 이런 것은 몬테로의 섬뜩한 환상의 투영이었다. 당시 나는 그것을 깨닫지 못했는데, 그 이유는 내가 너무나 감격하고 너무나 행복해 있던 나머지, 파울리나의 지시만 따르려고 했기 때문이다. 그러나 징후들이 없었던 것은 아니다. 가령, 비를 들 수 있다.

내가 여행을 떠나기 전날, 진짜 파울리나가 방문하는 동안, 나는 빗소리를 듣지 못했다. 반면에 정원에 있던 몬테로는 자기 몸 위로 빗방울을 직접 느꼈다. 그는 우리가 함께 있는 것을 상상하면서, 우리가 그 소리를 들었으리라고 생각했다. 그래서 어젯밤 나는 빗소리를 들은 것이다. 그런 다음 나는 거리에 빗방울 하나 떨어지지 않았음을 알게 되었다.

또 다른 징후는 말 석상이다. 그 석상은 하루 동안만 우리 집에 있었다. 그러니까 모임이 있던 그날뿐이었다. 그러나 몬테로에게 그 석상은 우리 집의 상징처럼 남아 있었다. 그래서 석상이 어젯밤에 나타난 것이다.

나는 거울 속에서 나를 알아보지 못했다. 그것은 몬테로가 나를 분명하게 상상하지 못했기 때문이다. 또 그는 침실도 정확하게 상상하지 못했다. 심지어 파울리나에 대해서도 제대로 몰랐다. 몬테로가 투사한 모습은 본래의 파울리나와는 다르게 반응했다. 그것은 그녀가 그처럼 말하던 장면에서 드러난다.

몬테로의 고통과 고뇌가 이런 환상을 만들어 낸 것이다. 그런데 내 고통은 더 현실적이고 실재적이다. 그것은 파울리나가 사랑에 환멸을 느꼈으며, 그래서 내게 돌아오지 않았다고 확신하기 때문이다. 그것은 내가 결코 그녀의 사랑이 아니었다는 확신이기도 하다. 또 몬테로는 내가 다른 사람들을 통해 간접적으로 들었던 그녀의 삶에 관해 알고 있었다는 확신 때문이기도 하다. 그것은 내가 그녀의 손을 잡았을 때, 즉 우리의 영혼이 합쳐졌다고 생각한 순간, 파울리나가 절대로 내게 말하지 않았지만 내 연적은 수없이 들었던 부탁을 들어주었다는 확신이기도 하다.

그 애

He

♥

캐서린 앤 포터

김지현 옮김

Katherine Anne Porter

휘플 부부의 삶은 무척 고되었다. 아이들을 다 먹여 살리기도 힘들었고, 겨울이 짧음에도 불구하고 겨우내 아이들에게 따뜻한 플란넬 옷을 입히는 것도 힘들었고("만약 우리가 북부에 살았더라면 어쩔 뻔했어?"라고 부부는 말하곤 했다), 아이들을 깔끔하게 관리하는 것도 힘들었다. "우리한텐 운이 안 따라 주나 봐." 휘플 씨는 말했지만, 휘플 부인은 하느님이 내려 주신 것을 받아들이고 만족한다고 적극 주장했다. 적어도 이웃들이 듣는 데서는 그렇게 말했다. "남들 앞에서 신세 한탄은 절대로 하지 마." 그녀는 남편에게 누누이 말했다. 동정받는 건 딱 질색이었던 것이다. "어림도 없지. 우리가 짐마차 타고 방방곡곡을 떠돌며 목화나 따면서 사는 처지라면 또 모를까. 누가 우리를 깔보는 건 절대 용납 못 해."

휘플 부인의 둘째 아들은 머리가 모자란 아이였는데, 그녀는 그 애를 끔찍이 아꼈다. 나머지 두 아이를 합친 것보다 더 사랑한다고 입버릇처럼 말하곤 했다. 어떤 이웃들에게는 심지어 한 술 더 떠서, 자기 남편과 어머니까지 다 합쳐도 둘째 아들하고는 못 바꾼다고까지 말했다.

"자꾸 그러지 좀 마." 휘플 씨는 말렸다. "당신 말고 다른 가족은 아무도 그 애한테 관심이 없는 줄로 사람들이 오해하겠어."

"엄마로서 당연한 건데 뭘 그래?" 휘플 부인은 받아쳤다. "엄마가 애한테 절절매는 거야 자연스럽지. 당신도 잘 알잖아. 사람들은 아빠한테는 별 기대 안 해, 어차피."

그녀가 이런다고 해서 이웃 사람들이 자기들끼리 있을 때 솔직하게 터놓고 말하지 않는 건 아니었다. "그 애는 죽는 게 천운일 텐데요"라고들 했고, "원래 아비들의 죗값을 아들이 치르는 거라잖아요"라며 입을 모았다. "그 집안 내력을 뒤져 보면 분명 나쁜 혈통이나 악행 같은 게 있을걸, 뻔해." 이런 이야기는 휘플가 사람들이 못 듣는 데서만 했고, 면전에서는 모두가 이렇게 말했다. "그 애는 별로 안 심각해요. 앞으로 나아지겠죠. 쑥쑥 잘 크는 것 좀 봐요!"

휘플 부인은 그 문제를 입에 올리기 싫어했다. 모르는 척 잊고 지내고 싶었다. 하지만 집에 누가 발을 들이기만 하면 그 화제가 꼭 나오게 마련이었기에, 그녀는 다른 화제로 넘어가기 전에 둘째 아들 이야기부터 먼저 해 버렸다. 그래야 마음이 놓이는 것 같았다. "저는 그 애한테 절대로 무슨 일이 생기지 않게 단속하고 싶지만, 워낙 장난꾸러기라 도저히 말릴 수가 없어요. 애가 얼마나 튼튼하고 활발한지, 무슨 일에든 뛰어들고야 말거든요. 걸음마 뗄 때부터 그랬어요. 가끔은 희한하다니까요. 그 애는 뭐든 다 해내거든요. 걔가 장난칠 때 보면 얼마나 웃긴데요. 엠리는 곧잘 다치죠. 저는 평생을 딸애 멍든 데에 반창고 대 주면서 살아야 할 것 같아요. 그리고 애드나는, 발 한 번 내디딜 때마다 뼈를 부러뜨리고요. 하지만 우리 둘째 아들은 뭐든지 척척 해내면서 어디 한 군데 긁히지도 않는다고요. 예전에 목사님이 여기 오셨을 때 좋은 말씀을 해 주셨어요. 저는 이 말을 죽는 날까지 기억할 거예요. '순결한 이들은 하느님과 함께 걷지요. 그래서 아드님이 다치지 않는 겁니다.'" 휘플 부인은 이 말을 꺼낼 때마다 가슴이 따스하게 젖어 드는 느낌과 함께 눈물이 차올랐고, 그러고 나서야 겨우 다른 화제로 넘어갈 수 있었다.

그 애는 정말 잘 컸고 다치지도 않았다. 한번은 닭장에서 튕겨져 나온 나무판자에 머리를 맞았는데, 아예 느끼지도 못한 것 같았다. 말은 몇 마디 배웠지만 이내 다 잊어버렸다. 그 애는 다른 아이들처럼 밥을 달라고 보채지 않고 줄 때까지 기다렸고, 구석에 쪼그려 앉아 쩝쩝거리고 우물거리며 먹었다. 그리고 지방층을 외투처럼 두른 몸으로 장작과 물을 애드나보다 두 배는 더 많이 나를 수 있었다. 엠리는 허구한 날 코감기를 달고 살았기에 (휘플 부인은 "나를 닮아서 그래요"라고 했다), 추위가 심한 날이면 부부는 둘째 아들의 침대에서 이불을 가져다가 딸에게 덧덮어 주었다. 그 애는 추위에도 아랑곳 않는 듯했다.

그럼에도 불구하고 휘플 부인은 둘째 아들에게 무슨 일이 생길까 봐 두려워 나날이 노심초사했다. 그 애는 애드나보다 더 뛰어난 솜씨로 복숭아나무를 타고 올라가, 원숭이처럼, 그야말로 영락없는 보통 원숭이처럼 나뭇가지 위를 뛰어다녔다. "오, 휘플 부인, 그 애를 저렇게 내버려 두면 어떡해요. 저러다 균형을 잃고 떨어질 텐데. 쟤는 자기가 뭘 하는지도 모를 거 아녜요."

휘플 부인은 그 이웃에게 악을 쓰다시피 대꾸했다. "쟤도 자기가 뭘 하는지는 알아요! 여느 애들하고 똑같다고요! 얘, 이리 내려와!" 그녀가 걱정으로 애간장을 졸이는 동안 둘째 아들은 마냥 벌쭉 웃기만 했고, 나중에 그 애가 땅으로 내려왔을 때 그녀는 사람들 앞에서 그런 행동을 한 아들에게 손찌검을 하지 않을 수 없었다.

"이웃들이 문제야." 휘플 부인은 남편에게 말했다. "오, 제발 우리 일에 신경들 좀 꺼 줬으면 좋겠어. 사람들 눈치가 보여서 애가 뭘 하게 놔둘 수가 있어야지. 저 벌들만 해도 그래. 애드나는 벌을 못 치잖아. 애드나는 자꾸 벌에 쏘이니까 일을 못 시킨다고. 내가 양봉 일까지 다 챙길 시간은 없는데, 이젠 그 애한테 맡길 수도 없다니. 걔는 침에 쏘이더라도 어차피 아무렇지도 않은데."

"그거야 그 애가 무서워할 정신도 모자라서 그런 거지." 휘플 씨가 말했다.

"어떻게 자기 자식을 두고 그런 말을 해?" 휘플 부인이 되물었다. "부끄러운 줄 알아. 우리만은 그 애 편을 들어 줘야지, 아니면 대체 누가 들어 주겠어? 걔도 돌아가는 일들을 훤히 볼 줄 알고, 주변 소리도 다 듣고 있다고. 그리고 뭐든 시키면 시키는 대로 할 줄도 아는 애야. 남들 앞에서 그런 말은 절대 입에 담지도 마. 당신이 다른 애들을 그 애보다 편애한다고들 생각하겠어."

"뭐, 그러거나 말거나 나는 편애 안 하는데. 당신도 잘 알잖아. 그리고 이 문제로 그렇게 속 끓여 봤자 무슨 소용이라고? 당신은 늘 최악의 사태만 생각하는 게 문제야. 그냥 애가 알아서 크게 내버려 둬. 어떻게든 잘 자라겠지. 먹는 것, 입는 것 다 부족함 없이 해 주고 있잖아. 안 그래?" 휘플 씨는 별안간 진이 빠졌다. "어쨌든 이제 와서 어떻게 할 도리도 없고."

마찬가지로 진이 빠진 휘플 부인은 지친 목소리로 하소연했다. "이미 벌어진 일을 돌이킬 순 없지. 그건 나도 누구 못잖게 잘 알아. 하지만 그 애는 내 자식이고, 내 자식 이야기가 남들 입에 함부로 오르내리겐 못 하겠어. 우리 집에 오는 사람마다 이러쿵 저러쿵 말 늘어놓는 데 진력이 난단 말이야."

초가을에 접어들어 휘플 부인의 오빠에게서 편지가 왔다. 다음 주 일요일에 아내와 두 아이와 함께 방문하겠다는 내용이었다. "상다리가 부러지게 차려 줘야 돼." 편지 끝에는 그렇게 적혀 있었다. 휘플 부인은 그 문장을 두 번이나 소리 내어 읽으며 무척 즐거워했다. 오빠는 농담하기를 워낙 좋아하는 사람이었다. "이걸 농담으로 지나칠 수야 없지." 그녀는 말했다. "새끼 돼지를 한 마리 잡아야겠네."

"그건 사치지. 지금 우리 형편에 그런 사치를 부리자니, 난 반대야." 휘플 씨가 말했다. "크리스마스쯤 돼서 팔면 돈이 될 걸 지금 잡자니."

"내 가족이 우리를 보러 오겠다는데 식사 대접은 제대로 해야지. 어쩌다 한 번 있는 일인데, 그것도 못 하면 망신스럽고 염치없는 노릇이야. 나중에 올케가 돌아가고 나서 우리 집에 먹을 게 아무것도 없더라고 흉보면 어떡해? 어휴, 시내에서 고기를 잔뜩 사 오는 것보다야 낫지. 당신이야말로 시내에서 돈 잘만 쓰고 다니잖아!"

"알았어, 그럼 당신이 직접 잡아. 하느님 맙소사, 우리 살림이 안 펴지는 것도 당연하지!"

관건은 어미 돼지에게서 새끼를 떨어트리는 부분이었다. 어미 돼지는 저지종 젖소보다도 흉포한 싸움꾼이었다. 애드나는 엄두도 못 냈다. "녀석이 제 배를 발기발기 찢어서 우리에 온통 널브러뜨릴걸요." 휘플 부인은 대꾸했다. "알았다, 이 겁쟁이 녀석아.

네 동생은 겁 안 내. 얘 하는 걸 보렴." 그녀는 그 모든 게 재미난 장난인 양 소리 내어 웃으면서 둘째 아들을 우리 쪽으로 슬쩍 밀었다. 그 애는 어미 돼지에게 살금살금 다가가, 젖꼭지를 물고 있던 새끼를 확 낚아채고는 전속력으로 달렸다. 그리고 자기를 바짝 쫓아오며 광분하는 암돼지를 뒤로하고서 울타리를 뛰어넘었다. 조그마한 검정 돼지는 갓난아기처럼 빽빽 울면서 꿈틀거리며, 등을 뻣뻣이 곧추세우고 입이 귀에 닿도록 쩍 벌리고 있었다. 휘플 부인은 태연한 얼굴로 돼지를 받아 들고 단칼에 목을 쨌다. 둘째 아들은 피를 보자 숨을 헉 들이켜더니 도망쳐 버렸다. "어차피 쟨 잊어버릴 텐데 뭐. 그리고 또 엄청 먹어 대겠지." 휘플 부인은 생각했다. 그녀는 머릿속 생각을 혼잣말로 꺼내는 버릇이 있었다. "내가 막지 않으면 혼자 다 먹어 버릴걸. 가만 놔두면 다른 두 애 몫까지 몽땅 먹어 치워 버릴 거야."

기분이 영 언짢았다. 둘째 아들은 이제 열 살인데, 열네 살인 애드나보다 덩치가 세 배는 더 컸다. "속상해, 속상해." 그녀는 나직이 중얼거렸다. "애드나는 똑똑하긴 또 얼마나 똑똑한데!"

온갖 것이 다 언짢게 느껴졌다. 무엇보다도 도축은 원래 남자가 해야 할 일이었다. 털가죽을 벗겨 낸 분홍색 돼지 몸뚱이를 보니 그녀는 속이 메스꺼워졌다. 녀석은 너무나 투실하고 보드랍고 안쓰러워 보였다. 이 상황 전체가 그냥 다 속상했다. 도축이 다 끝났을 땐 오빠가 아예 오지 말았으면 좋겠다는 생각까지 들었다.

일요일 이른 아침, 휘플 부인은 만사를 제쳐 두고 둘째 아들을 씻기기부터 했다. 그런데 그 애는 주머니쥐를 쫓느라고 울타리 밑을 기어가고 건초 다락의 달걀들을 찾느라고 헛간 서까래 위에 올라타는 바람에 겨우 한 시간 만에 더러워지고 말았다. "맙소사, 기껏 공들여 씻겨 놨더니 이 꼴이 뭐야! 여기 애드나하고 엠리는 얌전하게 잘만 있잖니. 너 단정하게 가다듬는 것도 이젠 지긋지긋하다. 그 셔츠 벗고 다른 걸로 갈아입어! 내가 네 옷도 제대로 안 입혀 준다고 사람들이 욕하겠다!" 그녀는 둘째 아들의 따귀를 힘껏 갈겼다. 그러자 그 애는 눈을 끔뻑이고 또 끔뻑이더니 머리를 문질렀고, 그 얼굴 앞에서 휘플 부인은 마음이 그만 짠해졌다. 그 애의 셔츠 단추를 끌러 주다 보니 무릎이 후들거리는 바람에 그녀는 자리에 앉을 수밖에 없었다. "하루가 시작되기도 전에 기운 다 빠지네."

오빠는 통통하고 건강한 아내와, 엄청나게 떠들썩하고 배고픈 아들 둘을 데리고 도착했다. 푸짐한 만찬이 벌어졌다. 식탁 한가운데에는 절인 복숭아를 입에 물린, 껍질째 구운 돼지 한 마리가 갖은 양념과 함께 올려졌고, 그레이비소스를 듬뿍 곁들인 고구마도 준비되었다.

"이거 아주 성대하구먼." 오빠가 말했다. "다 먹고 나면 네가 나를 술통처럼 데굴데굴 굴려서 집에 보내 줘야겠어."

모두가 폭소를 터뜨렸다. 식탁에 둘러앉아 다 같이 웃는 걸 들으니 휘플 부인은 기분이 좋았다. 훈훈하고 뿌듯한 마음이 들었다. "오, 새끼 돼지는 여섯 마리나 더 있는걸. 오빠네가 우리 집에 오는 게 얼마나 드문 일인데, 최소한 이 정도는 대접해야지."

둘째 아들은 식당에 나오려 하질 않았다. 휘플 부인은 그 상황을 아주 그럴싸하게 둘러댔다. "그 애는 다른 애들보다 수줍음을 타거든요. 여러분에게 차차 익숙해지는 수밖에 없어요. 워낙 낯가림이 심한 편이라서요. 왜 유난히 그런 애들이 있잖아요. 심지어 사촌 사이라도 선뜻 친해지질 못하는." 그 설명에 별다른 토를 다는 사람은 아무도 없었다.

"우리 앨피랑 똑같네요." 올케가 말했다. "얘도 어떨 땐 자기 할머니랑 악수도 안 하려고 해서 한 대 때려야 겨우 말을 듣는다니까요."

그렇게 화제가 무마되고, 휘플 부인은 둘째 아들에게 줄 식사를 모두의 눈앞에서 한 그릇 그득히 퍼 담았다. "저는 항상 그 애가 무시당해선 안 된다고 말한답니다. 설령 다른 사람들 몫이 줄어들더라도 말이죠." 그 말을 남기고 그녀는 아들에게 식사를 직접 날라다 줬다.

"걔는 자기 방 문 꼭대기에 턱걸이도 할 수 있어요." 엠리가 제 엄마를 도우려고 한마디 했다.

"그거 잘됐구나. 애가 잘 크고 있는 모양이야." 휘플 부인의 오빠가 말했다.

식사가 끝나고 친척들은 떠났다. 휘플 부인은 그릇들을 치우고, 아이들을 침실로 보내고, 앉아서 신발 끈을 풀면서 남편에게 말했다. "봤지? 우리 가족은 다 이래. 언제나 친절하고 사려 깊지. 실례될 만한 말은 아무도 안 하잖아. 교양이 있으니까. 나는 정말이지 사람들이 함부로 말하는 데에 신물이 나. 아까 돼지고기 맛있지 않았어?"

휘플 씨가 말했다. "맛이야 있었지. 그 대신 300파운드어치 고기를 날려 먹었지만. 그리고 얻어먹으러 와서 예의 지키는 거야 누군들 못 하나? 속으로는 다들 내내 무슨 생각을 했을진 모르는 거지."

"그래, 딱 당신다운 반응이네. 그럼 그렇지. 아예 내 친오빠가 동네방네 우리 험담을 하고 다닐 거라고 하지 그래? 둘째 아들을 부엌에다 떨어트려 놓고 밥을 먹이더라고? 오, 하느님 맙소사!" 그녀는 두 손으로 머리를 감싸 쥐고서 고개를 흔들었다. 이마 한가운데가 쪼개질 듯 아파 왔다. "화기애애하고 좋기만 했는데 이젠 다 망쳐 버렸네. 됐어, 당신은 원래 우리 오빠네 안 좋아하니까. 예전부터 그랬잖아. 당분간 오빠네가 또 오진 않을 테니 걱정 말라고! 그래도 최소한 그 애는 애드나처럼 머리끝부터 발끝까지 잘 차려입히지 않았더라는 말은 듣지 않아도 되겠지…… 오, 정말이지, 가끔은 그냥 확 죽어 버리고 싶어!"

"마음을 좀 편안히 먹어." 휘플 씨가 말했다. "당신이 그러지 않아도 충분히 힘들다고."

혹독한 겨울이 찾아왔다. 휘플 부인에게는 매일 혹독하게 느껴지지 않은 날이 없었지만, 이번 겨울은 사상 최악이었다. 수확량은 기대치의 절반에 지나지 않아, 목화 철이 되자 식료품값을 겨우 충당할 정도의 돈밖에 안 나왔다. 밭갈이 말 한 마리를 다른 말과 맞바꿨지만 그마저도 사기를 당하고 말았다. 하필 천식에 걸린 말이 와서는 이내 죽어 버린 것이다. 휘플 부인은 사기 수법을 피할 줄도 모르는 남편과 산다는 게 몹시 끔찍하다는 생각을 줄곧 곱씹었다. 부부는 모든 걸 절약했지만, 절약하려야 할 수 없는 부분들이 있고 거기에만큼은 돈을 써야 한다고 휘플 부인은 누차 주장했다. 애드나와 엠리에게 따뜻한 옷을 사 입히는 데에도 돈이 많이 들었다. 두 아이는 세 달간의 학기 동안 학교까지 4마일 거리를 걸어 다녀야 했다. "그 애는 난롯불 때는 일을 많이 하잖아. 그 애는 겨울옷이 별로 필요 없을 거야." 휘플 씨가 꺼낸 말에, 휘플 부인은 맞장구를 쳤다. "그러네. 그 애가 바깥에서 일할 때는 당신 방수 외투를 입히면 되지. 달리 더 좋은 방법도 없고, 어차피."

2월 들어 둘째 아들은 병이 들었다. 그 애는 새파래진 얼굴로 이불을 덮고 웅크려 누운 채 곧 질식할 것처럼 굴었다. 이틀

간 갖은 수단을 다 써 봐도 차도가 없자 겁에 질린 휘플 부부는 의사를 불렀다. 의사는 그 애를 따뜻하게 해 주고 우유와 달걀을 듬뿍 먹이라고 했다. "유감이지만 아이 몸이 겉보기만큼 튼튼하지 못합니다. 환자가 이런 상태일 때는 곁에서 계속 지켜봐야 해요. 이불도 더 덮어 주시고요."

"큰 이불은 빨려고 내놨어요." 창피해진 휘플 부인이 말했다. "저는 더러운 걸 못 참아서요."

"그러셨군요. 그럼 이불이 다 마르는 대로 즉시 덮어 주십시오. 안 그러면 폐렴에 걸릴 겁니다."

휘플 부부는 자기들 이불을 그 애에게 내주고, 그 애의 침대를 난롯불 앞으로 옮겨 주었다. "누가 봐도 우리는 최선을 다한 거야." 휘플 부인이 말했다. "얘를 위해서 우리가 춥게 자는 것도 불사했으니까."

겨울이 끝나 가면서 둘째 아들의 건강은 회복되는 듯했지만, 발이 아픈지 제대로 걷질 못했다. 그래도 봄에 목화 파종기를 몰 수는 있었다.

"다음번에 우리 암소 씨받는 문제는 짐 퍼거슨하고 이야기해서 다 해결해 뒀어." 휘플 씨가 말했다. "올여름 동안 우리가 그 집 황소 꼴을 먹여 주고, 가을에는 그 집에 사료도 좀 보내 주기로 했어. 없는 형편에 현찰로 대금을 치르는 것보다는 그편이 낫겠지."

"짐 퍼거슨에게 그런 소리는 꺼내지 말지 그랬어." 휘플 부인
이 말했다. "우리 사정이 그 정도로 어렵다는 걸 그 사람이 알게
되잖아."

"어이구, 꼭 사정이 어려워야 그런 거래를 하는 건 아니지. 남
자는 원래 미래를 대비할 줄도 알고 그래야 하는 법이야. 오늘
그 애를 보내서 퍼거슨네 황소를 데려오라고 해. 애드나는 나랑
같이 일해야 돼."

휘플 부인은 둘째 아들에게 그 일을 맡기는 걸 당연스럽게 여
겼다. 동물을 잘 다루려면 침착해야 하는데, 애드나는 원체 겁이
많고 믿음직스럽지 못했다. 그런데 막상 둘째 아들을 보내고 나
니 그녀는 생각이 복잡해졌고, 잠시 뒤에는 도무지 견딜 수가 없
을 지경에 이르렀다. 그녀는 집 앞길에 나가 서서 그 애가 돌아
오는지 지켜보았다. 무더운 날씨인 데다 거의 3마일은 걸어야 하
는 길이긴 했지만, 그래도 이렇게까지 오래 걸릴 일은 아니었다.
손차양을 하고서 한참을 내다보다 보니 시야에 알록달록한 물방
울들이 어른거렸다. 그녀의 인생은 늘 이런 식이었다. 한순간도
평안한 날 없이 늘 걱정을 안고 살아야 했다. 한참 뒤에야 저편
의 샛길에 들어서는 둘째 아들의 모습이 보였다. 그 애는 커다란
황소를 이끌며, 절름거리는 다리로 아주 천천히 걷고 있었다. 한
손으로는 쇠코뚜레를 잡고 다른 한 손으로는 작은 막대기를 빙
빙 돌리면서, 옆이나 뒤는 한 번도 돌아보지 않고, 눈을 반쯤 감

은 채 움직이는 모양이 마치 몽유병 환자 같았다.

휘플 부인은 황소가 지독하게 무서웠다. 황소가 사람을 고분
고분 따르다가도 별안간 포효하며 덤벼들어 몸뚱이를 갈기갈기
찢어 버렸다는 식의 끔찍한 이야기들을 들은 적이 있었다. 지금
당장이라도 저 시커먼 괴물이 그 애를 덮칠 것만 같았다. 맙소사,
그 애는 도망칠 머리도 안 돌아갈 텐데.

그녀는 아무 소리도 내지 않고, 미동도 하지 않았다. 황소를
놀라게 하면 큰일이었다. 그런데 황소가 머리를 모로 들어 올리
더니, 허공을 맴도는 파리 한 마리를 뿔로 들이받으려 했다. 그
순간 그녀는 비명을 터뜨리고는 그 애에게 어서 이리 오라고, 제
발 뛰어오라고 고함을 질렀다. 그 애는 듣지 못한 눈치였다. 그
저 계속 나뭇가지를 빙글빙글 돌리면서 절뚝절뚝 걷기만 할 뿐
이었다. 그리고 황소는 그 뒤에서 송아지처럼 얌전히 따라오고
있었다. 휘플 부인은 고함을 멈추고 집으로 뛰어가면서 숨 죽여
기도를 올렸다. "주님, 그 애에게 아무 일도 생기지 않게 해 주세
요. 주님, 사람들이 뭐라고 할지 잘 아시잖아요. 그 애한테 이 일
을 시킨 우리 잘못이라고들 할 거예요. 우리가 걔를 안 돌봐 준
탓이라고들 할 거예요. 오, 그 애가 집에 무사히 돌아오도록 이
끌어 주세요. 그러면 앞으로 그 애를 더 잘 보살피겠나이다! 아
멘."

그 애가 황소를 끌고 들어와 외양간에 묶어 놓는 동안 그녀는

창밖으로 내내 지켜보았지만, 계속 보고 있어 봤자 아무 소용도 없었고, 그 이상은 도저히 견딜 수가 없었다. 그녀는 주저앉아서 앞치마를 머리에 뒤집어쓴 채 몸을 흔들며 울었다.

해가 갈수록 휘플가는 점점 더 가난해졌다. 아무리 열심히 일해도 집이 그저 저절로 무너져 가는 것 같았다. "살림이 걷잡을 수가 없네." 휘플 부인이 말했다. "우리는 왜 남들처럼 좋은 기회를 붙잡지 못하는 걸까? 이러다가는 가난한 백인 쓰레기라는 소리를 듣겠어."

"저는 열여섯 살이 되면 집을 떠날래요." 애드나가 말했다. "파월 씨네 식료품점에 취직하려고요. 그러면 돈을 벌 수 있겠죠. 농장 일은 그만할래요."

"저는 학교 선생님이 될 거예요." 엠리가 말했다. "그러려면 우선 8학년은 마쳐야겠죠. 그런 다음 도시에서 살 거예요. 여기서는 미래가 안 보여요."

"엠리는 외가 쪽을 닮았다니까." 휘플 부인이 말했다. "우리 식구들은 하나같이 야심차고 어디에서건 1등을 하지 않고는 못 배기거든."

가을이 되자 엠리는 인근 도시의 철도역 간이식당의 웨이트리스 자리를 제안받았다. 급료도 괜찮고 식사도 제공받을 수 있는 일자리라, 마다하기엔 너무 아까웠다. 그래서 휘플 부인은 엠리에게 남은 학기를 굳이 마칠 것 없이 그곳에 곧바로 취직하라고 했다. "너는 시간이 아주 많잖니. 젊고 똑똑한 애고."

애드나도 떠난 뒤, 휘플 씨는 둘째 아들의 일손만 빌리면서 농장을 운영하려 애썼다. 그 애는 괜찮아 보였다. 자기 일과 더불어 애드나의 몫까지 일부 맡아 하면서도 의식조차 못 하는 듯했다. 한동안 휘플가는 그럭저럭 잘 돌아갔다. 그러다가 크리스마스가 다 되어 가던 어느 날 아침, 그 애가 헛간에서 나오다가 얼음을 밟고 미끄러지고 말았다. 얼음 위에서 일어나질 못하고 빙글빙글 구르며 몸부림을 치기에, 휘플 씨가 가서 확인해 보니 그 애는 일종의 발작 증세를 보이고 있었다.

부부는 그 애를 집 안으로 데려가서 일으켜 앉히려 했지만, 아이가 엉엉 울면서 나뒹굴었다. 어쩔 수 없이 그 애를 침대에 눕히고, 휘플 씨가 말을 타고 도시로 가서 의사를 불렀다. 다녀오는 길 내내 그는 어디서 어떻게 돈을 만들어서 치료비를 낼지 고민에 휩싸였다. 골칫거리가 너무나 많아서 도무지 더는 감당할 수 없는 지경이었다.

그때부터 둘째 아들은 침대에서 자리보전을 했다. 두 다리가 통통 부어서 두 배는 더 커졌고, 발작 증세는 자꾸만 도졌다. 그렇게 네 달이 지나자 의사가 말했다. "이래서는 소용없습니다. 아드님을 즉시 공립 요양소로 보내셔야겠어요. 제가 절차를 알아봐 드리겠습니다. 그래야 환자가 더 좋은 처치를 받을 수 있고, 두 분도 부담을 덜 거예요."

"아이를 돌보는 데에 뭐가 얼마나 들든 저희는 조금도 부담스럽지 않아요. 그 애를 제 품에서 떠나보낼 순 없어요." 휘플 부인이 말했다. "아픈 자식을 생판 남들한테 떠맡겼다는 소리는 듣고 싶지 않아요."

"어떤 마음이신지 이해합니다." 의사가 말했다. "그 점에 대해서는 말씀하지 않으셔도 압니다, 휘플 부인. 저도 아들이 있는걸요. 하지만 제 말대로 하시는 편이 좋을 겁니다. 저로서는 아드님을 위해 더 이상 해 드릴 수 있는 게 없습니다. 사실이 그렇습니다."

그날 밤 휘플 부부는 이 문제에 대해 오래도록 이야기를 나누었다. "그건 그냥 자선사업이잖아." 휘플 부인이 말했다. "우리가 자선을 받는 신세가 되다니! 나는 이런 건 생각도 못 했어."

"우리도 남들처럼 이 지역을 유지하기 위해 세금을 내는걸." 휘플 씨가 말했다. "그걸 자선이라고 할 순 없지. 나는 그 애가 최선의 조치를 받을 수 있는 데에서 지내면 좋을 것 같은데…… 게다가 의사 왕진비도 더 이상은 못 내겠고."

"혹시 의사도 그래서 걔를 보내라고 한 건 아닐까? 돈 떼먹힐까 봐?" 휘플 부인이 물었다.

"그런 식으로 말하지 마." 휘플 씨는 거북스러워하며 말했다. "자칫 애를 못 보내게 되면 어쩌려고 그래."

"오, 하지만 걔가 요양소에서 오래 지내진 않을 거야." 휘플 부인이 말했다. "애가 나아지기만 하면 우리가 곧장 집으로 데려와 야지."

"그 애는 영영 못 나을 거라고 의사가 말했잖아. 몇 번이고 누누이 그렇게 말했어. 그러니까 그 얘기는 그만해." 휘플 씨가 말했다.

"의사라고 모든 걸 다 아는 건 아니지." 휘플 부인은 거의 행복감마저 느끼며 말했다. "어쨌거나 여름에는 엠리가 휴가를 받아서 집에 올 테고, 애드나도 일요일에는 내려올 거니까, 다 같이 일해서 집안을 다시 일으킬 수 있을 거야. 그러면 애들도 돌아올 집이 있다는 기분이 들겠지."

불현듯 그녀는 다시 한여름이 된 환상에 사로잡혔다. 정원은 활짝 피어나고, 집에는 흰 블라인드를 새로 내어 달고, 애드나도 엠리도 돌아오고, 온 집에 생기가 흘러넘치고, 모두 다 같이 행복한 나날. 오, 그렇게 될 것이다. 삶이 비로소 여유로워질 것이다.

부부는 둘째 아들 앞에서 별말을 하지 않았지만, 그 애가 상황을 얼마나 이해하고 있는지는 알 길이 없었다. 마침내 의사가 날짜를 정했고, 말 한 필이 끄는 2인승 마차를 가진 이웃이 그들을 태워다 주겠다고 했다. 병원 측에서 구급차를 보내 줄 수도 있었지만 휘플 부인은 아들이 그렇게 아파 보이는 몰골로 실려 가는 건 차마 볼 수 없었다. 그래서 그 애를 담요로 감싸고, 이웃과 휘플 부인이 함께 아이를 들쳐 올려 마차 뒷좌석에 앉혔다. 휘플 부인은 검은 블라우스 차림으로 그 옆자리에 탔다. 그녀는 구호를 받으러 가는 처지로 보이는 건 질색이었다.

"괜찮을 거야. 나는 집에 남아 있을게." 휘플 씨가 말했다. "모두 한꺼번에 가야 할 필요는 없는 것 같으니."

"그리고 거기 영영 살러 가는 것도 아닌걸요." 휘플 부인이 이웃에게 말했다. "잠시만 지내다 오는 거예요."

마차가 출발했다. 휘플 부인은 아들이 옆으로 쓰러지지 않도록 담요 귀퉁이를 붙잡고 지탱했다. 그 애는 가만히 앉아서 눈을 끔뻑이고 또 끔뻑였다. 그러다가 담요 안에서 손을 꺼내서는 손마디로 코를 문지르다가, 이내 담요 끝자락으로 코를 문지르기 시작했다. 휘플 부인은 자기 눈을 믿을 수 없었다. 그 애가 눈꼬리에서 흘러내리는 커다란 눈물방울을 닦아 내고 있었던 것이다. 아들은 훌쩍거리면서 침을 꿀꺽 삼켰다. 휘플 부인은 "오, 애야, 많이 속상한 건 아니지? 그치? 그렇게 많이 속상하진 않지?" 하고 자꾸만 물었다. 그 애가 그녀를 책망하는 듯 보였기 때문이었다. 어쩌면 그녀에게 따귀를 맞았던 때를 기억하는지도 모른다. 황소를 끌고 왔던 날 겁을 먹었는지도 모른다. 추워서 밤잠을 설쳤는데도 말하지 못했는지도 모른다. 부모님이 너무 가난해서 자신을 돌볼 수 없기에 영영 떠나보내려 한다는 걸 그 애도 아는지도 모른다. 정확히 무엇 때문이건, 휘플 부인은 그 생각을 차마 견뎌 낼 수가 없었다. 그녀는 격하게 울음을 터뜨리며 둘째 아들을 힘껏 부둥켜안았다. 그 애의 머리가 그녀의 어깨 위에서 굴렀다. 그녀는 가능한 한 최선을 다해 그 애를 사랑했지만, 애드나와 엠리 생각도 해야만 했고, 그 애의 삶을 보상해 주기 위해 그녀가 할 수 있는 일은 아무것도 없었다. 오, 아예 처음부터 태어나질 말았어야 했는데.

창밖으로 병원이 시야에 들어왔다. 이웃은 감히 뒤도 못 돌아보고 무척 빠른 속도로 마차를 몰고만 있었다.

윈첼시 양의 사랑
Miss Winchelsea's Heart

허버트 조지 웰스

최용준 옮김

윈첼시 양은 로마로 갈 계획이었다. 윈첼시 양이 한 달 동안 그 얘기만 하자, 로마에 간 적이 없거나 갈 가능성이 없는 상당수의 사람들이 윈첼시 양에게 반감을 품게 되었다. 일부는 로마가 소문만큼 멋진 곳은 아니라고 윈첼시 양을 헛되이 설득하려 했고, 또 어떤 이들은 등 뒤에서 윈첼시 양이 '그놈의 로마'를 가지고 지독하게 거드름을 피운다고 넌지시 말하기도 했다. 작은 릴리 하드허스트는 윈첼시 양이 "그놈의 로마에 가서 돌아오지 않는다 해도 **자기**(릴리 하드허스트 양)는 절대 슬프지 않을 것 같다"고 친구 빈스 씨에게 말했다. 또한 윈첼시 양이 호라티우스와 벤베누토 첼리니와 라파엘로와 셸리와 키츠에 대해 개인적 애정을 표현하는 방식(윈첼시 양이 셸리의 미망인이었더라도 셸리의 무덤에 그렇게까지 큰 관심을 보이진 않았을 것이다)에 모두들 경악을 금치 못했다.• 윈첼시 양은 재치 있는 판단력으로 실용적이지만 지나치게 '관광객 티'가 나지는 않는(윈첼시 양은 '관광객 티'를 풍기는 것을 극도로 겁냈다) 드레스를 마련했고, 베데커 여행 안내서의 번쩍이는 빨간 표지는 회색 종이로 싸 놓았다. 마침내 로마로 출발하는 대망의 그날이 밝자, 조그만 윈첼시 양은 한껏 뽐내고 싶은 마음에도 불구하고 채링 크로스역 승강장에서 즐겁게 새침을 떨었다. 날씨는 화창했고, 해협을 건널 일을 생각하니 즐거웠으며, 모든 징조도 좋았다. 그 유례없는 출발에는 너무도 즐거운 모험의 기운이 깃들어 있었다.

윈첼시 양의 동행은 교육대학 시절의 동창 둘로, 두 사람 모두 다정하고 정직했지만 윈첼시 양만큼 역사와 문학에 밝진 않았다. 친구들은 윈첼시 양을 무척이나 우러러보았지만, 물리적으로는 키 작은 윈첼시 양을 내려다볼 수밖에 없었고, 윈첼시 양은 즐거운 시간을 좀 할애해서 자신의 미적 역사적 열정의 정점까지 '친구들을 감동'시킬 생각이었다. 이미 자리를 잡고 있던 둘은 객차 문에서 윈첼시 양을 열렬히 환영했다. 친구들을 만나자마자 윈첼시 양은 비판 정신이 발동해, 패니는 '관광객 티'가 살짝 나는 가죽 허리띠를 맸고 헬렌은 양쪽에 주머니가 달린 서지 재

• 영국의 시인 셸리와 키츠의 무덤은, 로마의 옛 개신교 공동묘지에 있다.

킷에 굴복하고 말았음을 알아차렸다. 헬렌은 양쪽 주머니에 손을 찔러 넣고 있었다. 하지만 당시엔 여행의 기대로 너무나 행복했기에, 그런 사실을 언급하지는 않았다. 처음의 터질 듯한 기쁨이 사그라지자마자(패니의 열정은 살짝 소란하고 투박했고, 주로 "정말 **멋져**! 우리가 로마에 가, 얘들아! 로마!"를 힘주어 반복했다) 친구들은 서로에게 주의를 돌렸다. 헬렌은 한 칸을 자기들끼리 독차지하고 싶어 침입자들을 물리치기 위해 밖으로 나가 발판 위에 단단히 섰다. 윈첼시 양은 뒤를 흘끔거리며 승강장에 모여드는 사람들에 대해 은밀히 이런저런 비평을 했고, 패니는 즐겁게 깔깔대며 웃었다.

이들은 토머스 건 관광단에 속해 있었다. 14파운드로 로마에서 14일이었다. 물론 개인적으로 관광 안내를 받는 무리에 속하지는 않았지만(윈첼시 양은 그 점을 확실히 조처해 두었다), 준비의 편의를 위해 그 관광단과 함께 움직이기로 한 것이다. 그 관광단은 참으로 묘한 조합이라 놀랍도록 재밌었다. 얼굴이 벌게진 채 큰 소리로 수 개 국어를 외쳐 대는 여행 가이드는 흰 점과 검은 점이 섞인 양복을 입고 있었고 긴 팔다리에는 힘이 넘쳤다. 여행 가이드는 큰 소리로 여러 선언들을 외쳤다. 사람들과 얘기하고 싶으면 한 팔을 쭉 뻗어 자기 목적을 달성할 때까지 잡고 있었다. 한 손에는 관광객들의 서류, 티켓, 부본 등을 가득 쥐고 있었다. 관광단에는 두 부류가 있었다. 가이드가 찾고 싶어 하지만 찾을 수 없는 사람들, 그리고 가이드가 찾고 싶어 하지 않지만 승강단까지 길게 줄을 이루며 끈질기게 가이드를 쫓아다니는 사람들이었다. 후자는 자기들이 로마까지 가는 유일한 방법은 가이드에게 딱 붙어 있는 거라고 생각하는 듯했다. 조그만 할머니 세 명은 유난히 원기 왕성하게 가이드를 쫓아다녔는데, 가이드는 결국 화가 나서 할머니들을 객차에 급히 처넣고 다시 나오기만 해 보라고 을렀다. 남은 시간 동안, 할머니들은 가이드가 가까이 올 때마다 하나, 둘, 혹은 셋이 창밖으로 고개를 내밀고 '작은 고리버들 세공 상자'에 대해 큰 소리로 물어 댔다. 번쩍이는 검은 옷을 입은 아주 뚱뚱한 아내와 함께 온 아주 뚱뚱한 남자도 있었고, 나이 든 말구종 같은 자그마한 노인도 있었다.

윈첼시 양이 물었다. "저런 사람들이 로마에서 뭘 **원할까**? 로마가 저 사람들에겐 무슨 의미가 있을까?" 아주 작은 밀짚모자를 쓴 키가 무척 큰 부목사도 있었고, 기다란 카메라 받침대 때문에 거치적거려 하는 키가 무척 작은 부목사도 있었다. 그 사람들의 대조적인 모습에 패니는 무척 즐거워했다. 누가 "스눅스!"라고 외치는 소리가 들리자, 윈첼시 양이 말했다. "저런 이름을 가진 사람은 소설 속에나 있는 줄 알았는데 정말로 있네. 놀라워! 스눅스라니, 누가 **스눅스 씨**일까 궁금한걸." 마침내 그들은 커다란

- 'Snooks'는 '시시해!'란 뜻도 가지고 있다.

체크무늬 양복을 입은 무척 뚱뚱하고 단호하고 키 작은 남자를 골라냈다. "저 사람이 스눅스가 아니라면, 스눅스가 되어야 해." 윈첼시 양이 말했다.

이내 가이드는 헬렌이 객차 모퉁이에서 하는 행동을 보고 말았다. "이 객실에 다섯 명 더 들어오세요." 가이드가 손가락을 쫙 펴서 다섯 명이라 표시하며 고함쳤다. 네 명으로 이루어진 팀, 즉 어머니와 아버지와 두 딸이 모두 엄청나게 흥분한 채 머뭇거리며 들어왔다. "괜찮아요, 엄마…… 잠깐만요." 딸 중 하나가 선반에 핸드백을 놓으려 하다가 그만 핸드백으로 어머니의 보닛을 치고는 말했다. 윈첼시 양은 이리저리 부딪히며 어머니를 '엄마'라고 부르는 그 사람들이 너무나 싫었다. 그들 뒤로 어느 청년이 혼자 들어왔다. 윈첼시 양은 '관광객 티'가 전혀 안 나는 청년의 옷차림을 눈여겨보았다. 양쪽으로 당겨 여는 청년의 여행 가방은 질 좋은 가죽이었고, 룩셈부르크와 오스탕드*를 생각나게 하는 딱지들이 붙어 있었으며, 부츠는 갈색이긴 해도 저속하지 않았다. 청년은 팔에 외투를 들고 있었다. 그 사람들이 제대로 자리를 잡기도 전에 검표원이 나타나 쾅쾅 소리를 내며 문을 열었고, 보라! 이들이 탄 기차는 채링 크로스역을 미끄러져 나가 드디어 로마로 출발하고 있었다!

* 벨기에 북부의 유명한 해변 도시.

패니가 외쳤다. "멋져! 얘들아, 우리가 로마에 가다니 아직도 믿기지가 않아!"

윈첼시 양은 살짝 미소를 보내 흥분한 패니를 진정시켰고, '엄마'라고 불린 부인은 사람들에게 자기들이 왜 그렇게 역에 '촉박하게' 왔는지를 대충 설명했다. 두 딸은 몇 번이나 "엄마,"라고 부르며 요령 없지만 효과적인 방법으로 어머니의 수다를 진정시켰고, 결국 어머니는 투덜대며 여행 필수품이 담긴 바구니를 살폈다. 그러다가 곧 고개를 들었다. 어머니가 말했다. "이런! 내가 **그것**을 가져오지 않았구나!" 두 딸은 "아, 엄마!" 하고 말했다. 하지만, 다른 사람들은 '그것'이 뭔지 알 수가 없었다.

이내 패니는 헤어*의 『로마에서의 산책』을 꺼내 들었다. 로마 관광객들 사이에서 매우 인기 있는, 간략한 여행 안내서였다. 두 딸의 아버지는 티켓 묶음책을 상세히 들여다보기 시작했는데, 영어 단어가 없나 살피는 게 확실했다. 아버지는 그 티켓들을 똑바로 들고 오랫동안 바라보다가 거꾸로 돌렸다. 그러고는 만년필을 꺼내 거기에 아주 조심스럽게 날짜를 적었다. 함께 여행할 사람들을 드러나지 않게 살피던 청년은, 책을 꺼내 독서에 빠져들었다. 헬렌과 패니가 창밖으로 치즐허스트를 보는 동안(패니는 그곳이 불쌍한 프랑스 황후가 살았던 곳이라 흥미를 느꼈다),

---

● 오거스터스 헤어(1834~1903). 영국의 작가이자 이야기꾼.

윈첼시 양은 기회를 잡아 청년이 든 책을 관찰했다. 청년의 책은 여행 안내서가 아니라 작고 얇은 시집이었고, **장정본**이었다. 윈첼시 양은 청년의 얼굴을 흘끗 보았다. 한눈에 봐도 세련되고 호감 가는 인상이었다. 청년은 작은 금색 **코안경**을 쓰고 있었다. "그 여자가 지금도 저기 살고 있을까?" 패니가 그렇게 말하자, 윈첼시 양은 청년을 조사하던 눈길을 거두었다.

그 뒤로 여행하는 내내 윈첼시 양은 거의 말이 없었고, 말을 하게 되면 최대한 싹싹하고 품위 있게 하려고 애썼다. 윈첼시 양은 원래부터 언제나 나직하고 분명하고 상냥하게 말했지만, 이번엔 특히 더 나직하고 분명하고 상냥하게 하려고 애썼다. 기차가 도버의 흰 절벽 아래를 지나자 청년은 시집을 치웠고, 마침내 기차가 보트 옆에 멈추자 청년은 신속하고 우아하게 윈첼시 양과 친구들의 짐을 들어 주었다. 윈첼시 양은 '허튼짓을 증오'했지만, 청년이 그녀들이 숙녀임을 곧바로 파악하고 도를 넘어선 친절을 보이지 않으면서 도와준 점이 기뻤다. 또한 청년은 이번에 정중하게 도와주는 것이 앞으로 주제넘게 나설 권리를 얻으려는 게 아니라는 점을 멋진 방식으로 보여 주었고, 윈첼시 양은 그 점도 마음에 들었다. 윈첼시 양과 친구들은 영국을 떠나는 게 처음이었기에, 다들 해협을 건너는 일에 흥분하여 살짝 긴장했다. 그들은 보트의 가운데 쪽 명당에 다 함께 서 있었다. 청년이 윈첼시 양의 큰 여행 가방을 거기 놓으며, 여기가 좋은 자리라고 말해 주었던 것이다. 그들은 앨비언*의 하얀 기슭이 멀어져 가는 것을 지켜보며 셰익스피어를 인용하고, 동료 여행자들을 영국식으로 조용히 놀려 댔다.

일행은 몸집 큰 사람들이 작은 파도를 경계하는 모습을 보면서 특히 즐거워했다. 자른 레몬과 휴대용 술병들이 난무했고, 어떤 숙녀는 얼굴에 손수건을 덮고 갑판 의자에 길게 뻗었으며, 밝은 갈색의 '관광객 티' 나는 양복을 입은 천박하고 단호한 한 남자는 영국을 출발해 프랑스에 도착할 때까지 내내 두 다리를 하느님이 허락하신 최대로 벌린 채 갑판을 돌아다녔다. 이런 모든 뛰어난 예방책들 덕분에 아무도 뱃멀미를 하지 않았다. 사적으로 가이드를 받는 관광단은 갑판에서 가이드를 졸졸 따라다니며 질문을 해 댔는데, 헬렌의 눈에는 그런 그들이, 다소 저속한 표현을 쓰자면 베이컨 껍질 조각을 문 암탉들처럼 보였다. 마침내 가이드는 아래로 내려가 숨어 버렸다. 얇은 시집을 읽던 청년은 선미에 서서 점점 멀어지는 영국을 지켜보았는데, 윈첼시 양은 그 모습이 좀 외롭고 슬퍼 보인다고 생각했다.

이윽고 칼레의 떠들썩하고 새로운 광경이 다가오자, 청년은 윈첼시 양의 큰 여행 가방과 다른 소소한 물건들을 챙기는 것을 잊지 않았다. 세 여자 모두 정부 주관 프랑스어 시험을 적당한

●   영국 즉 그레이트브리튼섬을 지칭하는 가장 오래된 명칭.

성적으로 통과했음에도 불구하고 내심 자신들의 악센트를 창피하게 여겼는데, 그런 그들에게 청년은 아주 유용했다. 청년은 절대 주제넘게 굴지 않았다. 청년은 여자들을 편안히 객차에 태워주고 모자를 들어 인사한 뒤 떠났다. 윈첼시 양은 최대한 예의바르게 고맙다고 인사했다. 붙임성 있으면서 세련된 인사였다. 패니는 청년이 아직 부르면 들리는 거리에 있는데도 "멋지다"고 말했다. 헬렌이 말했다. "난 저 사람 정체가 궁금해. 저 사람도 이탈리아로 갈 거야. 내가 저 사람 티켓 묶음책에서 초록색 티켓들을 봤거든." 윈첼시 양은 친구들에게 그가 읽던 시집에 대해 말할까 하다가, 하지 않기로 마음먹었다. 곧 객차의 창문으로 보이는 풍경이 그들을 사로잡았고, 청년은 잊혔다. 가장 평범한 광고들도 프랑스어다운 프랑스어로 된 나라를 통과해 가고 있으니 그들은 자신들이 교양 있는 일을 하고 있다는 기분이 들었고, 윈첼시 양은 비애국적인 비교를 했다. 철로변에 영국처럼 경관을 해치는 거대한 광고판이 아니라 가냘프고 작은 게시판 광고들이 있었기 때문이다. 그러나 북프랑스의 풍경은 따분해서 잠시 후 패니는 헤어의 『로마에서의 산책』으로 돌아갔고, 헬렌은 점심 식사를 하기 시작했다. 윈첼시 양은 행복한 공상에서 깨어났다. 윈첼시 양은 자기가 정말로 로마로 가고 있음을 실감하려 애쓰는 중이라고 말했지만, 헬렌의 식사 권유를 받자 배가 고프단 걸 깨닫고 바구니에서 점심을 꺼내 아주 기분 좋게 식사를 했다. 오후가 되자 그들은 지치고 조용해졌고, 이윽고 헬렌이 차를 우렸다. 윈첼시 양은 살짝 졸았을지도 모르지만, 패니는 아예 입을 벌리고 잤다. 하지만 이제 그들 옆자리에 탄 사람들은 꽤 친절하긴 해도 비판적인 인상을 가진 나이를 알 수 없는 숙녀 두 명이었기에(그 둘은 프랑스어로 얘기할 수 있을 만큼 프랑스어에 능통했다), 윈첼시 양은 계속 패니를 깨웠다. 끈질기고 규칙적인 기차 소리와 빠르게 지나가는 바깥 풍경이 마침내 괴로워졌다. 그들은 밤이 되어 기차가 멈추기도 전에 이미 여행이 끔찍하게 지겨워졌다.

밤 정차 시간은 청년이 다시 나타나며 활기를 띠었고, 청년의 매너는 나무랄 데가 없었으며, 프랑스어 실력도 쓸 만했다.

청년의 쿠폰들은 윈첼시 양 일행과 같은 호텔에서 사용 가능했는데, 청년은 우연히(그렇게 보였다) 호텔 공동 식탁에서 윈첼시 양 옆자리에 앉았다. 로마에 대한 열정에도 불구하고 윈첼시 양은 지금과 같은 일이 벌어질 수도 있다는 가능성을 이미 곰곰이 생각해 본 상태였다. 청년이 여행이 지루하지 않냐고 묻자(수프와 생선을 먹은 뒤에 이 말을 했다), 윈첼시 양은 그 말에 그냥 동의하지 않고 다르게 대꾸했다. 둘은 곧 각자의 여행을 비교했고, 그 대화에서 헬렌과 패니는 잔인할 정도로 무시당했다. 둘은 서로 같은 여행을 하게 될 것임을 알게 되었다. 하루는 피렌체의 미술관들에서 보내고(청년이 말했다. "제가 들은 바에 의하면,

하루로는 정말 빠듯하다더군요.") 나머지는 로마에서 보낼 터였다. 청년은 참으로 즐겁게 로마에 대해 이야기했다. 상당히 박식한 게 분명했고, 소크라테스에 대한 호라티우스의 언급을 인용했다. 윈첼시 양은 대학 입학 자격시험 때문에 그 언급이 담긴 책을 '읽은' 적이 있었기에, 자신 역시 그 책을 인용하며 즐거워했다. 대화가 이렇게 진행되자 단순한 잡담에 품위가 깃들게 되었다. 패니도 약간의 감정들을 내비쳤고 헬렌도 몇 가지 현명한 말로 끼어들었지만, 대부분은 윈첼시 양이 청년과의 대화를 주도했다.

로마에 도착하기 전, 청년은 암묵적으로 일행이 되었다. 모두가 청년의 이름도 직업도 몰랐지만, 어딘가 모르게 청년은 교사처럼 보였고, 윈첼시 양은 예리한 감으로, 청년이 대학에서 공개강의를 하는 강사일 것이라고 추측했다. 어쨌거나 청년은 부자도 아니고 불쾌하게 굴지도 않는, 신사적이면서 세련된 유의 사람이었다. 윈첼시 양은 청년이 옥스퍼드나 케임브리지 출신이 아닌지 한두 번 확인하려 해 봤지만, 청년은 윈첼시 양의 소심한 시도들을 비껴갔다. 윈첼시 양은 청년이 그런 곳들로 '올라간다'는 표현 대신 '내려간다'는 표현을 쓰는지 보려고 그곳들에 대해 이야기하게 하려 해 봤다. 그게 명문대 졸업생인지 구분하는 방법이란 걸 알았기 때문이다. 청년은 상당히 적절한 방식으로 (그냥 대학이 아니라) 명문대란 단어를 사용했다.

그들은 허락된 짧은 시간 동안 러스킨* 씨의 피렌체를 최대한 많이 보았다. 청년은 피티 미술관에서 여자들을 만나 함께 돌아다니며 유쾌하게 이야기했고, 여자들이 자신을 인정해 주는 것을 무척이나 감사했다. 청년은 미술 작품에 대해 굉장히 많이 알고 있었기에, 네 명 모두 그날 아침을 마음껏 즐길 수 있었다. 오래 사랑받은 작품들을 알아보고 새로운 아름다운 작품들을 찾아내며 돌아다니니 기분이 좋았다. 특히 수많은 사람들이 난감해하며 베데커 여행 안내서만 만지작거리고 있으니 더욱더 그랬다. 하지만 저 청년은 도덕군자연하는 사람은 아니야, 하고 윈첼시 양은 말했다. 윈첼시 양은 그런 사람들은 싫어했다. 정말로 청년은, 가령 베아토 안젤리코**의 고전 작품들에 대해 말할 때 저속하지 않은 익살을 섞어 재미있게 이야기했다. 그러면서도 모든 말의 바탕에는 엄숙하고 진지한 기색이 있었고, 그림들의 도덕적 교훈을 빠르게 잡아냈다. 패니는 그 명화들 사이를 조용히 지나갔다. 패니는 "그림에 대해 아는 게 거의 없다"고 인정하면서, 자신에게 이 그림들은 "모두 아름다울 뿐"이라고 고백했다. 윈첼시 양은 패니의 '아름답다'라는 표현이 지루할 정도로 단조롭다고 생각했다. 윈첼시 양은 기차 안에서도 햇빛 비치는 알프

* 존 러스킨(1819~1900). 영국의 비평가이자 라파엘전파 화가로, 피렌체를 본 경험에서 영감을 얻어 그린 작품들로 유명하다.
** 베아토 안젤리코(1395~1455). 중세 이탈리아의 화가.

스의 모습이 사라지자 상당히 기뻐했는데, 패니가 그 풍경에 스타카토 조로 감탄을 연발했기 때문이었다. 헬렌은 미술관에서 거의 말이 없었지만, 윈첼시 양은 그런 모습에 놀라지 않았다. 옛 시절의 미적 특징에 대한 헬렌의 소양이 부족하다는 것을 알기 때문이었다. 윈첼시 양은 청년이 주저하다가 던지는 세련된 농담에 가끔은 깔깔대며 웃고 가끔은 웃지 않기도 했으며, 가끔은 다른 관람객들의 옷차림을 응시하느라 주위의 작품들을 까맣게 잊은 것 같기도 했다.

로마에 도착해서도 청년은 때때로 윈첼시 양 일행과 함께 다녔다. 다소 '관광객 티'가 나는 청년의 친구가 이따금씩 청년을 데려갔다. 청년은 윈첼시 양에게 익살스럽게 불평했다. "전 로마에서 2주밖에 있을 수 없습니다. 그런데 제 친구 레너드는 하루 종일 티볼리에서 폭포를 보자네요."

"당신 친구 레너드는 무얼 하는 분이죠?" 윈첼시 양이 갑자기 물었다.

"제가 만나 본 사람 중에 가장 열정적인 산책 애호가지요." 청년이 대답했다. 윈첼시 양은 그 대답이 재밌기는 했지만 조금 불충분하게 느껴졌다.

그들은 참으로 멋진 시간을 보냈고, 패니는 청년이 없었다면 어쩔 뻔했나 생각하곤 했다. 로마에 대한 윈첼시 양의 관심과 패니의 감탄은 끝을 몰랐다. 그들은 절대로 지치지 않았다. 그림 전시실, 조각 전시실, 거대하고 붐비는 교회들, 폐허와 박물관들, 박태기나무들과 백년초들, 와인 카트들과 궁전들을 지나며, 그들은 수그러들지 않고 계속 감탄했다. 윈첼시 양 일행은 소락테산을 잠깐 올라 보지도 않고서, 그곳의 스톤파인*이나 유칼립투스를 직접 보지도 않고서 그 이름을 말하며 감탄을 연발했다. 그들의 평범한 감탄은 상상 놀이에 의해 굉장해졌다. "여기서 카이사르가 걸었는지도 몰라." 그들은 이렇게 말하곤 했다. "라파엘로가 바로 이 지점에서 소락테산을 봤을지도 몰라." 그들은 우연히 비불루스**의 무덤에 닿았다. "비불루스로군요." 청년이 그렇게 말하자 윈첼시 양이 대꾸했다. "로마 공화국의 가장 오래된 기념물이죠!"

패니가 말했다. "내가 너무 몰라서 그러는데, 비불루스가 **누구야?**"

묘하고 짧은 침묵이 흘렀다.

"저 벽을 세운 사람 아냐?" 헬렌이 말했다.

청년은 재빨리 헬렌을 흘끗 보고는 웃음을 터트리며 말했다. "그건 발부스고요." 헬렌의 얼굴이 빨개졌다. 청년도 윈첼시 양도, 비불루스가 누구냐고 한 패니의 질문에 답을 해 주지 않았다.

---

* 지중해 연안에서 자라는 소나무의 일종.
** 마르쿠스 칼푸르니우스 비불루스(?~BC.48?). 로마 공화정의 정치가.

헬렌은 다른 세 명보다 말이 없었지만 한편으론 평소에도 늘 말이 없었고, 보통은 전차표며 이런저런 것들을 관리했고, 청년이 표를 가져가면 거기서 시선을 떼지 않았으며, 청년이 둘을 만나고 싶어 하면 청년에게 지금 그 둘이 어디 있는지 말해 주었다. 그 젊은이들은 한때는 이 세상이었으나 이젠 유물이 된, 창백한 갈색의 청결한 도시에서 즐거운 시간을 보냈다. 그들의 유일한 슬픔은 시간이 짧다는 것이었다. 그들은 전차와 1870년대의 건물들, 그리고 고대 로마의 포럼을 노려보는 저 범죄적인 광고들 때문에 미적 감각에 말할 수 없는 충격을 받았다고 말했다. 하지만, 그것 역시 즐거움의 일부일 뿐이었다. 사실 로마는 너무나도 멋진 곳이었기에 윈첼시 양은 가끔 로마에 가면 꼭 보겠노라고 가장 정성 들여 준비한 열정의 대상 중 일부를 잊을 때가 있었고, 헬렌은 불시에 함께 딸려 나가 생각지도 못한 것들의 아름다움을 돌연 인정하곤 했다. 패니와 헬렌은 영국인 지구에서 가게들을 구경하고도 싶었지만, 윈첼시 양이 다른 영국 관광객들에게 강경한 적대감을 보이는 바람에 그쪽으론 발도 들여놓지 못했다.

윈첼시 양과 박학한 청년의 지적, 미적 어울림은 서서히 좀 더 깊은 감정으로 발전했다. 원기 왕성한 패니는 열심히 "아름다워"를 외치기도 하고, 흥미로운 새 장소가 언급될 때마다 엄청나게 좋아하며 "아! 그럼 어서 **가야지**"라고 말하면서 최선을 다해 그 둘의 난해한 방식의 감탄에 보조를 맞췄다. 그러나 헬렌은 여행이 끝나 갈수록 점점 더 그들에게 공감을 표시하지 않아 윈첼시 양을 살짝 실망시켰다. 헬렌은 바르베리니 미술관에 걸린 베아트리체 첸치*의 얼굴에서 '그 무엇'도 보길 거부했다. 셸리의 베아트리체 첸치였는데도 말이다! 어느 날, 그 둘이 전차에 대해 유감을 표시하자 헬렌이 다소 퉁명스럽게 말했다. "사람들은 어떻게든 돌아다녀야 하는데, 이 끔찍한 작은 언덕들을 넘으라고 말들을 고문하는 것보단 이쪽이 낫잖아." 헬렌은 로마의 일곱 언덕을 '끔찍한 작은 언덕들'이라고 표현한 것이었다!

팔라티노 언덕에 간 날, (윈첼시 양은 몰랐지만) 헬렌은 돌연 패니에게 이렇게 말했다. "그렇게 서둘러서 걷지 마, 얘. **쟤들은** 우리가 자기네를 따라잡는 거 안 좋아해. 그리고 **가까이** 있어 봤자 쟤들은 우리가 원하는 말은 해 주지 않잖아."

"따라잡으려던 거 아냐. 정말로 아냐." 패니는 그렇게 말하며 빠른 발걸음을 늦추고는 잠시 숨을 헐떡거렸다.

하지만 윈첼시 양은 이미 행복을 느끼고 있었다. 청년과 자신 사이에 이별이라는 비극이 예정되어 있음을 깨닫자, 삼나무 그

---

* 아버지의 폭력과 겁탈에 못 이겨 아버지를 살해한 여자로, 화가 귀도 레니가 〈베아트리체 첸치〉라는 작품으로 그녀를 형상화했으며, 그 그림을 보고 감명받은 시인 셸리가 그녀의 이야기를 담은 『베아트리체 첸치』라는 희곡을 썼다.

늘이 진 유적을 거닐며 인간 정신이 가질 수 있는 최고급 정보와 세련된 감상을 교환했던 일이 얼마나 행복했는지 확실히 알 수 있었다. 아주 서서히 둘의 교류 속으로 감정이 스며들었고, 그 감정은 점차 밖으로 즐겁게 드러났으며, 결국 헬렌의 현대적 태도가 너무 빨랐던 건 아니게 되었다. 천천히, 둘의 관심은 주위의 멋진 것들에서 둘 간의 좀 더 친밀하고 사적인 감정으로 옮겨 갔다. 둘은 주뼛거리며 자신에 대한 정보를 제공했다. 윈첼시 양은 자신의 학교에 대해, 시험 성적이 좋았음에 대해, '벼락치기'해야 하는 날들이 끝났을 때 얼마나 기뻤는가에 대해 넌지시 말했다. 남자는 자기 역시 가르치는 사람임을 분명히 했다. 둘은 자신들의 직업이 위대하다는 점, 그러나 그 지루한 세부 사항을 직시하면 연민이 든다는 점, 가끔 다소의 외로움을 느낀다는 점 등을 이야기했다.

둘은 이런 이야기를 콜로세움에서 했다. 그날 둘은 콜로세움보다 더 멀리 갈 수 없었다. 헬렌이 패니를 데리고 위쪽 관람석에 먼저 갔다가 돌아갔기 때문이다. 그러자 이미 충분히 생생하고 구체적이던 윈첼시 양의 비밀스러운 상상의 장면들이 그 어느 때보다 실제처럼 떠올랐다. 윈첼시 양은 이 호감 가는 청년이 너무나도 교화적인 방법으로 학생들에게 강연을 하는 모습을, 또한 청년의 지적인 짝이자 조력자로서의 자신의 모습을 조심스럽고도 분명하게 상상했다. 세련된 작은 집과 그 안에 있는 책상 두 개, 품격 있는 책들이 꽂힌 하얀 책꽂이, 로세티*와 번존스**의 단색 복제화들과 모리스의 벽지와 두들겨 편 구리 단지에 담긴 꽃들을 상상했다. 윈첼시 양은 그 외에도 아주 많은 상상을 했다. 헬렌이 패니를 데리고 **무로 토르토***를 보러 간 동안 둘은 핀치오 언덕에서 귀중한 몇 분을 보냈는데, 그때 청년이 곧바로 솔직해졌다. 청년은 둘의 우정이 지금이 시작이기를 바라며 이미 당신이라는 존재가 자신에게 아주 소중해졌다고, 실은 그 이상이라고 말했다.

청년은 긴장하기 시작했고, 마치 자기 감정 때문에 안경이 자꾸 떨어지려 한다는 듯 떨리는 손가락으로 안경을 밀어 올렸다. 청년이 말했다. "물론 전 당신에게 저에 대해 얘기해야 합니다. 제가 이런 얘기를 하는 게 다소 이상하다는 건 압니다. 하지만 우연인지 인연인지 모를 이 만남을 저는 계속 유지하고 싶습니다. 로마를 혼자 여행하게 될 줄 알았는데…… 지금까지 정말 행복하고 또 행복했습니다. 아주 최근에야 전…… 감히 생각하길……"

그러다가 청년은 뒤를 흘끗 돌아보고는 발을 멈췄다. 청년은 아주 또렷하게 "젠장!" 하고 말했다. 남자들이 잘하는 그런 불경

- 단테이 게이브리얼 로세티(1828~1882). 영국의 화가이자 시인.
- •• 에드워드 콜리 번존스(1833~1898). 영국의 화가이자 설계사.
- ••• 로마에 있는 고대의 벽.

한 실수에 크게 신경 쓰지 않고 윈첼시 양 역시 뒤를 돌아보니, 청년의 친구 레너드가 다가오고 있었다. 레너드는 모자를 들고 이를 드러내 보이며 윈첼시 양에게 인사를 하더니 청년에게 말했다. "널 찾아 사방을 돌아다녔어, 스눅스. 30분 전에 피아차 계단에 있기로 약속했잖아."

스눅스라니! 윈첼시 양은 그 이름에 얼굴을 세게 맞은 듯한 충격을 받았다. 청년이 친구에게 뭐라고 대답했지만 윈첼시 양의 귀에는 아무 소리도 들리지 않았다. 나중에 윈첼시 양은, 그때 아마도 레너드가 자신을 넋 나간 여자라 여겼을 거라고 생각했다. 그리고 그 후에도 윈첼시 양은 그때 청년이 레너드에게 자신을 소개했는지, 자신이 레너드에게 뭐라고 말했는지 전혀 기억할 수가 없었다. 일종의 정신적 마비가 윈첼시 양을 덮쳤기 때문이었다. 하고많은 불쾌한 성 중에서…… 스눅스라니!

헬렌과 패니가 그들 곁으로 오자 정중한 인사가 오간 후 젊은 남자들은 떠났다. 윈첼시 양은 혼신의 힘을 다해 마음을 다잡고 친구들의 미심쩍은 눈길을 마주했다. 오후 내내 윈첼시 양은 그 이름 때문에 형언할 수 없는 분노에 사로잡힌 여주인공이 된 기분이었고, 친구들과 이야기를 하고 로마를 구경하면서도, 마음속으로는 '스눅스'라는 이름을 잘근잘근 씹었다. 그 이름이 처음 두 귀에 울린 순간부터, 윈첼시 양의 행복한 상상은 먼지가 되어 날아갔다. 그녀의 상상 속에 있던 그 모든 세련된 것들이 그 비속한 성으로 인해 망가지고 흉해져 버린 것이다.

단색 복제화들, 모리스 벽지, 두 개의 책상이 놓인 그 세련된 작은 집이 이제 윈첼시 양에게 무슨 의미가 있단 말인가? '스눅스 부인'이라는, 상상조차 할 수 없는 단어가 이글이글 불타며 그 집에 가로질러 새겨져 있었다. 독자에겐 사소해 보일지 몰라도, 윈첼시 양의 섬세한 품위를 생각해 보라. 더할 나위 없이 세련된 상태에서 자기 이름을 그렇게 적는다고 생각해 보라. '스눅스'. 윈첼시 양은 자기가 정말 안 좋아하는 사람들이 모두 자신을 스눅스 부인이라 부르는 걸 상상했고, 은근히 모욕의 기운이 섞인 그 성을 생각했다. 윈첼시 양은 회색과 은색 카드에 쓰여 있는 '윈첼시'라는 이름이 큐피트의 화살표로 지워지고 대신 '스눅스'라는 이름이 적히는 것을 상상했다. 그것은 심약한 여성의 자존심 상하는 고백처럼 보였다! 윈첼시 양은 몇몇 여자 친구들에게, 그리고 자신이 점점 더 세련되어지면서 오래전에 소원해져 버린 몇몇 식품점 사촌들에게 받을 끔찍한 축하를 상상했다. 사촌들은 봉투에 그 이름을 갈겨쓰고 비꼬며 축하할 것이다. 그 남자와 사는 게 아무리 즐거워도 어찌 그런 부분을 보상받겠는가? 윈첼시 양은 중얼거렸다. "불가능해. 불가능해! **스눅스라니!**"

윈첼시 양은 청년에게 미안했지만, 그래도 자기 발등의 불이 더 뜨거웠다. 윈첼시 양은 청년에게 살짝 분개했다. 실은 내내 '스눅스'였으면서, 재수 없는 자기 성을 세련된 태도의 휘장 아래

숨기려고 그렇게 친절하고, 그렇게 세련되게 굴었다는 게 사기처럼 보였다. 감정 과학의 언어로 표현하자면, 윈첼시 양은 청년이 자기를 '속였다'고 느꼈다.

물론 몹시 흔들린 순간들, 거의 정열에 가까운 무언가가 세련됨 따위는 바람에 던져 버리라고 명령하는 때도 있었다. 또한 마음속의 무언가가, 아직 삭제되지 않은 비속함의 자취가, 스눅스도 그렇게까지 나쁜 이름은 아니라고 증명하려 몸부림쳤다. 그러나 패니가 파멸의 분위기를 풍기며 다가와 자기도 그 공포를 안다고 말하자, 그때까지 남아 있던 모든 망설임이 순식간에 사라져 버렸다. **스눅스**라고 말할 때 패니는 완전히 속삭였다. 윈첼시 양은 마침내 보르게세 공원에서 청년과 잠시 함께 있게 되었을 때, 청년에게 아무 답도 주지 않으려 했다. 하지만 쪽지는 남기겠다고 약속했다.

윈첼시 양은 청년이 빌려준 작은 시집에 쪽지를 넣어 건넸다. 처음에 둘을 하나로 묶어 주었던 그 책이었다. 윈첼시 양의 거절은 모호하고 암시적이었다. 윈첼시 양은 왜 자기가 청년을 거부하는지 더 이상 말해 줄 수가 없었다. 혹을 불구라고 얘기할 수 없는 것보다 더 심각했다. 청년 역시 자기 이름의 형언할 수 없는 특성의 뭔가를 느끼는 게 분명했다. 사실 청년은 이름을 말할 기회를 열 번도 더 피해 갔다고 이제 윈첼시 양은 느꼈다. 그래서 윈첼시 양은 '자신이 알릴 수 없는 장애물', 즉 '그가 말한 일

이 불가능한 이유들'이라고 말했다. 윈첼시 양은 쪽지에 이름을 적으며 몸을 떨었다. 'E. K. 스눅스.'

상황은 예상보다 훨씬 더 나빴다. 청년은 설명해 달라고 부탁했다. **무슨 수로** 설명해 준단 말인가? 로마에서의 마지막 이틀은 끔찍했다. 윈첼시 양은 크게 놀라고 당황한 청년의 모습을 머리에서 지울 수가 없었다. 윈첼시 양은 자신이 청년에게 둘이 잘될 거란 희망을 주었음을 잘 알고 있었지만, 그 사실을 인정할 용기가 나지 않았다. 청년은 분명 자기를 세상에서 가장 변덕스러운 사람이라고 생각할 것이었다. 하지만 윈첼시 양은 이제 완전히 발을 뺐기에, 편지를 교환하자는 청년의 암시조차 받아들이지 않았다. 하지만 청년은 윈첼시 양 눈에 섬세하면서 로맨틱해 보이는 일을 하나 했다. 패니를 연애의 중개인으로 삼은 것이다. 패니는 그 비밀을 지킬 수가 없었고, 그래서 그날 밤 조언이 필요하다는 빤한 핑계를 대며 윈첼시 양에게 와서 말했다. "스눅스 씨는 내게 편지를 쓰고 싶어 해." 패니가 말했다. "멋져! 난 어찌할 바를 몰랐어. 근데 그러라고 해도 될까?" 윈첼시 양과 패니는 그 일에 대해 오랫동안 열심히 이야기했지만, 윈첼시 양은 자기 마음에 대해선 조심스레 입을 다물었다. 윈첼시 양은 이미 청년의 암시를 무시한 걸 후회하고 있었다. 왜 가끔 그 사람 소식을 들으면 안 되나? 이름만 봐도 분명 고통스럽긴 하겠지만 말이다. 윈첼시 양은 허락해도 되겠다고 판단했고, 패니는 평소 같지 않게 흥분해 잘 자라고 키스했다. 패니가 간 뒤, 윈첼시 양은 조그만 자기 방의 창가에 오랫동안 앉아 있었다. 달빛이 비치고, 거리에선 어떤 남자가 거의 마음이 녹아내릴 만큼 달콤하게 〈산타 루치아〉를 부르고 있었고…… 윈첼시 양은 정말 죽은 듯이 가만히 앉아 있었다.

윈첼시 양은 단어 하나를 아주 조용히 속삭였다. 그 단어는 '스눅스'였다. 이윽고 윈첼시 양은 땅이 꺼질 듯 한숨을 쉬며 일어나 침대로 갔다. 이튿날 아침, 청년은 윈첼시 양에게 의미심장하게 말했다. "당신 친구를 통해 당신 소식을 듣겠습니다."

스눅스 씨는 여전히 애처롭고 묻고 싶어 하며 당황하는 표정을 지은 채, 로마를 떠나는 윈첼시 양 일행을 배웅했고, 헬렌이 아니었다면, 윈첼시 양의 큰 여행 가방을 일종의 백과사전 같은 기념품으로 손에 계속 쥐고 있었을 것이다. 영국으로 돌아오며 윈첼시 양은 이런저런 여섯 번의 상황에서, 패니에게서 길어도 너무 긴 편지를 보내겠다는 약속을 받아 냈다. 패니는 스눅스 씨에게 상당히 가까이 있게 될 것처럼 보였으니 말이다. 패니의 새로운 수업은(패니는 늘 새로운 수업을 찾아다녔다) 스틸리 뱅크에서 겨우 5마일 거리 떨어진 스틸리 뱅크 폴리테크닉에서 있었고, 스눅스 씨는 그 학교에서 1학년 수업 한두 개를 가르쳤다. 스눅스 씨는 패니를 가끔 볼 수도 있었다. 패니와 윈첼시 양은 그 사람에 대해 많이 얘기할 수는 없었다(둘은 늘 '그 사람'이라고 불렀고, 절대 스눅스 씨라곤 부르지 않았다). 헬렌이 스눅스 씨에 대해 매정한 말을 해 댔기 때문이다. 그 옛날 함께 교육대학에 다니던 시절 이후로 헬렌의 성격이 무척 거칠어졌음을 윈첼시 양은 눈치챘다. 헬렌은 냉정하고 냉소적이 되어 있었다. 헬렌은 스눅스 씨가 연약한 얼굴을 하고 있다면서 자기 같은 부류의 사람들이 잘 그러듯 그 연약함을 세련됨으로 오인했다고 했고, 그의 성이 스눅스란 걸 알게 되자 그럴 줄 알았다는 식으로 말했다. 그 뒤로 윈첼시 양은 조심스레 감정을 숨겼지만, 패니는 덜 신중하게 굴었다.

세 여자는 런던에서 헤어졌고, 윈첼시 양은 인생의 새로운 즐거움을 안고 여자 고등학교로 돌아왔다. 지난 3년간 윈첼시 양은 그 학교에서 점점 더 귀중한 보조교사로 자리매김했다. 윈첼시 양이 찾은 새로운 즐거움이란 패니와 편지를 주고받는 것이었고, 윈첼시 양은 그녀에게 본을 보이고 격려도 하기 위해, 돌아와서 2주 만에 장황하고 묘사적인 편지를 써 보냈다. 하지만 패니는 맥 풀리는 답장을 보내왔다. 친구에게 글재주가 없는 걸 알고 한탄하게 된 건 윈첼시 양에게도 새로운 경험이었다. 심지어 혼자 안전하게 서재에 있을 때 패니의 편지에 대해 "허튼소리!"라고 큰 소리로 혹평하기까지 했다. 윈첼시 양의 편지처럼 패니의 편지에도 학교에 대한 구구절절한 내용만 적혀 있었다. 그리고 스눅스 씨에 대해선 딱 이만큼만 쓰여 있었다. '스눅스 씨에게서 편지를 한 통 받았어. 그 사람이 토요일 오후에 날 만나러 온 적도 두 번 있어. 로마와 너에 대한 얘길 하더라. 우린 둘 다 네 얘기를 했어. 분명 네 귀가 많이 간지러웠을 거야, 친구야……'

윈첼시 양은 더 명쾌하게 말해 달라고 요구하고 싶은 마음을 애써 억누르며, 다시 상냥하기 그지없는 긴 편지를 썼다. '너에 대해 모두 말해 줘, 친구야. 우리의 오랜 우정이 여행으로 더욱 공고히 다져졌으니, 너랑 정말 계속 연락하고 싶어.' 그리고 스눅스 씨에 대해선 다섯 번째 장에 간단히 이렇게만 썼다. '그 사람을 만났다니 기뻐. **혹시** 그 사람이 **친절하게도**(밑줄 쫙) 내 안부를 묻지는 않았어?' 패니는 '오랜 우정'이란 말에 장단을 맞춰 교육대학 시절에 함께했던 여남은 가지의 멍청한 짓들만 상기시키는, 스눅스 씨에 대한 말은 단 한마디도 없는, 너무나 우둔한 답장을 보내왔다!

거의 일주일 동안, 윈첼시 양은 패니가 연애 중개인 역할을 제대로 못하는 데 너무나 화가 나 편지를 쓸 수가 없었다. 이윽고 윈첼시 양은 '스눅스 씨는 만났어?'라고 단도직입적으로 묻는 감정적인 편지를 썼다. 패니는 예상외로 만족스러운 답장을 보내왔다. '스눅스 씨를 **만났어**'라며 줄줄이 스눅스 씨 이야기를 늘어놓은 것이다. 죄다 스눅스 씨 이야기였다. 스눅스 씨가 이랬다, 스눅스 씨가 저랬다 등등. 그중에서도 특히, 스눅스 씨가 공개 강의를 할 거라고 말했다. 처음엔 아주 만족하던 윈첼시 양은, 잠시 후 그 편지가 여전히 살짝 불만스럽다는 생각이 들었다. 그 편지엔 스눅스 씨가 윈첼시 양에 대해 한 말은, 창백하고 야위어 보였다든지 하는 말은 하나도 없었기 때문이다. 그런데 어라! 윈첼시 양이 답장을 하기도 전에, 패니에게서 같은 주제로 두 번째 편지가 날아왔다. 그 엉성하고 여성적인 손으로 장장 여섯 장에 걸쳐 쓴, 감정이 용솟음치는 편지였다.

그리고 윈첼시 양은 그 편지를 세 번이나 다시 읽고서야 뭔가 다소 이상한 점을 알아챘다. 패니의 타고난 여성성은 교육대학의 딱 떨어지고 분명한 전통조차도 맞서 이겼다. 패니는 태어날 때부터 m과 n과 u와 r와 e를 모두 비슷하게 쓰고, o와 a는 동그라미를 안 닫고 쓰고, i는 점을 찍지 않고 쓰는 부류였다. 단어 대 단어로 꼼꼼히 비교해 보고 나서야 윈첼시 양은 스눅스 씨가 정말로 '스눅스 씨'가 아니란 걸 확신했다! 패니의 감정이 용솟음치는 첫 번째 편지에서 그는 '스눅스Snooks' 씨였지만, 두 번째 편지에서는 '세녹스Senoks' 씨로 바뀌었다. 윈첼시 양은 편지지를 뒤집어 보고는 손을 심하게 떨었다. 이건 윈첼시 양에게 큰 의미가 있는 일이었다. 너무나 엄청난 대가를 치러야 하는 '스눅스 부인'이라는 이름을 피할 수 있는 가능성이 갑자기 나타난 것이다! 여섯 장의 편지지를 모두 뒤집어 보니 모두 그 중대한 이름으로 얼룩져 있었고, 어딜 봐도 s 다음의 첫 글자는 e의 형태를 띠고 있었다! 윈첼시 양은 손으로 가슴을 누른 채 한동안 방을 서성였다.

윈첼시 양은 하루 온종일 그 변화에 대해 생각하며, 어떻게 해야 분별 있으면서도 효과적인 질문을 편지에 쓸 수 있을지 고민했다. 답이 오면 어떤 행동을 취해야 하는가도 고민했다. 윈첼시 양은 그 바뀐 철자가 패니의 기이한 상상 이상의 것이라면 곧바로 스눅스 씨에게 편지를 쓰겠노라고 결심했다. 윈첼시 양은 이제 행동의 사소한 세련미는 사라지는 단계에 도달해 있었다. 아직 핑계는 꾸며 내지 못했지만 편지 쓸 주제는 확실하게 잡아 놓았고, 심지어 '당신과 얘기를 나누었던 이후로 제 인생의 상황은 아주 크게 달라져 버렸답니다'라는 암시의 수준까지 갔다. 그러나 윈첼시 양은 절대로 그 암시를 내비치지 않았다. 그때 변덕스러운 편지 친구인 패니로부터 세 번째 편지가 왔다. 첫 줄은 패니를 '살아 있는 여자 중에 가장 행복한 여자'라고 선언하고 있었다.

윈첼시 양은 갑자기 편지를 손으로 구겨 버리고(나머지는 읽지도 않았다), 정색을 하고 앉았다. 아침 수업 직전에 그 편지를 받고 막 펼쳤을 때, 2학년 학생들이 수학을 배우러 우르르 들어왔기 때문이다. 이내 윈첼시 양은 겉보기엔 아주 침착하게 다시 편지를 읽기 시작했다. 그러나 첫 번째 장 다음에 세 번째 장을 읽으면서도 두 번째 장을 건너뛴 줄도 몰랐다. '그 사람 성이 마음에 안 든다고 솔직하게 말했어.' 세 번째 장은 이렇게 시작했다. '그 사람은 자기도 자기 성이 싫다고 하더라…… 너도 아는, 그 사람 특유의 갑작스럽고 솔직한 방식으로.' 윈첼시 양은 한 장을 건너뛴 것을 정말로 모르고 있었다. '그래서 내가 말했어. '성을 바꿀 순 없었나요?' 그 사람은 처음엔 내 말을 못 알아들었어. 음, 친구야, 그 사람이 내게 그 성의 진짜 뜻을 말해 준 적이 있어. 원래는 세베노악스Sevenoaks인데 그게 스눅스로까지 변질된 거래. 스눅스와 노악스, 둘 다 끔찍하게 저속한 성이긴 해도, 세베노악스가 심하게 닳아 바뀐 형태지. 그래서 내가 말했지(때론 나도 엄청나게 기똥찬 생각을 한다니까). '세베노악스에서 스눅스로 바뀐 거라면, 스눅스에서 세베노악스로 돌려놓는 게 어때요?' 결국, 친구야, 그 사람은 내 제안을 거부할 수 없었고, 그 즉시 새 강의를 홍보하는 게시물에서 자기 성의 철자를 세녹스로 바꿨어. 나중엔, 우리가 결혼하면, 우린 그 성에 아포스트로피를 더해서 세'녹스라고 쓸 거야. 보통 남자라면 화냈을 일인데도 내 말에 따라 주다니 정말 다정하지 않니? 하지만 완전히 그 사람다운 일이기도 하지. 그 사람은 똑똑한 만큼 다정하기도 하니까. 성이야 어떻든, 스눅스보다 열 배는 더 나쁜 성이었대도 나는 그 사람과 결혼하리란 걸 그 사람도 나만큼 잘 알고 있었어. 하지만 그럼에도 그 사람은 성을 바꿨단다.'

맹렬하게 종이가 찢기는 소리에 학생들이 깜짝 놀라 고개를 들었을 때, 윈첼시 양은 창백한 얼굴로 한 손에 잘게 찢어진 종이들을 꽉 쥐고 있었다. 몇 초간 학생들은 윈첼시 양이 응시하는 곳을 함께 바라보았고, 이윽고 윈첼시 양의 표정이 좀 더 낯익은 표정으로 돌아왔다. "3번 끝낸 사람?" 윈첼시 양이 차분한 목소리로 물었다. 윈첼시 양은 그 뒤로 내내 차분했다. 그러나 그날은 벌로 주는 과제가 좀 심한 것이었다. 그리고 윈첼시 양은 그 뒤로 이틀 저녁 동안 패니에게 보낼 편지를 여러 가지 종류로 써보았고, 결국 품위 있는 축하 인사를 찾아냈다. 윈첼시 양의 이성은, 패니에 대한 배신감과 절망적으로 싸웠다.

극도로 세련된 사람은 쓰라린 가슴을 묵묵히 안고 있기도 한다. 윈첼시 양도 그런 상태에 있으면서, 사람에 대한 무자비한 적개심에 휩싸였다. "그 사람은 나와 함께 있으면 완전히 제정신을 잃었지." 윈첼시 양이 말했다. "하지만 멋쟁이에 예쁘고 사근사근한 바보인 패니야말로 남자에겐 끝내주는 짝이지." 윈첼시 양은 패니에게 결혼 선물로 우아하게 장정된 조지 메러디스의 시집을 보냈고, 패니는 엄청나게 행복한 답장을 보내 시집이 '아름다움 그 자체'라고 말했다. 윈첼시 양은 언젠가 세녹스 씨가 그 얇은 책을 집어 들고 잠시 선물한 사람을 생각하게 되길 바랐다. 패니는 결혼 전후로 여러 차례 편지를 보내 '오랜 우정'이라는 그 다정한 전설을 계속 추구했고, 자신의 행복을 시시콜콜 전했다. 그리고 윈첼시 양은 로마 여행 이후 처음으로 헬렌에게 편지를 써서, 그 결혼에 대해선 아무 말 안 했지만 진심에서 우러나오는 따뜻한 감정들을 표현했다.

그들은 부활절 때 로마에 있었고, 패니는 8월 휴가 때 결혼했다. 패니는 윈첼시 양에게 수다스러운 편지를 썼고, 자신의 귀가에 대해, 그리고 자신들의 '조그마한' 작은 집의 놀랄 만한 준비에 대해 세세히 알렸다. 세'녹스 씨는 이제 윈첼시 양의 기억 속에서 사실과 전혀 상관없이 완벽하게 세련된 모습을 띠기 시작했고, 윈첼시 양은 괜스레 '조그마한' 작은 집에서 세'녹스 씨가얼마나 교양 있고 탁월하게 행동할지를 상상하려 애썼다. '난 아늑한 모퉁이에 에나멜 칠을 하느라 바빠.' 패니는 세 번째 장 끝까지 마구 갈겨썼다. '그러니 좀 더 용서를 구할게.' 윈첼시 양은패니의 집 꾸미기를 부드럽게 놀리는 한편 세'녹스 씨가 자신의편지를 봐 주길 강렬히 바라며 가장 멋진 필체로 답장을 썼다.윈첼시 양은 오직 그 희망 덕분에 편지를 쓸 수 있었고, 11월과크리스마스 때 온 편지에도 답장을 했다.

그 뒤로 두 통의 편지에서 패니는 크리스마스 휴가 때 스틸리뱅크로 놀러 오라고 졸랐다. 윈첼시 양은 **그 사람**이 패니에게 그런 편지를 쓰라고 했을까 생각해 봤지만, 그랬다면 그건 패니처럼 말할 수 없이 선량한 사람에게도 지나친 부탁이었다. 윈첼시양은 그가 이제 자신의 대실수에 괴로워하는 게 틀림없다고 믿을 수밖에 없었다. 윈첼시 양은 이내 그가 '사랑하는 친구에게'라고 시작하는 편지를 쓸 거라는, 희망 이상의 기대를 품었다. 이별에서 미묘하게 비극적인 그 무엇이 윈첼시 양에게 큰 지지대가 되어 주었다. 슬픈 오해였다. 차였다면 견딜 수 없었을 것이었다. 하지만 그는 한 번도 '사랑하는 친구에게'라고 시작하는 편지를 쓰지 않았다.

세베노악스 부인(패니는 두 번째 해에 완벽하게 세베노악스 부인이 되었다)이 계속해서 초청을 했는데도 2년 동안 윈첼시 양은 친구들을 보러 갈 수가 없었다. 그러다 부활절이 가까운 어느 날 윈첼시 양은 외로움을 느꼈고, 세상에 자신을 이해해 줄 영혼이 하나도 없음을 깨달았으며, 소위 플라토닉한 우정이란 것을 다시 한번 생각하게 되었다. 패니는 새로 생긴 집안일 때문에 행복하고 바빴지만, **그 사람**은 분명 외로운 시간을 보내고 있을 거라는 생각이 들었다. 그 사람도 로마에서의 날들, 이젠 돌이킬 수 없이 멀어져 간 그 시간들을 생각할까? 이제까지 그 사람만큼 윈첼시 양을 이해한 사람은 없었다. 이 세상 그 누구도. 다시 그와 얘기할 수 있다면 일종의 울적한 기쁨을 느낄 듯했다. 그래서 안 될 이유는 뭐란 말인가? 왜 자신을 억제해야 한단 말인가? 그날 밤 윈첼시 양은 소네트를 한 편 썼고, 여덟 줄 중 마지막 두 줄만 남기고 다 썼다. 두 줄은 도저히 써지지가 않았다. 그리고 이튿날, 윈첼시 양은 우아하고 짧은 편지를 써서 집으로 찾아가겠다고 패니에게 알렸다.

그리하여 윈첼시 양은 스눅스 씨를 다시 만나게 되었다.

스눅스 씨가 변했다는 건 첫 만남에서부터 극명했다. 그는 훨씬 뚱뚱해지고 덜 불안해 보였으며, 대화에서 예전의 우아함을 많이 잃었다는 게 금세 드러났다. 심지어, 그의 얼굴에 약함이 보인다는 헬렌의 말이 옳다고 여겨지기까지 했다. 특정한 빛에서 보면 **정말로** 약했다. 그는 자기 일로 바빠 여념이 없어 보였고, 윈첼시 양이 그저 패니를 위해 왔다고만 생각했다. 그는 저녁을 먹으며 패니와 지적인 방식으로 토론했다. 다 함께 제대로 길게 얘기한 건 딱 한 번뿐이었고, 그것도 수포로 돌아갔다. 그가 그 시간 동안 로마 얘기는 전혀 하지 않고, 자기가 교과서에 쓰려고 생각해 둔 아이디어를 훔쳐 간 어떤 남자 욕만 했기 때문이다. 그 아이디어는 윈첼시 양에겐 그렇게 멋지게 느껴지지 않았다. 그는 피렌체에서 함께 보았던 작품들의 화가 이름도 반 이상 잊어버린 상태였다.

슬플 정도로 실망스러운 주였고, 마침내 돌아갈 때가 되자 윈첼시 양은 기쁨을 느꼈다. 그 후로 윈첼시 양은 온갖 핑계를 대며 패니 집 방문을 피했다. 잠시 후 두 사람의 아들 두 명이 손님방을 차지하게 되자 패니의 초대 편지도 오지 않게 되었다. 패니의 편지에서 친밀함이 사라진 지도 오래였다.

아를의 여인

L'Arlesienne

알퐁스 도데

임희근 옮김

내가 사는 풍차 방앗간에서 내려가 마을로 가려면, 팽나무가 늘어선 커다란 뜰 저 끝에 난 큰길 옆 농가 앞을 지나게 됩니다. 전형적인 프로방스 지방 자작농의 집인데, 붉은 기와지붕에, 널찍한 갈색의 건물 앞면에는 불규칙하게 창문들이 나 있습니다. 꼭대기의 지붕 밑 방에는 바람개비와 건초 더미들을 끌어 올리는 도르래가 달려 있고, 건초 더미에서 갈색 건초 다발 몇 단이 삐져나와 있는 것이 보이지요……

어째서 이 집이 유달리 나를 사로잡은 것일까요? 그 집의 닫힌 대문을 보고 왜 내 가슴이 죄어들었을까요? 누가 물었다 해도 난 그 까닭을 말할 수 없었을 텐데, 아무튼 그 집만 보면 등골이 서늘했습니다. 집 주위가 너무도 고요했거든요…… 누가 지나가도 개 한 마리 짖지 않았고, 뿔닭들은 소리 없이 달아났습니다. ……집 안에서는 쨍 소리 하나 나지 않았습니다! 아무 소리도, 심지어 노새 방울 소리 하나 들리지 않았지요…… 창문에 드리워진 하얀 커튼과 지붕 위로 피어오르는 연기만 아니었다면 다들 사람이 살지 않는 집인 줄로만 알았을 겁니다.

어제 정오를 알리는 종이 울릴 때 나는 마을에서 돌아오는 길이었고, 땡볕을 피하려고 그 농가의 담을 끼고 팽나무 그늘을 따라 걷고 있었습니다…… 큰길가, 농가 앞에서는 하인들이 묵묵히 건초를 짐수레에 싣는 작업을 마무리하고 있었고요…… 대문은 열려 있었습니다. 나는 지나가면서 거기를 한번 쳐다보았고, 뜰 안 저쪽 끝으로 널따란 돌 식탁에 팔을 괸 채 머리를 양손으로 싸쥐고 있는 키 큰 백발노인이 보였습니다. 그는 지나치게 짧은 윗도리에 너덜너덜 다 떨어진 바지를 입고 있었습니다…… 나는 걸음을 멈추었어요. 하인 한 사람이 내게 나지막이 말했습니다.

"쉿! 주인어른입니다…… 아드님이 불행한 일을 당한 뒤로 저러고 계시지요."

이 순간 검은 옷을 입은 한 여인과 어린 남자아이가 금박을 입힌 두꺼운 기도서를 들고 우리 옆을 지나 집으로 들어가더군요.

그 하인이 덧붙였습니다.

"……주인마님과 작은 도련님이 미사에 갔다 돌아오셨네요. 큰아드님께서 목숨을 끊은 뒤로 날마다 저렇게 미사에 가시지요…… 아! 얼마나 애통한지 모르겠어요! ……아버님은 아직도 먼저 간 아드님의 옷을 입고 계시죠. 아무리 벗으라 해도 벗질 않으시네요. ……이랴! 가자 이놈의 말!"

건초를 실은 짐수레가 흔들리더니 출발했습니다. 나는 좀 더 자세히 알고 싶어서 짐수레를 모는 하인에게 옆자리에 태워 달라고 했고, 그렇게 건초 더미 틈에서 이 슬픈 이야기의 전말을 알게 되었습니다.

그의 이름은 장이었답니다. 스무 살짜리 잘생긴 농촌 젊은이로, 아가씨처럼 얌전했고 건장한 체구에 얼굴이 밝았지요. 워낙 잘생겨서 여자들이 그를 유심히 쳐다보곤 했답니다. 하지만 그의 머릿속엔 오직 한 여자밖에 없었으니, 아를 성벽 아래 장터 길에서 우연히 한 번 마주친, 벨벳 옷과 레이스로 치장한 자그마한 아를 여인이었습니다. 그의 집에서는 처음부터 이 관계를 마땅찮게 여겼답니다. 그 아가씨는 바람기 많다고 소문이 파다했고, 그 부모도 이곳 사람이 아니었거든요. 그러나 장은 죽기 살기로 그 아를 여인을 원했답니다.

"그 여자와 맺어질 수 없다면 난 죽어 버릴 거야"라고 말하곤 했대요.

그 고집이 통했습니다. 추수가 끝나면 둘이 결혼하는 것으로 정해졌지요.

그러던 어느 일요일 저녁, 농가 뜰에서 가족들이 막 저녁 식사를 마칠 무렵이었어요. 저녁 식사는 거의 결혼 피로연 같은 분위기였답니다. 예비 신부는 그 자리에 없었지만, 사람들은 줄곧 그녀를 위해 축배를 들며 술을 마셨습니다. 대문간에 웬 남자가 나타나더니 떨리는 목소리로, 집주인 에스테브 씨와 따로 얘기 좀 하고 싶다고 청하더랍니다. 에스테브 영감은 자리에서 일어서서 큰길로 나갔죠.

찾아온 남자가 말했답니다. "영감님, 지금 아드님을 부정한 여자와 결혼시키려 하고 계십니다. 그 여자는 2년 동안 저와 내연 관계였습니다. 제가 주장하는 내용을 증명하죠. 여기 편지 좀 보십시오! ……그녀의 부모님이 모든 사실을 알게 되어, 딸을 주겠다고 제게 약속했던 편지입니다. 하지만 댁의 아드님이 그녀와 결혼하고 싶다고 한 다음부터는 그 부모도 당사자도 저를 더는 거들떠보지 않더군요…… 그래도 저는, 이렇게 살던 여자가 다른 사람의 아내가 될 수는 없다고 봅니다."

"좋아요! 안에 들어와 포도주나 한잔하시지." 에스테브 영감이 그 편지를 보고 나서 말했대요.

그 남자가 대답하기를,

"고맙습니다! 하지만 저는 지금 갈증보다는 슬픔이 커서, 됐습니다."

그러고는 가 버렸답니다.

영감은 아무렇지도 않은 듯 집으로 다시 들어가 제자리에 앉았고, 식사는 기분 좋게 끝났습니다……

그날 저녁, 에스테브 영감과 아들이 함께 들판으로 나갔지요. 둘이서 한참 밖에 있다가 집으로 들어오니 어머니가 그때까지 잠도 안 자고 기다리고 있었다네요.

영감이 아들을 아내에게 밀며 말했답니다. "여보, 애 좀 안아 줘요! 가엾은 녀석……"

장은 아를 여인에 대해 더는 입에 올리지 않았습니다. 하지만 여전히 그녀를 사랑했고, 심지어 다른 사람 품에 안겼던 여자라는 것이 드러난 뒤로 그 어느 때보다 더욱더 사랑했답니다. 다만 자존심이 너무 강해 뭐라고 말을 못 했던 거죠. 그래서 죽음에 이르게 된 것이고요. 가엾은 청년……!

가끔씩 그는 하루 종일 방구석에서 꼼짝 않는 적도 있었답니다. 또 어떤 날은 밭일에 미친 듯 달라붙어서 날품팔이 열 사람 몫의 일을 혼자 다 해치우기도 했습니다…… 저녁이 되면 그는 아를로 가는 큰길을 터벅터벅 걸어, 해 질 무렵 아를시의 뾰족한 종탑이 보일 때까지 가곤 했대요. 그 종탑이 보이면 가던 길을 돌아서 오곤 했답니다. 그 이상 더 가는 일은 결코 없었죠.

이렇게 늘 서글프게 외톨이로 지내는 그를 보고 농가의 사람들은 어찌할 바를 몰랐습니다. 무슨 불상사가 나지나 않을지 다들 우려했지요…… 한번은 식사를 하다가 아들의 눈에 눈물이 그렁그렁 맺힌 것을 보고 어머니가 말했습니다.

"아! 그럼 장, 그래도 그 애가 좋다면 우린 이 결혼 허락하마……"

아버지는 창피한 마음에 얼굴이 벌게져서 고개를 숙였답니다……

장은 아니라는 몸짓을 하더니, 나가 버렸대요……

그날부터 그는 생활 방식을 싹 바꾸어, 항상 명랑한 척하며 부모를 안심시켰죠. 무도회, 춤추며 노는 술집, 낙인제* 같은 곳에서 다시 그의 모습을 볼 수 있었어요. 퐁비에유의 수호성인 축제에서 파랑돌 춤을 이끈 사람도 바로 장이었답니다.

아버지는 말하곤 했죠. "저 애는 이제 다 나았어." 하지만 어머니는 항상 걱정이었고, 자식을 그 어느 때보다 더 세심하게 지켰답니다. 장은 동생과 함께 양잠장養蠶場 바로 옆에서 잠을 잤고, 가여운 어머니는 아들이 자는 옆방에 침대를 갖다 놓게 했습니다. 밤중에 누에를 보살필 일이 생길 수도 있다면서요……

자영농들의 수호성인인 성 엘루아의 축일이 돌아왔습니다.

농가는 매우 흥청거렸죠…… 누구나 마실 수 있을 만큼 샤토

* 어린 황소에게 달군 쇠로 번호를 매기는 행사가 중심이 된 민속 축제. 여러 민속 축제의 기원이 되었다.

뇌프 포도주가 풍성했고 집에서 빚은 뱅퀴가 펑펑 넘쳐흘렀습니다. 폭죽이 터지고, 타작마당에는 모닥불이 타오르고, 팽나무에는 색색 전등이 빼곡히 달렸습니다…… 성 엘루아 만세! 사람들은 지쳐 쓰러질 때까지 파랑돌 춤을 추었죠. 장의 동생은 놀다가 새 셔츠를 태워 먹었고…… 장도 흡족한 기색이었습니다. 그는 춤추자고 어머니도 이끌었답니다. 그래서 가엾은 어머니는 다행이라며 눈물을 흘렸습니다.

자정이 되자, 모두 자러 갔습니다. 다들 잠을 자야 했으니까요…… 그런데 장, 그는 잠을 자지 않았답니다. 나중에 동생이 한 말로는, 밤새도록 흐느껴 울었답니다. 아! 홀려도 지독하게 홀린 거라 해야겠죠, 그 총각……

다음 날 새벽, 어머니는 누군가 침실을 가로질러 달려가는 소리를 들었습니다. 어떤 예감 같은 것이 들더랍니다.

"장, 너니?"

장은 대답하지 않았죠. 그는 이미 계단에 있었습니다.

어머니는 허겁지겁 자리를 박차고 일어났습니다.

"장, 어디 가니?"

그는 지붕 밑 방으로 올라갔고, 어머니는 뒤따라갔습니다.

"아들아! 제발!"

그는 문을 닫고 빗장을 잠갔습니다.

"장, 우리 장, 대답 좀 해 봐라. 무슨 짓을 하려는 거니?"

더듬더듬, 늙은 두 손을 덜덜 떨며 어머니는 걸쇠를 찾았습니다…… 창문이 열리더니, 뜰의 포석 위에 몸이 쿵 떨어지는 소리가 났고, 그게 다였습니다……

가엾은 아들은 혼잣말을 했답니다. "난 그녀를 너무나 사랑해…… 난 떠날래……" 아! 사람의 마음이라는 건 얼마나 가련한지요! 하지만 경멸로도 사랑을 끊을 수 없다는 건 참 지독한 일이죠……!

그날 아침, 마을 사람들은 저쪽, 에스테브네 농가 쪽에서 대체 누가 이렇게 섧게 우는 건지 이상하게 생각했답니다.

그건 겉옷도 못 걸친 채 농가 뜰 안, 이슬과 피로 범벅이 된 돌 앞에서 죽은 자식을 안아 올리고는 탄식하며 우는 어머니였습니다.

4월의 마녀

The April Witch

레이 브래드버리

조호근 옮김

세시는 날아갔다. 하늘 높이, 계곡을 넘어, 별빛 아래로, 강과 연못과 도로를 가로질러. 갓 태어난 봄바람처럼 투명하고, 해질 녘 들판에서 피어오르는 토끼풀 향기처럼 상쾌하게. 흰담비 털옷만큼이나 새하얀 비둘기를 타고 날아오르고, 나무에 머물고 꽃봉오리 속에서 숨 쉬다가, 산들바람이 불어오면 그대로 꽃잎에 실려 흩날렸다. 연녹색의 청개구리 안에 깃들인 채 박하처럼 상큼하고 반짝이는 연못가에 웅크리고 앉기도 했다. 덩치 큰 개 속에 들어가 돌아다니다, 멀리 외양간에 반사되어 돌아오는 메아리에 귀를 기울이고 짖어 대기도 했다. 그녀는 새로 자라난 4월의 풀밭 속에, 봄 내음으로 가득한 땅속에서 솟아오르는 투명하고 달콤한 액체 안에서 생명을 누렸다.

이제 봄이로구나, 세시는 생각했다. 오늘 밤에는 세상의 살아 있는 모든 것들 안에 깃들여야지.

이제 그녀는 어둠이 가득 고인 길가에 앉은 귀여운 귀뚜라미 속에 있었다. 이제는 철문에 맺힌 이슬방울 속에 있었다. 재빠르고 모든 것에 적응할 수 있는 그녀의 마음은, 이제 열일곱 살이 된 첫날 밤을 맞아 일리노이의 바람을 타고 보이지 않게 떠돌고 있었다.

"사랑에 빠지고 싶어." 그녀가 말했다.

저녁 식사 자리에서 이미 했던 말이었다. 그러자 부모님은 눈을 크게 뜨고 앉은 자세 그대로 굳어 버렸다. "참고 기다리거라." 부모님이 충고했다. "네가 평범하지 않다는 걸 기억해야 한다. 우리 가족 전체가 기묘하고 뛰어나지. 우리는 평범한 사람들과 섞이거나 결혼할 수 없단다. 그랬다가는 마법의 힘을 전부 잃어버리게 돼. 마법으로 '여행'하는 능력을 잃고 싶지는 않겠지? 그렇다면 조심해야 한단다. 조심해야 해!"

그러나 높다란 곳에 위치한 자신의 침실로 돌아온 세시는 목 깃에 향수를 뿌리고 커튼 달린 침대에 앉아 기지개를 켰다. 창밖에는 우윳빛 달이 일리노이의 시골 풍경 위로 떠올라 강을 크림으로, 길을 백금으로 바꾸어 놓고 있었다.

"그래." 그녀는 한숨을 쉬었다. "나는 기묘한 일족의 일원이야. 낮에는 잠을 자고 밤에는 검은 연처럼 바람을 타고 날아다니지. 원하기만 한다면 두더지 속에 들어가 겨울 내내 따뜻한 땅속에서 잠을 잘 수도 있어. 나는 어떤 것에도 깃들일 수 있지. 조약돌, 사프란, 아니면 사마귀에도. 평범하고 비쩍 마른 몸을 떠나서 정신만으로 멀리 모험을 떠날 수 있어. 이렇게!"

바람이 그녀를 휘감아 올려 평원과 들판 위로 날려 보냈다.

그녀는 황혼의 마지막 햇빛과 뒤섞여 빛나는, 작은 집과 농장에서 흘러나오는 따뜻한 봄날의 불빛을 보았다.

그리고 그녀는 생각했다. 만약 내가 평범한 모습에 괴상한 아이라서 사랑을 할 수가 없는 거라면, 다른 사람을 통해서 사랑에 빠지겠어.

봄날 저녁의 농가 안뜰에, 많아 봤자 열아홉 살 정도의 검은 머리 소녀 하나가 우물에서 물을 긷고 있었다. 노래를 부르는 중이었다.

세시는 녹색 이파리에 숨어 우물로 떨어졌다. 그녀는 우물 안쪽 부드러운 이끼 안에 도사린 채로 어둑하고 서늘한 우물 안에서 위를 올려다보았다. 이제 그녀는 눈에 보이지 않는, 옴찔대는 아메바 속으로 옮겨 갔다. 이제 물방울 안에 있었다! 마침내, 차가운 컵에 담겨, 그녀는 소녀의 따뜻한 입가로 움직여 갔다. 부드러운 밤처럼 물 마시는 소리가 울렸다.

세시는 소녀의 눈을 통해 밖을 내다보았다.

그녀는 소녀의 검은 머리 안으로 들어가서, 빛나는 눈을 통해 거친 밧줄을 당기는 손을 바라보았다. 조가비 같은 귀로 소녀가 존재하는 세계의 소리를 들었다. 오뚝 솟은 코로 들어오는 우주의 냄새를 맡았고, 소녀의 특별한 심장이 뛰고 또 뛰는 소리를 들었다. 소녀의 혀가 묘하게 움직이며 노랫소리를 엮어 내는 것을 느꼈다.

애는 지금 내가 여기 있다는 걸 알까? 세시는 생각했다.

소녀는 숨을 멈추었다. 그리고 밤이 내린 들판을 바라보았다.

"누구 있어요?"

아무 대답도 없었다.

"바람뿐이야." 세시가 속삭였다.

"바람뿐이야." 소녀는 자신을 우습다고 생각했지만, 그러면서도 몸을 떨었다.

훌륭한 몸이었다. 예쁜 모양의 늘씬한 상아색 뼈 위로 살점이 고르게 덮여 있었다. 뇌는 어둠 속에 핀 한 송이 분홍 장미 같았고, 입가에는 사이다 와인의 맛이 맴돌았다. 새하얀 치아 위에 입술이 단단히 덮이고, 눈썹은 세상을 향해 부드럽게 굽이져 있었다. 우윳빛 목덜미 위에서 머리카락이 부드럽고 섬세하게 흩날렸다. 모공은 작고 단단히 닫혀 있었다. 코는 달을 바라보고, 볼은 작은 불길처럼 빛났다. 소녀의 육체는 마치 쉴 새 없이 노래를 부르는 듯 깃털처럼 가볍게 한 동작에서 다음 동작으로 균형을 잡으며 옮겨 갔다. 이 몸, 이 머리 안에 들어와 있으니 마치 화덕에 몸을 데우는 것처럼 포근했다. 잠들어 있는 고양이의 가르랑거림, 밤마다 바다로 흘러드는 따뜻한 하구의 물과도 같았다.

이 안은 마음에 들 것 같아, 하고 세시는 생각했다.

"뭐라고?" 소녀가 마치 목소리를 들은 양 물었다.

"네 이름이 뭐야?" 세시가 조심스레 물었다.

"앤 리어리." 소녀는 몸을 뒤틀었다. "내가 대체 왜 소리 내서 이름을 대고 있는 거지?"

"앤, 앤." 세시가 속삭였다. "앤, 너는 이제 사랑에 빠질 거야."

이 말에 답하듯 길 쪽에서 굉음이 울려왔다. 덜커덩거리는 소리와 자갈 위에서 바퀴가 구르는 소리도 들렸다. 키 큰 남자 하나가 커다란 팔로 고삐를 높이 잡고 마차를 몰고 달려왔다. 그의 웃음이 뜰 안에 가득 퍼졌다.

"앤!"

"또 너야, 톰?"

"그럼 누구겠어?" 남자는 마차에서 뛰어내려 울타리에 말고삐를 묶었다.

"너하고는 이야기 안 할 거야!" 앤은 휙 몸을 돌렸다. 그녀의 손에 들린 양동이에서 물이 쏟아졌다.

"안 돼!" 세시가 소리쳤다.

앤은 그 자리에서 움직임을 멈췄다. 그녀는 언덕과 봄을 맞이하며 떠오른 별들을 바라보았다. 톰이라는 이름의 남자를 바라보았다. 세시는 그녀가 양동이를 떨어뜨리게 만들었다.

"네가 무슨 짓을 했는지 좀 봐!"

톰이 달려왔다.

"네가 나한테 무슨 짓을 하게 했는지 좀 봐!"

그는 웃으며 그녀의 신발을 손수건으로 닦아 주었다.

"좀 떨어져!" 그녀가 손을 걷어챘지만 그는 다시 한번 웃었다. 세시는 멀리 떨어진 곳에서 그를 내려다보았다. 그가 고개를 돌리는 모습을, 두개골의 크기를, 콧구멍을 벌름거리는 모습을, 반짝이는 눈빛을, 듬직하게 벌어진 어깨를, 그리고 손수건을 세심하게 움직이는 손에 숨겨진 강한 힘을 알아보았다. 사랑스러운 머릿속의 비밀 다락방에서 그 모든 것을 바라보고 있던 세시는, 숨겨져 있는 복화술사의 조종 철사를 잡아당겨 앤의 예쁘장한 입을 활짝 벌리게 했다. "고마워!"

"오, 너한테도 예절이라는 게 있는 모양이지?" 그의 손에서 나는 가죽 냄새, 그의 옷에서 풍기는 말 냄새가 따뜻한 콧속으로 밀려 들어왔고, 저 멀리 꽃이 가득한 밤의 들판에 누워 있는 세시는 마치 꿈이라도 꾸는 양 몸부림을 쳤다.

"너한테 쓸 예절은 없어, 없다고!" 앤이 말했다.

"쉿, 부드럽게 말해 봐." 세시가 말했다. 그녀는 앤의 손가락을 톰의 머리 쪽으로 움직였다. 앤이 퍼뜩 놀라 손을 다시 뒤로 뺐다.

"내가 미쳤나 봐!"

"그래 보이네." 그는 여전히 웃으면서도 놀란 듯 고개를 끄덕였다. "그럼 설마 나를 만질 생각이었던 거야?"

"나도 몰라. 아, 저리 가!" 그녀의 볼이 분홍색 숯처럼 달아올랐다.

"그냥 도망가는 게 어때? 막을 생각은 없는데." 톰이 자리에서 일어나며 말했다. "혹시 생각이 바뀌지는 않았어? 오늘 밤에 나하고 춤추러 가지 않을래? 특별한 날이거든. 이유는 나중에 말해줄게."

"싫어." 앤이 말했다.

"갈래!" 세시가 소리쳤다. "나는 춤춰 본 적이 없어. 춤추고 싶다고. 땅에 닿도록 길게 휘날리는 드레스를 입어 본 적도 없어. 입어 보고 싶다고. 밤새 춤추고 싶어. 춤추는 여자가 어떤 기분인지 알지도 못해. 아버지와 어머니가 허락해 주시지를 않으니까. 이 세상의 다른 모든 것들, 개, 고양이, 메뚜기, 나뭇잎, 모든 것들을 알고 있지만, 봄날의 여인이 되어 본 적은 없어. 이런 날 밤의 여인이 되어 본 적은 없다고. 아, 제발, 우리는 꼭 춤추러 가야해!"

그녀는 새로 산 장갑 안으로 손가락을 들이밀듯 자신의 생각을 퍼트렸다.

"갈게." 앤 리어리가 말했다. "가겠어. 왜인지는 모르겠지만, 오늘 밤 너랑 같이 춤추러 가야겠어, 톰."

"얼른 집으로 들어가!" 세시가 소리쳤다. "세수도 하고, 가족들에게 말하고, 드레스를 준비하고, 다리미를 꺼내고, 방으로 가야지!"

"어머니, 저 생각을 바꿨어요!" 앤이 말했다.

마차는 산등성이를 타고 달려 내려갔고, 농가에는 활기가 돌아왔다. 목욕물을 끓이는 동안 석탄 난로 위에서는 드레스를 다릴 다리미가 달구어졌다. 어머니는 입에 머리핀을 잔뜩 물고는 속사포처럼 질문을 쏘아 댔다. "어떻게 된 거니, 앤? 너 톰을 싫어하지 않니!"

"그건 그래요." 앤은 분주하게 움직이다가 문득 멈추어 섰다.

하지만 봄이잖아! 세시가 생각했다.

"봄이잖아요." 앤이 말했다.

그리고 춤을 추러 가기에 딱 좋은 밤이고. 세시가 생각했다.

"춤을 추러 가기에도……" 앤 리어리가 웅얼거렸다.

그리고 그녀는 욕조에 들어가서, 하얀 바다표범 가죽 같은 어깨에 비누를 바르고, 팔 아래쪽에 작은 비누거품 뭉치를 만들고, 따뜻한 가슴을 어루만졌다. 세시는 입을 움직여 미소를 짓게 하면서 이 모든 움직임을 계속하게 만들었다. 잠시도 멈추거나 주저해서는 안 되었다. 그랬다가는 이 인형극이 전부 망가져 버릴 테니까! 앤 리어리는 계속 움직이고, 행동을 하고, 연기하고, 여기를 닦고, 저기에 비누칠을 하고, 이제 나가야 한다! 수건으로 몸을 닦아! 이제 향수를 뿌리고 분칠을 해!

"너!" 앤은 거울에 비친 자신의 모습을 보았다. 백합과 카네이션처럼 온통 흰색과 분홍색이었다. "오늘 밤 너는 대체 누구야?"

"나는 열일곱 소녀인데." 세시는 보랏빛 눈 속에서 그녀를 지그시 바라보았다. "너는 나를 볼 수 없어. 내가 여기 있다는 걸 알고 있어?"

앤 리어리는 고개를 저었다. "4월의 마녀가 내 몸을 빼앗아 간 모양이야."

"비슷해, 아주 비슷해!" 세시가 소리 내어 웃었다. "자, 그럼 이제 옷을 입어야지."

풍만한 몸에 좋은 옷을 걸치는 이 호사스러운 기분이라니! 그리고 밖에서 말을 달래는 소리가 들렸다.

"앤, 톰이 왔어!"

"기다리라고 해 주세요." 앤이 갑자기 자리에 주저앉았다. "오늘 춤추러 가지 않을 거라고 전해 주세요."

"뭐라고?" 문가에서 그녀의 어머니가 말했다.

세시는 서둘러 다시 주의를 기울였다. 치명적인 실수였다. 아주 잠시지만 가장 중요한 순간에 앤의 몸을 내버려 둔 것이다. 멀리서 달빛에 젖은 봄의 전원을 가로질러 말발굽과 마차가 삐걱대는 소리가 들려왔기 때문이었다. 아주 잠시, 그녀는 톰을 찾아가서 그 머릿속에 들어가, 스물두 살짜리 남자가 이런 밤에 무슨 생각을 하는지 살펴보려고 했던 것이다. 그녀는 서둘러 히스 들판을 가로질러 날아가다 말고, 집으로 돌아오는 새처럼 재빨리 돌아와 앤 리어리의 머릿속에 들어앉아 쾌를 쳤다.

"앤!"

"가라고 하세요!"

"앤!" 세시는 다시 자리를 잡고 자신의 생각을 퍼트렸다.

그러나 이제 앤은 입술을 꽉 깨물고 있었다. "싫어, 싫어, 난 그가 싫단 말이야!"

떠나면 안 됐는데, 아주 잠시라도. 세시는 자신의 정신을 소녀의 손으로, 심장으로, 머릿속으로, 부드럽게, 부드럽게 퍼트렸다. 일어나. 그녀는 생각했다.

앤은 자리에서 일어섰다.

외투를 입어!

앤은 외투를 입었다.

자, 이제 밖으로 나가!

싫어! 앤 리어리는 생각했다.

나가!

"앤." 그녀의 어머니가 말했다. "더 이상 톰을 기다리게 하지 말거라. 허튼소리 하지 말고 지금 당장 나가렴. 대체 너 어떻게 된 거니?"

"아무것도 아니에요, 어머니. 다녀올게요. 늦게 돌아올 것 같아요."

앤과 세시는 함께 봄의 밤하늘 아래로 달려 나갔다.

길게 늘어진 깃털을 한껏 부풀린 채 부드럽게 춤추는 비둘기들, 공작들, 무지개같이 빛나는 눈빛과 불빛으로 가득한 방이었다. 그리고 그 가운데에서 앤 리어리는 계속 돌고, 돌고, 돌면서 춤을 추었다.

"아, 정말 멋진 밤이야." 세시가 생각했다.

"아, 정말 멋진 밤이야." 앤이 말했다.

"너 좀 이상해." 톰이 말했다.

음악과 노래가 강물같이 그들을 아련히 감싸고 돌았다. 그들은 그 위를 떠다니다, 수면 아래로 들어가, 깊이 가라앉았다가 다시 숨을 쉬러 올라오고, 숨을 몰아쉬며, 익사하는 사람들처럼 서로를 부둥켜안으며 다시 휘돌았다. 속삭이고 한숨 쉬며, 〈아름다운 오하이오〉의 곡조에 맞추어.

세시가 노래를 흥얼거렸다. 앤의 입술이 벌어지며 음악이 새어 나왔다.

"그래, 난 이상해." 세시가 말했다.

"평소하고는 다른데." 톰이 말했다.

"그래, 오늘 밤은 그렇지."

"너는 내가 알던 앤 리어리가 아니야."

"그래, 아니야, 전혀 아니지." 세시가 멀리멀리 떨어진 곳에서 중얼거렸다. "그래, 전혀 아니야." 입술이 움직이며 이렇게 말했다.

"꽤나 묘한 기분이 드는데." 톰이 말했다.

"뭐가 말이야?"

"너에 대해서." 그는 그녀를 몸에서 떨어트리고 계속 춤추며 무엇을 찾으려는 듯 그녀의 달아오른 얼굴을 바라보았다. "네 눈을 읽을 수가 없어." 그가 말했다.

"내가 보이는 거야?" 세시가 물었다.

"앤, 네 일부는 여기 있지만, 다른 일부는 그렇지 않은 것 같아." 톰은 걱정 섞인 얼굴로 조심스레 그녀의 몸을 돌리며 말했다.

"맞아."

"왜 나하고 여기에 온 거야?"

"난 오고 싶지 않았어." 앤이 말했다.

"그럼 왜 온 건데?"

"뭔가가 날 여기에 오게 만들었어."

"뭐가?"

"나도 모르겠어." 앤의 목소리에는 희미한 두려움이 엉겨 붙어 있었다.

"자, 자, 쉿, 쉿." 세시가 속삭였다. "조용히. 그거야. 돌아, 돌아."

그들은 어두운 방 안에서 속삭이고 뒤척이고 솟아올랐다가 가라앉았다. 음악에 이끌려 움직이고 돌면서.

"하지만 결국 춤추러 왔잖아." 톰이 말했다.

"내가 그런 거야." 세시가 말했다.

"이리 와." 그리고 그는 가볍게 그녀를 이끌고 춤추며 열린 문을 통해 홀에서, 사람들과 음악에서 떨어진 곳으로 조용히 걸어나왔다.

그들은 마차에 올라 함께 자리를 잡고 앉았다.

"앤." 그가 그녀의 떨리는 손을 붙들었다. "앤." 그러나 마치 자신의 입에서 나오는 말이 그녀의 이름이 아닌 듯한 말투였다. 그는 계속 그녀의 창백한 얼굴을 바라보았다. 그녀의 눈이 다시 뜨였다. "나는 너를 죽 사랑했어. 너도 알지?" 그가 말했다.

"알아."

"하지만 너는 언제나 변덕스럽게 굴었고, 나는 상처받고 싶지 않았지."

"그래서 안 될 건 없잖아. 우린 둘 다 너무 젊다고." 앤이 말했다.

"아냐, 나는 그러니까, 미안하다고 말하고 싶었어." 세시가 말했다.

"무슨 소리야?" 톰은 그녀의 손을 놓고는 얼어붙었다.

따뜻한 밤이었고, 땅의 내음이 그들이 앉아 있는 곳 사방에 일렁였다. 그리고 새로 생명을 얻은 나무들이 잎 하나하나를 통해 숨 쉬며 몸을 떨고 일렁였다.

"나도 모르겠어." 앤이 말했다.

"아, 하지만 나는 알아." 세시가 말했다. "너는 키도 크고 세상에서 제일 잘생긴 남자야. 오늘은 아주 멋진 밤이고. 너와 함께 있었던 이 밤은 앞으로 영원히 기억될 거야." 그녀는 낯설고 차가운 손을 뻗어, 머뭇거리는 그의 손을 다시 잡아 자기 쪽으로 이끌고는, 꼭 붙들고 온기를 나누려 했다.

톰은 눈을 깜빡이며 말했다. "하지만 오늘 밤, 너는 이랬다저랬다 하고 있어. 한번은 이렇게 굴었다가, 다음 순간에는 완전히 다른 모습이 되잖아. 나는 옛 시절을 추억하는 마음에서 너에게 춤추러 가자고 청했던 거야. 처음 네게 청했을 때는 다른 생각은 아무것도 없었어. 그런데 오늘 우물가에 서 있자니, 무언가 변한 것이, 네가 정말로 변한 것이 느껴졌어. 너는 다른 사람이었어. 무언가 새롭고 부드러운, 다른 무언가……" 그는 알맞은 단어를 찾으려 말을 더듬었다. "모르겠어, 말로 표현할 수가 없어. 네 모습이 그렇게 보였어. 네 목소리에서도 느껴졌어. 하지만 다시 너를 사랑하게 된 것은 분명해."

"아니야." 세시가 말했다. "나야, 나를 사랑하게 된 거야."

"그리고 나는 너와 사랑에 빠지는 일이 두려워." 그가 말했다. "너는 또다시 나를 상처 입힐 테니까."

"그렇게 되겠지." 앤이 말했다.

아냐, 아냐, 나는 진심으로 당신을 사랑해! 세시는 생각했다. 앤, 저 사람에게 말해 줘, 나를 위해 말해 줘. 진심으로 그를 사랑한다고 말해 줘.

앤은 아무 말도 하지 않았다.

톰은 제법 가까운 곳까지 다가와서 손을 뻗어 그녀의 턱을 들어 올렸다. "나는 떠날 거야. 여기에서 한참 떨어진 곳에 일자리가 생겼어. 내가 그리울 것 같아?"

"응." 앤과 세시가 대답했다.

"그럼 작별 키스를 해도 될까?"

"응." 세시는 다른 사람이 말하기도 전에 얼른 대답했다.

그는 낯선 입술 위에 자신의 입술을 포갰다. 그는 낯선 입술에 키스했고, 몸을 떨었다.

앤은 하얀 석상처럼 앉아 있었다.

"앤!" 세시가 말했다. "팔을 움직여. 저 사람을 안아!"

그녀는 달빛 속에서 나무를 깎아 만든 인형처럼 앉아 있었다.

그는 다시 한번 그녀의 입술에 키스했다.

"나는 당신을 사랑해." 세시가 속삭였다. "나는 여기에 있어. 당신이 그녀의 눈에서 본 사람은 바로 나야. 나라고. 그리고 그녀가 당신을 사랑하지 않을지라도 나는 당신을 사랑하고 있어."

그는 마치 먼 거리를 달려온 사람 같은 모습으로 천천히 몸을 뺐다. 그는 그녀의 곁에 앉았다. "무슨 일이 벌어지는 건지 모르겠어. 아주 잠시, 여기에……"

"응?" 세시가 물었다.

"잠깐이지만, 느낌이……" 그가 손으로 자신의 눈을 덮었다. "신경 쓰지 마. 그럼 이제 집으로 데려다줄까?"

"제발 그래 줘." 앤 리어리가 말했다.

그는 지친 손길로 고삐를 흔들며 말에게 혀를 찼다. 마차가 움직이기 시작했다. 아직은 이른 시간, 겨우 11시밖에 되지 않은 봄밤의 달빛 속에서, 그들은 마차의 움직임에 맞춰 덜걱거리며 집으로 향했다. 빛이 일렁이는 풀밭과 상큼한 토끼풀 내음이 양옆으로 스쳐 지나갔다.

그리고 세시는 들판과 초원을 보며 생각했다. 그럴 가치가 있을지도 몰라. 오늘 밤 이후로 그와 함께 있을 수 있다면, 그럴 가치가 있을지도 몰라. 문득 부모님의 목소리가 희미하게 다시 들려왔다. "조심하거라. 하잘것없는 필멸자와 결혼해서 네 마법의 힘을 전부 잃고 싶은 것은 아니겠지? 조심하거라. 그런 것을 원하지는 않을 것 아니냐."

그래요, 그래요. 세시는 생각했다. 만약 그가 나를 원한다면 나는 여기에서 즉시 그 모든 것을 버릴 수 있어요. 그러면 봄밤마다 떠돌아다닐 필요도, 새와 개와 고양이와 여우 속에 깃들일 필요도 없을 거예요. 그와 함께할 수 있으면 충분할 거예요. 오직 그와 함께할 수만 있다면.

길이 삐걱이며 마차 아래에서 속삭였다.

"톰." 앤이 마침내 입을 열었다.

"왜?" 그는 차가운 눈으로 길을, 말을, 나무를, 하늘을, 별을 바라보고 있었다.

"만약 네가 앞으로 몇 년 안에, 어쩌다가 일리노이의 그린타운에 들르게 되면 말이야. 여기에서 몇 킬로미터 떨어져 있는 곳인데, 부탁 하나 들어줄 수 있어?"

"할 수 있는 일이면."

"잠시 들러서 내 친구를 만나 줄 수 있어?" 앤이 묘한 말투로 띄엄띄엄 말했다.

"왜?"

"좋은 친구거든. 그 애한테 네 이야기를 했어. 주소를 줄게. 잠깐만 기다려 봐." 마차가 그녀의 농장 앞에 멈추자 달빛 아래에서 그녀는 작은 손가방에서 연필과 종이를 꺼내 무릎에 종이를 대고 끄적였다. "여기 있어. 알아볼 수 있겠어?"

그는 종이를 보고는 당황한 듯 고개를 끄덕였다.

"세시 엘리엇, 윌로가 12번지, 일리노이주 그린타운." 그가 말했다.

"언젠가 그 아이를 찾아가 주겠어?" 앤이 물었다.

"언젠가는." 그가 말했다.

"약속해?"

"이게 우리 문제하고 무슨 상관인데?" 그가 거칠게 소리쳤다. "내가 이런 이름에, 종이쪽지에 왜 신경을 써야 하는데?" 그는 종이를 둥글게 구겨서 외투 속으로 쑤셔 넣었다.

"아, 제발 약속해 줘!" 세시가 애걸했다.

"……약속을……" 앤이 말했다.

"알았어, 알았어, 이제 날 좀 놔줘!" 그가 소리쳤다.

이제 지쳤어. 세시는 생각했다. 더 이상 머물 수가 없어. 집으로 돌아가야 해. 힘이 약해지고 있어. 밤을 타고 옮겨 다니는 일은 내 힘으로는 기껏해야 몇 시간 정도가 한계니까. 하지만 떠나기 전에……

"……떠나기 전에." 앤이 말했다.

그녀는 톰의 입술에 입을 맞췄다.

"이건 내가 키스하는 거야." 세시가 말했다.

톰은 그녀를 밀어내고는, 앤 리어리를, 그녀의 마음속 깊고 깊은 곳을 바라보았다. 다른 말은 조금도 하지 않았지만, 그의 얼굴은 천천히, 아주 천천히, 평정을 되찾고 있었다. 주름살은 사라졌고, 딱딱하게 굳어 있던 입은 부드러움을 찾았다. 그리고 그는 달빛에 빛나는 그녀의 얼굴 속 깊은 곳을 바라보았다.

그리고 그는 그녀를 마차에서 내려 준 다음, 작별 인사도 제대로 하지 않고 빠르게 길을 따라 마차를 달려 내려갔다.

세시는 그대로 떠났다.

감옥에서 해방된 앤 리어리는 그대로 울음을 터트리고는, 달빛 아래 오솔길을 따라 달려 집으로 들어가더니 문을 쾅 닫아 버렸다.

세시는 아주 잠시 머물렀을 뿐이다. 귀뚜라미의 눈으로, 그녀는 봄밤의 세상을 보았다. 개구리의 눈으로, 그녀는 웅덩이가에 홀로 잠시 앉아 있었다. 밤새의 눈으로, 그녀는 달빛에 창백하게 빛나는 커다란 느릅나무 꼭대기에 앉아 두 채의 농가의 불이 꺼지는 모습을 보았다. 하나는 이곳에서, 하나는 2킬로미터 정도 떨어진 곳에서. 그녀는 자신과 자신의 가족을, 자신의 기이한 능력을, 그리고 자신의 일족 중에는 언덕 너머 넓은 세상의 사람들과 결혼한 사람이 없었다는 사실을 생각했다.

"톰?" 점차 약해져 가는 그녀의 정신력이 밤새의 날개를 타고 나무를 떠나 야생 겨자가 가득한 풀밭을 날아갔다. "아직 그 종이쪽지 가지고 있어, 톰? 언젠가, 몇 년 안에, 때가 오면, 나를 만나러 올 거야? 그러면 나를 알아볼 수 있을까? 내 얼굴을 보고, 나를 마지막으로 보았던 때를 기억할 수 있을까? 당신이 나를 사랑하고 내가 당신을 사랑한다는 사실을, 언제나, 진심으로 사랑한다는 사실을 기억할 수 있을까?"

그녀는 서늘한 밤하늘에서 잠시 머물렀다. 마을과 사람들로부터 100만 킬로미터는 떨어진 곳에서, 농장과 대륙과 강과 언덕 하늘 위 높은 곳에서. "톰?" 부드러운 목소리로.

톰은 잠들어 있었다. 밤이 깊었다. 그의 옷가지는 의자에 걸려 있거나, 침대 끄트머리에 깔끔하게 개켜져 있었다. 그리고 하얀 베개 위, 머리 위로 조심스레 뻗은 한 손 안에, 글자가 적힌 작은 종이가 들려 있었다. 천천히, 천천히, 한 번에 1센티미터씩, 그의 손가락이 종이를 감싸며 꽉 붙들었다. 그리고 그는 뒤척이지도, 알아채지도 못했다. 찌르레기 한 마리가 놀랍도록 조용히 달빛이 깃든 유리창에 대고 날갯짓을 한 다음, 그대로 조용히 날아올라 잠시 머뭇거린 후 동쪽으로, 잠든 대지 위를 날아 사라져 버렸다는 것을.

에밀리에게 바치는 한 송이 장미

A Rose for Emily

윌리엄 포크너

하창수 옮김

William Faulkner

1

에밀리 그리어슨 양이 세상을 떠났을 때, 우리 마을 사람들 모두가 그녀의 장례식에 참석했다. 남자들은 쓰러진 기념비에 대한 존경 가득한 애정의 마음을 품고서, 여자들은 정원사와 요리사를 겸한 늙은 하인 외에 적어도 10년은 아무도 보지 못했던 그녀의 집 내부를 보고 싶다는 호기심을 품고서.

정사각형의 그 하얀 목조 주택은 둥근 지붕과 첨탑과 소용돌이 모양의 발코니가 무척이나 우아한 70년대풍 저택으로, 그 집이 서 있는 곳은 한때는 우리 마을에서 가장 고급스러운 주택가였다. 하지만 차량 정비소와 조면기가 밀어닥치면서 이웃의 위엄 어린 명패들은 하나둘 사라져 갔고, 마침내 에밀리 양의 집만 목화를 실어 나르는 마차와 급유 펌프들 사이로 고집스럽고 요염한 몰락을 드러내며 흉물 중의 흉물로 남게 되었다. 그리고 이제 유명을 달리한 에밀리 양은 제퍼슨 전투에서 전사한 북군과 남군 유무명 용사들의 무덤이 있는 삼나무 숲에 누워 위엄 어린 명패들을 대표하고 있다.

살아 있는 동안 에밀리 양은 하나의 전통이자 의무이며 관심의 대상이었다. 즉 마을에 세습되는 일종의 책임이었다. 흑인 여성은 앞치마를 두르지 않고는 거리를 다닐 수 없다는 법령을 시행한 바 있던 시장 사토리스 대령이 1894년 그녀의 부친이 사망한 날, 지금부터 그녀의 세금을 영구적으로 면제하겠다고 하면서부터. 에밀리 양이 그런 혜택을 순순히 받아들이지 않을까 봐, 사토리스 대령은 그녀의 부친이 시 정부에 돈을 빌려주었기에 시 입장에서는 그렇게라도 상환해야 한다는 그럴듯한 이야기를 지어냈었다. 딱 대령 세대의 사고방식을 가진 남자만이 지어낼 수 있고, 딱 한 여자만 믿을 수 있는 이야기였다.

더 현대적인 신념을 가진 다음 세대가 시장과 시의원이 되자, 그들은 그 조치에 적잖은 불만의 소리를 냈다. 그리고 새해 첫날, 그들은 그녀에게 납세고지서를 발송했다. 2월이 되어도 답신은 없었다. 그들은 그녀에게 공적인 서신을 보내 편리한 시간에 보안관 사무실로 출두해 줄 것을 요청했다. 일주일 뒤 다시 시장이 직접 방문하거나 차를 보내겠다는 서신을 보내자, 고풍스러운 편지지에 색 바랜 잉크로 쓴 한 장짜리 답신이 왔다. 더 이상 바깥출입은 하지 않는다는 글이 가늘고 유려한 필치로 쓰여 있었다. 납세고지서도 동봉되어 있었지만 거기에 대해선 아무런 언급이 없었다.

시의원들은 특별 회합을 소집했다. 그리고 그들의 대표단이 8년인가 10년 전 도자기 그림 수업이 중단된 이후 그 어떤 방문객도 통과한 적 없던 그녀의 집 대문을 두드렸다. 늙은 흑인이 그들을 어둠침침한 복도로 안내했는데, 그곳으로 올라가는 계단은 더욱 짙은 어둠에 잠겨 있었고 먼지 냄새와 밀폐된 공간에서 나는 눅눅한 냄새가 풍겼다. 흑인은 그들을 응접실로 데려갔다. 응접실은 가죽으로 덮인 육중한 가구들로 장식되어 있었다. 흑인이 창문 한쪽을 가리고 있던 블라인드를 걷자, 그들은 가죽에 균열이 가 있는 것을 볼 수 있었다. 그들이 자리에 앉자 그들의 허벅지 부근에서 희미하게 피어오른 먼지가 한 줄기 햇살 속에서 느리게 소용돌이쳤다. 벽난로 앞에 세워진 빛바랜 금박 이젤에는, 크레용으로 그려진 에밀리 양 부친의 초상화가 놓여 있었다.

그녀가 들어오자 그들은 자리에서 일어났다. 검은 옷의 그녀는 작은 키에 통통했고, 허리까지 드리워져 끝을 허리띠 안으로 집어넣은 가느다란 금목걸이를 하고 있었으며, 빛바랜 황금색 손잡이가 달린 흑단 지팡이를 짚고 있었다. 그녀의 골격은 작고 가는 편이었다. 다른 사람이었으면 통통해 보였을 몸이 비만스러워 보이는 것은 그 때문인 듯했다. 그녀의 얼굴은 고인 물속에 오랫동안 잠겨 있었던 시체처럼 퉁퉁 불어 있었고, 파리한 안색 역시 시체를 연상시켰다. 퉁퉁 불은 얼굴에 감추어진 그녀의 두 눈은 손님들이 용건을 말하는 동안 그들의 얼굴을 일일이 살피고 있었는데, 마치 반죽 덩어리 속에 박힌 두 개의 조그만 석탄 쪼가리 같았다.

그녀는 그들에게 앉으라고 권하지 않았다. 자신 역시 그냥 문가에 선 채 대표자가 당황하며 말을 멈출 때까지 조용히 듣고만 있었다. 그러는 동안 그들은 금목걸이 끝에 달려 있는, 허리띠 안에 감춰져 보이지는 않는 시계의 째각거리는 소리를 들을 수 있었다. 그녀의 목소리는 건조하고 차가웠다. "난 제퍼슨시에 낼 세금이 없습니다. 사토리스 대령이 내게 그걸 설명해 주었어요. 여러분 누구라도 시의 기록을 조사해 본다면 납득이 갈 겁니다."

"하지만 이미 조사를 했습니다. 저희는 시 당국자들입니다, 에밀리 양. 보안관이 서명한 통지서를 받지 않으셨나요?"

"물론 서류 한 장을 받은 적은 있어요." 에밀리 양이 말했다. "그걸 보낸 사람이 보안관이었나 보군요. 하지만…… 난 제퍼슨시에 낼 세금이 없습니다."

"하지만 어떤 문서에도 그런 내용은 적혀 있지 않았습니다. 아시겠지만, 우리는 보내 드린 통지서대로……"

"사토리스 대령을 만나 보세요. 난 제퍼슨시에 낼 세금이 없습니다."

"그렇지만, 에밀리 양⋯⋯"

"사토리스 대령을 만나 보세요."(사토리스 대령은 죽은 지 거의 10년이 되어 가고 있었다.) "난 제퍼슨시에 낼 세금이 없어요. 토베!" 흑인이 나타났다. "여기 신사분들께 나가시는 길을 안내해 줘요."

2

그렇게 그녀는 그들을 모조리 퇴각시켰다. 30년 전, 어떤 냄새 때문에 찾아온 그들의 아버지들을 퇴각시켰을 때처럼. 그녀의 부친이 세상을 떠난 지 2년 뒤이자 우리가 그녀와 결혼할 거라고 믿고 있었던 그녀의 애인이 그녀를 버린 지 얼마 되지 않았을 때의 일이었다. 부친이 죽은 뒤로 그녀는 거의 외출을 하지 않았는데, 애인마저 떠나자 더욱 사람들 눈에 띄는 일이 드물어졌다. 몇몇 부인들이 그녀의 집을 찾아가는 만용을 부렸으나 당연히 받아들여지지 않았다. 그 집에 사람이 산다는 유일한 표지는, 한 흑인 남자가—당시엔 청년이었다—장바구니를 들고 그 집을 들락거린다는 것뿐이었다.

"남자도 누구든 제대로 부엌일을 할 수 있다고 생각하나 보지?" 부인들이 수군거렸다. 그래서 그 집에서 냄새가 풍겼을 때 사람들은 그리 놀라지 않았다. 그 냄새는 시끄럽고 바글거리는 세계와 높고 장엄한 그리어슨 가문 사이를 다시 연결시켰다.

이웃에 사는 한 여인이 시장인 여든 살의 스티븐스 판사에게 불만을 털어놓았다.

"하지만 내가 뭘 할 수 있겠어요, 부인?" 그가 말했다.

"왜요? 냄새를 멈추게 하라고 사람을 보내면 될 거 아니에요." 여인이 말했다. "이런 경우에 적용할 수 있는 법은 없나요?"

"굳이 그런 걸 찾아볼 필요까지는 없습니다." 스티븐스 판사가 말했다. "그녀의 깜둥이 하인이 마당에서 뱀이나 쥐를 죽였는지도 모르죠. 하인한테 말해 보겠습니다."

다음 날 그는 그 냄새에 대한 불만을 두 건 더 접수했는데, 그 중 한 남자는 이렇게 조심스럽게 탄원했다. "정말 그에 대해 뭔가 조치를 취해야 합니다, 판사님. 에밀리 양을 성가시게 하고 싶지는 않지만, 뭔가 조치를 취해야 해요." 그날 밤 시의원들이 모였다. 세 사람은 마을의 원로였고, 한 사람은 떠오르는 젊은 세대였다.

"복잡할 거 없습니다." 젊은 시의원이 말했다. "그녀에게 집을 깨끗이 치우라는 전갈을 보내면 충분합니다. 집을 치울 시간을 주고, 만약 그렇게 하지 않는다면……"

"이봐요, 의원님." 스티븐스 판사가 말했다. "숙녀의 면전에 대고 고약한 냄새가 난다고 면박을 주라는 말씀이오?"

결국 다음 날 밤 자정이 지난 시각, 네 명의 남자가 에밀리 양의 잔디밭을 가로질러 가서 집 주변 벽돌 바닥을 따라 도둑처럼 살금살금 돌아다니며 코를 킁킁거렸고, 지하실 문 틈새에도 코를 들이대고 냄새를 맡았다. 그러는 동안 그들 중 하나는 어깨에 둘러멘 자루 속에 손을 넣었다 뺐다 하며 씨앗을 뿌리는 동작을 규칙적으로 반복했다. 그들은 지하실로 통하는 문을 부수고 그 안쪽까지 구석구석 석회를 뿌렸고 별채들 주변에도 석회를 뿌렸다. 그들이 잔디밭을 다시 가로지를 때 어둠에 잠겨 있던 창 하나에 불이 들어왔고, 그들은 그 불빛을 배경으로 마치 조상彫像처럼 상체를 꼿꼿이 세운 채 꼼짝 않고 앉아 있는 에밀리 양을 볼 수 있었다. 그들은 아무 소리도 내지 않고 잔디밭을 지나 거리에 줄지어 서 있는 아카시아 그늘 속으로 기어 들어갔다. 2주일쯤 지나자 냄새는 사라졌다.

사람들이 그녀에게 진심으로 미안해하기 시작한 것은 바로 그 일이 있고부터였다. 그녀의 왕고모 와이엇 노부인이 어떤 식으로 완전히 정신이 나갔는지를 기억하고 있던 우리 마을 사람들은, 그리어슨 가문 사람들이 실제보다 너무 잘난 척한다고 여겼다. 그들은 마을 청년들 중에는 에밀리 양의 배필로 적합한 사람은 없다는 듯 굴었다. 오랫동안 우리는 그 가문을 다음과 같은 하나의 풍경으로 여겼다. 뒤쪽에는 하얀 옷을 입은 가냘픈 에밀리 양이 서 있고, 앞쪽에는 그녀의 부친이 그녀에게 등을 보인 채 말채찍을 들고 두 다리를 벌린 실루엣으로 서 있는 풍경으로. 활짝 열린 현관문이 그 두 사람의 모습을 가두는 액자였다. 그녀가 서른이 되어도 여전히 독신으로 머물러 있자, 우리는 기쁨까지는 아니지만 우리의 예상대로 되었다는 기분을 느꼈다. 비록 그 가문에 정신병적인 기질이 있다 해도 그녀에게 기회를 잡을 가능성만 있었다면, 그녀가 그 모든 기회를 거절하지는 않았을 거라 생각하며.

그녀의 부친이 세상을 떠난 날, 저택만이 그녀에게 남겨진 전부라는 얘기가 돌았다. 어떤 점에서 우리는 반가웠다. 마침내 에밀리 양을 연민할 수 있어서였다. 그리고 빈털터리 신세로 홀로 남겨졌으니 그녀도 이제 인간다운 모습을 보일 거라고, 비로소 동전 한 푼에 울고 웃는 인간의 그 유서 깊은 전율과 절망을 배우게 될 거라고 생각했다.

그다음 날, 마을 부인들 모두는 관례대로 조문도 하고 장례도 도우려고 그녀의 집을 방문했다. 문간에서 그들을 맞이한 에밀리 양은 평소 옷차림 그대로였고, 얼굴에선 슬픔의 흔적을 찾을 수 없었다. 그녀는 그들에게 자신의 아버지는 죽지 않았다고 말했다. 성직자들과 의사들이 그녀를 찾아가 시신을 매장해야 한다고 설득한 사흘 동안에도 같은 말을 반복했다. 그들이 하는 수 없이 법과 공권력을 동원하려 하자 마침내 그녀는 굴복했고, 그들은 서둘러 그녀의 부친을 매장했다.

당시 우리는 그녀가 미쳐 버렸다고 말하지는 않았다. 그녀로
선 그럴 수밖에 없을 거라 생각했다. 우리는 그녀의 부친이 쫓아
냈던 그 많은 청년들을 모두 기억하고 있었기에, 남은 게 아무것
도 없는 사람들이 그렇듯이 그녀도 자신의 모든 것을 앗아 간 바
로 그 대상에게 매달릴 수밖에 없을 거라고, 누구라도 그녀와 같
은 처지가 되면 그렇게 될 거라고 이해한 것이다.

3

그녀는 오랫동안 앓았다. 우리가 다시 그녀를 보았을 때, 그녀
는 머리카락을 짧게 잘라서 소녀처럼 보였다. 교회의 색유리에
그려진 천사들과 어렴풋이 닮은, 비극적이면서도 평화로운 모습
이었다.

시 정부는 보도 포장 공사와 관련된 계약을 체결했었는데, 그
녀의 부친이 세상을 떠난 그해 여름에 그 공사가 시작되었다. 건
설회사는 깜둥이들과 노새들과 기계들을 들여왔고, 북부 출신의
호머 배런이란 사람을 감독으로 데려왔다. 그는 덩치가 크고 거
무튀튀하며 몸놀림이 재발랐고, 큰 목소리에 얼굴보다 밝은 색
의 눈동자를 가지고 있었다. 어린 남자애들은 떼를 지어 몰려다

니며 그가 깜둥이들에게 욕을 퍼붓는 소리와 깜둥이들이 곡괭이를 들었다 내리치면서 부르는 노랫소리에 귀를 기울이곤 했다. 그는 금세 마을 사람 모두와 안면을 텄다. 광장 부근 어딘가에서 왁자한 웃음소리가 들리면 어김없이 호머 배런이 그 중심에 있었다. 얼마 지나지 않아, 일요일 오후면 그와 에밀리 양이 말 대여소에서 빌린 사륜마차를 타고 드라이브를 즐기는 장면이 눈에 띄기 시작했다. 노란색 바퀴가 달린, 한 쌍의 밤색 말이 끄는 마차였다.

처음에 마을 사람들은 에밀리 양에게 흥밋거리가 생겼다는 사실을 반가워했다. 부인들은 "그리어슨 가문 여자가 북부 출신 일용직 노동자를 진지하게 생각할 리는 없을 거야"라고 떠들어 댔다. 하지만 나이 많은 노인네들은 아무리 슬픈 일을 겪었다 해도 진정한 숙녀라면 노블레스 오블리주를 잊으면 안 된다고 여겼다. 하지만 실제로 노블레스 오블리주라는 말을 입 밖으로 꺼내지는 않았고 그저 "불쌍한 에밀리, 친지들이 와 줘야 할 텐데"라고만 했다. 그녀에겐 앨라배마에 사는 몇 명의 친척들이 있었다. 하지만 정신병이 있던 왕고모 와이엇 부인의 유산 문제로 그녀의 아버지와 심하게 다툰 뒤로, 두 집안 사이엔 전혀 왕래가 없었다. 그래서 그들은 장례식에조차 얼굴을 비치지 않았던 것이다.

나이 든 사람들이 "불쌍한 에밀리"라고 말한 뒤부터, 수군거림이 시작되었다. "정말 그럴 수 있다고 생각해?" 또 누군가는 손으로 입을 가리며 말했다. "물론이지. 달리 뾰족한 수가……" 한 쌍의 말이 딸깍거리며 빠르게 지나가는 일요일 오후만 되면, 햇볕을 가리는 비늘창 뒤에서 견직 옷의 바스락거리는 소리와 함께 다음과 같은 말이 들려왔다. "불쌍한 에밀리."

그녀는 고개를 한껏 높이 치켜들고 다녔는데, 심지어 우리가 이제 그녀는 몸까지 버렸다고 여길 때조차 그랬다. 그것은 그리 어슨가 마지막 인물의 위엄을 인정하라는 요구, 아니 그보다 더한 요구처럼 보였다. 또한 속세와의 접촉을 통해 자신이 그 어떤 것에도 휘둘리지 않는다는 사실을 새삼 확인하고 싶어 하는 몸짓 같기도 했다. 그녀가 쥐약, 그러니까 비소를 구입했을 때도 마찬가지로 당당한 자세였다. 그때는 사람들의 입에서 "불쌍한 에밀리"라는 말이 나오기 시작한 지 1년이 넘은 때로, 당시 종자매 둘이 그녀의 집을 방문해 있었다.

"독약이 좀 필요해요." 그녀가 약사에게 말했다. 서른 살이 넘은 그녀는 여전히 가냘픈 몸매였다. 아니 보통 때보다 더 여위어 있었다. 하지만 검은 눈은 차갑고 오만했으며, 관자놀이와 눈 주변의 살은 긴장해 있었다. 마치 바다를 살피는 등대지기의 얼굴 같았다. "독약이 필요해요." 그녀가 다시 말했다.

"예, 에밀리 양. 어떤 종류로 드릴까요? 쥐 잡을 때 쓰는 걸로 드릴까요? 그런 거라면……"

"여기 있는 것 중 제일 좋은 걸로 주세요. 무슨 종류든 상관없어요."

약사는 여러 가지 이름들을 말했다. "코끼리까지 죽일 수 있는 것도 있습니다. 하지만 원하시는 게……"

"비소." 에밀리 양이 말했다. "그것도 좋은 거겠죠?"

"비소……? 그래요, 좋은 거죠. 하지만 사시려는 게……"

"비소로 주세요."

약사가 그녀를 내려다보았다. 그녀는 똑바로 선 채 팽팽히 당겨진 깃발 같은 얼굴로 그를 올려다보았다. "드려야죠, 물론." 약사가 말했다. "그걸 원하신다면요. 그런데 무슨 용도로 쓸 건지 밝혀야 한다고 법에 나와 있습니다."

에밀리 양은 그를 응시하기만 했다. 그의 눈을 똑바로 응시하려고 고개를 뒤로 조금 젖혔는데, 약사가 눈길을 돌리고는 약제실로 들어가 비소를 꺼내 포장할 때까지 그녀는 그 자세를 계속 유지했다. 흑인 급사 소년이 그녀에게 포장한 약을 가져다주었다. 약사는 나오지 않았다. 그녀가 집으로 돌아와 포장을 뜯어보니, 상자에는 해골과 뼈가 그려져 있고 그 아래에는 다음과 같이 쓰여 있었다. '쥐약.'

다음 날 우리는 모두 이렇게 말했다. "그녀가 자살하려나 봐." 그리고 그게 최선일 거라고 말하기도 했다. 처음 그녀가 호머 배런과 함께 있는 모습을 봤을 땐 우리는 이렇게 말했었다. "그와 결혼할 건가 봐." 그 뒤에는 이렇게 말했다. "아직 그를 설득 중인가 봐." 왜냐하면 호머가 스스로 자신은 결혼에 적합한 남자가 아니라고 밝혔기 때문이었다. 그가 남자를 좋아해서 엘크스 클럽에서 젊은 남자들과 술을 마신다는 사실도 알려져 있었다. 그 뒤 우리는 그들이 일요일 오후 번쩍거리는 사륜마차를 타고 지나갈 때면, 비늘창 뒤에서 "불쌍한 에밀리"라고 말했던 것이다. 에밀리 양은 고개를 높이 쳐들고 있었고, 모자를 비딱하게 쓴 호머 배런은 이빨 사이에 시가를 물고 노란 장갑을 낀 손에 고삐와 채찍을 쥐고 있었다.

그러던 어느 날 그들의 관계가 마을의 수치이며 젊은이들에게 좋지 않은 선례라는 얘기가 몇몇 부인들 사이에서 흘러나왔다. 남자들은 그 일에 끼어들고 싶어 하지 않았지만, 결국 여자들의 성화에 못 이겨 침례교 목사로 하여금—에밀리 양 가문은 성공회 신도들이었다—그녀를 방문하게 했다. 그는 그녀와 면담하는 동안 무슨 일이 있었는지는 발설하지 않았지만, 다시 방문하는 것은 완강히 거부했다. 다음 일요일에도 두 사람은 거리를 돌아다녔다. 그 이튿날 목사의 아내가 앨라배마에 사는 에밀리 양의 친지에게 편지를 보냈다.

그리하여 그녀는 다시 한 지붕 아래서 혈족과 함께 지내게 되었고, 우리는 한발 물러나 일이 어떻게 전개되어 가는지를 지켜보았다. 처음엔 아무 일도 일어나지 않았다. 그러자 우리는 그들이 결혼하게 될 거라고 확신했다. 우리는 에밀리 양이 보석 가게에 가서 은으로 된 남성용 화장실용품 세트를 주문하고 각 용기마다 이니셜 H. B.를 새겨 넣도록 했다는 사실을 알게 되었다. 이틀 뒤 우리는 그녀가 잠옷을 포함해 남성용 정장 일습을 구입했다는 사실까지 알아냈다. 우리는 말했다. "결혼을 했군." 우리는 진심으로 기뻐했다. 종자매 둘이 에밀리 양 이상으로 그리어슨 가문 티를 내고 있었기에 우리의 기쁨이 더 컸을지도 모른다.

그리하여 호머 배런이 떠났을 때도 우리는 그다지 놀라지 않았다. 보도 공사는 얼마 전에 끝나 있었고, 그에 대한 떠들썩한 공적인 행사가 없었다는 데는 다소 실망했지만, 그가 떠난 건 에밀리 양을 신부로 맞을 준비를 하기 위해서이거나 그녀로 하여금 사촌들을 돌려보낼 시간을 벌어 주기 위해서라고 믿었다(당시 우리는 그 사촌들을 몰아내는 일에 일종의 비밀결사처럼 가담해 에밀리 양에게 협력하고 있었다). 아니나 다를까, 일주일이 지난 뒤 그들은 떠났다. 그리고 우리 모두가 예상했듯, 사흘후 호머 배런이 마을로 돌아왔다. 이웃에 사는 한 사람이 어둑해

지던 저녁 무렵, 흑인 남자가 그를 부엌문으로 들여보내는 걸 보았다.

그리고 그것이 우리 마을 사람이 본 호머 배런의 마지막 모습이었다. 에밀리 양도 한동안은 보이지 않았다. 흑인 남자가 장바구니를 들고 드나들었지만 현관문은 굳게 닫혀 있었다. 이따금 우리는, 남자들이 석회를 뿌려 대던 날 밤에 그랬듯이 잠깐 동안 창문에 앉아 있는 그녀를 볼 수 있었지만, 거의 6개월 동안 그녀는 거리에 나타나지 않았다. 이윽고 우리는 그 역시 예상할 수 있었던 일이었음을 깨달았다. 여자로서의 그녀의 인생을 수없이 좌절시킨 부친의 기질은, 그가 죽어서도 사라지지 않을 만큼 치명적이고 맹렬했기 때문이었다.

우리가 에밀리 양을 다시 보았을 때, 그녀는 몸집이 불고 머리칼이 희어지고 있었다. 그다음 몇 년에 걸쳐 그것은 점점 더 희어지더니, 진행이 멈추었을 때는 후추와 소금을 섞어 놓은 것 같은 철회색을 띠고 있었다. 일흔네 살의 나이로 세상을 떠날 때까지 그녀의 머리칼은 활동적인 남자의 그것 같은 강인한 철회색을 그대로 유지했다.

그때 이후로 그녀의 집 현관문은 굳게 닫혔다. 마흔 살 무렵부터 6~7년가량 도자기 그림 수업을 진행했던 기간만 제외하고. 당시 그녀는 아래층에 있는 여러 개의 방들 중 하나를 화실로 개조해 그림 수업을 진행했고, 사토리스 대령 세대들이 딸이나 손녀들을 그녀에게 보냈다. 마치 일요일마다 꼬박꼬박 헌금함에 넣을 25센트짜리 동전을 쥐여 주고 교회에 보내듯이. 그러는 동안에도 그녀는 세금을 면제받았다.

그러다가 새로운 세대가 시 정부의 등뼈와 정신이 되었고, 그림 수업을 받던 학생들도 자라서 하나둘 그녀를 떠나게 되었다. 물감과 붓과 여성 잡지에서 오려 낸 사진들이 담긴 상자를 들려서 그녀에게 아이들을 보내는 일은 더 이상 일어나지 않았다. 마지막 학생이 떠나며 닫혀 버린 현관문은 다시는 열리지 않았다. 마을에 무료 우편배달이 시작되었을 때, 에밀리 양만이 자신의 집 문에 번지가 적힌 금속판과 우편함을 다는 것을 거부했다. 그녀는 그들의 말을 들으려고도 하지 않았다.

날이 가고 달이 바뀌고 해가 변하는 동안, 우리는 장바구니를 들고 드나드는 흑인의 머리가 점점 희어지고 허리가 굽어 가는 것을 지켜보았다. 해마다 12월이면 우리는 그녀에게 납세고지서를 보냈고, 일주일 후면 그것은 수취인이 없다는 이유로 우체국을 통해 반송되었다. 가끔 아래층 창문들 중 하나에서—저택의 위층은 아예 폐쇄시킨 게 분명했다—그녀의 모습이 보이곤 했다. 마치 벽감에 놓인 조상처럼 앉아 있는 그녀가 과연 우리를 보고 있는 것인지 아닌지는 확인할 길이 없었다. 그렇게 그녀는 한 세대에서 다음 세대로 넘어갔다. 피할 수 없는 대가를 치르며, 무엇에도 영향받지 않고, 고요하고, 괴팍하게.

또한 그렇게 세상을 떠났다. 그녀가 병들었을 때, 먼지와 어둠이 가득한 그 집에서 그녀를 돌보는 사람이라곤 늙어 제대로 몸도 못 가누는 흑인 남자뿐이었다. 우리는 그녀가 병이 든 것조차 몰랐다. 흑인 남자로부터 무언가 정보를 얻으려는 노력을 오래전에 포기했기 때문이었다. 그는 누구와도 말을 하지 않았다. 사용하지 않아 녹이 슨 것처럼 거칠었던 그의 목소리로 보아, 그는 심지어 그녀와도 말을 하지 않고 지냈을지도 모른다.

그녀는 아래층의 한 방에, 커튼이 드리워진 육중한 호두나무 침대 위에 시체가 되어 누워 있었다. 그녀의 회색 머리는, 햇볕을 받지 못해 누렇게 변색되고 곰팡이가 핀 오래된 베개 위에 얹혀 있었다.

5

흑인 남자는 맨 처음으로 방문한 부인들을 현관문에서 맞이하고는 그들을 집 안으로 안내했다. 그리고 그들의 낮게 쉬쉬거리는 소리와 재빠르고 호기심 어린 눈길을 뒤로한 채 모습을 감추었다. 집 안을 똑바로 통과해 뒷문으로 빠져나간 뒤 다시는 나타나지 않은 것이다.

곧 종자매 둘이 들이닥쳤고, 그들은 다음 날 장례식을 거행했다. 마을 사람들은 꽃 더미 아래 누운 에밀리 양을 보려고 찾아왔다. 에밀리 양 부친의 크레용 초상화가 관과 낮고 음산하게 속삭이는 부인들을 생각에 잠긴 듯 굽어보고 있었다. 나이가 아주 많은 남자들은—그들 중엔 남군의 군복을 다려 입고 온 사람들도 몇 있었다—현관 앞이나 잔디밭에 서서 마치 에밀리 양이 자신들과 동년배라도 되는 듯 그녀에 대한 얘기를 주고받았다. 그들은 그녀와 함께 춤을 추었다고 믿고 있었으며, 어쩌면 구애를 했을지도 모른다는 얼굴을 하고 있었다. 그들은 나이 든 사람들이 흔히 그렇듯이 시간의 수학적인 흐름에 둔감해져 있었다. 그들에게 과거란 희미하게 사라져 가는 길이 아니라 결코 겨울이 찾아오지 않는 거대한 초원이었고, 그 초원과 현재를 구분하는 것은 최근 10년이라는 좁은 병목이었다.

이미 우리는 위층에 40년 동안 아무도 본 적 없는 방이 있다는 것을 알고 있었고, 그 방으로 들어가려면 완력을 써야 할 것임도 알고 있었다. 사람들은 에밀리 양을 품위 있게 땅속에 묻고 난 뒤에야 그 방의 문을 열었다.

문을 부순 완력이 방 안의 먼지를 퍼지게 한 듯했다. 신방으로 꾸며진 그 방 어디에나, 얇고 매캐한 먼지가 마치 무덤 속 관을 덮는 보처럼 덮여 있었다. 커튼의 봉과 고리를 가린 빛바랜 장미색 밸런스커튼 위에도, 장미색 전등갓 위에도, 화장대 위에도, 우아한 크리스털 그릇들 위에도, 그리고 새겨진 이니셜이 알아볼 수 없을 정도로 희미해진 은으로 된 남성용 화장용품들 위에도. 그 물건들 사이에 막 벗어 놓은 듯한 칼라와 넥타이가 놓여 있었다. 그것들을 집어 들자, 그것들이 놓여 있던 먼지 쌓인 가구 표면에 남은 초승달 모양의 창백한 자국을 볼 수 있었다. 의자 위에는 얌전하게 개켜진 남자의 정장이 있었고, 그 아래에는 침묵에 싸인 한 짝의 구두와 벗어 놓은 양말 한 켤레가 놓여 있었다.

그 남자는 침대에 누워 있었다.

한참 동안 우리는 그 자리에 서서, 움푹 파인 그 해골의 환한 미소를 내려다보았다. 그 주검은 한때는 포옹하는 자세를 취하고 있었음에 분명했지만, 지금은 사랑보다 더 오래 지속되는, 자신을 저버린 일그러진 사랑마저 정복해 버린, 긴 잠에 빠져 있었다. 잠옷 아래에서 썩어 간 그의 잔해는 그가 누운 침대에 그대로 달라붙어 있었다. 그의 위에, 그리고 그의 베개 위에도, 끈질기게 견뎌 온 세월의 먼지가 차곡차곡 쌓여 있었다.

그리고 우리는 두 번째 베개 위에서 머리가 놓였던 움푹한 자국을 발견했다. 누군가가 거기서 뭔가를 집어 들었고, 그것을 보려고 몸을 기울이자 그 희미하고 잘 보이지 않는 메마른 먼지 같은 것이 매캐한 냄새를 풍겼다. 우리가 본 것은 한 올의 기다란 철회색 머리카락이었다.

사랑을 하면 착해져요

The Love that Purifies

펠럼 그렌빌 우드하우스

김승욱 옮김

1년 중 대체로 8월이 시작될 무렵이면 무서운 순간이 온다. 지브스가 비겁하게 휴가를 달라고 고집을 부려 약 2주 동안 나를 버려두고 어딘가의 바닷가 휴양지로 가 버릴 때다. 그 순간이 지금 도래했다. 그래서 우리는 나를 어떻게 할 것인지를 놓고 의논하는 중이다.

지브스가 말했다. "제가 보기에는 주인님이 햄프셔의 자택으로 주인님을 초대한 시펄리 씨의 제안을 받아들이시려는 것 같았습니다."

나는 웃었다. 기가 막히고, 코가 막혀서 웃는 웃음이었다.

"그래, 지브스. 그러려고 했지. 하지만 다행히도 시피의 못된 음모를 미리 알아낼 수 있었어. 무슨 음모였는지 아나?"

"모릅니다, 주인님."

"내 스파이들이 알려 주기를, 시피의 약혼녀인 문 양도 거기에 오기로 했다더군. 약혼녀의 어머니인 문 부인과 남동생인 문 도 련님도 오기로 했다는 거야. 그러니 시피의 초대 뒤에 무시무시 한 음모가 숨어 있는 것이 보이지 않나? 녀석의 역겨운 의도가 보이지 않아? 아마 내게 문 부인과 서배스천 문을 접대하는 일을 맡기고, 시피 자신은 그 망할 아가씨와 함께 나가서 기분 좋은 숲속을 거닐며 도란도란 이야기나 나눌 생각이었겠지. 정말 아 슬아슬했어. 자네 꼬마 서배스천 기억나나?"

"네, 주인님."

"그 퉁방울눈은? 곱슬거리는 금발은?"

"기억납니다, 주인님."

"이유는 모르겠지만, 나는 금발 곱슬머리 아이의 모습을 한 것 에는 도무지 의연하게 대처할 수가 없어. 그런 아이를 앞에 두면, 나는 녀석을 밟아 버리거나 높은 곳에서 녀석에게 물건을 떨어 뜨리고 싶다는 충동이 생긴다고."

"강한 분들이 똑같은 영향을 받는 경우가 많습니다, 주인님."

"그러니 시피의 집에는 가지 않을 거야. 그런데 지금 초인종이 울리지 않았나?"

"맞습니다, 주인님."

"누가 밖에 서 있는 모양이군."

"그렇습니다, 주인님."

"가서 누군지 보고 와."

"알겠습니다, 주인님."

지브스는 스르르 사라졌다가 곧 전보 한 통을 들고 돌아왔다. 그것을 열어 읽고 나니 부드러운 미소가 저절로 떠올랐다.

"무슨 신호라도 받은 것처럼 일들이 벌어질 때가 이렇게 많다니 놀랍군, 지브스. 달리아 고모님이 보내신 건데, 날 우스터셔에 있는 고모님 댁으로 초대하신다는 내용이야."

"정말 좋은 소식입니다, 주인님."

"그렇지. 내가 피난처를 찾으면서 왜 달리아 고모님을 생각해내지 못했는지 모르겠어. 그곳이야말로 집을 떠나 머무르기에는 이상적인 곳인데 말이야. 풍경은 그림 같고, 물은 샘에서 직접 떠오고, 영국 최고의 요리사가 있는 곳이지. 자네도 아나톨을 기억하지?"

"그렇습니다, 주인님."

"게다가 무엇보다도 말이야, 지브스, 달리아 고모님의 집에는 망할 꼬마 녀석들이 거의 없어. 달리아 고모님의 아들 본조가 있긴 하지. 방학 동안 녀석이 집에 돌아와 있을 거야. 하지만 그 녀석은 신경 쓰이지 않아. 얼른 가서 초대에 응한다고 전보를 보내."

"알겠습니다, 주인님."

"그리고 필요한 물건들을 챙겨. 골프 클럽이랑 테니스 라켓도 포함해서."

"알겠습니다, 주인님. 일이 이렇게 기분 좋게 풀려서 다행입니다."

달리아 고모님이 무섭기 짝이 없는 내 고모님들 군단 중에서 가장 마음씨 착하고 쾌활한 분이라는 말을 전에 했는지 모르겠다. 달리아 고모님은 톰 트래버스와 결혼했으며, 지브스의 도움으로 빙고 리틀 부인의 프랑스 요리사인 아나톨을 자신의 집으로 꾀어냈다. 달리아 고모님의 집에 머무르는 것은 언제나 즐거운 일이었다. 달리아 고모님 곁에는 보통 명랑하게 지저귀는 녀석들이 있고, 다른 시골 저택들과는 달리 아침 식사 시간에 맞춰 반드시 일어나야 한다는 쓸데없는 규칙이 전혀 없다.

따라서 나는 아주 가벼운 마음으로 우스터셔 브링클리 코트의 차고에 2인승 자동차를 살살 집어넣은 뒤, 관목 숲과 잔디 테니스장을 통해 저택까지 한가로이 걸어갔다. 그런데 내가 막 잔디밭을 가로질렀을 때, 흡연실 창문에서 누군가의 머리통이 튀어나오더니 나를 향해 붙임성 있게 환한 웃음을 지었다.

"아, 우스터 군." 그 머리통이 말했다. "하하!"

"하하!" 나도 예의범절 경쟁에서 뒤지지 않으려고 이렇게 대꾸했다.

나는 2초쯤 흐른 뒤 그 머리통의 주인을 기억해 냈다. 시대에 뒤떨어진 70대 노인 앤스트러더가 그 머리의 주인이었다. 그는 달리아 고모님의 돌아가신 아버지와 오랜 친구였으며 나는 런던에 있는 고모님의 집에서 그를 한두 번 만난 적이 있었다. 유쾌한 사람이지만 조금 신경쇠약증에 걸린 것 같았다.

"방금 도착한 건가?" 그가 여전히 환히 웃으며 물었다.

"지금 왔습니다." 나도 환히 웃으며 말했다.

"우리 착한 안주인께서는 아마 응접실에 계실 걸세."

"그렇군요." 나는 이렇게 말한 뒤, 앤스트러더와 환한 웃음을 조금 더 주고받고 나서 앞으로 나아갔다.

달리아 고모님은 응접실에서 열렬히 나를 환영해 주었다. 고모님도 앤스트러더처럼 환하게 웃었다. 오늘은 환한 웃음이 대유행을 하는 날인 모양이었다.

"어서 와라, 못난이 도련님." 고모님이 말했다. "드디어 왔구나. 네가 올 수 있어서 얼마나 다행인지."

고모님의 말투는 바로 내가 바라던 것이었다. 다른 친척들, 특히 애거사 고모님도 내게 이런 말투로 말을 한다면 좋을 텐데.

"달리아 고모님이 친절하셔서 여기에 오는 것은 항상 기쁜 일이에요." 내가 진심으로 말했다. "이번에도 정말 즐겁게 쉬다가 갈 수 있을 것 같아요. 조금 전에 보니까 앤스트러더 씨도 여기계시던데, 또 손님이 있나요?"

"스네티셤 경을 네가 알던가?"

"뵌 적이 있어요. 경마장에서."

"그분도 여기 계신단다. 레이디 스네티셤과 함께."

"물론 본조도 있겠죠?"

"그렇지. 토머스도 있고."

"토머스 아저씨요?"

"아니. 그분은 스코틀랜드에 계셔. 내가 말한 건 네 사촌 토머스."

"설마 애거사 고모님의 지긋지긋한 아들은 아니죠?"

"물론 그 아이지. 네 사촌 중에 토머스가 몇 명이나 된다고. 애거사가 홈부르크로 가면서 자기 아이를 여기에 떨어뜨려 놓았어."

나는 누가 봐도 알 수 있을 만큼 동요했다.

"달리아 고모님! 어떻게 이러실 수가 있어요? 지금 어떤 재앙 덩어리를 집에 들여놓은 건지 아세요? 그 토머스 녀석 앞에서는 강한 남자들도 움찔해요. 녀석은 인간의 탈을 쓴 영국 최고의 악마라고요. 녀석을 능가하는 악마는 없어요."

"지금까지 그 녀석의 전적을 보면 나도 그 정도는 알지." 달리아 고모님이 고개를 끄덕였다. "그런데 지금은 그 녀석이 글쎄 주일학교 이야기집에서 튀어나온 애처럼 굴고 있단다. 너도 봤다시피 앤스트러더 씨가 가엾게도 요즘 몹시 기운이 없어. 그런데 이 집에 어린 사내아이 두 명이 있다는 걸 알고 곧바로 행동에 나섰지. 자기가 머무르는 동안 가장 얌전히 군 아이에게 상으로 5파운드를 주겠다고 했단다. 그 결과 토머스는 줄곧 어깨에 크고 하얀 날개가 돋아나기라도 한 것처럼 굴고 있어." 고모님의 얼굴에 그림자가 스치고 지나간 것 같았다. 몹시 속이 상한 듯했다. "어린 게 돈밖에 몰라! 내 평생 그렇게 기분 나쁘게 얌전한 아이는 본 적이 없다. 인간의 본성에 대해 절망하기에 충분할 정도로."

나는 고모님의 말을 따라갈 수 없었다.

"그건 좋은 일 아니에요?"

"아니, 그렇지 않아."

"전 잘 모르겠는데요. 토머스가 느끼하게 점잔을 빼며 돌아다니는 편이 여기저기 마구 뛰어다니면서 사람들을 괴롭히는 것보다 낫지 않나요?"

"전혀 그렇지 않아. 버티, 착한 아이에게 상을 주겠다는 그 제안 때문에 일이 좀 복잡해졌단다. 일이 겹겹이 겹쳐진 느낌이야. 제인 스네티섐의 내기 본능이 발동해서 그 결과를 놓고 내기를 벌여야겠다고 고집을 부리게 됐거든."

커다란 불빛이 반짝 켜졌다. 고모님의 말씀이 무슨 뜻인지 알 것 같았다.

"아!" 내가 말했다. "이제 알겠어요. 그렇게 된 거군요. 알아들었어요. 레이디 스네티섐이 토머스에게 돈을 건 거죠?"

"그래. 그리고 나는 그 녀석을 잘 아니까, 결과는 보나마나 뻔하다고 생각했지."

"그러셨겠죠."

"내가 결코 질 수가 없는 내기였어. 내가 우리 귀여운 본조에게 환상을 품지 않았다는 사실은 하느님도 아신다. 본조는 요람에 있을 때부터 지금까지 줄곧 아주 골칫거리였어. 그래도 토머스가 상대라면 착한 아이 콘테스트에서 본조를 미는 편이 수월한 돈벌이가 될 것 같았지."

"물론이죠."

"악동 짓으로 말하자면, 본조는 그냥 평범한 녀석이야. 반면토머스는 아주 고전적인 유망주지."

"그렇죠. 그런데 뭘 걱정하세요, 달리아 고모님? 토머스의 착한 아이 행세가 오래갈 리 없어요. 반드시 곧 무너질 거예요."

"그렇지만 그 전에 못된 수작이 벌어질지도 몰라."

"수작요?"

"그래. 더러운 일이 벌어지고 있단다, 버티." 달리아 고모님이 심각한 얼굴로 말했다. "이번에 내기를 벌일 때 나는 스네티셤 일가의 영혼이 얼마나 무서울 정도로 시커먼지 생각하지 못했어. 잭 스네티셤이 본조에게 지붕에 올라가 야유하는 소리를 내면서 앤스트러더 씨의 굴뚝을 타고 내려오라고 줄곧 부추긴 것을 어제야 비로소 내가 알게 되었단다."

"세상에!"

"그래. 앤스트러더 씨는 지금 몹시 약해진 상태야, 가엾게도. 본조가 정말로 그런 짓을 저질렀다면 앤스트러더 씨는 놀라서 발작을 일으켰을 거다. 그리고 발작에서 깨어나자마자 본조를 탈락시키고, 토머스의 부전승을 선언했겠지."

"그럼 본조가 그런 짓을 하지 않은 건가요?"

"그래." 달리아 고모님의 목소리에 어머니의 자부심이 배어 있었다. "야유를 하지 않겠다고 단호히 거부했어. 다행히 그 녀석이 지금 사랑에 빠져 있기 때문에 성격이 상당히 바뀌었거든. 녀석은 나쁜 짓을 부추기는 자들을 경멸한단다."

"사랑에 빠져요? 누구하고요?"

"릴리언 기시. 일주일 전에 마을의 비주 드림 극장에서 그녀의 옛 영화를 봤거든. 본조는 그때 그녀를 처음 보았어. 영화가 끝난 뒤 창백하고 굳은 얼굴로 나오더니만, 줄곧 훌륭하고 바른 생활을 하려고 애쓰고 있단다. 그 덕분에 위험을 피할 수 있었던 거고."

"다행이네요."

"그래. 하지만 이젠 내 차례야. 내가 이런 일을 가만히 두고 볼 수는 없잖니. 상대가 올바르게 군다면 나는 절대 규칙을 어기지 않지만, 상대가 부정한 수단을 부리기 시작한다면 나도 거기에 맞서서 게임을 할 줄 안단 말이지. 만약 이 착한 아이 콘테스트가 그런 식으로 굴러간다면, 나도 남들만큼 내 몫을 할 수 있어. 어머니가 내게 가르쳐 주신 교훈들을 되새기며 참고 견디기에는 이번 일에 걸린 것이 너무 많아."

"돈이 많이 걸려 있나요?"

"단순히 돈만이 아니야. 제인 스네티섬의 주방 하녀와 아나톨이 걸려 있어."

"이런 세상에! 토머스 아저씨가 돌아왔을 때 아나톨이 여기 없다면 가만히 계시지 않을 거예요."

"그러니까 말이야!"

"일방적으로 이길 거라고 생각하셨군요. 아나톨은 요리사로서 타의 추종을 불허하는 명성을 누리고 있잖아요."

"뭐, 제인 스네티섬의 주방 하녀도 그리 가볍게 볼 대상은 아니야. 그쪽 말로는 한창 뜨는 사람이라고 하더구나. 요즘은 좋은 주방 하녀가 홀바인의 오리지널 그림만큼이나 드문 존재니까. 게다가 제인 스네티섬이 워낙 고집을 피워서, 내가 그 하녀를 어느 정도 인정해 줄 수밖에 없었어. 어쨌든 하던 이야기로 돌아가서, 만약 저쪽 사람들이 본조의 앞에 이런 식으로 유혹을 깔아 놓는다면, 토머스의 앞길에도 유혹을 깔아 줘야지. 아주 많이. 그러니 얼른 지브스를 불러서 머리를 좀 굴려 보라고 하자."

"지브스를 데려오지 않았는데요."

"지브스를 데려오지 않았어?"

"네. 지브스는 이맘때쯤 항상 휴가를 내요. 지금 보그너에서 새우를 잡고 있어요."

달리아 고모님의 얼굴에 깊은 근심이 어렸다.

"그럼 당장 지브스를 이리로 불러! 지브스가 없으면 네가 어디에 쓸모가 있다고, 이 우유부단한 녀석아!"

나는 조금 허리를 세웠다. 아니, 허리를 완전히 곧추세웠다. 나만큼 지브스를 존중하는 사람은 없지만, 고모님의 말은 우스터의 자부심에 상처를 냈다.

"지브스에게만 머리가 있는 게 아닙니다." 내가 차갑게 말했다. "이번 일은 저한테 맡겨 주세요, 달리아 고모님. 오늘 저녁 식사 때쯤이면 계획을 완성해서 내놓을 수 있을 것 같습니다. 만약 제가 토머스 녀석을 철저히 누르지 못한다면, 제 손에 장을 지지겠어요."

"아나톨이 사라지면, 어차피 다 소용없어." 달리아 고모님이 비관적인 표정으로 말하는 모습이 마음에 들지 않았다.

고모님이 계신 응접실을 나서면서 나는 아주 긴장된 마음으로 생각에 잠겼다. 달리아 고모님이 언제나 다정하고 쾌활하며, 나와 함께 있는 시간을 즐기는 것처럼 보이지만 내 지능에 대해서는 꽤나 박한 평가를 하고 있는 것 같다는 생각은 옛날부터 하고 있었다. 내게 멍청하다고 타박할 때가 너무 많았고, 내가 무슨 아이디어라도 내놓을라치면 고모님은 다정하면서도 신경에 거슬리는 웃음을 터뜨리곤 했다. 조금 전에도 고모님은 이번처럼 먼저 나서서 수완을 발휘해야 하는 위기가 벌어졌을 때 나를 없는 사람으로 친다는 뜻을 상당히 분명하게 암시했다. 그래서 이번에 고모님이 나를 얼마나 과소평가했는지 제대로 보여 줄 생각이었다.

내가 정말로 어떤 사람인가 하면, 복도를 절반쯤 걸어가기도 전에 벌써 훌륭한 아이디어를 떠올릴 정도였다. 나는 담배 한 개비 반을 피우는 동안 그 아이디어를 이리저리 살펴보았지만 아무런 문제도 발견하지 못했다. 물론, 앤스트러더 씨가 생각하는 나쁜 행동이 내 생각과 일치한다는 전제하에서.

지브스도 아는 사실이지만, 이럴 때 중요한 것은 상대방의 심리를 파악하는 것이다. 상대를 잘 관찰한다면, 성공할 수 있다. 나는 토머스를 오래전부터 지켜보았기 때문에 녀석의 심리에 대해서는 속속들이 알고 있었다. 토머스는 결코 해가 질 때까지 분을 품고만 있는 법이 없는 녀석이었다. 그러니까 내 말은, 이 어린 불한당 녀석이 짜증스럽거나 화나는 일을 당하면 기회가 생기는 대로 무시무시한 복수에 나선다는 뜻이다. 예를 들어 작년 여름에도 녀석은 자신이 담배를 피우다 들킨 사실을 어머니에게 일렀다는 이유로 내각의 장관을 애거사 고모님의 시골 저택에 있는 호수 한복판의 섬에 가둬 버린 적이 있었다. 분명히 말하지만 그날은 비가 내리고 있었고, 장관의 주위에는 고약하기 짝이 없는 백조 한 마리뿐이었다. 정말이다!

따라서 신중하게 말을 골라 녀석의 민감한 부분을 직접 찔러대며 조롱한다면, 녀석이 자극을 받아 내게 엄청나게 폭력적인 일을 저지르게 될 것 같았다. 달리아 고모님을 위해 내가 이렇게 무서울 정도의 자기희생을 기꺼이 감수할 생각이었느냐고 묻는다면, 나로서는 우리 우스터 집안사람들이 원래 그렇다는 말밖에 할 말이 없다.

내가 보기에 조금 정리가 필요한 부분은 딱 한 군데뿐이었다. 즉, 버트럼 우스터가 당한 터무니없는 일을 앤스트러더 씨가 과연 범죄로 판단하고 토머스를 경쟁에서 탈락시킬 것인가 하는 점. 혹시 그가 너무 늙어 판단을 제대로 하지 못하고, 사내아이들은 원래 그런 법이라며 그냥 웃어넘기는 게 아닐까? 그렇다면 내 계획은 아무 소용이 없었다. 나는 그 노인을 만나 생각을 확인해 보기로 했다.

앤스트러더 씨는 여전히 흡연실에 있었다. 아주 연약한 모습으로 조간신문인 《타임스》를 읽고 있는 그에게 나는 곧바로 본론을 꺼냈다.

"아, 앤스트러더 씨."

"미국 시장이 돌아가는 꼴이 마음에 들지 않는군. 강한 하락세가 마음에 들지 않아." 그가 말했다.

"그렇습니까?" 내가 말했다. "뭐, 그건 그렇고, 그 착한 아이 콘테스트 말씀인데요."

"아, 자네도 그 얘기를 들었나?"

"어떻게 판정을 내리실 생각인지 잘 모르겠습니다."

"몰라? 아주 간단하지. 내가 매일 점수를 매긴다네. 하루를 시작할 때마다 두 녀석에게 각각 20점을 줘. 그리고 녀석들이 저지른 잘못의 크기에 따라 점수를 깎지. 간단히 예를 들어 볼까? 이른 아침에 내 방 앞에서 소리를 지르는 건 3점 감점일세. 휘파람을 부는 건 2점 감점. 그보다 더 심각한 일을 저지른다면, 당연히 감점도 커지겠지. 밤에 잠자리에 들기 전에 나는 그날의 점수를 내 수첩에 적어 두네. 간단하지만 정교하지 않은가, 우스터 군?"

"그렇군요."

"지금까지의 결과는 아주 만족스럽네. 그 어린 녀석들 모두 단 1점도 감점당하지 않았어. 내 신경도 가라앉았고. 내가 여기 머무르는 동안 그 어린 녀석들이 같이 있을 것이라는 말을 처음 들었을 때는 솔직히 이런 결과를 감히 예측하지 못했다네."

"정말 굉장한 일을 해내셨습니다." 내가 말했다. "그럼 이른바 도덕적으로 비열한 행위에 대해서는 어떻게 생각하십니까?"

"다시 말해 주겠나?"

"그러니까, 앤스터러더 씨에게는 직접적으로 영향을 미치지 않지만 도덕적으로 문제가 있는 경우 말입니다. 예를 들어, 그 어린 녀석들 중 한 명이 제게 무슨 짓을 한다든가 하는…… 저를 겨냥해서 함정을 설치하거나, 제 침대에 두꺼비를 넣어 두는 것 같은 행동 말입니다."

앤스트러더 씨는 내 말을 듣고 무척 충격을 받은 기색이었다.

"그런 상황이라면 반드시 범인 녀석의 점수를 10점 깎을 걸세."

"겨우 10점요?"

"그럼 15점."

"20점이 좋지 않겠습니까? 딱 떨어지는 숫자니까요."

"그래, 뭐 20점도 가능하겠군. 난 그런 장난을 유난히 싫어하니까 말이야."

"저도 그렇습니다."

"그럼 그런 무도한 일이 벌어졌을 때, 자네가 내게 알려 줄 거라고 믿어도 되겠군, 우스터 군."

"누구보다 먼저 소식을 알려 드리겠습니다." 내가 단언했다.

그 뒤 나는 정원으로 나가서 토머스를 찾아 오락가락했다. 내 기반은 단단하다는 확신이 들었다.

오래지 않아 정자에서 책을 읽고 있는 녀석의 모습이 눈에 들어왔다.

"안녕하세요." 녀석이 성자 같은 미소를 지으며 말했다.

인류의 재앙인 이 땅딸막한 녀석은 지나치게 너그러운 주위 사람들 때문에 무려 14년 동안 이 시골 마을에서 온갖 말썽을 피웠다. 들창코에 초록색 눈, 전체적으로 조직폭력배를 열심히 흉내 낸 것 같은 모습. 나는 처음부터 녀석의 이런 외양을 좋아하지 않았지만, 거기에 성자 같은 미소가 덧붙여지니 조금 기괴하게 보이기까지 했다.

나는 미리 준비한 조롱의 말을 머릿속으로 점검해 보았다.

"그래, 토머스, 여기 있었구나. 어째 점점 돼지처럼 뚱뚱해지는 것 같다."

처음 건네는 말로는 이것도 괜찮은 것 같았다. 토머스가 점점 불룩해지는 배에 대해 누가 조롱하는 말을 기분 좋게 받아들일 때가 거의 없다는 사실을 나는 경험으로 알고 있었다. 지난번에 내가 그에게 그런 말을 건넸을 때, 그는 아직 어린 나이인데도 나조차 들어 보지 못한 단어로 대꾸했었다. 내가 그런 단어들을 알고 있었다면 무척 자랑스러웠을 것이다. 하지만 지금은 그의 눈이 생각에 잠긴 것처럼 순간적으로 번득였을 뿐, 그는 그 어느 때보다 더욱더 성자 같은 미소를 지을 뿐이었다.

"네, 몸무게가 조금 늘어난 것 같아요." 토머스가 부드럽게 말했다. "여기 있는 동안 운동을 많이 해야겠어요. 여기 좀 앉으실래요, 버티 형?" 토머스가 일어나며 물었다. "여독이 아직 안 풀려서 피곤하실 거예요. 제가 쿠션을 가져다드릴게요. 담배도 필요하신가요? 성냥은요? 제가 흡연실에서 가져다드릴 수 있어요.

마실 것도 좀 가져올까요?"

나는 당황했다. 달리아 고모님의 이야기를 들었어도, 나는 이 어린 무뢰한의 태도가 깜짝 놀랄 정도로 변하는 일은 있을 수 없다고 이 순간까지 믿었던 것 같다. 하지만 지금 그가 배달부를 자처하는 보이스카우트 소년처럼 말하는 소리를 듣고 있으니, 정말로 당황스러웠다. 그래도 나는 꿋꿋이 내 뜻을 밀고 나갔다.

"너 아직도 그 썩어 빠진 학교에 다니냐?" 내가 물었다.

토머스가 몸매를 놀리는 말에는 면역이 생겼다 하더라도, 학교를 욕하는 말 앞에서도 순전히 돈에 눈이 멀어 가만히 있을 것 같지는 않았다. 하지만 틀린 생각이었다. 돈에 대한 욕망이 그를 꽉 잡고 있는 것 같았다. 토머스는 가만히 고개를 저었다.

"이번 학기에 그만뒀어요. 다음 학기부터는 피븐허스트 학교에 다닐 거예요."

"사각모를 쓰고 다니는 학교지?"

"네."

"술 장식은 분홍색이고?"

"네."

"너 진짜 끝내주게 멍청해 보이겠다!" 나는 이 말을 하면서도 별로 기대는 하지 않았다. 그래도 쾌활하게 웃어 댔다.

"그럴 것 같아요." 토머스는 이렇게 말하고 나서 나보다 훨씬 더 쾌활하게 웃었다.

"사각모라니!"

"하하."

"분홍색 술이라니!"

"하하."

나는 포기했다.

"아이고, 힘들다." 나는 우울한 목소리로 이렇게 말한 뒤 후퇴했다.

이틀 뒤 나는 녀석의 상태가 내 생각보다 훨씬 더 심각하다는 사실을 깨달았다. 토머스는 손쓸 수 없을 만큼 야비한 놈이었다.

내게 나쁜 소식을 알려 준 사람은 앤스트러더 씨였다.

"아, 우스터 군." 내가 기분 좋은 아침 식사를 마치고 내려오는데 계단에서 나와 마주친 앤스트러더 씨가 나를 불렀다. "내가 제안한 착한 아이 경쟁에 대해 자네가 관심을 표한 것이 다행이었네."

"네?"

"내가 점수를 어떻게 매기는지 설명해 주었지? 그런데 오늘 아침에 그걸 좀 바꿔야겠다는 생각이 들었어. 그럴 만한 상황인 것 같아서 말이지. 이 집 조카인 토머스라는 녀석과 우연히 마주쳤는데, 내가 보기에는 녀석이 좀 지친 것 같더란 말일세. 여행을 하고 온 사람처럼. 그래서 이렇게 이른 시간에 어딜 다녀오는 거냐고 물었더니, 그때가 아직 아침 식사 시간도 안 된 때였거든,

그랬더니 녀석이 말하기를 자네가 런던을 떠나기 전에 《스포팅 타임스》를 이쪽으로 보내 달라고 주문하는 걸 깜박 잊었다고 아쉬워하는 소리를 어젯밤에 들었다는 거야. 그래서 3마일이 넘게 떨어진 기차역까지 걸어가서 자네를 위해 그 신문을 사 오는 길이라고 하지 뭔가."

노인의 모습이 내 눈앞에서 흔들렸다. 앤스트러더 씨가 둘이 되어서 내 눈앞에서 깜박거리고 있는 것 같았다.

"뭐라고요?"

"자네 심정을 나도 이해하네, 우스터 군. 알고말고. 그 나이에 그렇게까지 남을 생각하는 녀석은 보기 드물지. 그래서 나는 감동한 나머지 점수를 매기는 방식을 조금 바꿔서 그 녀석에게 보너스로 15점을 주었네."

"15점!"

"다시 생각해 보니, 20점으로 해야겠군. 자네가 직접 말했듯이, 딱 떨어지는 숫자 아닌가."

앤스트러더 씨는 기운 없는 몸으로 휘청거리며 자리를 떴다. 나는 달리아 고모님을 찾으려고 뛰었다.

"달리아 고모님." 내가 말했다. "일이 심상치 않게 돌아가고 있어요."

"그래, 정말 심상치 않아." 달리아 고모님이 내 말에 적극적으로 동의했다. "방금 무슨 일이 있었는지 아니? 그 못된 스네티셤이 여기서 쫓겨나야 마땅한 주제에, 본조에게 아침 식사 때 앤스트러더 씨의 의자 뒤에서 종이봉투를 터뜨리면 10실링을 주겠다고 제안했단다. 본조가 품은 사랑의 힘이 승리를 거뒀으니 천만다행이지. 우리 귀여운 본조는 스네티섬을 한 번 보기만 하고, 그냥 가 버렸어. 하지만 우리 상대가 어떤 사람인지를 알기에는 충분한 일이었지."

"우리 상대는 그 정도가 아니에요, 달리아 고모님." 나는 방금 있었던 일을 이야기해 주었다.

달리아 고모님은 기겁했다.

"토머스가 그랬다고?"

"토머스가 직접 말했대요."

"네게 신문을 사 주려고 6마일을 걸어?"

"6마일이 조금 넘어요."

"비겁한 꼬마 녀석이! 세상에, 버티, 녀석은 이런 선행을 앞으로도 계속 매일 할지도 몰라. 어쩌면 하루에 두 번씩 할지도 모르고. 녀석을 막을 방법이 없겠니?"

"생각나는 게 없어요. 달리아 고모님, 솔직히 저도 당황스러워요. 방법은 하나뿐이에요. 지브스를 부르죠."

"이제야 그 말이 나오는구나." 고모님이 무뚝뚝하게 말했다. "처음부터 불렀어야 했어. 바로 전보를 보내라."

지브스는 좋은 사람이다. 마음씨가 착하다. 흠잡을 데가 없다. 그런 직업을 가진 사람이 1년에 한 번 있는 휴가를 즐기다가 전보를 받고 불려 왔다면, 대개 발끈 성을 냈을 것이다. 하지만 지브스는 아니었다. 그는 다음 날 오후에 곧장 나타났다. 구릿빛으로 건강하게 탄 모습이었다. 나는 지체 없이 그에게 상황을 알려 주었다.

"알겠지, 지브스." 내가 이야기를 끝낸 뒤 그에게 말했다. "이번에는 자네의 머리를 최대한 발휘해야 할 거야. 우선 좀 쉬고, 오늘 밤에 우리끼리 있을 수 있는 곳에서 의논해 보자고. 저녁때 특별히 먹고 싶은 음식이나 음료가 있나? 자네의 그 머리를 더욱 자극해 줄 것 같은 음식이 있으면 무엇이든 좋으니까 말해."

"대단히 감사합니다, 주인님. 하지만 벌써 효과가 있을 것 같은 계획이 떠올랐습니다."

나는 경탄하며 그를 바라보았다.

"벌써?"

"네, 주인님."

"이렇게 빨리?"

"네, 주인님."

"그것도 사람의 심리와 관련된 계획인가?"

"그렇습니다, 주인님."

나는 조금 풀이 죽어서 고개를 절레절레 저었다. 의심이 마음속으로 조금씩 스며들었다.

"그래, 말해 봐, 지브스." 내가 말했다. "하지만 별로 기대는 안 해. 이제 막 도착했으니, 자네는 토머스 녀석이 얼마나 무섭게 변했는지 잘 모르겠지. 그러니 전에 보았던 모습을 기준으로 계획을 세웠을 거야. 그런 건 쓸데없어, 지브스. 돈을 손에 넣겠다는 욕심에 그 망할 녀석이 어찌나 착해졌는지, 도무지 틈이 없다고. 내가 녀석의 뱃살을 놀리고 학교를 조롱했는데도 녀석은 죽어가는 오리처럼 창백하게 웃기만 했어. 뭐, 자네도 이만하면 알겠지. 어쨌든 자네 생각을 들어 보기나 하지."

"제 생각에는 이런 상황에서 가장 현명한 방법은 주인님이 트래버스 부인에게 서배스천 문 님을 잠시 초대해 달라고 부탁하는 것 같습니다."

나는 다시 고개를 저었다. 지브스의 계획은 내가 듣기에 객쩍은 소리 같았다. 그것도 A급.

"그게 무슨 소용이 있겠어?" 나는 다소 신랄하게 물었다. "왜 서배스천 문이야?"

"그분의 머리가 금발 곱슬머리입니다, 주인님."

"그게 뭐?"

"성격이 아주 강한 사람들이 가끔 긴 금발 곱슬머리를 이기지 못할 때가 있습니다."

뭐, 괜찮은 생각이긴 했다. 하지만 반색을 하며 냉큼 달려들 정도는 아니었다. 토머스의 강철 같은 자제력이 서배스천 문 앞에서 조금 무너져 녀석이 그에게 달려들 가능성이 있기는 했다. 하지만 크게 기대할 일은 아닌 것 같았다.

"그럴지도 모르지, 지브스."

"제가 지나치게 낙관적으로 생각하는 건 아닌 것 같습니다, 주인님. 곱슬머리 외에도, 문 님의 성격이 누구에게나 기분 좋게 받아들여지는 편은 아니라는 사실을 주인님도 기억하실 겁니다. 문 님은 아주 솔직하게 자신의 뜻을 밝히는 경향이 있지요. 그러면 토머스 도련님은 자기보다 어린 사람이 그렇게 구는 것에 아마 화를 내실 겁니다."

처음부터 나는 이 계획에 뭔가 문제가 있다는 느낌이 들었다. 그런데 방금 그 문제를 찾아낸 것 같았다.

"지브스, 서배스천 녀석이 자네 말처럼 무서운 녀석이라 치더라도, 녀석이 토머스뿐만 아니라 본조에게도 강압적으로 굴 것 아닌가. 우리 쪽 후보가 복수를 하겠다고 나서기라도 하면 우리 꼴이 아주 우스워질걸. 본조는 이미 20점이나 뒤져 있다는 걸 잊으면 안 돼."

"그런 일은 없을 겁니다, 주인님. 트래버스 님은 사랑에 빠진 상태입니다. 열세 살 때 사랑은 행동을 억제하는 데 아주 강력한 힘을 발휘합니다."

"흠." 나는 생각을 해 보았다. "뭐, 시도를 해 볼 수밖에."

"네, 주인님."

"내가 달리아 고모님께 오늘 밤 시피에게 편지를 쓰라고 말씀
드리겠네."

이틀 뒤 서배스천 녀석이 도착했을 때, 내 머릿속에서 비관적
인 생각들이 많이 사라졌음을 인정할 수밖에 없다. 겉모습만으
로도 멀쩡한 소년들에게 자신을 꾀어서 조용한 곳으로 데려가
때려 달라고 크게 외쳐 대는 것 같은 녀석이 바로 서배스천 문이
었다. 그를 보고 나는 즉시 『소공자』의 주인공을 떠올렸다. 토머
스가 서배스천과 만나는 순간 어떤 태도를 보이는지 면밀히 관
찰한 결과, 내가 착각한 것이 아니라면 그의 눈에 나타난 표정은
용맹한 인디언 추장이 머리 가죽을 벗기는 칼을 향해 손을 뻗기
직전의 눈빛과 같았다. 금방이라도 달려들 준비가 된 사람 같은
분위기였다.

토머스가 서배스천과 악수를 하며 속내를 감춘 것은 사실이
다. 자세히 관찰한 사람만이 토머스가 속 깊은 곳까지 흔들렸음
을 알아차릴 수 있었다. 나는 그것을 분명히 보았으므로, 곧바로
지브스를 호출했다.

"지브스, 전에 내가 자네의 계획을 대수롭지 않게 생각한 것
같은데, 그때 내가 했던 말을 취소하지. 자네가 길을 제대로 찾은
것 같아. 토머스가 충격을 받은 것을 내가 알아보았거든. 녀석의

눈이 이상하게 번득였어."

"그렇습니까, 주인님?"

"발도 불편하게 꼼지락거리고, 귀도 쫑긋거렸어. 간단히 말해서, 그 약한 몸이 버티기 힘들 정도로 어렵게 감정을 참고 있는 눈치였다고."

"그렇습니까, 주인님?"

"그래, 지브스. 분명히 곧 뭔가 폭발할 것 같은 느낌이야. 내일 내가 달리아 고모님께 그 둘을 데리고 산책을 나가 으슥한 곳에서 둘을 잃어버린 척하시라고 말해야겠어. 나머지는 자연스럽게 흘러가겠지."

"좋은 생각입니다, 주인님."

"좋은 생각 이상이지, 지브스. 확실한 생각이야."

나이를 먹을수록 이 세상에 확실한 것은 없다는 확신이 더욱 굳어진다. 확실하게 보이던 일들이 빵 하고 터져 버리는 것을 몇 번이나 보았기 때문에, 이제는 나의 고상한 회의주의에서 나를 꾀어낼 수 있는 것이 거의 없다. 사람들은 살금살금 내게 다가와 어떤 말에 돈을 걸라고 꼬드긴다. 출발점에서 번개에 맞아도 결코 경주에 질 수 없는 말이라면서. 하지만 버트럼 우스터는 고개를 젓는다. 무엇이든 확실하다고 믿기에는 인생의 쓴맛을 이미 너무나 많이 보았기 때문이다.

내 사촌 토머스가 이 세상 최고로 고약한 아이인 서배스천 문과 단둘이서 오랜 시간을 보내게 되었을 때, 주머니칼로 서배스천의 곱슬머리를 잘라 버리고 싶은 충동을 참아 내고, 도망치는 서배스천을 뒤쫓아 사방을 뛰어다니다가 진흙 연못에까지 빠지는 일도 하지 않고, 오히려 발에 물집이 잡힌 그 고약한 녀석을 업고 집으로 돌아올 것이라고 누군가가 내게 말해 주었다면 나는 웃기지도 않는다며 헛웃음을 터뜨렸을 것이다. 나는 토머스가 어떤 녀석인지 알고 있었다. 그 녀석이 어떤 짓들을 저질렀는지도 알고 있었다. 그 녀석이 실제로 못된 짓을 저지르는 현장을 목격한 적도 있었다. 따라서 5파운드의 돈을 딸 수 있다는 희망도 녀석을 얌전하게 만들지 못할 것이라고 확신했다.

그럼 실제로는 어땠느냐고? 조용한 해 질 녘, 작은 새들이 어느 때보다 사랑스러운 노래를 부르고 사방의 자연이 희망과 행복을 속삭이는 것처럼 보일 때, 충격이 날아왔다. 내가 테라스에서 앤스트러더 씨와 잡담을 나누고 있는데, 갑자기 진입로에서 두 아이가 숨을 몰아쉬며 둥글게 휘어진 길을 돌아오는 모습이 눈에 들어왔다. 토머스의 등에 업힌 서배스천은 모자가 날아가서 산들바람에 금발 곱슬머리를 휘날리며 자신이 생각해 낼 수 있는 가장 웃기는 노래를 부르고 있었다. 토머스는 서배스천의 무게 때문에 허리를 펴지 못하면서도 용감하게 터벅터벅 걸음을 멈추지 않았다. 얼굴은 그 망할 성자의 미소를 짓고 있었다. 토머스가 서배스천을 현관 앞 계단에 내려놓고 우리에게 다가왔다.

"서배스천의 신발에 못이 박혔어요." 토머스가 나지막한 목소리로 예의 바르게 말했다. "아파서 걸을 수 없다고 해서 제가 업고 왔어요."

앤스트러더 씨가 흡 하고 숨을 들이쉬는 소리가 들렸다.

"여기까지 계속?"

"네."

"이렇게 햇볕이 쨍쨍한데?"

"네."

"아이가 무거웠을 텐데."

"작은 아이예요." 토머스가 또 그 성자 같은 태도로 말했다. "서배스천이 걸어왔다면 엄청나게 아팠을 거예요."

나는 의자를 밀며 일어섰다. 더 이상 참을 수 없었다. 앤스트러더 씨는 또 토머스에게 보너스를 줄 기세였다. 그의 눈이 반짝거리는 것을 보니, 거기에 '보너스'라고 쓰여 있는 것 같았다. 나는 그 자리에서 물러나 내 방으로 돌아갔다. 지브스가 내 타이와 기타 소지품을 정리하고 있었다.

그는 내가 전해 주는 이야기를 듣고 입을 꾹 다물었다.

"심각합니다, 주인님."

"아주 심각하지, 지브스."

"이럴지도 모른다고 생각하긴 했습니다만."

"그래? 난 그렇지 않았어. 토머스가 서배스천을 묵사발로 만들 거라고 확신했지. 틀림없다고 생각했는데. 정말이지 돈을 향한 탐욕이 얼마나 무서운지 알겠군. 너도나도 돈만 좇는 시대야, 지브스. 내가 어릴 때는 서배스천 같은 녀석을 진심으로 처리하기 위해서라면 5파운드 정도는 기쁘게 포기할 수 있었어. 나라면 그만한 돈을 버릴 가치가 있는 일이라고 생각했을 텐데."

"토머스 도련님의 동기에 대해 주인님이 잘못 생각하고 계십니다. 도련님이 타고난 충동을 참는 것은 단순히 5파운드를 벌겠다는 욕망 때문만이 아닙니다."

"응?"

"저는 도련님이 그렇게 바뀐 진정한 이유를 확인했습니다, 주인님."

나는 뭐가 뭔지 알 수 없었다.

"종교인가, 지브스?"

"아뇨, 사랑입니다, 주인님."

"사랑?"

"네, 주인님. 토머스 도련님이 오찬 직후 복도에서 저와 잠깐 대화를 나눌 때 제게 고백하셨습니다. 한동안 중립적인 주제들에 대해 이야기를 나눴는데, 도련님이 갑자기 얼굴을 한층 붉히더니 잠깐 머뭇거리다가 그레타 가르보 양이야말로 현존하는 여성들 중 가장 아름답지 않으냐고 제게 물어보았습니다."

나는 이마를 잡았다.

"지브스! 설마 토머스가 그레타 가르보를 사랑하게 되었다는
건가?"

"그렇습니다, 주인님. 안타깝게도요. 도련님이 얼마 전부터 그
런 느낌이 있었는데, 최근 개봉된 그녀의 영화가 결정타였던 것
같습니다. 도련님의 떨리는 목소리에는 착각의 여지가 없었습니
다. 도련님의 말씀으로 추측하건대, 도련님은 앞으로 평생 동안
그녀에게 어울리는 사람이 되기 위해 노력할 생각인 것 같습니
다."

나는 정신을 차릴 수 없었다. 이제 끝장이었다.

"끝이야, 지브스." 내가 말했다. "지금쯤 본조는 족히 40점이
뒤져 있을 거야. 토머스가 공공의 복리를 위협하는 일을 화려하
게 터뜨리지 않는 한, 본조는 토머스를 앞지를 수 없을 거라고.
그런데 토머스가 그런 짓을 저지를 가능성이 없을 것 같군."

"가능성이 희박해 보이기는 합니다, 주인님."

나는 생각에 잠겼다.

"토머스 아저씨는 집에 돌아와서 아나톨이 사라진 걸 알면 발
작을 일으키실 텐데."

"그렇습니다, 주인님."

"달리아 고모님은 아주 쓰디쓴 경험을 하게 될 거고."

"그렇습니다, 주인님."

"그리고 순전히 이기적인 관점에서 보자면, 내가 지금까지 만난 최고의 요리가 내 인생에서 영원히 사라지겠군. 스네티셤 집안이 날 식사에 초대해 주지 않는 한은. 그런데 그럴 가능성 또한 희박하지."

"그렇습니다, 주인님."

"그렇다면 내가 할 수 있는 일은 어깨를 똑바로 펴고 피할 수 없는 일을 받아들이는 것뿐."

"그렇습니다, 주인님."

"프랑스혁명 때 사형수 호송차에 오르던 귀족들과 비슷하지 않나? 애써 태연하게 짓는 미소. 뻣뻣하게 굳은 윗입술."

"그렇습니다, 주인님."

"좋았어, 그럼. 셔츠의 장식 단추는 다 달았나?"

"네, 주인님."

"타이도 골라 두었고?"

"네, 주인님."

"옷깃과 저녁에 입을 속옷도 모두 정리해 두었어?"

"네, 주인님."

"그럼 금방 목욕을 하고 오지."

애써 태연하게 짓는 미소와 뻣뻣한 윗입술을 입에 담는 것은 쉬운 일이지만, 그런 표정을 직접 짓는 것은 그리 쉽지 않다는 것이 내 경험이다. 감히 말하건대, 다른 사람들도 같은 경험을 했을 것이다. 그 뒤 며칠 동안 나는 아무리 애를 써도 계속 우울한 표정이 드러나는 것을 막을 수 없었다. 일을 더 힘들게 만들 작정인지, 하필 이때 아나톨이 예전 그의 요리들을 모두 무색게 하는 요리법들을 갑자기 새로 개발했기 때문이다.

우리는 밤마다 식탁에 앉아 입안에서 살살 녹는 음식을 먹었다. 달리아 고모님이 나를 바라보면 나도 달리아 고모님을 바라보았다. 아버지 스네티셤은 아주 고소한 표정으로 딸 스네티셤에게 이런 요리를 먹어 본 적이 있느냐고 물었고, 딸 스네티셤은 아버지 스네티셤을 향해 능글맞게 웃으며 한 번도 먹어 본 적이 없다고 대답했다. 그 말을 듣고 내가 달리아 고모님을 바라보면 달리아 고모님도 나를 바라보았다. 우리의 눈에는 흘리지 못한 눈물이 글썽거렸다. 내 말이 무슨 뜻인지 여러분도 알 것이다.

그러는 사이에 앤스트러더 씨가 이곳을 떠날 시간이 가까워지고 있었다.

이를테면 모래시계의 모래가 거의 다 떨어진 셈이었다.

그가 이곳에 머무르는 마지막 날 오후, 결국 일이 터졌다.

따스하고 평화로워서 잠이 솔솔 오는 오후였다. 나는 내 방에서 최근 방치해 두었던 편지들을 작성했다. 내가 앉은 자리에서 내려다보면 화려한 꽃밭에 에워싸이고 그늘이 진 잔디밭이 보였다. 거기서 새 한두 마리가 폴짝폴짝 뛰어다니고, 나비 한두 마리가 이리저리 날아다니고, 벌들이 이리저리 붕붕거렸다. 정원 의자에는 앤스트러더 씨가 앉아서 자고 있었다. 내 머리가 그렇게 복잡하지 않았다면, 마음이 편안해질 만한 광경이었다. 이 풍경 속에서 단 하나의 오점은 꽃밭 사이를 걷고 있는 레이디 스네티섬이었다. 아마도 앞으로 먹게 될 메뉴를 구상하는 모양이었다. 젠장.

한동안 그렇게 시간이 흘러갔다. 새들은 폴짝거리고, 나비들은 훨훨 날고, 벌들은 붕붕거리고, 앤스트러더 씨는 코를 골았다. 모든 것이 정해진 프로그램처럼 이루어졌다. 나는 내 단골 양복점에 보내는 편지를 쓰면서 마침 지난번에 맞춘 겉옷의 오른쪽 소매가 자루처럼 늘어지는 것에 대해 상당히 따끔한 말을 적어 넣는 중이었다.

문을 두드리는 소리가 들리더니 지브스가 또 우편물을 들고 들어왔다. 나는 옆의 탁자 위에 편지들을 아무렇게나 내려놓았다.

"지브스." 내가 우울하게 말했다.

"네?"

"앤스트러더 씨는 내일 떠나실 거야."

"그렇습니다, 주인님."

나는 잠든 노인을 내려다보았다.

"내가 어렸을 때는 말이야, 지브스, 아무리 사랑에 빠졌어도 저렇게 정원 의자에서 잠든 노신사를 보면 결코 참을 수가 없었어. 어떤 대가가 따른다 해도, 그 노인에게 뭔가 일을 저질렀지."

"그렇습니까, 주인님?"

"그래. 아마 콩알 총을 사용했을 거야. 그런데 요즘 애들은 타락했어. 생기를 잃어버렸다고. 이렇게 화창한 오후에 토머스는 아마 실내에서 서배스천에게 제가 수집한 우표들이나 보여 주고 있을걸. 하!" 내 말투가 조금 고약했다.

"토머스 도련님과 서배스천 도련님은 지금 마구간 앞마당에서 놀고 계실 겁니다, 주인님. 조금 전 서배스천 도련님과 우연히 마주쳤는데, 그쪽으로 가시는 길이라고 했거든요."

"활동사진이라는 건 말일세, 지브스, 이 시대의 저주야. 그것만 없었다면, 토머스가 서배스천 같은 녀석과 마구간 앞마당에 단둘이 있게 됐을 때……"

나는 말을 멈췄다. 남서쪽 어디선가, 내 시야를 벗어난 곳에서 귀를 찌르는 듯한 비명이 들려왔다.

그 소리가 칼처럼 공기를 가르자 앤스트러더 씨가 다리에 칼을 맞은 사람처럼 펄쩍 뛰어 일어났다. 눈 깜짝할 사이에 서배스천이 나타나고, 조금 뒤 토머스가 그 뒤를 따랐다. 둘 다 건강해 보였다. 토머스는 오른손에 마구간에서 쓰는 커다란 양동이를 들고 있어서 행동이 자유롭지 못한데도 엄청난 속도로 뛰었다. 그가 서배스천을 거의 따라잡았을 때, 서배스천이 머리를 놀랍게 굴려서 앤스트러더 씨 뒤로 몸을 피했다. 그렇게 상황이 유지되었다.

하지만 한순간뿐이었다. 이유는 알 수 없으나 토머스는 뼛속까지 완전히 동요한 표정을 하고서 한쪽으로 솜씨 좋게 몸을 움직여 양동이의 위치를 잡은 뒤 내용물을 쏟았다. 마침 같은 쪽으로 움직인 앤스트러더 씨가 그것을 몸으로 받았다. 멀리 있는 내가 짐작하기에, 내용물이 전부 앤스트러더 씨에게 쏟아진 것 같았다. 그는 순식간에 우스터셔에서 가장 흠뻑 젖은 사람이 되었다.

"지브스!" 내가 소리쳤다.

"네, 그렇습니다, 주인님." 지브스가 말했다. 지금의 상황을 한마디로 간단히 표현한 것 같았다.

저 아래에서는 상황이 점점 달아올랐다. 앤스트러더 씨가 나이 때문에 많이 약해졌다고 해도, 그 순간에는 한창때 못지않았다. 그 연세의 노인이 그토록 민첩하게 움직이는 모습은 자주 볼 수 있는 것이 아니다. 그는 의자 옆에 놓아둔 지팡이를 들어 두 살짜리 아이처럼 행동에 나섰다. 그리고 곧 그와 토머스가 집 귀퉁이를 돌아 시야에서 사라졌다. 토머스는 보기 드문 속도를 내고 있었지만, 괴로운 비명을 지르는 것을 보니 거리를 제대로 벌리지 못한 모양이었다.

소란이 잦아들었다. 스네티셤 부녀는 자신이 내세운 후보가 내기에서 완전히 탈락하는 모습을 실컷 두들겨 맞은 사람들 같은 표정으로 바라보며 서 있었다. 나는 그들을 아주 만족스럽게 한동안 지켜보다가 지브스에게 시선을 돌렸다. 아주 의기양양한 기분이었다. 내가 지브스를 이기는 건 흔한 일이 아닌데, 이번에는 내 승리가 확실했다.

"봤나, 지브스?" 내가 말했다. "내가 맞고 자네가 틀렸어. 피는 못 속이지. 한번 토머스는 영원히 토머스야. 표범이 제 점박이 무늬를 바꿀 수 있던가? 자연을 몰아내는 것에 대해 옛날 학교에서도 뭐라고 가르치던가?"

"갈퀴로 자연을 몰아내더라도, 자연은 언제나 돌아온다고 했던가요? 라틴어로 된 원래 문구는……"

"라틴어는 신경 쓰지 말고. 중요한 건 토머스가 저 곱슬머리에게 저항할 수 없을 거라고 내가 자네한테 말했고, 그 말이 옳았다는 거야."

"저 소란의 원인이 곱슬머리인 것 같지는 않습니다, 주인님."

"틀림없이 그거야."

"아닙니다, 주인님. 아마 서배스천 도련님이 가르보 양을 깔보는 말을 했을 겁니다."

"응? 그 녀석이 왜 그런 말을 해?"

"제가 그렇게 해야 한다고 제안했거든요. 아까 마구간 앞마당으로 가는 도련님과 마주쳤을 때. 도련님은 아주 기꺼이 제 말을 받아들이셨습니다. 도련님이 보기에는 미모와 재능 면에서 가르보 양이 클라라 보 양보다 확연히 뒤떨어진다고 말씀하시면서요. 도련님은 보 양에게 오래전부터 깊은 마음을 품고 있었습니다. 그리고 방금 목격한 광경을 근거로 추측하건대, 서배스천 도련님이 일찌감치 그 주제를 꺼내신 것 같습니다."

나는 의자에 푹 파묻혔다. 우스터 집안사람이 감당할 수 있는 일에는 한도가 있는 법이다.

"지브스!"

"네?"

"구불구불한 머리를 저렇게 길게 기르고도 집단 폭력을 걱정하지 않아도 될 만큼 아직 한참 어린 풋내기 서배스천 문이 클라라 보와 사랑에 빠졌다는 말인가?"

"얼마 전부터 그런 것 같습니다, 주인님."

"지브스, 저 어린 세대는 정말 굉장하군."

"네, 주인님."

"자네도 어렸을 때 저랬나?"

"아닙니다, 주인님."

"나도 아니었어, 지브스. 열네 살 때 마리 로이드에게 사인을 해 달라고 편지를 보낸 적은 있지만, 그것만 빼면 내 사생활은 아무리 엄격한 조사라도 이겨 낼 수 있을 만큼 깨끗해. 하지만

그건 중요한 게 아니지. 중요한 건, 지브스, 내가 이번에도 자네
에게 확실한 칭찬을 해 줘야 한다는 것이군."

"대단히 감사합니다, 주인님."

"자네는 또다시 위대한 한 걸음을 내디뎌 다정함과 빛을 확실
히 퍼뜨렸어."

"제가 주인님께 만족을 드린 것이 기쁠 뿐입니다. 제게 더 시
키실 일이 있으십니까?"

"보그너로 다시 돌아가서 새우를 잡고 싶다는 뜻인가? 그렇게
해, 지브스. 원한다면, 거기서 2주 동안 더 지내다 와도 돼. 자네
의 그물에 성공이 깃들기를."

"대단히 감사합니다, 주인님."

나는 지브스에게서 눈을 떼지 않았다. 턱을 높이 든 그의 눈에
서 순수한 지성의 빛이 반짝이고 있었다.

"자네와 맞서서 그 보잘것없는 머리를 굴려야 하는 새우들이
불쌍해지는군, 지브스." 내가 말했다.

내 말은 진심이었다.

영구 소유
Mortmain

그레이엄 그린
서창렬 옮김

마흔두 살에 정식으로 결혼했을 때, 카터에게 결혼은 놀랍도록 안정되고 평화로운 것으로 여겨졌다. 교회에서 치른 결혼식은 매 순간 즐겁기까지 했다. 단, 줄리아와 함께 통로를 걸어가면서 조지핀이 눈물을 훔치는 걸 보았을 때를 제외하고는 말이다. 조지핀이 거기 있는 것은 이 새롭고 솔직한 관계를 여실히 보여주었다. 그는 줄리아에게 아무런 비밀도 없었다. 그와 줄리아는 조지핀과 함께한 그의 고통스러웠던 10년에 대해, 조지핀의 지나친 질투와 때맞춰 히스테리를 부리던 행동에 대해 자주 함께 얘기를 나누었다. "불안해서 그런 거예요." 줄리아는 조지핀을 이해하고 감싸는 어조로 말했다. 그녀는 시간이 조금 지나면 조지핀과 우정을 나눌 수도 있으리라고 확신했다.

"여보, 난 그렇게 생각 안 해."

"왜요? 나는 당신을 사랑했던 사람이라면 누구든 다 좋아한단 말이에요."

"그건 꽤나 괴로운 사랑이었어."

"아마 마지막에 가서는 그랬겠지요. 그녀가 당신을 잃어 가고 있다는 것을 알았을 때 말이에요. 하지만 여보, 그녀랑 행복했던 시절도 **있었잖아요.**"

"그건 그래." 그러나 그는 줄리아 이전에 누군가를 사랑한 적이 있었다는 사실을 잊고 싶었다.

그녀의 관대함은 종종 그를 깜짝 놀라게 했다. 신혼여행 이레째 되는 날, 수니온의 해변에 있는 조그만 식당에서 그녀와 함께 레치나*를 마시다가 그는 우연히 호주머니에서 조지핀의 편지를 꺼내고 말았다. 전날 도착한 편지였는데, 그는 줄리아의 마음을 언짢게 할까 봐 감춰 두고 있었다. 짧은 신혼여행 기간 동안에도 그를 가만히 내버려 두지 못하는 게 조지핀의 전형적인 태도였다. 이제 조지핀의 필체―그녀의 머리털 색깔과 같은 검은색 잉크로 쓴 매우 작고 단정한 글씨―조차도 지겨웠다. 줄리아는 은빛이 도는 금발이었다. 그가 어떻게 검은 머리를 아름답다고 생각했을까? 어떻게 검은 잉크로 쓴 편지를 읽고 싶어 안달했던 걸까?

"무슨 편지예요, 여보? 난 우편함이 있는 줄도 몰랐는데."

● 나뭇진 향을 첨가한 그리스산 포도주.

"조지핀에게서 온 거야. 어제 왔어."

"그런데 아직 개봉도 안 했네요!" 그녀는 비난 한 마디 없이 소리쳤다.

"난 그 여자 생각은 하고 싶지 않아."

"하지만 여보, 그녀가 병이 났을 수도 있잖아요."

"그럴 리 없어."

"아니면 어려운 상황에 처했거나."

"내가 글을 써서 버는 것보다 그 여자가 패션 디자인으로 버는 돈이 더 많아."

"여보, 마음을 넓게 쓰도록 해요. 우리는 그럴 수 있잖아요. 우린 아주 행복하니까요."

그래서 그는 편지를 개봉했다. 불만을 토로하지 않은 다정한 내용의 편지였다. 그는 떨떠름한 기분으로 소리 내지 않고 읽었다.

필립, 피로연에서 어색한 꼴 보이고 싶지 않아서 잘 가라는 인사도 못 하고 두 사람의 무궁한 행복을 빌어 주지도 못했어. 줄리아는 엄청 예쁘고 무지 젊어 보이더라. 그녀를 자상하게 보살펴 주어야 해. 그런 건 필립이 아주 잘한다는 걸 알지만 말이야. 그녀를 보았을 때 나는 당신이 나를 떠날 결심을 하기까지 그토록 오랜 시간이 걸린 이유가 참으로 궁금했어. 바보 같은 필립. 빨리 행동을 취했더라면 훨씬 고통이 덜했을 텐데.

당신은 이제 내가 하는 일에 별 관심이 없을 거라고 생각하지만, 그래도 혹시 조금이라도 나를 걱정하는 마음이 있을지 모르니—당신은 걱정이 많은 사람이잖아—내 근황을 말해 줄게. 난 잡지의 어느 시리즈를 통째로 맡아서 관련된 드로잉 작업을 하느라 **아주** 열심히 일하고 있어. 어떤 잡지인 줄 알아? 프랑스판 《보그》야. 난 적지 않은 돈을 프랑스 화폐로 받고 있지. 불행한 생각을 할 시간도 없어. 한번은 우리 아파트(말실수를 했네)를 찾아갔었어. 못마땅하게 생각하지 않길 바랄게. 아주 중요한 스케치를 잃어버려서 그랬어. 우리가 공용으로 쓰던 서랍—아이디어 뱅크 말이야, 생각나?—뒤쪽에서 그걸 찾았어. 난 내 물건을 다 챙겨 갔다고 생각했는데, 그게 거기 있었지 뭐야. 나풀에서 보낸 그 멋진 여름에 당신이 쓰기 시작한 그리고 결코 끝내지 못한 그 소설 원고 속에 끼여 있었어. 내가 너무 횡설수설하고 있나 봐. 내가 정말 말하고 싶은 건 이건데 말이야. 둘 다 행복하길 바라! 사랑하는 조지핀이.

카터는 편지를 줄리아에게 건넸다. "그나마 아주 형편없는 편지는 아닌 것 같군."

"내가 이걸 읽는 걸 그녀가 좋아할까요?"

"아, 우리 둘을 염두에 두고 보낸 거야." 그는 다시 한번 비밀이 없다는 건 참으로 좋은 거라는 생각을 했다. 조지핀과의 사이에는 아주 많은 비밀이 있었다. 오해할까 봐 두려워서, 조지핀이

화를 내거나 입을 꾹 다물어 버릴까 봐 두려워서 그런 것이었다. 이제 그는 아무것도 두렵지 않았다. 심지어 죄책감이 드는 비밀조차도 줄리아의 동정심과 이해심을 믿고 털어놓을 수 있었다. 그가 말했다. "그 편지를 어제 당신에게 보여 주지 않은 내가 바보야. 다시는 그런 짓 하지 않을게." 그는 스펜서의 시구를 떠올렸다. '……폭풍우 치는 바다를 항해한 후에 도착한 항구.'•

줄리아가 편지를 다 읽고 나서 말했다. "그녀는 훌륭한 여자인 것 같아요. 이렇게 편지를 쓰다니 얼마나 다정하고 상냥해요. 나는—물론 가끔씩—아주 조금 그녀를 걱정했어요. 아무튼 **나는** 10년 후에도 당신을 잃고 싶지 않으니까요."

아테네로 돌아가는 택시 안에서 그녀가 말했다. "나폴에서는 아주 즐거웠나 봐요?"

"그래. 그런 것 같아. 잘 기억나진 않아. 지금처럼 좋은 건 아니었어."

여전히 어깨를 맞대고 있긴 하지만 그녀가 그로부터 멀어지고 있다는 것을 연인의 촉각으로 느낄 수 있었다. 수니온에서 아테네로 가는 길 위에 쏟아지는 햇빛은 밝고, 그들 앞에는 따뜻하고 아늑하고 편안한 시에스타가 기다리고 있는데, 한데…… "무슨

• '시인들의 시인' 에드먼드 스펜서(1552?~1599)의 서사시 『선녀여왕』(1590~1596) 제1권 제9칸토의 한 구절.

걱정이라도 있어, 여보?" 그가 물었다.

"별건 아니고…… 그냥…… 어느 날 당신은 아테네에 대해서도 나폴에서의 추억과 똑같은 말을 하지 않을까요? '잘 기억나진 않아. 지금처럼 좋은 건 아니었어'라고."

"이런, 바보 같으니." 그는 그녀에게 키스했다. 그런 다음 두 사람은 아테네로 돌아가는 택시 안에서 가볍게 장난을 쳤다. 길이 곧게 펼쳐지기 시작하자 그녀는 똑바로 앉아 빗으로 머리를 빗었다. "당신은 실은 차가운 사람이 아니에요. 그렇죠?" 그녀가 물었다. 그는 모든 게 다시 제자리로 돌아왔음을 알았다. 약간의 균열이—잠시나마—있었던 것은 조지핀의 잘못이었다.

저녁을 먹기 위해 침대에서 나왔을 때 그녀가 말했다. "우린 조지핀에게 편지를 써야 해요."

"안 돼!"

"여보, 당신 기분 알아요. 그렇지만 그건 정말 훌륭한 편지였잖아요."

"그럼 그림엽서를 보내."

그래서 그들은 그렇게 하기로 했다.

런던에 돌아오자 계절은 갑자기 가을이 되었다. 활주로에 떨어지는 빗방울에 얼음 알갱이가 스며 있는 것으로 봐서는 겨울도 머지않은 듯했다. 그들은 이곳에서는 얼마나 일찍 조명을 밝히는지 잊고 있었다는 것을 깨달으며 질레트, 루코제이드, 스미

403   영구 소유

스 포테이토칩 따위의 간판을 단 건물들을 지나갔다. 섭섭하게도 파르테논은 어디에도 보이지 않았다. '영국해외항공은 당신을 그곳으로 데려다주고 다시 데려옵니다'라고 쓰인 영국해외항공의 포스터가 평소보다 더 슬퍼 보였다.

"집에 들어가자마자 전기 히터를 다 켜야겠어." 카터가 말했다. "그러면 금방 따뜻해질 거야." 그러나 아파트의 문을 열었을 때 그는 이미 히터가 켜져 있다는 걸 알게 되었다. 거실과 침실 구석에서 나온 은은한 불빛이 어스름 속에서 그들을 맞았다.

"어떤 요정이 이렇게 한 걸까요?" 줄리아가 말했다.

"요정이 아니어서 유감이군." 카터가 말했다. 그는 검은 잉크로 '카터 부인에게'라고 쓰인 봉투가 벽난로 선반 위에 놓여 있는 것을 이미 보았다.

친애하는 줄리아, 당신을 줄리아라고 불러도 괜찮겠죠? 나는 우리에게 공통점이 아주 많다고 생각해요. 같은 남자를 사랑한 것부터가 그렇잖아요. 오늘은 날이 너무 추워서 나는 두 분이 따뜻한 태양의 도시에서 차가운 아파트로 돌아왔을 때의 상황을 생각하지 않을 수 없었어요. (난 그 아파트가 얼마나 추운지 잘 알아요. 내가 해마다 그이와 함께 프랑스 남부 지방에서 돌아오고 난 뒤에 감기에 걸렸으니까요.) 그래서 내가 주제넘은 짓을 좀 했어요. 아파트 안으로 살며시 들어가서 히터를 켜 두었지요. 하지만 다시는 그런 짓을 하지 않겠다는 것을 당신에게 보이기 위해 내 열쇠를 현관문 밖에 놓인 매트 밑에 숨겨 두었답니다. 열쇠를 거기 둔 것은 당신이 탄 비행기가 로마나 다른 어떤 곳에서 늦어지는 만일의 경우를 대비해서 그런 거예요. 나는 공항에 전화해서 비행기가 제때 도착했는지 알아볼 거예요. 혹시라도 비행기가 도착하지 않았다면 나는 다시 아파트로 가서 안전을 위해 히터를 끄고 나올 겁니다 (경제적인 이유로도 꺼야 해요! 난방비가 엄청나거든요). 당신의 새로운 가정에서 아주 따뜻한 저녁을 보내길 바랄게요. 사랑하는 조지핀이.

추신. 커피 통이 비어 있는 것을 보고, 부엌에 블루마운틴을 한 봉지 갖다 놓았어요. 블루마운틴은 필립이 정말 좋아하는 단 하나의 커피랍니다.

"어머나." 줄리아가 웃으며 말했다. "그녀는 온갖 것을 다 생각하는군요."

"우릴 그냥 내버려 두었으면 좋겠어." 카터가 말했다.

"그녀가 아니었으면 우린 이처럼 따뜻하게 있지 못할 거고, 내일 아침 식사 때 커피도 못 마실 뻔했잖아요."

"그 여자가 이 집 어딘가에 숨어 있다가 어느 순간에 갑자기 걸어 나올 것 같은 기분이 들어. 내가 당신한테 막 키스할 때 말이야." 그는 한쪽 눈으로 문을 쳐다보면서 줄리아에게 키스했다.

"여보, 그런 생각 하면 못써요. 어쨌든 열쇠를 매트 밑에 두고 갔잖아요."

"열쇠를 복사해 두었을지도 몰라."

그녀가 한 번 더 키스하며 그의 입을 막았다.

"비행기가 이륙한 뒤 몇 시간이 지나면 꽤나 에로틱해진다는 거 당신도 알아?" 카터가 물었다.

"네."

"아마 진동 때문인 것 같아."

"여보, 우리도 그 비슷한 거 해요."

"먼저 매트 밑을 보고 와야겠어. 그 여자가 거짓말하지 않았는지 확인해 보러."

그는 결혼 생활이 즐거웠다. 너무 즐거워서 진작 결혼하지 않은 자신을 탓할 정도였다. 진작 결혼했더라면 조지핀과 결혼하게 되었을 거라는 사실을 망각한 채 그런 생각을 했다. 그는 따로 하는 일이 없는 줄리아와는 거의 언제나 함께할 수 있다는 게 너무 신기하고 좋았다. 그들의 관계를 방해하는 가정부도 없었다. 그들은 칵테일파티에, 식당에, 조그만 저녁 식사 모임에 늘 함께 갔으므로 서로 눈빛만 마주치면 뜻이 통했다. 얼마 지나지 않아 줄리아는 연약하고 쉽게 피곤해한다는 평판을 얻었다. 칵테일파티에서 겨우 15분이 지났을 때 자리를 뜨거나 커피를 마신 후에 저녁 식사는 포기하고 가 버리는 경우가 잦았던 것이다.

"아, 정말 죄송해요. 두통이 너무 심하네요. 나는 왜 이리 바보스러울까요. 필립, **당신은** 여기 남아서……"

"무슨 소리, 나만 남아 있을 순 없어."

한번은 계단에 서서 함께 자지러지게 웃다가 하마터면 초대한 주인에게 들킬 뻔했다. 주인이 편지를 부쳐 달라고 부탁하러 그들을 뒤따라 나온 것이었다. 줄리아의 웃음이 순식간에 히스테리 발작처럼 바뀌었다. 몇 주가 지났다. 정말 성공적인 결혼 생활이었다. 그들은 결혼 생활의 만족감에 대해—틈틈이—얘기하기를 좋아했으며, 그 이유를 서로의 주요 장점 덕으로 돌리곤 했다. "당신은 조지핀과 결혼할 수도 있었을 텐데, 하는 생각이 들어요." 줄리아가 말했다. "왜 조지핀과 결혼하지 않았어요?"

"우린 우리 사이가 영원하지 않으리라는 걸 무의식적으로 알았던 것 같아."

"우린 영원할까요?"

"우리가 영원하지 않다면 영원한 것은 아무것도 없을 거야."

시한폭탄이 터지기 시작한 것은 11월 초였다. 조지핀은 틀림없이 더 일찍 터질 거라고 예상했겠지만, 그것은 그의 습관이 일시적으로 변한 것을 고려하지 않은 생각이었다. 카터는 몇 주가 지나서야 조지핀과 무척 친밀했던 시절에 자신들이 아이디어 뱅크라고 불렀던 서랍을 열어 보았다. 그가 소설을 쓰기 위해 한 메모나 사람들의 대화를 엿듣고 적어 놓은 쪽지 같은 것들 그리

고 조지핀이 대충 스케치한 패션 광고 아이디어 따위를 넣어 두
는 서랍이었다.

서랍을 열자마자 그녀의 편지가 눈에 띄었다. 검은 잉크로 힘
주어 쓴 '일급비밀'이라는 글 뒤에는 병에서 나온 요정처럼 큼지
막한 눈을 가진 소녀(조지핀은 가벼운 안구돌출성 갑상샘종을
앓았다) 모양으로 특이하게 그린 느낌표가 찍혀 있었다. 그는 매
우 불쾌한 기분으로 그 편지를 읽었다.

안녕? 당신은 여기서 날 발견하게 되리라곤 생각지 못했을 거
야. 그렇지? 당신을 만난 지 10년이 지난 지금, 내가 당신에게 이
따금씩이라도 '잘 자, 좋은 아침, 어떻게 지내?'라는 말을 할 수가
없다니. 당신의 행복을 빌게. 당신을 무척 사랑하는―정말로, 진
실로―당신의 조지핀이.

'이따금씩'이라는 말은 명백히 협박이었다. 그는 서랍을 거칠
게 닫으며 "제기랄" 하고 소리쳤다. 그 소리가 너무 커서 줄리아
가 방 안으로 들어왔다. "여보, 뭔데 그래요?"

"또 조지핀이야."

그녀가 편지를 읽고 말했다. "난 그녀의 마음을 이해할 수 있
을 것 같아요. 가엾은 조지핀. 여보, 그걸 찢어 버리는 거예요?"

"그럼 내가 편지를 어떻게 할 거라고 생각했어? 그 여자 편지

선집을 만들기 위해 고이 간직해 두기라도 할까?"

"너무 심한 거 같아서요."

"내가 **그 여자한테** 너무 심하다고? 줄리아, 당신은 우리가 마지막 몇 해를 어떻게 살았는지 모르니까 그래. 내 몸에 생긴 흉터를 보여 줄 수도 있어. 그 여자는 화가 나면 피우던 담배를 **아무곳에나** 비벼 댔단 말야."

"그녀는 당신을 잃어 가고 있다는 생각에 절망적인 상태가 된 거예요, 여보. 그 흉터들이 실은 다 내 잘못이에요." 그는 그녀의 눈에 담긴 부드럽고 사랑스럽고 사색적인 표정이 점점 짙어지는 것을 볼 수 있었고, 그것은 언제나 똑같은 행위로 이어졌다.

겨우 이틀이 지났을 때 다음번 시한폭탄이 터졌다. 아침에 잠자리에서 일어났을 때 줄리아가 말했다. "매트리스를 뒤집어야겠어요. 우리 두 사람이 누운 자리 가운데 부분이 푹 팼잖아요."

"난 몰랐는데."

"매주 매트리스를 뒤집는 사람들도 많아요."

"맞아. 조지핀도 그랬어."

그들은 침대보를 벗기고 매트리스를 들어냈다. 줄리아에게 쓴 편지 한 통이 스프링 위에 놓여 있었다. 카터가 그 편지를 먼저 알아채고 눈 밖으로 치워 두려 했지만 줄리아가 그 모습을 보았다.

"그게 뭐예요?"

"뭐긴 뭐겠어, 조지핀이지. 조만간에 책 한 권으로 엮을 수 있을 만큼 많은 편지가 쌓이겠군. 조지 엘리엇처럼 예일 대학교에서 제대로 편집하게 해야 할까 봐."

"여보, 이건 나한테 쓴 거잖아요. 당신은 그걸 어떻게 하려고 했어요?"

"비밀리에 없애 버리려 했지."

"우리 사이엔 비밀이 없기로 하지 않았나요?"

"난 조지핀은 빼고 생각한 거야."

그녀는 처음으로 편지를 개봉하기 전에 머뭇거렸다. "편지를 여기 두다니 정말 이상해요. 우연히 여기 있게 된 거라고 생각해요?"

"그렇지 않을 거야."

줄리아는 편지를 다 읽고 나서 그에게 건넸다. 그녀가 안도하며 말했다. "그 이유를 설명해 놨네요. 별로 이상할 게 없어요." 그는 편지를 읽었다.

친애하는 줄리아, 난 지금 당신이 진짜 그리스의 햇볕을 쬐고 있기를 바라고 있답니다. 나는 실은 프랑스 남부 지방을 별로 좋아하지 않았어요. 필립에겐 이 얘기 하지 마세요(아차, 당신에겐 아직 비밀이 없겠군요). 피부를 메마르게 하는 그 춥고 거센 바람이라니. 당신이 그곳의 기후를 겪지 않는다고 생각하니 기뻐요. 우린 여유가 될 때 그리스로 가기로 늘 계획을 세우곤 했죠. 그러니 분명 필립이 즐거워할 거예요. 난 오늘 내 스케치를 찾으러 들어왔다가 매트리스를 적어도 2주 동안 뒤집어 놓지 않았다는 걸 생각해 냈어요. 당신도 알겠지만, 우린 함께 지낸 마지막 몇 주 동안은 무척 어수선하고 심란했답니다. 어쨌든 당신이 그 황홀한 섬들에서 돌아온 첫날 밤에 침대가 울퉁불퉁한 걸 발견하게 되리라는 생각을 하니 난 참을 수가 없었고, 그래서 당신을 위해 매트리스를 뒤집어 놓았어요. 매주 매트리스를 뒤집어 주는 게 좋다고 충고하고 싶네요. 그러지 않으면 가운데 부분이 움푹 패니까요. 그건 그렇고, 겨울 커튼으로 바꿔 단 다음 여름 커튼은 브롬프턴로 153번지의 세탁소로 보냈어요. 사랑하는 조지핀이.

"그 여자가 나한테 쓴 편지에 나풀이 아주 멋진 곳이었다고 한 거 생각나?" 그가 말했다. "예일 대학교 편집자는 상호 참조 표시를 달아야겠군."

"당신, 너무 냉정한 거 같아요." 줄리아가 말했다. "여보, 그녀는 도움을 주려고 했을 뿐이에요. 어쨌거나 난 커튼이나 매트리스에 관해서는 몰랐으니까요."

"당신이 집안일 얘기로 가득한 따뜻한 답장을 길게 써서 보낼 것 같군."

"그녀는 몇 주 동안 답장을 기다리고 있어요. 이건 **오래전에** 쓴 거잖아요."

"불쑥 튀어나올 때를 기다리는 오래된 편지들이 이곳에 얼마나 더 있을지 궁금하군. 젠장, 집 안을 샅샅이 뒤져 봐야겠어. 다락부터 지하실까지 말이야."

"우리 집엔 다락도 없고 지하실도 없잖아요."

"당신, 내 말뜻 잘 알잖아."

"내가 아는 건 당신이 과장되게 법석을 피우고 있다는 것뿐이에요. 당신은 조지핀을 겁내는 것처럼 행동하고 있어요."

"오, 맙소사!"

줄리아가 불쑥 방을 나갔고, 그는 일을 하려 애썼다. 그날 오후에 조그만 일이 또 터졌다. 심각한 건 아니었지만 그의 기분은 좋지 않았다. 해외에 전보를 보낼 일이 있어서 전화번호를 찾다가 그는 전화번호부 안에 알파벳순으로 완벽히 정리된 전화번호 목록이 끼워져 있는 것을 발견했다. O자가 항상 흐릿하게 나오는 조지핀의 타자기로 타이핑한 것으로, 그가 수시로 필요로 하는 전화번호가 망라된 목록이었다. 그의 오랜 친구인 존 휴스는 해러즈 다음에 나왔다. 그 목록에는 가장 가까운 택시 승차장, 약국, 정육점, 은행, 세탁소, 청과물 가게, 생선 가게, 그의 출판사와 담당 직원, 엘리자베스아덴 화장품 가게, 미용실—괄호를 하고 'J, 믿을 수 있고 저렴한 미용실이에요'라고 적혀 있었다—등의 전화번호도 있었다. 그는 줄리아와 조지핀의 이니셜이 같다는 것을 처음으로 알아차렸다.

그가 전화번호 목록을 발견하는 모습을 본 줄리아가 말했다. "천사 같은 여자네요. 이걸 전화기 위에 핀으로 꽂아 놓아야겠어요. 정말 완벽한 목록이에요."

"그 여자가 지난 편지에서 그렇게 비꼬았으니 까르띠에 전화번호가 여기에 있다고 해도 놀랄 일은 아니지."

"여보, 그건 비꼰 게 아니잖아요. 사실을 얘기한 것뿐이에요. 나에게 여윳돈이 약간 있지 않았다면 우리도 프랑스 남부로 떠났을 거라고요."

"당신은 내가 그리스에 가려고 당신과 결혼했다고 생각하는 것 같아."

"억지 부리지 말아요. 당신은 조지핀을 편견 없이 보려 하지 않아요. 그것뿐이에요. 당신은 그녀가 베푸는 모든 친절을 왜곡하고 있다고요."

"친절?"

"그건 일종의 죄책감일 거라고 난 생각해요."

그 일이 있고 나서 그는 정말로 집 안을 뒤지기 시작했다. 담뱃갑 안을 들여다보고, 서랍과 서류 캐비닛 안을 들여다보았다. 신혼여행을 떠날 때 집에 있었던 모든 옷의 호주머니를 뒤졌다. 텔레비전 캐비닛 뒤쪽을 살펴보았고, 변기 물통의 뚜껑을 들어 보았다. 심지어 두루마리 화장지를 교체하기도 했다(두루마리 화장지를 전부 푸는 것보다 교체하는 게 더 빨랐다). 그가 화장실 안을 살펴보고 있을 때 줄리아는 와서 평소의 동정 어린 표정 없이 그를 바라보았다. 그는 커튼레일을 가리는 장식 덮개를 살펴보았다(이다음에 커튼을 세탁소로 보낼 때 뭔가가 나타나지 않으리라는 걸 누가 알겠는가?). 빨래 바구니 바닥에 뭔가 있는 것을 보지 못하고 지나쳤을 수도 있겠다는 생각에 바구니에 넣어 둔 빨랫감을 다 끄집어내기도 했다. 그는 무릎을 꿇고 부엌을 기어 다니며 가스레인지 밑을 살폈다. 한번은 어떤 관을 감싸고 있는 종이 한 장을 발견하고 쾌재를 불렀으나, 그것은 아무것도 아니었다. 배관공이 남기고 간 종잇장이었던 것이다. 오후의 우편물이 우편함 속에서 달그락거렸다. 줄리아가 현관 쪽에서 그에게 소리쳤다. "오, 이런. 당신, 프랑스판 《보그》를 구독한다는 말은 한 적이 없잖아요."

"구독하지 않는데."

"미안해요. 다른 봉투에 크리스마스카드 같은 게 들어 있네요. 미스 조지핀 헥스톨존스가 우릴 위해 구독해서 보내 준 거네요. 참 속 깊고 다정한 사람이에요."

"그 여자가 일련의 드로잉을 《보그》에 판 거야. 나는 보지 않겠어."

"여보, 당신 너무 유치해요. 당신은 그녀가 당신 책을 더 이상 읽지 않을 거라고 생각해요?"

"난 그 여자의 간섭 없이 당신과 단둘만 있고 싶은 거야. 몇 주

동안만이라도. 이게 그렇게 큰 요구 사항은 아니잖아."

"여보, 당신은 좀 자기중심적인 사람이군요."

그날 저녁, 그는 기운이 없고 피곤했다. 하지만 약간 안도감
이 들었다. 철저히 집 안을 뒤지고 살펴보았기 때문이다. 저녁을
먹는 도중에 결혼 선물이 생각났다. 공간이 부족해서 아직도 그
선물들을 큰 나무 상자 속에 담아 두고 있었는데, 그는 식사 도
중에 고집을 부리면서 자리에서 일어나 상자가 변함없이 못질
된 채로 잘 있는지 확인했다. 조지핀은 손가락이 다칠까 봐 나사
돌리개를 절대 사용하지 않으며 망치를 무서워한다는 것을 그
는 알았다. 고즈넉한 저녁의 평화가 마침내 그들에게 내려앉았
다. 달콤한 평온함이었다. 둘 중 한 사람이 상대의 몸을 만지기만
해도 한순간에 그 평온함이 바뀔 수 있음을 그들은 알고 있었다.
연인들은 그 순간을 뒤로 미루기 힘들지만, 결혼한 사람들은 미
룰 수 있었다. "오늘 밤 나는 많은 나이만큼이나 평화로워지네."
그는 시구를 그녀에게 들려주었다.

"누가 쓴 시예요?"

"브라우닝."

"난 브라우닝을 몰라요. 조금 더 읽어 줘요."

그는 브라우닝의 시를 큰 소리로 읽는 것을 좋아했다. 자신의
목소리가 시 낭독에 어울리는 목소리라고 생각했던 것이다. 그
것은 해롭지 않은 조그마한 나르시시즘이었다. "정말 시를 읽어

주는 게 좋아?"

"예."

"조지핀에게도 읽어 주곤 했는데도?" 그는 미리 주의를 주었다.

"그게 무슨 상관이에요? **어느 정도는** 같은 걸 할 수밖에 없잖아요. 안 그래요, 여보?"

"조지핀에게 절대 읽어 주지 않은 시도 있어. 내가 그 여자와 사랑에 빠져 있을 때도 읽어 주기에 적당하지 않은 시였어. 조지핀과 난…… 영원한 사이가 아니니까." 그는 읽기 시작했다.

내가 하려는 것을 나는 아주 잘 안다
어둡고 긴 가을 저녁이 찾아들 때……

그는 자신의 낭독에 도취되었다. 줄리아를 지금 이 순간보다 더 깊이 사랑한 적은 없었다. 여기는 집이고, 두 영혼의 순례자 말고는 아무것도 없었다.

……나는 이제 말하련다,
난롯가에 앉아 영혼이 깃든 작은 손으로
넓은 이마 받치고 말없이 책을 읽는
당신 모습 더 이상 보지 않으련다,
내 마음은 그걸 안다.

그는 줄리아가 이전에 이 시를 읽었더라면 좋았을 텐데, 하는 바람을 가져 보았다. 하지만 물론 그랬을 경우에는 이처럼 사랑스러운 모습으로 집중하며 그의 낭독에 귀 기울이지 않았을 것이다.

······두 삶이 합쳐지면 보통 상흔이 생기지.
한 사람과 한 사람에 더해진 흐릿한 제3의 것,
한 사람과 한 사람 사이가 너무 멀다.•

그가 책장을 넘기자 종이 한 장이 나왔다(만약 그 여자가 종이를 봉투에 넣어 책에 끼워 두었더라면 책을 읽기 전에 즉시 그것을 발견했을 것이다). 검은 잉크로 쓴 단정한 필체가 눈에 들어왔다.

사랑하는 필립, 당신이 가장 좋아하는 책―나의 책이기도 해―의 책장 사이에서 당신에게 잘 자라는 인사를 하려는 것뿐이야. 우리가 이런 식으로 끝낸 건 무척 다행스러운 일이야. 우리는 공통의 기억과 더불어 드문드문이라도 영원히 연락하며 지내게 되

• 로버트 브라우닝의 시집 『남자와 여자』(1855)에 수록된 「난롯가에서」의 일부.

겠지. 사랑하는 조지핀이.

그는 책과 그 종이를 바닥에 내동댕이쳤다. 그가 말했다. "개
같은. 개 같은 년."

"당신이 그녀에 대해 그렇게 말하는 거, 난 들어 줄 수가 없네요."
줄리아가 놀라우리만치 강한 어조로 말했다. 그녀는 종이를 집어
들어 읽었다.

"이게 뭐가 문제죠?" 그녀가 따져 물었다. "그녀와의 기억을 증
오하는 거예요? 우리의 기억은 앞으로 어떻게 될까요?"

"당신은 그 여자의 농간이 보이지 않아? 그걸 이해하지 못해?
줄리아, 당신 바보야?"

그날 밤, 그들은 서로 멀찍이 떨어져 누운 채 발가락도 접촉
하지 않았다. 집에 돌아온 뒤로 사랑을 나누지 않은 밤은 그날이
처음이었다. 둘 다 잠을 많이 자지 않았다. 아침에 카터는 쉽게
눈에 띄는 빤한 곳에서 편지 한 통을 발견했다. 왠지 모르게 자
신이 무시하고 넘어간 곳이었다. 그가 원고를 쓸 때면 항상 사용
하는, 아직 쓰지 않은 유선 이절대판지 용지들 사이에 들어 있었
다. 편지는 이렇게 시작했다. '여보, 당신은 내가 전처럼 이렇게
부르는 걸 개의치 않을 거라고 믿어……'

어떤 기억

A Memory

유도라 웰티

정소영 옮김

어린 시절 어느 여름날 아침 난 공원의 작은 호수에서 수영을 하고 난 뒤 모래 위에 누워 있었다. 햇볕이 쨍쨍 내리쬐고 있었다. 정오가 가까웠으니까. 물은 강철처럼 반짝거렸는데, 저 멀리 수영하는 사람 뒤쪽으로 깃털처럼 잔무늬가 이는 곳을 빼고는 고요했다. 여기 이렇게 자리를 잡고 아주 밝게 빛나는, 사실 나를 쏘아보는 사각형 안을 보고 있었다. 태양과 모래, 물, 작은 정자, 따로 떨어져 한 자세로 붙박인 몇몇 사람들이 있고 그 주변으로는 거무죽죽한 둥근 떡갈나무가 성경책 삽화 가장자리에 새겨진 폭풍우 구름처럼 둘러서 있는. 그림 수업을 받기 시작한 후로는 항상 뭐든지 손가락으로 작은 액자를 만들어 그 사이로 바라보았다.

평일 아침이었으므로 한가하게 공원에 나와 있을 수 있는 사람은 할 일 없는 아이들이나, 삶에 두드러진 일도 규칙적인 일도 없고, 의식적으로 무엇에도 소용이 되지 않으려는 노인들뿐이었다. 그것이 당시 내가 관찰하여 적어 놓은 것이다. 난 모든 사람과 내 시야에 들어오는 모든 사건에 대해 나름의 판단을 내리기 시작한 그런 나이였다. 아무것도 아닌 일에 겁을 먹기는 했지만 말이다. 사람이나 어떤 사건이 내 의견, 혹은 심지어 내 희망이나 기대와 맞지 않는 것 같을 때면 자포자기가 되어 광폭해지는, 그래서 내 마음이 슬픔으로 갈가리 찢어지는 상상에 사로잡히며 두려움에 휩싸였다. 정원 격자 구조물을 타고 올라가는 덩굴처럼 잘 달래서 내 눈에 보이도록 엄격하게 제자리를 잡아 놓은 것 외에 다른 건 내게 전혀 보이지 않는다고 믿었던 부모님이 앞으로 올 것들의 허약하고 열등하고 이상하게 뒤틀린 예들이 얼마나 자주 내 앞에 모습을 보였는지 추측할 수 있었다면 말도 못하게 걱정하셨을 것이다.

　무엇을 보려고 기다렸던 것인지 지금도 난 알 수가 없다. 하지만 당시에는 언제 어디서나 그것을 보았다고 확신했다. 주변의 모든 것을 지켜보는 일을 욕심을 부리듯 단호하게 하나의 **필요**로 여겼다. 그 여름 내내 작은 호숫가 모래사장에 누워 손가락 끝을 맞대어 만든 네모를 눈 위에 대고, 이 도구로 모든 것을 보고자 했고, 그것은 일종의 영상처럼 보였다. 무엇을 보는지는 중요하지 않았다. 무엇이 눈에 보이건 삶의 비밀이 거의 드러났다고 결론을 내리곤 했다. 난 은폐와 관련된 생각에 강박적으로 집착했고, 낯선 이의 정말 별것 아닌 몸짓에서 어떤 소통이나 예감으로 보이는 것을 끌어내곤 했다.

이런 날아갈 듯한 상태는 당시 내가 처음으로 사랑에 빠졌다는 사실에 의해서 더 강해졌는데, 어쩌면 그로부터 생겨난 것일 수도 있었다. 사랑을 즉각 알아봤던 것이다. 사실을 말하자면, 내가 느꼈던 열정이 나의 내면에서는 그렇게 절망적일 만치 표현되지 못하고 바깥세상에서는 너무나 기괴하게 변질되어 보였던 적은 그때 이후로 한 번도 없었다. 학교 계단에서 서로를 지나치면서 내가 친구의 손목을 슬쩍 건드렸던(우연인 것처럼 그랬고 그 친구는 모르는 척했다) 어느 날 아침이 이따금, 심지어 지금도 오롯이 기억이 나는 건 신기한 일이다. 그 아이가 사실은 내 친구가 아니었다는 말을 덧붙여야겠다. 그건 그렇게 신기한 일도 아니다. 말 한 마디 나눈 적도, 고갯짓으로라도 아는 척을 한 적도 없었다. 하지만 계단에서 우리가 겪었던 그 자잘한 짧은 만남을 그해 내내 끊임없이 생각하는 일이 나로서는 가능했고, 그래서 마침내 대단한 행사를 위해 아직 철도 아닌데 일부러 꽃을 활짝 피운 장미처럼 돌연하면서도 압도적인 아름다움으로 가득 차오르게 되었다.

내 사랑으로 인해 어쩐 일인지 주변에서 벌어지는 일을 관찰하는 일에 곱절로 준엄해졌다. 어떤 강렬함을 겪으며 난 관찰자와 몽상가라는 이중의 삶에 처하게 되었다. 어떤 일을 목격하건 그것이 나의 관념과 전적으로 일치해야 할 필요성을 느꼈다. 결과적으로 학교에 있는 동안 뭔가 뜻밖의 안 좋은 일이 생길까 걱정하며 하루 종일 조금도 경계를 게을리하지 않고 앉아 있었다. 규칙적이고 따분한 학교생활은 내겐 보호막이 되었지만, 라틴어 시간에 내가 사랑한 소년(그에게서 한시도 눈을 떼지 않았으므로)이 갑자기 몸을 숙이며 손수건을 얼굴로 가져갔던 그날은 아주 또렷하게 기억한다. 빨간—선홍색—피가 손수건으로부터 각진 그의 손으로 흘러내리는 것을 보았다. 코에서 피가 흐르기 시작했던 것이다. 그 순간을 정확히 기억한다. 분위기가 흐트러지고 소란이 일자 상급 여학생 몇이 웃었고 그 아이는 교실에서 뛰쳐나갔고 선생님은 째지는 목소리로 주의를 주었다. 하지만 내 친구를 궁지에 몰아넣었던 이 작은 사건은 내게는 말할 수 없이 커다란 충격이었다. 전혀 예상치 못했지만 또한 일어날까 두려워하던 일이었다. 그것을 인식하면서 난 문득 팔에 머리를 떨구고 정신을 잃었다. 이 사건 때문에 그날 이후 내가 피를 보지 못하는 것일까?

그 아이가 어디 사는지, 부모는 누군지 전혀 알지 못했다. 그것이 내 사랑이 지속되던 그해 내내 내게 끝없는 불안감을 일으켰다. 그 애가 사는 곳이 큰 나무에 가려 보이지도 않는, 칠도 안한 구질구질한 집이라거나 부모님이 추레하거나 정직하지 않거나 절름발이거나 돌아가셨다는 건 생각만으로도 참을 수가 없었다. 난 줄기차게 그 아이의 집이 처할 위험한 상황을 떠올려 보았다. 때로는 밤에 집에 불이 나서 그 애가 죽는 것을 상상했다. 다음 날 아침 그 애가 교실로 걸어 들어올 때 그 얼굴에 나타난 무심하고 좀 멍청하기까지 한 표정을 보면 그런 내 꿈은 온데간데없이 사라졌다. 하지만 그 애가 의식하지 못하기 때문에 내 두려움은 더 커져만 갔다. 난 그 애의 주변을 감도는 위험보다 더 심오한 어떤 미스터리를 느낄 수 있었으니까. 그의 일거수일투족을 보며 알아보고 해석하고 증명하려 했다. 지금도 하라고만 하면 그가 입던 스웨터의 거친 짜임새나 바랜 파란색의 정확한 색감을 그대로 그려 보일 수 있다. 책상에 앉아 있을 때 어떻게 발을 흔들었는지—가만히, 바닥에 닿을까 말까 하게—도 똑똑히 기억한다. 지금도 그것이 사소한 일로 느껴지지 않는다.

그 화창한 날 아침 해변에 누워 있을 때 난 내 친구를 생각하며, 내 손이 그 애의 손목을 스쳤던 그 사건을 확대하여 느릿하게 영원히 계속될 것처럼 떠올리고 있었다. 그렇게 하니 아주 긴 이야기가 되었다. 하지만 모래사장 위를 뛰어다니는 아이들과 하얀색 정자의 말끔한 뾰족지붕 위로 힘껏 솟은 떡갈나무와 도시에서 벗어나 물가에 배를 깔고 길게 엎드린 어른들의 서서히 변해 가는 태도들이 내 생각 속을 들락날락하는 바늘처럼 함께했다. 내 맘대로 꽃피우던 꿈과 수영하는 사람들 중 어느 쪽이 더 현실인지 아직도 말하고 싶지 않다. 그냥, 동시적인 것으로 내보일 뿐이다.

난 수영하던 사람들이 어떻게 거기, 그렇게 내 가까이로 오게 되었는지 알아채지 못했다. 어쩌면 내가 진짜로 잠이 들었고 그 새에 그들이 왔을 수도 있다. 어쨌든 누워 있는 내 가까이에 시끄럽고 꼼지락대는, 서로 너무나 어울리지 않는 사람들 한 무리가 아무렇게나 대자로 누워 있는 모습이 나타난 것이다. 그들은 정말 황당한 우연으로 한자리에 모이게 된 사람들 같았는데, 서로를 모욕하려는 멍청한 의도만을 가지고 있는 듯했고 다들 얼마나 신나게 웃고 떠드는지 놀라서 가슴이 벌렁거렸다. 남자 한 사람, 여자 두 사람, 어린 남자아이 두 명이었다. 갈색의 거친 피부였지만 외국인은 아니었다. 내가 어렸을 때 '상놈'이라고 불렸던 사람들이었다. 색 바랜 낡은 수영복을 입고 있어서, 벌떡거리는 몸이나 피로감을 감추는 것이 아니라 오히려 그대로 내보였다.

남자아이들은 형제임이 틀림없었는데, 둘 다 머리칼이 하얀색 직모여서 붉은 햇볕을 받아 엉겅퀴처럼 반짝거렸다. 형은 너무 많이 자라 수영복 여기저기에서 살이 비어져 나왔다. 뺨이 얼마나 불룩한지 눈이 안 보일 지경이었지만, 그 애가 다른 사람들 사이를 뒤뚱뒤뚱 뛰어다니고 꼬집고 차고 얼간이 같은 소리를 질러 대면서 이리저리 쏘아 대는 교활한 시선을 따라가는 게 나로서는 어렵지 않았다. 동생은 삐쩍 말랐고 반항적이었다. 이따금씩 괴롭힐 심사로 형이 마구 쫓아올 때마다 물속으로 다이빙을 하느라 달라붙은 하얀 앞머리가 그대로였다.

그 무리의 나머지인 남자 하나와 여자 둘은 얼기설기 함께 누워 있었다. 남자는 이글거리는 뜨거운 해에 완전히 몸을 맡기고 있었다. 가끔 편안하게 풀어진 눈을 가늘게 뜨고는 눈부시게 반짝거리는 물과 뜨거운 모래를 어렴풋한 관심을 보이며 바라보았다. 힘없이 늘어진 팔은 편안히 놓여 있었다. 옆으로 누워서 이따금 모래를 퍼서 나이 든 여자의 다리 위에 대충 쌓았다.

여자는 그가 별 의도 없이 느릿느릿 팔을 움직이는 걸 뚫어져라 보면서 미동도 하지 않았다. 몸의 모양과는 전혀 어울리지 않는 수영복을 입은 그녀는 부자연스러울 정도로 피부가 희고 살찐 걸 의식하는 모습이었다. 언덕의 산사태로 밀려 내려오던 흙이 중도에 멈춘 것처럼 팔뚝에 살이 덜렁거렸다. 어떤 식으로든 일단 움직였다 하면 그녀 자신이 밀려 내려오는 무시무시한 흙더미가 되지 않을까 겁이 났다. 큰 가슴이 축 늘어져 수영복 안에서 배처럼 쫙 벌어져 있었다. 두 다리는 그늘진 방어벽처럼 겹쳐서 뻗고 있었는데 버림받은 듯 울퉁불퉁한 그 위로 남자의 손에서 뿌려지는 모래가 지분거리는 망각의 위협처럼 높이 쌓여갔다. 의식하지 못한 채 오래도록 내 귓속으로 들어오는 반복적인 느린 소리가 주머니처럼 벌린 채로 있는 여자의 입에서 끊임없이 나오는 웃음소리라는 것을 알아차렸다.

남자 발치에 누워 있던 그보다 어린 여자는 긴장하여 팽팽해진 몸을 동그랗게 말고 있었다. 연두색 수영복을 입었는데 내 느낌으로는 금방이라도 휘몰아치며 격렬한 연기가 뿜어져 나올 병처럼 보였다. 남자가 나이 든 여성의 두툼한 다리 위에 무심하게 모래를 쌓는 걸 지켜보는, 기어가는 것 같으면서도 동시에 가만히 누워 있는 듯한 그 왜소한 몸 속에서 램프의 요정 같은 분노를 느낄 수 있었다. 두 남자아이는 다른 사람들 주변을 삐뚜름한 타원형으로 뛰어다니고 있었다. 아무나 마구잡이로 꼬집고, 남자가 무섭지도 않은지 모래를 집어 그의 거친 머리카락에 뿌렸다. 여자는 계속 웃었는데, 거슬리는 노래를 흥얼거리는 것처럼 들렸다. 모두들 대담하고 추한 각자의 존재에 대해 체념하고 있다는 걸 알았다.

이들은 서로 아무 말도 주고받지 않았지만, 난 그들이 축축한 모래에서 모락모락 피어오르는 김처럼 자신들을 휘감는 마구잡이의 저속함과 증오 속에서 나름의 방식으로 서로에게 던져 대는 대답의 진행과 순환을 이해하기 시작했다. 남자가 흐트러지는 모래를 손에 가득 쥐고는 깔깔거리는 여자에게 뿌리고 수영복 안쪽, 둥글납작하게 늘어진 가슴 사이로 집어넣는 것을 보았다. 볼품없는 갈색 모래가 거기 그렇게 쌓였고 다들 깔깔대고 웃었다. 화가 난 것처럼 보였던 여자아이도 웃었고, 그 억지스러운

흥겨움에 겨워 벌떡 일어나더니 물가로 달려가 쥐가 나서 뻣뻣
해진 다리로 폴짝거리고 비틀거리며 돌아다녔다. 남자아이들이
손가락질을 하며 괴성을 질렀다. 남자는 헐떡대는 개의 얼굴에
서 보일 법한 미소를 지으며 하릴없이 그들 모두를 바라보고 또
저 멀리 물을 바라보았다. 나도 바라보았고, 그렇게 시선에 담았
다. 그때를 돌아보면 정신이 아뜩해지면서 그들이 다 죽었으면
하는 바람이 들었다.

그런데 바로 그때 녹색 수영복을 입은 소녀가 난데없이 휘젓
고 다니기 시작했다. 비명을 지르는 아이들 쪽으로 뻣뻣한 팔을
뻗으며 그녀 역시 멍청하게 서로를 쫓아다니는 일에 뛰어들었
다. 가장 어린 남자아이가 머리부터 물속으로 뛰어들었고 그 형
은 작은 벤치를 향해 커다란 몸집을 던져 푸른 공중으로 뛰어올
랐다. 난 그 벤치가 거기 있는 줄도 몰랐다! 야유를 보내며 그가
다른 아이들을 불렀고, 그가 뚱뚱한 몸으로 우스꽝스럽게 점프
를 해서 벤치 등받이를 넘어 과장되게 아래쪽 모래로 구르자 다
들 웃었다. 뚱뚱한 여자가 남자 몸 위로 몸을 기대며 히죽거렸고
아이가 그녀를 손가락질하며 꽥 소리를 질렀다. 그러자 녹색 수
영복을 입은 여자아이가 벤치를 박살 내 버릴 기세로 그쪽으로
뛰어갔는데, 보는 내가 숨이 멎을 만큼 사나운 기세로 공중에 몸
을 날려 벤치 위로 넘어갔다. 하지만 작은 남자아이 말고는 아무
도 그것을 보지 못했고, 아이는 물에서 나와 그쪽으로 달려가서

는 축하와 비웃음을 섞어 손가락으로 여자아이의 옆구리를 찔렀다. 여자아이가 그를 매섭게 밀어 모래에 내팽개쳤다.

그들과 그들의 몸부림을 보지 않기 위해 눈을 감았지만, 변함없이 내리쬐는 태양 아래 거대하게, 거의 금속성의 모습인 그들이 여전히 보였다. 눈을 꼭 감고 누워 그들의 불평과 광분한 외침 소리를 들었다. 그 흉한 몸들이 서로에게 부딪히는 둔탁한 소리와 살집의 충돌까지도 들렸던 것 같다. 거기서 빠져나와, 계단에서 사랑하는 소년의 손목을 스쳤던 내 가장 내밀한 꿈속으로 들어가려 애썼다. 눈을 감자 생겨난 어둠을 전율하는 내 바람이 나뭇잎처럼 흔들어 대는 게 느껴졌다. 늘 이 기억에 동반되었던 달콤함이 무겁게 내려오는 것도 느껴졌다. 하지만 기억 자체는 와 주지 않았다.

난 눈을 감았다 떴다 하며 누워 있었다. 눈이 부시게 밝았다가 캄캄해졌다 하는 게 낮과 밤을 번갈아 체험하는 것만 같았다. 내 사랑의 달콤함이 어둠을 불러와 잠깐 바람이 그친 사이 살며시 나를 흔드는 듯했다. 낯익음 속으로 잠겨 들어갔다. 하지만 내 사랑의 이야기, 계단에서 일어난 일의 그 긴 이야기는 자취를 감추었다. 난 내 행복의 의미를 더 이상 알지 못했고, 그래서 나 자신은 설명되지 않은 채 남겨졌다.

한 번 눈을 뜨고 올려다보니 뚱뚱한 여자가 웃고 있는 남자를 마주 보고 서 있었다. 몸을 숙여 거들먹거리듯이 수영복 앞자락을 끌어 내려 뒤집었고, 겹겹이 뭉쳐 있던 모래 덩어리가 쏟아져 나왔다. 그녀의 가슴이 모래로 변한 것 같아, 그 가슴이 하나도 중요하지 않고 그녀 자신은 신경도 안 쓰는 것 같아 난 너무나 강한 공포에 휩싸였다.

마침내 날 보호해 주던 꿈에서, 내 사랑의 막연한 엄격함에서 다시 벗어나 눈을 떴을 때 내 눈에는 텅 빈 해변만 부옇게 비쳤다. 낯선 사람들 무리는 모두 가 버린 뒤였다. 하지만 난 그들이 몸 둘레에 젖은 모래를 쌓다가 만 모래 벽 때문에, 태풍이 할퀴고 간 것처럼 해변의 모습을 완전히 바꿔 버린 그것 때문에 상처를 받은 기분으로 그냥 누워 있었다. 눈을 돌리자 시선에 들어온 것은 작고 낡은 하얀 정자였고, 문득 애처로운 마음이 솟구쳐 오르면서 난 울음을 터뜨렸다.

그것이 내가 해변에서 보낸 마지막 아침이었다. 한참을 더 거기 누워 손가락으로 액자를 만들며 겨울에 다시 학교에 가게 될 때를 미리 떠올려 보려 애썼던 걸로 기억한다. 내가 사랑하는 아이가 교실로 걸어 들어오는 모습을 상상할 수 있었고, 그러면 난 해변에서 보낸 이 시간이 되찾은 내 꿈과 함께하고, 내 사랑에 더해지는 중에 그 애를 바라볼 것이었다. 그 아이가 아무 말 없이, 아무것도 모른 채 날 마주 보는 것까지도 예견할 수 있었다. 적당한 몸집의 금발 머리 아이가 전혀 의식하지 못하는 눈으로 나를 지나쳐 무방비로 혼자 창문 밖을 내다보는 것을.

기 드 모파상 「달빛」
　　《르 골루아》 1882년 7월 1일 자

대프니 듀 모리에 「낯선 당신, 다시 입 맞춰 줘요」
　　단편집 『사과나무』 1952년

데이먼 러니언 「광란의 40번대 구역에 꽃핀 로맨스」
　　《코스모폴리탄》 1929년 7월 호(제87권 1호)

조지프 러디어드 키플링 「메리 포스트게이트」
　　《내시스 앤드 팰맬 매거진》 1915년 9월 호 제56권 통권 269호
　　《센처리 매거진》 1915년 9월 호(제90권 5호)

사이트 파이크 아바스야느크 「정자가 있는 무덤」
　　《바를르크》 1947년 7월 호(통권 324호)

윌리엄 트레버 「로맨스 무도장」
　　《트랜저틀랜틱 리뷰》 1972년 봄-여름 호(통권 42/43호)

오 헨리 「목장의 보피프 부인」
　　《스마트 세트》 1902년 6월 호(제7권 2호)

프랜시스 스콧 피츠제럴드 「현명한 선택」
　　《리버티》 1924년 7월 5일 호(제1권 통권 9호)

아돌포 비오이 카사레스 「파울리나를 기리며」
　　단편집 『하늘의 음모』 1948년

캐서린 앤 포터 「그 애」
　　《뉴매시스》 1927년 10월 호(제3권 6호)

허버트 조지 웰스 「윈첼시 양의 사랑」
　　《퀸》 1898년 10월 호

알퐁스 도데 「아를의 여인」
　　《레벤망》 1866년 8월 31일 호

레이 브래드버리 「4월의 마녀」
　　《새터데이 이브닝 포스트》 1952년 4월 5일 자

윌리엄 포크너 「에밀리에게 바치는 한 송이 장미」
　　《포럼》 1930년 4월 호

펠럼 그렌빌 우드하우스 「사랑을 하면 착해져요」
　　《스트랜드 매거진》 1929년 11월 호(제78권 통권 467호)
　　《코스모폴리탄》 1929년 11월 호(제87권 5호)

그레이엄 그린 「영구 소유」
　　《플레이보이》 1963년 3월 호(제11권 3호)

유도라 웰티 「어떤 기억」
　　《서던 리뷰》 1937년 가을 호

『사랑의 책』 작가들

기 드 모파상
Guy de Maupassant, 1850~1893

근대 단편소설의 창시자로 꼽히는 프랑스 작가. 10년 남짓한 짧은 창작 기간 동안 삶의 희로애락을 응축시킨 300여 편의 단편과 여섯 편의 장편소설, 에세이, 기행문, 희곡 등을 남겼다.

대프니 듀 모리에
Daphne du Maurier, 1907~1989

서스펜스의 여왕으로 칭송받는 영국 작가. 영국 콘월 해안을 무대로 수많은 작품을 썼고, 그중 여러 작품이 앨프리드 히치콕, 니컬러스 뢰그 등에 의해 50차례 이상 영상화되었다.

데이먼 러니언
Damon Runyon, 1880~1946

뮤지컬 〈아가씨와 건달들〉의 원작자인 미국 작가. 독특한 인물과 생생한 대사, 절묘한 플롯을 고루 갖춘 브로드웨이 단편들을 썼고, 그중 16편 이상이 영화화되었다.

조지프 러디어드 키플링
Joseph Rudyard Kipling, 1865~1936

인도 봄베이 출생의 영국 작가이자 1907년 노벨문학상 수상자. 19세기 말 인도에서의 경험을 바탕으로 삼아 400편에 가까운 단편소설과 시를 남겼다.

사이트 파이크 아바스야느크
Sait Faik Abasıyanık, 1906~1954

터키 현대 단편소설사의 선구적 작가. 자연과 인간에 대한 사랑을 작품 중심에 놓고 진솔한 자연인이라 여긴 서민층의 이야기를 담았다.

윌리엄 트레버
William Trevor, 1928~2016

안톤 체호프와 제임스 조이스를 계승한 현대 단편소설의 거장. 아일랜드의 중산층 개신교 집안에서 태어나 한평생 이방인으로 영국에 머물며 소설집 15권에 달하는 수백 편의 작품을 발표했다.

오 헨리
O. Henry, 1862~1910

현대 단편소설의 문법을 완성시킨 미국 작가. 10년이 채 안 되는 생의 마지막 시기에 270여 편의 단편을 발표했다. 주로 화려한 대도시 뉴욕 이면의 가난한 젊은이들을 그리면서도 그들의 힘겨운 삶 속 작고 예기치 않게 빛나는 행복의 순간들을 포착했다.

프랜시스 스콧 피츠제럴드
F. Scott Fitzgerald, 1896~1940

20세기 미국을 대표하는 작가. 제1차 세계대전 이후의 '잃어버린 세대'와 화려한 1920년대 재즈 시대 등을 배경으로 한 다섯 편의 장편과 160여 편의 단편소설을 남겼다.

아돌포 비오이 카사레스
Adolfo Bioy Casares, 1914~1999

20세기 환상문학 역사의 새 장을 연 아르헨티나 작가. 과학소설, 환상소설, 탐정소설을 혁신한 '합리적 상상력의 소설'을 통해 자국의 사회 정치를 비판하고, 사랑과 정체성, 인간의 본질이라는 주제를 광범위하게 탐구했다.

캐서린 앤 포터
Katherine Anne Porter, 1890~1980

20세기 미국 단편소설의 여왕. 보수적인 남부 사회에서 이혼을 감행하고 '캐서린 앤'으로 개명했다. "동시대 미국 문단에서 거의 유일하게 순수성과 정확성을 갖춘 언어로 글을 쓰는 일류 예술가"(에드먼드 윌슨)라는 찬사를 받았다.

허버트 조지 웰스
Herbert George Wells, 1866~1946

SF의 창시자로 꼽히는 영국 작가. 웰스가 발표한 100권이 훌쩍 넘는 작품들은 SF의 원형을 제시했고 오늘날에도 대중문화의 영역에서 새로운 영감을 제공하고 있다.

알퐁스 도데
Alphonse Daudet, 1840~1897

전 세계적으로 사랑받는 프랑스 작가. 시적 서정성과 섬세한 감수성을 지닌 문체로, 순박한 사람들에 대한 연민과 고향 프로방스 지방에 대한 향수를 주제로 삼아 특유의 인상주의적 작품을 세웠다.

레이 브래드버리
Ray Bradbury, 1920~2012

20세기 SF 문학의 입지를 끌어올린 미국 작가이자, 장르소설 작가 최초 전미도서재단 평생공로상 수상자. 서정적인 문체와 시적 감수성, 자유로운 상상력으로 구축한 환상적인 작품 세계로 광범위한 독자층에게 사랑받았다.

윌리엄 포크너
William Faulkner, 1897~1962

20세기 미국 문학을 대표하는 작가이자 1949년 노벨문학상 수상자. 실험적인 문체로 재현한 미국 남부의 역사를 통해 인간이라는 보편적 존재의 근원에 대해 탐구했다.

펠럼 그렌빌 우드하우스
Pelham Grenville Wodehouse, 1881~1975

'영국 유머의 표상'이 된 20세기 유럽과 미국에서 가장 널리 읽힌 유머 작가. 수많은 단편에서 활약하며 "돈키호테와 산초에 버금가는 불멸의 콤비"라는 명성을 얻은 걸작 캐릭터 버티와 지브스를 탄생시켰다.

그레이엄 그린
Graham Greene, 1904~1991

"'20세기'라는 장르의 최고 작가"라고 불린 영국 작가. 스릴러적인 요소가 공존하는 순수문학과 고도로 윤리적이고 심미적인 오락물 등 장르의 경계를 초월한 작품들로 20세기 스토리텔링의 패러다임을 바꾸었다.

유도라 웰티
Eudora Welty, 1909~2001

미국 남부 문학을 대표하는 작가. 고향 미시시피의 풍경과 그곳 주민들의 일상을 관찰자의 눈으로 들여다보며, 익숙한 풍경에 유머와 신화 등을 덧입혀 현실과 초현실을 넘나드는 이야기로 승화시켰다.

※ 〈세계문학 단편선〉은 계속 출간됩니다.

사랑의 책

지은이 기 드 모파상, 대프니 듀 모리에, 데이먼 러니언, 조지프 러디어드 키플링, 사이트 파이크 아바스야느크, 윌리엄 트레버, 오 헨리, 프랜시스 스콧 피츠제럴드, 아돌포 비오이 카사레스, 캐서린 앤 포터, 허버트 조지 웰스, 알퐁스 도데, 레이 브래드버리, 윌리엄 포크너, 펠럼 그렌빌 우드하우스, 그레이엄 그린, 유도라 웰티
옮긴이 최정수, 이상원, 권영주, 이종인, 이난아, 이선혜, 고정아, 하창수, 송병선, 김지현, 최용준, 임희근, 조호근, 김승욱, 서창렬, 정소영
펴낸이 김영정

초판 1쇄 펴낸날 2022년 11월 15일
초판 3쇄 펴낸날 2023년 2월 15일

펴낸곳 (주)**현대문학**
등록번호 제1-452호
주소 06532 서울시 서초구 신반포로 321(잠원동, 미래엔)
전화 02-2017-0280
팩스 02-516-5433
홈페이지 www.hdmh.co.kr

© 2022, 현대문학

ISBN 979-11-6790-130-9 03840